Benjamin Cors
Flammenmeer

Benjamin Cors

FLAMMENMEER

Ein Normandie-Krimi

Von Benjamin Cors
sind bei dtv außerdem erschienen:
Strandgut
Küstenstrich
Gezeitenspiel
Leuchtfeuer
Sturmwand
Schattenland

Originalausgabe 2023
2. Auflage 2023
© 2023 dtv Verlagsgesellschaft mbH & Co. KG, München
Umschlaggestaltung: Lisa Höfner | buxdesign, München
Umschlagmotive: mauritius images / Image Source / Jesper Mattias;
mauritius images / Alamy / Paolo De Faveri
Satz: pagina GmbH, Tübingen
Gesetzt aus der Aldus LT 10,3/13
Druck und Bindung: CPI books GmbH, Leck
Printed in Germany · ISBN 978-3-423-26348-1

Für Katrin, Mia und Ella

Sanft tauchen die Ruderblätter in das Wasser ein, gleiten glatt hinein wie ein Skalpell in nackte Haut. Der erste Schnitt, von ruhiger Hand geführt, ein erstes Eindringen in ein Meer voller Unschuld. Die Oberfläche krümmt sich, es entstehen Wölbungen, und kurz scheint es, als könnte die Haut sich wehren, als wäre das Wasser fähig, jedes Eindringen zu verhindern.

Und doch gibt es kein Zurück, der Schnitt wird gesetzt, über dem Wasser liegt ein gleißendes Licht, hell wie der Schein einer Lampe über dem Seziertisch. Alles ist offenbart, das Mysterium des Lebens versteckt sich nicht länger vor der Dunkelheit. Es kommt zum Vorschein, was so lange unerforscht war, verborgen unter den Narben, unter einer zerstörten Haut, die viel zu erzählen hat und nichts zu verzeihen.

Konzentrische Kreise bilden sich, glitzerndes Wasser tropft vom Holz der Ruder, Muskeln spannen sich.

Es ist noch kalt an diesem Morgen, draußen auf dem Meer. Das Wasser fließt zurück, nur kurz bleibt es aufgewühlt, die Kreise verebben, die Oberfläche beruhigt sich.

Bis zum nächsten Ruderschlag, der ebenso präzise ist wie jener zuvor. Voller Rücksicht auf die eben noch unberührte Oberfläche. Und doch müssen sie sein, diese Schnitte, diese Narben, sie erzählen ein ganzes Leben, hier draußen.

Ein paar Schläge noch, alles fließt, ist eins, das Wasser, die Haut, der Tod darunter. Als würden sich für wenige Augenblicke kleine Fenster öffnen, die in die Dunkelheit blicken lassen, die dort lauert, fernab des neuen Tages.

Weitere Kreise entstehen und verschwinden, der Atem verschmilzt mit der kalten Luft, alles kommt zusammen, langsam sinken die Ruder, der Kopf berührt das warme Holz.

Die Augen sind geschlossen. Und Flammen steigen empor.

Sie züngeln am Körper, fließen durch Venen und Adern, es ist ein brennendes, loderndes Feuer, es zischt, wenn es auf Schweiß trifft, auf die salzigen Tropfen auf der Haut. Das Feuer bricht sich Bahn, es sucht sich seinen Weg, kein Ozean kann es stoppen, während das Boot beruhigend auf dem glatten Wasser liegt.

Das Herz brennt, eine Fackel inmitten des Körpers. Jedes Haar bäumt sich auf, heiße Hände auf der Haut, die brennt ... bis es vorbei ist.

Und es ist genau dieser Augenblick, wenn das Feuer erlischt, in dem die Angst endlich stirbt.

Der Körper löst sich vom Holz des Bootes, die Haut ist rein jetzt, und die Narben sind geheilt. Stille liegt wieder auf dem Wasser, die Oberfläche glatt wie die Haut eines Neugeborenen.

Bereit, erneut durchstoßen zu werden, um dem Feuer Raum zu geben.

Aber nicht jetzt. Jetzt berühren die Ruderblätter wieder sanft das Wasser.

Das Boot bahnt sich seinen Weg zurück an die Küste. Mitten durch ein loderndes und alles verzehrendes Flammenmeer.

Am Anfang ...

KAPITEL 1

Cap de la Hague
Normandie

Am Anfang ist das Licht, das noch brennt.
Am Ende der Welt.
Schwach nur, flackernd, inmitten tiefster Dunkelheit. Der Schein, den die kleine Signallampe noch zu werfen imstande ist, verliert sich in der Finsternis, er wird geschluckt von der Gischt und vom Sturm, der ringsherum tobt, wie er es lange nicht mehr getan hat. Denn dies ist der Ort, an dem er wüten kann, hier an den Klippen, die schärfer sind als jede Klinge. Hier, wo in den Tiefen ein Monster lauert, dessen Namen die Menschen nur leise auszusprechen wagen.
Raz Blanchard. Der weiße Strom, der alles mit sich reißt.
Sand und Steine. Schiffe und Menschen.

Das Krachen von Holz ist zu hören, das Stöhnen der Planken, wenn der Sturm sich wieder über das Schiff hermacht, mit kaltem Griff und brutaler Gewalt. Der Mast erzittert und mit ihm das Licht an seiner Spitze. Es scheint, als wäre es das letzte Zeichen von Leben an diesem unglückseligen Ort, am Fuße der Klippen.
Und doch gibt es jemanden, der dem Monster in der Tiefe zu entkommen scheint. Es ist ein Mann, er klebt in den Felsen, mehr tot als lebendig. Ohne jede Hoffnung, weil in der Finsternis die Klippen vor ihm wie eine unbezwingbare Wand erscheinen. Er ist ein Schiffbrüchiger, dem das

feste Land die Rettung noch verwehrt. Für einen Augenblick übertönt sein Schreien das Fauchen des Sturms, er ist getrieben von Schmerz und Verzweiflung. Seine Hände suchen nach Halt, seine Füße ziehen sich Stück für Stück aus dem Wasser, sie rutschen aus, das Meer frohlockt, es greift nach ihm. Seine Haare kleben wie Seetang an seinem Kopf. Er zittert vor Kälte, schreit erneut, sein Wollpullover ist vollgesogen mit Wasser und Blut, weil die scharfkantigen Felsen längst ihre Arbeit verrichten. Er schafft es wieder einige Zentimeter weiter, raus aus den Tiefen, irgendwie.

Die nächste Welle, die auf ihn einprügelt, schiebt ihn hoch, endlich. Ein kleiner Vorsprung in der Wand, sein Oberkörper zieht sich über Risse und Kanten, der Sturm brüllt seine dunkelsten Drohungen, während unter ihm erneut das Krachen von Holz zu hören ist.

Es geht zu Ende.

Der Mann lässt sich in eine Nische fallen, die Augen weit aufgerissen. Sein Oberkörper hebt und senkt sich. Er ist am Leben, gerade noch.

Als wollte die See ihn nicht haben.

Das Licht auf dem Mast wird schwächer, es flackert, die nächste Welle rollt heran, sie begräbt das Schiff unter sich.

Die »Angèle«. Sein Schiff.

Nie hätte er hinausfahren dürfen in dieser Nacht. Der Mann verflucht sich für seine Gier, verflucht den Augenblick, in dem er weich geworden ist.

Stöhnend kracht der Rumpf des Schiffes gegen die Felsen, Gestein bohrt sich in die Schiffswand, schlitzt sie auf, reißt dem Boot das letzte bisschen Leben aus dem Leib. Das Deck ist von salziger Gischt überspült, Taue, Kisten, Netze aus den Verankerungen gerissen. Die Tür zur Steuerkajüte schlägt im Sturm hart gegen die Wand, der Holzrahmen ist längst zersplittert, die Scheiben sind längst zerborsten.

Der Mann sucht nach etwas, sein Blick fliegt über das Deck. Aber keine Seele stemmt sich mehr gegen das Schicksal, das die *Raz Blanchard* zum Spielball ihrer Kräfte gemacht hat.

Die nächste Welle kommt, der nächste harte Schlag. Der Mast schwankt, für einen Moment droht alles zu kippen, hinein in die Tiefen, die hier am Fuße der Klippen voller Abgründe sind und ohne Hoffnung.

Er kriecht noch ein Stück weiter in die Nische hinein. Zitternd greift er nach kleinen Vorsprüngen, versucht, sich festzuhalten, sein Körper ist schwer und durchnässt.

Immer weiter prügelt der Sturm auf ihn ein. Er will emporsteigen, fort aus dieser Hölle, die Wand hinauf, Stück für Stück. Noch aber fehlt ihm die Kraft, also blickt er schwer atmend hinaus auf die dunkle See und auf das Schauspiel, das sie ihm bietet.

Er weiß genau, wo er ist.

Am Ende der Welt.

Die *Raz Blanchard* treibt zwischen der Kanalinsel Alderney und der äußersten Spitze des Cotentin das Wasser vor sich her, mit unbändiger Kraft. Eine Strömung, die am Meeresgrund alles mit sich reißt, die Wellen zu brüllenden Monstern werden lassen kann. Ein weißer Strom des Verderbens, gefürchtet von den Fischern, den Seglern und auch den Frachtern, deren Kapitäne alle Geschichten gehört haben. Die erfundenen und auch die wahren. Jene über die Wracks am Meeresgrund, über die Geister längst verstorbener Schmuggler und auch jene über die böse Aura dieses Weltenrandes, wo der Leuchtturm des Cap de la Hague steht, draußen im Meer, auf seiner Klippe, als letzte Bastion.

Aber diese Nacht ist anders. Und dieser Sturm auch.

»Finis Terrae«, murmelte der Mann leise, als ein Blitz über

das Meer kracht und für einen kurzen Augenblick den Himmel erhellt. Das weiße Band zuckt die Küste entlang, entlang an den Klippen, am Nez de Jobourg und schließlich weiter nach Osten, nach Cherbourg und Barfleur.

Sein Barfleur.

Er kennt alle Geschichten über die alten Schmugglerpfade, die oberhalb der Klippen am Meer entlangführen und über denen in der salzigen Luft die Möwen ihr schnatterndes Schauspiel darbieten. Er kennt die Fanggründe im Osten, wo er zuhause ist, er kennt jeden kleinen Hafen entlang der Nordküste, jede Bucht und jeden Strand.

Und deshalb hätte er nicht rausfahren dürfen.

Denn am Ende der Welt hat sich jetzt ein Tor geöffnet, und jedes Leben verschwindet darin, verschluckt von einer gurgelnden See. Auch seine »Angèle« ist endgültig verloren, er kann sehen, wie immer mehr Wasser ins Innere strömt, alles hebt und senkt sich, wie ein sterbender Körper, der sich aufbäumt, angesichts des Unausweichlichen.

Und dann sieht er ihn.

Den Jungen.

Der Mann wischt sich Regen, Schweiß und Blut aus den Augen, blinzelt mehrmals und richtet sich auf.

Und er sieht, dass alles verloren ist.

Die schmale Gestalt, die zwischen der Reling und der großen Spule am Heck festklemmt, bäumt sich nicht mehr auf. Gelbe Hochseestiefel stecken in einem Gewirr von Tauen und Netzen, eine Hand hängt leblos über der Reling. Blut fließt unter einer dichten Strickmütze hervor, die den Aufprall gegen den harten Rand der großen Spule nicht hatte abmildern können. Immer wieder reißen Wellen an dem Körper, wollen ihn fortspülen, ihn in die Tiefe hinabziehen. Aber wie eine Makrele, die sich in ihrem Todeskampf im Netz der Fischer verkeilt, schlingen sich die feingliedrigen Seile mit jeder Bewegung nur noch fester um ihr Opfer.

»Nein! Noah! Noaaaah!!«
Der Mann schreit, gegen die Wellen, gegen den Sturm, gegen den Tod. Schwankend steht er auf, klammert sich an das rutschige Gestein, verliert fast den Halt, aber er schreit weiter, immer weiter.
Die Wellen schließen sich über der »Angèle«, das Meer zieht sie in den gierigen Schlund am Fuße der Felsen. Alles wird mitgerissen. Der Junge ist schon nicht mehr zu sehen.

Eine Ewigkeit und noch viel länger kauert der Mann in der Nische im Stein, weinend, mit allen Kräften am Ende. Schließlich traut er sich hinaus in den Wind, er brüllt die Gezeiten an, während seine Hände nach Halt suchen in den Ritzen. Seine Füße arbeiten sich vorwärts, nach oben, nur nach oben.
Bis er den Rand erreicht.
Feuchtes Gras empfängt ihn, die Kälte der Erde an seinem Gesicht, er kann die Brandung spüren, weil der Boden unter ihm erzittert.
Der Herzschlag des Monsters.
Keuchend, weinend, den Blick in die Wolken, die dort oben toben und sich selbst zerfetzen wie ein zweites Schlachtfeld. Am Cap de la Hague ist der Kampf noch immer im vollen Gang, die Heerscharen haben sich noch nicht zurückgezogen. Es ist, als hätten die Elemente ihre Krieger losgeschickt, das Wasser, die Luft, die Erde.
Und das Feuer.

Eine Flamme schält sich aus der Dunkelheit, direkt über seinem Gesicht. Sie kommt aus den Schatten, ist plötzlich da, ihr flackernder Schein erhellt sein Gesicht.
Hoffnung. Auf Rettung, auf Heilung.
Auf Vergebung, vor allem.
Ein Gesicht schiebt sich in sein Blickfeld, dunkle, tiefe Augen, die ihn anblicken.

Die Flamme senkt sich – tiefer, immer tiefer.

Bis sie dicht über ihm schwebt, ruhig jetzt, abwartend.

»Bitte«, flüstert der Mann mit der letzten Kraft, die ihm bleibt. »Mein Schiff. Der Junge. Ich wollte nur ...«

Die Flamme geht aus.

Hände packen ihn, zerren ihn nach oben, er kann sich nicht wehren, da ist keine Kraft mehr, seine Beine knicken weg.

Jemand hält ihn, mit festem Griff.

Jemand gibt ihm Halt.

»Danke«, murmelt der Mann. Er sucht die Augen unter der Kapuze, er sucht das Gesicht, das verborgen ist, tief in den Schatten dieser Nacht. Und für einen kurzen Moment denkt er, dass der Gott der See ein Einsehen hat.

Aber es gibt keinen Gott der See. Nur einen Gott des Feuers.

Und als der Griff sich lockert, als die Hände, die ihn halten, ihn fast sanft nach hinten stoßen, als er kippt, zurück in die Hölle unter ihm, da versteht er: Dieser Sturm wird sich nicht mit einem Opfer begnügen. Und diese Nacht wird es nicht bei einem Toten belassen.

Sein Schrei wird verschluckt vom Wind und vom Regen, sein Körper verschlungen von der Brandung, die ihn dankbar aufnimmt und ihn hinausträgt, zu seinem Schiff, seiner »Angèle«, wo er hingehört, dorthin und nirgendwo anders.

KAPITEL 2

Cherbourg
Ein halbes Jahr später

Festungsstadt am äußersten Ende der Normandie. Legendärer Seehafen der französischen Marine. Ausgangspunkt für Weltensegler und Knotenpunkt für die Fähren nach Großbritannien und Irland. Und bei der Auflistung der regenreichsten Städte des Landes jedes Jahr auf den vorderen Plätzen vertreten. Leider völlig zu Recht.
Cherbourg.
Luc Roussel schlug den Kragen seines Mantels hoch und schnippte fluchend eine Zigarette auf den Boden. Der Regen kam jetzt von vorne, was die vierte Richtungsänderung in den vergangenen zehn Minuten bedeutete. Es war keine Sturmflut, die sich in den ersten Morgenstunden über das Hafenbecken schob, sondern vielmehr ein steter Strom feinster, perlenartiger Tropfen, die der Wind über die Kaimauer blies, bis in ihr Versteck hinein. Und das schon die ganze Nacht hindurch.
Es war eine verdammte Katastrophe.
Anfangs hatten sie hinter einer flatternden Pergola Schutz gefunden, die jedoch nach einer Stunde so durchnässt gewesen war, dass sie ein kräftiger Windstoß aus der Verankerung gerissen hatte. Sie hatten sich mit aufeinandergestapelten Holzpaletten beholfen, aber das Wasser suchte sich seinen Weg. Und fand ihn auch.
»Ich habe sicher schon Schwimmflossen zwischen den Ze-

hen«, fluchte Roussel und duckte sich, als ein weiterer Windstoß ihm den Regen direkt ins Gesicht blies.

»Und was passiert: Nichts! Ich meine, wir stehen uns hier seit halb drei in der Nacht die Beine in den Bauch und außer Regen ist nichts, verdammt nochmal!«

Im Hintergrund ragten Lastenkräne in den nur langsam heller werdenden Himmel, stählerne Kolosse, die in zwei Stunden wieder mit dem Be- und Entladen der Frachter beginnen würden, rumpelnd und schwankend. Entlang des Hafenbeckens warfen vereinzelte Straßenlaternen ihr gelbliches Licht auf die Wellen, auf denen eine Handvoll Fischkutter schaukelte.

Auch die beiden Männer, die neben Roussel hinter den Kisten hockten, schienen sich längst mit ihrem Schicksal abgefunden zu haben. Kurz nach Schichtbeginn hatten sie noch ab und zu ein Wort gewechselt, sich über den Auftrag unterhalten oder über ihre Arbeit, wenig später waren sie verstummt.

Die zwei jungen Polizisten waren aus der Stadt herbeordert worden, ohne Rücksicht auf freie Tage, der Dienstplan war außer Kraft gesetzt. Leicht zitternd kauerten sie hinter den Paletten und blickten ab und zu durch ihre Nachtsichtgeräte am Hafenbecken entlang. Nicht mehr lange, und sie konnten wieder normale Ferngläser benutzen, aus den grünlich schimmernden Umrissen der Nacht würden sich die Hafenanlagen und die Baracken auf der anderen Seite des Beckens schälen. Wenn ihnen nicht der Nebel dazwischenkam, der in ersten Fetzen vom Meer in die Stadt getragen wurde.

»Na klar, das fehlt uns gerade noch«, murmelte Roussel missmutig.

»Hier ist Kaffee.«

Eine Frau betrat den Verschlag, erleichtert griffen Roussel und die beiden jungen Beamten zu den dampfenden Bechern, die sie mitgebracht hatte.

»Und, nichts Neues?«

Valerie Colin stellte sich direkt neben Roussel und blickte über das trübe Wasser zum Grund ihres nächtlichen Versteckspiels. Dem Trawler mit der Registrierungsnummer CH 548807.

Ein Hochseeboot, geeignet für den Fischfang in den offenen Gewässern weit draußen vor der Küste des Cotentin, wo sich britische und französische Fanggründe vermischten. Die große Spule am Heck war rostig, das gewaltige Netz aufgerollt und bereit für eine weiteren Einsatz in den dunklen Gewässern des Ärmelkanals.

Aber CH 548807 war, anders als vorhergesehen, noch nicht aufgebrochen. Wie so viele Fischer entlang der Küste hätte die Besatzung noch in der Dunkelheit den Hafen von Cherbourg verlassen sollen. Aber von den Männern fehlte jede Spur.

»Ich sag euch, irgendwas stimmt da nicht«, murmelte Roussel und blickte hinüber zu den anderen Positionen, wo weitere Mitglieder der eigens zusammengestellten Sonderermittlungseinheit im Verborgenen warteten. Es gab es vier verschiedene Teams, insgesamt knapp zwanzig Polizeibeamte des Commissariat von Cherbourg, dessen Leiterin nun neben Roussel stand, deutlich angespannt und übermüdet.

Und dennoch war Valerie Colin für ihn immer noch der beste Grund, im Regen von Cherbourg zu stehen. Sie kannten sich seit vielen Jahren, hatten sich jedoch zwischenzeitlich aus den Augen verloren. Bis eine Festnahme in Deauville Roussel in ihr Revier geführt und eine neue Verbindung zwischen der Côte Fleurie, wo er das Commissariat leitete, und Cherbourg, ihrem Einsatzgebiet, geschaffen hatte.

Er betrachtete sie aus den Augenwinkeln, während sie mit ihrem Nachtsichtgerät die Auffahrtsstraße zum Hafengelände im Blick behielt. Sie war Anfang fünfzig, hatte schulterlange gelockte braune Haare und trug unter dem Regenmantel einen weiten Wollpullover.

Valerie Colin leitete das Commissariat seit fünf Jahren, davor hatte sie auf der Straße gearbeitet, so wie Roussel.

Sie waren beide vom gleichen Schlag. Und für einen kurzen Moment dachte er darüber nach, ob sie wohl mit ihm auf die erfolgreiche Aktion anstoßen würde. Sofern sie denn erfolgreich wäre.

»So langsam frieren meine Füße ein«, murmelte er.

Der Fischtrawler lag noch immer unbewegt in den Schatten der Hafenmauern, umgeben vom brackigen Wasser, auf dem er dümpelte.

Valerie blies den Dampf aus ihrer Kaffeetasse.

»Ich habe dir gesagt, zieh dir warme Sachen an. Und damit meinte ich auch Sachen, die vor Regen schützen. Hier regnet es nicht immer, aber meistens. Aber gut, ihr Typen aus Deauville seid halt die Sonne gewöhnt, den roten Teppich und die breiten Sandstrände. Alles weit weg gerade, oder?«

Roussel sah sie erst mürrisch an, dann lächelte er.

»Ihr Mädchen aus Cherbourg tut immer so hart, aber wenn es nicht nur regnet, sondern auch stürmt, dann verzieht ihr euch nach drinnen.«

Roussel nahm einen Schluck, der Kaffee brannte kurz in seiner Kehle und ließ ihn für ein paar wertvolle Sekunden in dem Glauben, dass die Nacht fast geschafft wäre. Dabei waren die frühen Morgenstunden immer die kältesten, auch jetzt, Anfang April, wo der Winter zwar vorüber war, aber der Frühling seine Zurückhaltung noch längst nicht abgelegt hatte. Schon gar nicht hier, wo der endlose Atlantik näher war als die Autobahn nach Paris.

»Du hättest jedes Commissariat kriegen können, Valerie«, grummelte er. »Ich habe deine Wahl nie verstanden. Und ich komme aus dem Norden, ich kenne Nebel und Regen. Aber das hier: Das ist ...«

»Das ist Cherbourg, und ich liebe es. Wir stellen die besten Regenschirme her, und das sagt doch schon alles.«

Drei Wochen war es her, seit Roussels Team im Hafen von Deauville einen ähnlichen Trawler wie den, der vor ihnen im Hafenbecken lag, festgesetzt hatte. Die Besatzung war mittlerweile wieder auf freiem Fuß, nur der Kapitän saß in Untersuchungshaft.

Und er hatte geredet. Roussel hatte zugehört und schließlich Valerie Colin angerufen. Und nun standen sie hier und warteten.

Es dauerte eine weitere knappe Stunde, bis sich das erste Licht des neuen Tages allmählich über die Stadt legte, hinter dem Fährterminal wurde der Horizont sichtbar, und mit ihm die bittere Aussicht auf eine erfolglose Nacht. Roussel streckte sich, er spürte seine Gliedmaßen wie Fischgräten, die quer in seinem Körper zu stecken schienen.

»Das wird nichts mehr«, sagte er leise zu Valerie. Sie schauten beide über das Hafenbecken, das Funkgerät, das sie auf einem rostigen Tisch unter ihrem Unterstand abgelegt hatten, schwieg seit einer halben Stunde.

Funkstille über Cherbourg.

Mehrere dutzend Augenpaare, die aus unterschiedlichen Positionen den Trawler beobachteten. Und das seit Stunden. Ein mobiles Einsatzkommando, das in einer der Lagerhallen wartete. Dazu vier Scharfschützen auf den Dächern der umliegenden Fabrikgebäude.

Es war das große Besteck, und sie durften es nicht verbocken.

»Schon seltsam«, sagte Roussel zu Valerie. »Wir sind im 21. Jahrhundert. Und doch machen wir das, was vor Jahrhunderten schon unsere Kollegen gemacht haben.«

»Wir sind nur besser ausgestattet, immerhin haben wir Nachtsichtgeräte.«

»Mit denen wir bislang nichts gesehen haben!«

Sie schmunzelte und nahm einen weiteren Schluck Kaffee.

»Aber du hast schon recht. Ich meine: Schmuggel. Das klingt nach Piraten und Rumfässern, die nachts über die Planken gerollt werden.«

Roussel wusste, dass der Schmuggel zwischen Frankreich und England an den Küsten des Cotentin tatsächlich eine jahrhundertealte Tradition hatte – aber bis vor drei Wochen hätte er niemals gedacht, dass er selbst auf Schmugglerjagd gehen würde. Doch die veränderte politische Lage in Großbritannien hatte so einige Irrungen mit sich gebracht, und der Schmuggel zollpflichtiger Waren war eine davon. Immer wieder waren in den vergangenen Monaten kleinere Schiffe festgesetzt worden, die den Kanal überquerten: mit Zigaretten, Waffen und Drogen an Bord. Selbst Antiquitäten oder Medikamente waren keine Seltenheit, zwischen der Südküste Großbritanniens und der Normandie war ein reger Handel entstanden.

Aber erst der festgenommene Kapitän in Deauville hatte sie auf die richtige Spur gebracht. Es gab tatsächlich so etwas wie ein Netzwerk, das seinen Mittelpunkt hier oben auf dem Cotentin zu haben schien. Eine kleine, unscheinbare Einheit, die Spediteure und Zwischenhändler schmierte, die Fischer und Hafenmitarbeiter kontrollierte.

Und in dieser Nacht, die gerade zu Ende ging, wollten sie die wichtigsten Hintermänner festsetzen. Sofern sie denn kamen. Denn bislang lag CH 548807 noch immer auf der anderen Seite des Hafenbeckens. Still wie ein toter Fisch.

Es war kurz vor halb sechs, als das Funkgerät auf dem Tisch knisterte.

»Achtung, Bewegung auf der Zufahrtsstraße.«

Valerie war schneller als Roussel, sie schnappte sich das Funkgerät und antwortete mit knappen Worten.
»Ein Lastwagen?«
»Positiv.«
»Welche Aufschrift?«
»Ein Möbelhaus. Zwei Männer im Steuerhaus.«
»Das sind sie. Es geht los.«

Der Regen hatte etwas nachgelassen, an den Wänden der Lagerhallen, die das Hafenbecken auf der Ostseite umgaben, glitzerte das Wasser im Schein der Straßenlaternen. Roussel spürte sofort, wie das Adrenalin sich in seinem Körper bemerkbar machte, wie die Anspannung stieg und er sofort auf Betriebstemperatur war. Die Kälte der Nacht war augenblicklich vergessen.

Valerie stand jetzt unter Strom, immer wieder sah sie Richtung Zufahrtsstraße, die zum Kai führte, an der der Trawler festgemacht war.

»Fahrzeug nähert sich Position 2.«
»Position 2 übernimmt. Bestätige: Zwei Personen. Ob andere im Laderaum sind, ist nicht zu sehen.«
»Ist eine unserer Zielpersonen im Lastwagen?«

Valerie sprach mit ruhiger Stimme in ihr Funkgerät. Es blieb für einen kurzen Moment ruhig, bis das Gerät knackte.

»Negativ.«
»Scheiße!«

Sie hieb mit der Faust auf den Tisch.

»Warum ist keiner aus dem engen Kreis dabei? Es ist eine wichtige Fuhre!«

»Warten wir erstmal ab«, beruhigte Roussel sie. Immer noch war es dunkel rund um das Hafenbecken, die Lichtflecken der Laternen auf dem Wasser zitterten leicht, als ein Windstoß über das Meer fuhr.

»Der Regen hat aufgehört«, bemerkte Roussel erstaunt.

Er löste den Knopf seines Holsters und straffte sich. Er liebte diesen Augenblick, kurz bevor sich eine Ermittlung ihrem Höhepunkt näherte. Wenn die Anspannung zu greifen war, wenn Polizisten unerbittliche Jäger wurden.

Jäger, deren Beute jetzt auf die Zufahrtsstraße einbog, rumpelnd und in hohem Tempo.

Der Lastwagen war weiß und hatte die rote Aufschrift eines Möbelhauses an der Seite. Es war ein 7,5-Tonner, der genug Platz für mehrere Kisten mit zollpflichtiger Ware bot.

Zigaretten, gefälschte Pässe. Und Waffen.

Das waren die Informationen, die sie hatten.

Der Lastwagen hielt direkt vor dem Trawler.

»Alle warten, kein Zugriff. Ich wiederhole: kein Zugriff. Wir warten, bis sie auf dem Boot sind.«

Valerie schob die Nachtsichtgeräte beiseite, die sie vor sich abgelegt hatte, sie waren jetzt sinnlos. Erste Nebelschwaden zogen durch das Hafenbecken, sie mussten die Augen zusammenkneifen, um alles scharf sehen zu können.

»Einer der Männer steigt aus.«

»Da ist tatsächlich keiner derjenigen dabei, auf die wir warten«, sagte Roussel, als er durch sein Fernglas blickte.

Valerie atmete durch und warf dann ihren Pappbecher in den Dreck. Dann starrte sie wieder auf die andere Seite des Hafenbeckens, wo jetzt auch der zweite Mann aus dem Fahrzeug gestiegen war.

»Auch nicht«, murmelte sie.

Beide Männer sahen sich nervös um. Der Beifahrer zog an einer Zigarette und fuhr sich mehrmals durch die dunklen Haare.

»Hübscher Kerl, gehört aber nicht zur Familie«, kommentierte Roussel unnötigerweise.

»Das sehe ich selbst, verdammte Scheiße.«

»Vielleicht hintendrin.«
»Ja, du mich auch, Roussel.«

Es knisterte in Valeries Funkgerät.
»Der Beifahrer geht um den Lastwagen herum. Wir haben freies Schussfeld.«
»Zweite Person kommt ebenfalls nach hinten.«
Roussel wusste, dass die Scharfschützen auf einem der Nebengebäude lagen, er beneidete sie nicht um ihre exponierte Position angesichts des Dauerregens, der bis eben noch geherrscht hatte.
Aber sie brauchten keine toten Unbekannten, sie brauchten Informationen. Denn auch ohne jemanden aus dem engsten Kreis: Die Aktion durfte nicht schiefgehen.
Aber sie ging schief.

Roussel wusste es in dem Augenblick, in dem der Beifahrer die Ladeklappe des Lastwagens öffnete und Schreie zu hören waren. Schreie, die über das Wasser zu ihnen drangen wie ein verzweifeltes Wehklagen.
»Da sind weitere Personen!«
»Kein Zugriff! Hört ihr, wir warten ab!«
»Es sind Kinder dabei. Ich bestätige, Frauen und Kinder. Eins ist jetzt von der Ladefläche gesprungen. Zielperson eins hält es fest.«
»KEIN ZUGRIFF!«
Valerie brüllte in ihr Funkgerät, während Roussel versuchte, von seiner Position aus den Überblick zu behalten. Die Schreie wurden lauter, es herrschte Tumult und Chaos an der Heckklappe.
Sie hatten sich nicht getäuscht, die Ware war tatsächlich am Kutter mit der Aufschrift CH 548807 angekommen wie vereinbart. Aber es waren keine Waffen, und schon gar keine Zigaretten. Es waren Menschen.

Flüchtlinge, die alles taten, um nach England zu kommen, eine stundenlange Fahrt in einem LKW war da noch das wenigste. Und die illegale Überfahrt auf einem Fischtrawler nur unwesentlich schlimmer.

»Scheiße«, sagte Roussel, »die haben das Boot an Schlepper verkauft.«

Wieder knisterte es in Valeries Funkgerät.

»Es sind schätzungsweise fünfzehn Personen. Mehrere Kinder. Neben den beiden Fahrern offenbar zwei ... ich korrigiere, drei Männer, die im Laderaum dabei waren. Insgesamt also fünf Zielpersonen.«

»Wir warten!«

Roussel konnte die Rufe der Menschen hören, die Befehle der Männer, die hektisch in Richtung des Bootes zeigten.

»Waffe! Der Beifahrer hat eine Waffe gezogen!«

»Bleibt ruhig!«, zischte Valerie in ihr Funkgerät.

»Er bedroht einen der Flüchtlinge. Bitte um Freigabe! Wir wissen nicht, ob er ...«

»Ich sagte: kein Zugriff!«

Roussel trat aus ihrem Versteck, er stand jetzt direkt an der Kante des Hafenbeckens, mit gezogener Waffe, ohne dass er gewusst hätte, auf wen er sie richten sollte.

Auf der anderen Seite herrschte das völlige Chaos.

»Achtung, unbekannte Person läuft weg! Ich wiederhole: Unbekannte Person läuft weg. Es handelt sich um einen der Flüchtlinge, was sollen wir ...«

»Waffe gehoben! Wir müssen sofort handeln!«

Valerie stand jetzt neben Roussel in der feuchten Luft, ihre braunen Haare flatterten im Wind, während sich in ihrem Blickfeld die Arbeit mehrerer Monate in Luft aufzulösen drohte.

»Scheiße, mach keinen Blödsinn!«, murmelte sie.

Sie konnten sehen, wie der junge Mann hektisch herumbrüllte und sich verzweifelt durch die Haare fuhr. Wie er seine Waffe erst senkte und sie dann wieder hob. Wie er den Flüchtenden ins Visier nahm.

»Valerie ...«

»Freigabe erteilt«, sagte sie leise in ihr Funkgerät.

»Verstanden. Freigabe erteilt.«

Ein Schuss peitschte durch den frühen Morgen. Der Mann wurde herumgewirbelt, getroffen von einem der Scharfschützen. Er stolperte, fing sich aber wieder und riss seine Waffe erneut hoch.

»Mann, lass die Waffe fallen!«, schrie Valerie hilflos über das Hafenbecken. Aber es war zu spät. In blinder Panik begann der junge Mann um sich zu schießen.

Eine Frau wurde getroffen und fiel zu Boden.

Ein zweiter Schuss aus der Ferne.

Der Schlepper wurde nach hinten geschleudert und sackte auf dem nassen Asphalt zusammen. Um ihn herum panische Schreie.

»Zweite Waffe!«

»Zugriff! Zugriff!«

»Personen ausschalten! Ich wiederhole, Personen ausschalten!«

Durch den Nebel hindurch konnte Roussel die Umrisse der Frauen erkennen, die sich zu Boden warfen, auf ihre Kinder, während die Schlepper ihre Waffen zogen und alles ins Visier nahmen, getrieben von Angst und dumpfer Wut.

Sie hatten einen simplen Auftrag gehabt. Einen Lastwagen mit »Ware« zum Boot zu bringen. Und jetzt brach die Hölle auf Erden los, und keiner der vier Männer kam auf die Idee, die Waffe niederzulegen.

Sie hatten keine Chance.

Drei weitere Männer fielen durch die Kugeln der Scharfschützen. Nur der Fahrer schaffte es zurück in die Kabine, startete den Motor und raste mit dem Lastwagen den Kai entlang. In Richtung Meer.

»Es sind noch Personen drin! Wagen aufhalten!«

Zwei Männer sprangen von der Laderampe des rasenden Fahrzeugs und schlugen hart auf den Asphalt, Schüsse peitschten durch die Luft, die Reifen des LKW wurden von Kugeln durchsiebt. Nach etwa hundert Metern kam der Lastwagen zum Stehen, und der Fahrer hob die Hände.

Dann war alles vorbei, auch wenn noch immer Schreie zu hören waren. Aus den unterschiedlichen Richtungen kamen Beamte gelaufen, mit gezogenen Waffen, sie kreisten die Menschen ein, die sich in den Armen hielten, weinend und zitternd angesichts der Geschehnisse. Das grelle Licht eines Scheinwerfers flammte auf, mehrere Polizeifahrzeuge bogen auf die Zufahrtsstraße ein.

Valerie Colin machte ihr Funkgerät aus und blickte für einen Augenblick stumm auf das Chaos.

»Schöne Scheiße«, sagte sie schließlich und fuhr sich müde übers Gesicht.

Durch den immer dichter werdenden Nebel drang das Zucken der blauen Polizeilichter zu ihnen.

»Einen haben wir. Mal sehen, was wir aus ihm rauskriegen.«

Valerie zuckte mit den Schultern.

»Das ist irgendein Söldner, der vermutlich nicht mal seinen richtigen Auftraggeber kennt. Aber klar, besser als nichts.«

Sie wandten sich vom Hafenbecken und auch vom Fischtrawler mit der Kennung CH 548807 ab, dessen Deck in diesem Augenblick von einigen Beamten gesichert wurde. Sie würden nichts finden, bereits zu Beginn der Nacht hatten sie sich vergewissert, dass niemand an Bord des Trawlers war. Die Besatzung war untergetaucht, die Schlepper hätten die Überfahrt selbst in die Hand genommen.

Aber nun würde es keine Überfahrt geben.

Der Einsatz am Hafen von Cherbourg war ein Erfolg, so würden sie ihn jedenfalls den ermittelnden Behörden und der Öffentlichkeit erklären.

Aber jeder kleine Fisch hatte hinter sich noch einen größeren – und der war ihnen heute nicht ins Netz gegangen.

KAPITEL 3

Barfleur
Am nächsten Tag

Der alte Mann, der am Rande des Hafenbeckens saß, blinzelte in die flach über dem Wasser stehende Sonne. Er setzte einen ersten Pinselstrich, seine Hand war ruhig, und auf seinem Gesicht lag ein Lächeln, das er sich für genau diesen Augenblick aufgespart hatte. Zufrieden betrachtete er das zarte Blau, das den Grundton seines Kunstwerks bilden würde.

Er hatte vorher noch nie gemalt.

Tatsächlich saß an diesem Morgen in Barfleur kein erfahrener Künstler vor dem funkelnden Wasser, auf dem die Boote im Hafenbecken schaukelten. Es war kein Profi, der im Angesicht der hinter ihm aufgereihten Basalthäuser ein weiteres seiner unzähligen Hafenbilder malte. Es war vielmehr ein blutiger Anfänger, der im hohen Alter beschlossen hatte, dass genau dies eine wunderbare Beschäftigung sein könnte: Am Meer sitzen, die aufgeweckten Silbermöwen am Himmel über sich, eine kleine Staffelei, die Farben, die Pinsel direkt vor sich und dahinter die preisverdächtige Kulisse von Barfleur, jenem glitzernden Juwel des Cotentin.

Die bunten Fischerboote, die an langen Tauen am Kai befestigt waren, trieben auf dem Wasser, die Kirche von Saint-Nicolas wachte über den fernen Horizont, bereit, die Glocken läuten zu lassen, wenn Gefahr drohte. Einige Meter weiter wuchteten zwei Männer Körbe mit frisch gefangenem Kabeljau, mit Seebrassen und sogar einigen Tintenfischen auf die Mole, wo bereits die ersten Köche der umliegenden Restaurants standen und fachsimpelten.

Ein weiterer Pinselstrich, verwegen nahezu, so vieles ließ sich im Internet erlernen, in nächtelanger Recherche, weil der alte Mann nach einem längeren Klinikaufenthalt nichts anderes zu tun gehabt hatte.

Auf der anderen Seite des Hafens rangierte ein Laster, ein Jugendlicher saß auf einer kleinen Mauer in der Sonne, Kopfhörer auf den Ohren. Als er seinen Blick auffing, winkte der alte Mann ihm zu, wobei etwas blaue Farbe auf sein Hemd spritzte.

»Jaja, ich hätte einen Kittel anziehen sollen«, sagte er zu sich selbst und nahm einen Schluck Kaffee aus einer Tasse, die auf einem Schemel neben ihm stand. Er war bestens ausgestattet für seinen Ausflug an die Küste, für sein ganz persönliches Abenteuer, eine Reise ans Ende der Welt.

»Ich setz mich dahin und fange einfach an. Nennt mir einen guten Grund, der dagegenspricht. Und damit eins klar ist: Ein gerade überstandener Herzinfarkt ist genau das Gegenteil – nämlich ein ziemlich gutes Argument dafür!«

Der Geruch von fangfrischem Fisch mischte sich mit dem von warmem Kaffee. Ein weiterer Strich, etwas entschiedener diesmal, dort, wo das Wasser des Hafens dunkler wurde, wo es hinausging ins offene Meer, in die tiefen Gewässer vor der Küste des Cotentin. Aus dem alten Transistorradio zu seinen Füßen erklang eine Melodie, der alte Mann schmunzelte, beugte sich hinunter und drehte die Lautstärke voll auf, so dass das Lied auf der Terrasse des kleinen Cafés hinter ihm gut zu hören war.

»Du bist dran, Bodyguard!«

Nicolas Guerlain saß am kleinen Tisch des »Café du Port«, vertieft in die regionale Tageszeitung, sein Gesicht von der Morgensonne beschienen. Vor ihm lagen die letzten Krümel eines gerade aufgegessenen Croissants, hoffnungsvoll beäugt von zwei Tauben, die vor der Terrasse des Cafés über die Mole stolzierten. Zu seinen Füßen hatte sich Rachmaninoff auf den Holzplanken ausgestreckt, ein brauner, zotteliger Mischlingshund, der nur ab und zu ein Auge öffnete, um den alten Mann am Wasser zu betrachten, der sein Herrchen war und viel mehr als das.

Nicolas blätterte um und sah Richtung Hafenbecken, hinter dem sich Barfleur wie eine kunterbunte Postkarte ausbreitete. Eine Postkarte, von der er jetzt schon wusste, an wen er sie schicken würde.

»Noch einen Kaffee?«, fragte in diesem Augenblick die junge Besitzerin des »Café du Port«, bevor sie ihm einen Espresso mit warmer Milch hinstellte, ohne auf seine Antwort zu warten.

Vielleicht war das Leben genau deswegen so einfach derzeit, dachte sich Nicolas für einen Augenblick. Weil ihm jemand einen Kaffee hinstellte, ohne zu fragen, ob er ihn überhaupt wollte. Und weil wenige Meter neben ihm ein alter Freund erste Pinselstriche machte, ohne sich darum zu scheren, ob er es konnte oder nicht.

Und natürlich, weil jemand mit ihm in eine Wohnung am Meer zog, sie mit ihm einrichtete, Möbel kaufte, eine Zukunft plante, auf die er sich mehr freute als auf alles andere.

»Hey, Bodyguard! Bist du eingeschlafen? Du bist dran!«

Nicolas lächelte die Frau an: »Sie müssen entschuldigen, er ist etwas aufgekratzt. Kein Wunder, er redet seit Wochen von nichts anderem. Und jetzt ist er hier: Als Vincent van Gogh der Normandie. Der neue Claude Monet, nur ohne Seerosen, dafür mit einem alten Hund und einem Radio, das ausschließlich Jacques Brel und Dalida spielt.«

Die junge Frau sah zu Tito, Nicolas' altem Nachbarn aus der Place Sainte-Marthe in Paris.

»Was gibt es Schöneres?«, sagte sie mit einer angenehm hellen Stimme. »Wenn man sich etwas vorstellt, es unbedingt möchte und es dann tatsächlich in die Tat umsetzt. Ich kann verstehen, dass er sich großartig fühlt, und ich denke, sobald er meine Croissants probiert hat, wird er noch begeisterter sein! Ich bin übrigens Élodie, mit Formalitäten haben wir es in Barfleur nicht so.«

»Freut mich, Élodie. Ich bin Nicolas. Und du hast in jedem Punkt recht. Vor allem mit den Croissants.«

»Ich hol noch welche.«

Er sah ihr hinterher, sie nickte einer Frau und einem Mann zu, die an einem Tisch im Innenraum des Cafés saßen und sich unterhielten. Nicolas konnte sehen, wie die Frau ab und zu hinaus auf die Straße blickte, während sie ihren Tee trank. Sie trug einen grünen, etwas abgetragenen Rock und eine beige Bluse, darüber einen Strickpullover. Nicolas schätzte sie auf Mitte fünfzig, sie erschien ihm unruhig, immer wieder wanderte ihr Blick die Mole am Hafen entlang.

Der Mann war einige Jahre älter, er hatte weißes Haar und einen Dreitagebart. Vor ihm stand eine kleine Espressotasse.

»Sagt einfach Bescheid, wenn ihr noch was braucht, Gabin«, sagte Élodie im Vorbeigehen zu dem Mann, als sie einen Korb mit Croissants nach draußen brachte.

Er nickte ihr freundlich zu, schien aber mit den Gedanken woanders zu sein. Nicolas konnte sehen, wie er immer wieder den Kopf schüttelte, während die Frau auf ihn einredete. Er trug den typischen dunkelblauen Wollpullover der Fischer, seine Hände waren groß und rissig.

»Hör auf mit dem ständigen Beobachten«, murmelte Nicolas sich selbst zu. Es war eine Berufskrankheit, die ihn seit vielen Jahren begleitete, das ständige Beobachten, das Sehen und Einordnen, das Abwägen und Einschätzen einer Situation.

»Das ist wirklich ein wunderschöner Ort für ein Café, Élodie«, sagte er, als die junge Cafébesitzerin zu ihm nach draußen kam. »Ein kunterbuntes Bilderbuch. Es könnte sein, dass ich von jetzt an öfter hier sitze.«

Am Hafenbecken vor ihnen zog Tito, der Nicolas hierher ans normannische Ende der Welt geschleppt hatte, grummelnd sein Handy aus der Jackentasche und tippte mühsam eine Nummer in das Display.

»Du bist jederzeit willkommen«, antwortete Élodie. »Die Saison hat noch gar nicht richtig begonnen. Jetzt im April ist es noch ruhig hier.«

Sie zog sich einen Stuhl heran und setzte sich kurz neben ihn. Nicolas nippte an seinem Café, brach sich ein Stück Croissant ab und blickte über das Wasser, während Élodie den Kopf in den Nacken legte und die Sonne genoss. Er schätzte sie auf Ende zwanzig, aber ihre Augen waren müde, sie war blass.

»Ist Barfleur ein gutes Pflaster?«, fragte er. »Ich meine für ein Café, lohnt es sich? Ich vermute, du kannst nicht oft in der Sonne sitzen.«

Sie drehte sich zu ihm um und lauschte für einen Augenblick der Melodie aus Titos Transistorradio.

»Keine Ahnung, ich werde es wohl herausfinden müssen. Ich habe dieses Café erst vor einigen Wochen übernommen, es wird meine erste richtige Saison. Ich habe mich in den Ort verliebt, als ich mit meinem Freund hier Urlaub gemacht habe. Der Freund ist Vergangenheit, das Café die Zukunft, strahlend schön und zugleich der Grund für einen hübschen Schuldenberg bei der Bank. Also iss ordentlich Croissants, Nicolas, damit ich nicht wieder zurückmuss in die Vogesen, denn da ist es sogar im Sommer nass und kalt.«

»Zu Befehl«, sagte Nicolas und tunkte sein Gebäck in seinen Café Noisette. Er würde später am Strand Laufen gehen, um die Folgen seines ausgiebigen Frühstücks zu bekämpfen.

Der Fischer am anderen Tisch hatte sich von der Frau verabschiedet, er schob sich eine Wollmütze auf den Kopf und nickte Élodie zu, als er ging.

»Julie!«

Tito hielt das Handy dicht ans Ohr gepresst, seine knarzende Stimme drang zu ihnen herüber, und sofort hob Rachmaninoff den Kopf. Der Hund war vernarrt in Julie, in den ersten Wochen nach ihrer Rückkehr waren sie und Nicolas mit Rachmaninoff Stunde um Stunde durch die Pariser Parks gelaufen, an der Seine entlang und die Treppen rund um Montmartre hinauf. Mit jedem Schritt hatten Julie und er sich mehr gefunden, hatten die Nähe genossen und die Distanz vergessen, die so viele Jahre und so viele Erlebnisse zwischen sie geschoben hatten.

»Hör zu, Julie, dein Bodyguard ist gerade beschäftigt, er flirtet mit der Cafébesitzerin, sie ist ein hübsches Ding, das muss ich schon sagen. Jedenfalls: Er nimmt das Spiel nicht ernst, du solltest ihn zum Teufel jagen! Nein, nicht wegen der Kellnerin, wegen der Musik! Wer keine Zeit für Musik hat, hat auch keine Zeit für die Liebe, verstehst du das? Und jetzt hör zu ...«

Tito drehte an seinem Transistorradio die Musik etwas lauter und hielt sein Handy an den Lautsprecher. Nicolas hatte das Lied längst erkannt, und er wusste, dass auch Julie kein Problem damit haben würde.

»Ein Strich für dich«, murmelte er und sah sie vor sich, die Farbrolle in ihrer Hand, die Fußleisten abgeklebt. Julie packte ihre gemeinsame Zukunft an, mit festem Griff und der tiefsitzenden Entschlossenheit, der Vergangenheit keine Rolle mehr in ihrem Leben zu gewähren.

»Das ist einfach«, sagte Élodie neben ihm, »Alain Souchon. ›Rive Gauche‹.«

Nicolas lächelte.

»Nicht schlecht. Du könntest bei ihm einsteigen. Seit Jahren schon macht er sein persönliches Musikquiz, keine Minute ohne seine Chansons. Ich nehme an, ich habe schon dutzende Male gegen ihn verloren. Wobei er schwächer wird.«

»Wir werden alle schwächer mit dem Alter«, sagte sie und nickte dem Fischer zu, der jetzt aufgestanden war und ein letztes Wort mit der Frau im grünen Rock wechselte.

Ein Wagen fuhr langsam an der Mole vorbei, zwei Männer saßen darin, die zu ihnen herüberblickten.

»Und wen ruft er an, eine weitere Mitspielerin?«, fragte Élodie.

»Julie. Meine ... Lebensgefährtin.«

Nicolas spürte sein Unbehagen, bevor er das Wort ausgesprochen hatte. Es blieb sperrig und klebrig, es hinterließ einen schalen Beigeschmack.

Lebensgefährtin. Freundin. Große Liebe.

Sie war Julie. Und er war Nicolas. Und damit war alles gesagt.

»Natürlich ist das Souchon!«, hörte er Titos Stimme. »Aber nicht mal das kriegt er hin, dein Bodyguard. Natürlich nenne ich ihn so, wie soll ich ihn sonst nennen? Banause? Ja, ich sag ihm, dass du gerade an ihn denkst, mein Gott, was für eine Zeitverschwendung!«

Der alte Mann stopfte sein Handy zurück in die Tasche und griff zu seinem Pinsel. Rachmaninoff hatte mittlerweile seinen angestammten Platz zu seinen Füßen wieder eingenommen.

Der Wagen war weitergefahren, der Fischer, den Élodie Gabin genannt hatte, legte einige Münzen auf den Tisch und verließ das Café. Durch den Hintereingang, wie Nicolas unbewusst bemerkte. Auch die ältere Frau war jetzt aufgestanden und blickte zu ihnen hinaus.

»Junge Leute«, grummelte Tito, »keine Ahnung von Musik, aber ans Meer ziehen wollen, was ergibt das für einen Sinn?«

»Und du bist tatsächlich Bodyguard?«, fragte Élodie. »So wie Kevin Kostner?«

Nicolas stellte seine Tasse ab.

»Ich war einer. Also nicht Kevin Kostner. Aber Personenschützer, ja.«

»Ist das nicht das Gleiche wie Bodyguard?«

Nicolas hatte diese Frage schon so oft gestellt bekommen.

»Ich beschütze den Menschen, nicht den Körper. Die Person.«

»Verstehe. Und diese Personen, das waren Prominente?«

»Auch. Aber eher Politiker, langweilige alte Männer in dunklen Anzügen, die auf Veranstaltungen zu lange Reden halten und danach noch länger Smalltalk machen, bevor es endlich nach Hause geht. Glaub mir, da ist wenig Aufregendes dran.«

»Ich finde, das klingt ziemlich aufregend!«, sagte Élodie, während sie aufstand und sich eine Haarsträhne hinters Ohr strich.

Nicolas musste kurz an Julie denken.

»Hast du schon mal … ich meine, das wirst du bestimmt oft gefragt … hast du …«

»Schon mal mein Leben riskiert? Nein, nicht wirklich.«

Nicolas war selbst überrascht, wie schnell und einfach ihm diese Lüge über die Lippen gekommen war. Aber diese Antwort war die einzig richtige, auch wenn die Wahrheit eine völlig andere war. Für einen sehr kurzen Augenblick rauschten einige Bilder der vergangenen Jahre durch seinen Kopf: Der Leuchtturm und der Kampf um das Leben von Noemie. Chausey, die Nacht im Wasser, in der er dem Tod mehr als nur nah gewesen war. Vieux-Port, das Dorf am Fluss der Ängste, wie die Presse es getauft hatte. Die Landungsstrände in der Normandie, Julie und er in einem alten Bunker, der Staatspräsident in Fesseln, die Waffe eines Wahnsinnigen auf ihn gerichtet.

Zu knapp, all das.

Und irgendwann würde das Pendel zur anderen Seite ausschlagen. Das Glück würde weiterziehen und ihn zurücklassen. Ihn und Julie.

Und genau deswegen saß er hier, in der frühen Morgensonne am Hafen von Barfleur. Um das Glück zum Bleiben zu überreden.

Während Élodie hinter ihren Tresen ging, verließ die Frau in dem grünen Rock das Café über die Terrasse. In einiger Entfernung wendete der Wagen, der eben vorbeigefahren war, und bog in eine Seitenstraße ab.

Im Innern des Cafés erklang das Klappern von Tellern.

»Vielen Dank, Luca, stell es einfach hier ab. Und das hier kann in die Küche.«

Ein junger Mann war aus einer Schwingtür neben dem Tresen gekommen, mit einem Stapel Teller in der Hand. Nicolas schätzte ihn auf Anfang zwanzig, er war schmächtig und nicht sonderlich groß. Seine feinen Gesichtszüge verschwanden fast unter der Baseballkappe, die er trug. Er rief Élodie etwas zu und deutete in Nicolas' Richtung. Die junge Frau warf ihm einen Lappen hinterher, als er wieder in der Küche verschwand.

Kurz darauf kam Élodie wieder nach draußen und wischte die Tische ab.

»Ohne Luca würde hier nichts gehen, ich bin froh, dass ich ihn habe. Er stand vor zwei Wochen plötzlich vor der Tür, auf der Suche nach einem Job. Ich liebe ihn jetzt schon, auch wenn er nicht viel spricht.«

»Manchmal hat man vielleicht einfach nichts zu sagen«, antwortete Nicolas und leerte seine Kaffeetasse.

»Und der Maler dort drüben, der ist jetzt deine Schutzperson?«, fragte Élodie.

»Gewissermaßen«, antwortete Nicolas. »Eigentlich hat er mich gezwungen, nach Barfleur zu kommen, aber wenn ich ehrlich bin, war das eine gute Idee. Ich darf es ihm nur nicht sagen, sonst muss ich womöglich noch als Modell herhalten.«

»Wenn es ein Akt wird, sag mir vorher Bescheid«, sagte sie und lachte, während sie seine Tasse wegräumte. Nicolas musste angesichts dieser offenkundigen Botschaft schmunzeln.

»Jedenfalls: Willkommen in Barfleur«, sagte Élodie jetzt in ernsterem Ton. »Die Kirche dort drüben heißt übrigens wie du: Saint-Nicolas. Du passt also ganz gut hierher.«

»Da bin ich mir sicher.«

»Und das Lied, das jetzt gerade im Radio kommt, ist übrigens von Nicolas Peyrac, den habe ich schon immer gemocht.«

»Verdammt, du bist wirklich gut. He, Tito!«

»Stör mich nicht, Bodyguard! Ich bin Künstler, ich brauche Ruhe!«

»Hier ist eine neue Mitspielerin, sie heißt Élodie, und sie hat schon zwei Striche.«

Nicolas schaute über das Hafenbecken hinaus aufs Meer, wo in der Ferne einige Segel zu erkennen waren. Die Flut schwappte gegen die Mole, ein schmales Sportboot tuckerte langsam in die Hafeneinfahrt und suchte sich seinen Liegeplatz. Zahlreiche Boote trieben in der Mitte des Beckens, an langen Tauen mit dem Ufer verbunden. Gestern Abend, bei einem Spaziergang durch die Dunkelheit, hatte Nicolas gesehen, wie sie bei Ebbe auf dem schlickigen Boden gelegen hatten, wie weiße Schildkrötenpanzer, die auf das Wasser warteten. Die Fischkutter, von denen es in Barfleur noch eine Handvoll gab, waren hingegen direkt an der Mole festgemacht, auf den Decks schrubbten Seeleute jetzt den Dreck weg, stapelten Kisten und überprüften die großen Heckspulen, mit denen draußen auf dem Meer die schweren Schleppnetze eingeholt wurden.

Nicolas überlegte, was er mit seinem freien Tag anfangen sollte, denn ganz offensichtlich brauchte Tito ihn doch nicht so dringend, wie er ihm vor einigen Wochen weisgemacht hatte.

»Ich bin ein alter Mann, Nicolas. Ich brauche Hilfe mit der Staffelei, mit dem ganzen Zeug. Und Julie braucht mal ein paar Tage für sich, immerhin habt ihr demnächst ja genug Zeit zusammen. Was für eine bescheuerte Idee, ans Meer ziehen zu wollen. Aber gut, in Barfleur kannst du schon mal sehen, wie es sich anfühlt, dieses Meer. Stinkt alles nach Mowenscheiße, das sag ich dir.«

»Ich komme aus der Normandie, Tito. Ich kenne das Meer.«

»Du kennst gar nichts, Bodyguard.«

Also hatte er ihn begleitet, hierher, an die Küste des Cotentin, wo die Winde rasten und das Licht sich wie nirgendwo sonst auf die Buchten legte, auf die Klippen und auf die unzähligen kleinen Häfen rund um Cherbourg.

»So was Blödes«, hörte er plötzlich Élodies Stimme, »sie hat ihre Jacke vergessen.«

Nicolas drehte sich zu der Cafébesitzerin um, die gerade dabei war, den Tisch abzuwischen, an dem die Frau eben noch gesessen hatte. In der Hand hielt sie eine graue Regenjacke. Titos Lamentieren hatte ihn derart abgelenkt, dass er gar nicht mitbekommen hatte, in welche Richtung sie verschwunden war.

»Die hing über dem Stuhl«, murmelte Élodie und hielt die Jacke in ihren Händen »Es ist nicht sehr warm, sie wird sie brauchen.«

Nicolas stand auf und ging zu der jungen Frau hinüber: »Kennst du die Frau, kommt sie öfter hierher?«

Gedankenverloren schüttelte Élodie den Kopf.

»Sie war zum ersten Mal hier. Gabin, der kommt ab und zu hierher, um einen Kaffee zu trinken, aber sie habe ich vorher noch nicht gesehen. Aber wie gesagt, das ist meine erste Saison.«

Nicolas sah den Quai Henri Chardon hinunter, der zwischen den Steinhäusern von Barfleur und der Mole am Hafenbecken in Richtung der Kirche führte. Er konnte eine Handvoll Menschen erkennen, die am Wasser entlangschlenderten und Fotos machten, Sonnenstrahlen funkelten auf dem Wasser zwischen den kleinen Motorbooten. Rechts von ihnen machte das Becken einen Knick, die Straße bog in Richtung Hinterland ab und verschwand zwischen dem Zeitungsladen und einer Crêperie, deren Läden zu dieser Stunde noch geschlossen waren, aus seinem Blickfeld.

»Eigentlich kann sie nicht weit sein«, sagte er zu Élodie. »Ich schau mal, ob ich sie finde.«

Nicolas schnappte sich die Jacke, sprang mit einem Satz über die kleine Holzbalustrade, die die Terrasse des »Café du Port« von der Mole trennte. Er versuchte, sich an den Augenblick zu erinnern, in dem die Frau kurz zuvor das Café verlassen hatte, während er sich umsah. Mit schnellen Schritten ging er am Becken entlang, sein Blick glitt über die grauen Granithäuser, die kleinen Geschäfte und das angrenzende Restaurant, aus dessen Küche es bereits jetzt nach frischem Hummer und Weißwein roch. Einige frühe Touristen schlenderten am Wasser entlang und blickten voller Vorfreude auf die ausgestellten Speisekarten der Restaurants.

»Was ist denn jetzt schon wieder?«, rief ihm Tito hinterher. »Mein Gott, er rennt schon wieder rum wie so ein Irrwisch, man könnte meinen, er kann gar nicht mehr langsam gehen. Nicolas!«

Zwischen zwei Häusern führte ein kleiner Durchgang tiefer in die Stadt hinein, fort vom Hafen, von den Kuttern. Er hätte den schmalen Spalt fast übersehen, wenn sich am anderen Ende nicht die schmale Silhouette der Frau abgezeichnet hätte.

»Hey, warten Sie! Madame!«

Sie ging sehr zügig, ein Wunder, dass er sie noch entdeckt hatte. Als sie sich kurz zu ihm umdrehte, konnte er ihren müden und gehetzten Blick sehen, die Handtasche an ihren Körper gepresst. Als sie ihm etwas zurief, war ihre Stimme so brüchig, dass er sie kaum verstehen konnte.

»Nicht ... bleiben Sie dort.«

Nicolas betrat den Durchgang und wurde sofort von kühlerer Luft umschlossen. Seine Augen brauchten einen Augenblick, um sich an das Dämmerlicht zu gewöhnen.

Die Frau mit den kurzen grauen Haaren war keine dreißig Meter entfernt, sie blickte ihn vom anderen Ende der Passage aus an. Hinter ihr war das Licht wieder heller, die Sonne strahlte warm auf den Asphalt.

»Bitte ...«, sagte sie und machte eine Bewegung auf ihn zu. »Bitte nicht.«

Nicolas verlangsamte seinen Schritt und hob die Hände.

»Ich wollte nur ... Sie haben Ihre Jacke vergessen. Die möchten Sie bestimmt wiederhaben.«

»Bleiben Sie stehen!«

Die Frau drückte ihre Handtasche nun noch fester an sich. Immer wieder schaute sie hinter sich in die Sonne, als wartete sie auf etwas.

»In Ordnung, ich bleibe stehen. Aber ich möchte Ihnen wirklich nur Ihre Jacke zurückgeben. Sie haben sie im Café liegenlassen.«

Nicolas hielt die Jacke hoch.

»Vielleicht wollen wir uns wieder auf die Terrasse setzen, auf einen Tee. Was halten Sie davon?«

Sie schüttelte mit dem Kopf, die Lippen jetzt fest aufeinandergepresst.

»Brauchen Sie Hilfe? Bitte ... Sie müssen nur nicken. Vielleicht kann ich ...«

»Nein!«

Mit einer plötzlichen explodierenden Wut schrie die Frau ihn an, er solle nicht näher kommen. Ihre Fingerkuppen waren weiß, weil sie mit solcher Kraft ihre Tasche an sich drückte.

Das Geräusch eines heranrasenden Wagens am Ende der Passage ließ Nicolas aufhorchen.

Sie machte einen Schritt nach vorn, auf ihn zu. Ihr starrer Blick, ihre Körperhaltung, das Zittern ihres linken Arms – sie wirkte völlig verstört.

Schließlich legte sie den linken Zeigefinger auf ihre Lippen, schloss für einen Moment die Augen, als würde sie Kraft sammeln, für all das, was nun folgen würde und als würde sie Nicolas zeigen wollen, dass es nichts Gutes war. Und auch nie mehr gut werden würde.

Der Wagen, den Nicolas vor wenigen Minuten noch am Hafen gesehen hatte, hielt mit quietschenden Reifen hinter ihr. Es war ein alter Mercedes, die Beifahrertür wurde aufgerissen, und ein junger kräftiger Mann in Jeansjacke packte die Frau und beförderte sie ohne Rücksicht in den Fond des Wagens. Nicolas war losgerannt, er sprintete durch die Schatten des schmalen Ganges.

Aber er kam zu spät.

Der Mann in der Jeansjacke sprang zurück in den Wagen und schlug zweimal auf das Armaturenbrett. Der Motor heulte auf, und der Mercedes jagte davon, die Rue Saint-Nicolas entlang.

Nur drei Sekunden später schoss Nicolas im vollen Lauf aus der Passage auf die Straße, wo die Sonne ihn sofort blendete – und er gerade noch rechtzeitig den Laster bemerkte, der aus der anderen Richtung die Rue Saint-Nicolas entlangfuhr, zu schnell und ohne Rücksicht auf Menschen, die aus kleinsten Gassen herausgestürmt kommen könnten. Wild hupend und mit schlingernden Reifen brauste der LKW im letzten Augenblick und um Haaresbreite an ihm vorbei.

Nicolas stand für einen Augenblick schwer atmend mitten auf der Straße und blickte dem alten Mercedes hinterher. Der Wagen, der die Frau mitgenommen hatte, bog scharf links ab und verschwand kurz darauf aus seinem Sichtfeld.

»Was bitte war das denn gerade?«, murmelte er und bemerkte, dass er immer noch die Jacke in der Hand hielt, dessen Besitzerin auf sehr merkwürdige Weise verschwunden war. Als er sich schließlich umdrehte, um zurück zu Tito zu gehen, nahm er am anderen Ende des Durchgangs, wo er selbst eben noch gestanden hatte, einen Schatten wahr.

Nicolas blinzelte gegen die Sonne und hob die Hände vor die Augen.

Es war der Umriss eines Mannes, er war nicht sonderlich breit, die Schultern hingen etwas herab. Er stand dort und beobachtete ihn. Womöglich hatte er es die ganze Zeit schon getan. Nicolas machte einen Schritt nach vorn und trat erneut in den kühlen Schatten der schmalen Gasse. Aber bevor sich seine Augen an das Dämmerlicht gewöhnt hatten, war der Mann am anderen Ende verschwunden.

Als er kurz darauf wieder die Mole und das Hafenbecken erreichte, kreisten die Möwen um die Fischerboote, und der kleine weiße Leuchtturm auf der anderen Seite strahlte wie ein heller Docht vor den grünen Hügeln des Umlandes. Barfleur funkelte, die bunten Schiffsrümpfe schaukelten gelassen auf dem Wasser, als hätten sie sich für Titos erste Versuche absichtlich in Szene gesetzt. Und nichts deutete darauf hin, dass dieser Ort etwas anderes als friedvoll sein könnte.

»Und, wen hast du diesmal gerettet, Bodyguard?«, klang die Stimme seines alten Nachbarn zu ihm herüber.

»Niemanden, Tito. Niemanden.« Nicolas sah nachdenklich ein letztes Mal in Richtung der kleinen Gasse, die jetzt in den Schatten der Häuser lag.

Élodie stand auf der Terrasse ihres Cafés und begrüßte Fahrradfahrer, die ihre Satteltaschen in einer Ecke abstellten und sich erschöpft auf zwei Stühle warfen. Sie zuckte mit den Schultern, als sie Nicolas den Kopf schütteln sah. Sicher würde die Frau sehr bald zurückkommen und ihre Jacke holen. Und der Zwischenfall würde für ihn schnell zu einer unbedeutenden Erinnerung verblassen.

Und doch hatte Nicolas das Gefühl, dass die Wellen im Hafenbecken höher geworden waren, dass ein Wind aufkam, vom Meer her, der die kleinen Boote schaukeln ließ und die Taue strammzog.

Als würde etwas Dunkles an dieser Stadt zerren, fest und unnachgiebig.

KAPITEL 4

Hätte Nicolas geahnt, welche Rolle der Lastwagen noch spielen würde, der ihn soeben fast überfahren hätte, er wäre sofort umgedreht. So schnell ihn seine Beine trügen, wäre er gerannt, und seine Rufe wären zwischen den jetzt schon sonnengewärmten Granitmauern in der Rue Saint-Nicolas zu hören gewesen, die seinen Namen trug, und das womöglich nicht ohne Grund. Weil er bereits in diesem Moment etwas hätte aufhalten können, das schon in kurzer Zeit unaufhaltsam werden würde.

Vermutlich hätte er die ganze Welt in Bewegung gesetzt, nur um den 7,5-Tonner noch zu erreichen, um den Fahrer aufzuhalten, und sei es nur für eine Sekunde. Weil eine Sekunde so viel ausmachen konnte.

Aber wie hätte er ahnen sollen, dass dieser winzige Augenblick alles hätte verhindern können? Wer hätte es ihm sagen sollen, welche Stimme hätte sich flüsternd aus den Schatten erheben können, wer ihn warnen?

Da war nur der Wind, der vom Hafenbecken in den schmalen Durchgang blies, der Geruch von fangfrischem Fisch und das Motorengeräusch eines zurückkehrenden Kutters. Tito, der eine neue Farbe anmischte, den Hund zu seinen Füßen. Élodie, die ihn nur kurz verwundert ansah, während sie einem Touristenpaar zwei Stühle in die Sonne rückte.

Keine Wolke schob sich vor das milde Licht, seine eigene Vorahnung wurde erstickt vom Bilderbuchanblick des Hafens, von den schlanken Rümpfen der Sportboote auf dem glitzernden Wasser, das aussah, als bestünde es aus Myriaden feinster Kristalle.

Barfleur funkelte, und jeder fiel darauf herein.

Auch Nicolas, der sich erinnern würde an diesen Moment, eines fernen Tages. Und der jetzt kurz durchatmete, sich umsah und dann zurück zu seinem Tisch auf der Terrasse des »Café du Port« ging – während nur zweihundert Meter entfernt der weiße Lastwagen mit überhöhter Geschwindigkeit auf den Quai Henri Chardon einbog. Der Fahrer riss sein Lenkrad mit einer Hand herum, um rechts in die Rue Saint-Thomas Becket zu kommen und von dort auf die D902, raus aus der Stadt.

So schnell er konnte. Weil er es eilig hatte und weil die Stimme an seinem Ohr schrill und zornig war.

»Es ist mir eben nicht völlig egal, Roman! Es ist mir verdammt nochmal nicht egal, wenn du nebenher noch Geschäfte machst! Ich sitze hier mit deinem Sohn, kapierst du das?«

Er kapierte es nicht nur, er hörte es auch. Sechs Wochen war der Kleine erst alt, er schrie wie am Spieß, gefühlt die ganze Nacht und den ganzen Tag. Aber Fakt war eben auch: Als Roman gehört hatte, dass sein Kumpel einen Laster zu verkaufen hatte, da hatte er zugegriffen.

»Melanie, jetzt hör mir doch mal zu, es ist wirklich nur ein kleiner Umweg, und ...«

»Du hast mir versprochen, dass das aufhört, Roman! Versprochen!«

Roman wischte sich den Schweiß aus den Augen, es war stickig in der Fahrerkabine, die Klimaanlage war defekt, zudem klemmte die Fahrertür. Von alldem hatte er beim Kauf nichts bemerkt, aber es war egal. Er hatte sich selbstständig gemacht, er hatte seinen eigenen Laster. Ein 7,5-Tonner, der nur ihm gehörte und mit dem er Aufträge von Speditionen und Handelsketten annehmen konnte. Um Geld zu verdienen, für Melanie und für den Kleinen.

»Ich bin fast schon in Cherbourg«, log er, während er noch

mehr Gas gab und ein Sportplatz links an ihm vorbeiflog. »Die werden überhaupt nicht merken, dass ich noch einen kleinen Umweg an die Küste mache. Und wir brauchen das Geld, also beruhig dich jetzt. Siehst du, der Kleine ist auch ruhig, es wird alles gut, Melanie. Ich schaffe das.«

Er hörte sie in ein Taschentuch schniefen und sah sie vor sich, im abgedunkelten Kinderzimmer, den Kleinen auf dem Arm, draußen die Rufe der Nachbarskinder in den betonierten Innenhöfen am Rande von Caen.

Als die Straße wieder gerade wurde, angelte er mit der freien Hand nach einer Dose und nahm einen kräftigen Schluck eines Energydrinks. Im Rückspiegel wurden die Häuser von Barfleur immer kleiner, während sich vor ihm die weiten Äcker des Hinterlandes ausbreiteten.

»Pass auf dich auf, ja?«, sagte Melanie leise, bevor er auflegte. Roman öffnete quietschend das Seitenfenster und beförderte einen Zigarettenstummel nach draußen. Die Luft war kühl, in der Ferne entdeckte er zwei Störche, die sich von den Feldern erhoben, mit majestätischem Flügelschlag.

Während er Tocqueville durchquerte und kurz darauf Saint-Pierre-Église, sah er vor seinem inneren Auge immer noch den Mann, der ohne jede Vorwarnung aus der Seitengasse in Barfleur gekommen und den er fast überfahren hatte. In letzter Sekunde hatte er doch noch das Steuer herumgerissen und wie durch ein Wunder war nichts passiert.

»Das hätte mir gerade noch gefehlt«, murmelte Roman und nahm einen weiteren Schluck aus seiner Dose. Sein Handy auf dem Beifahrersitz klingelte, er sah erneut Melanies Namen auf dem Display und stöhnte.

»Mein Gott, was will sie denn schon wieder? Ich kann es doch auch nicht ändern ... Melanie? Hör zu, ich fahre, ich habe noch keine Freisprecheinrichtung.«

»Entschuldige ... ich wollte nur ... es lässt mir keine Ruhe.«

»Was lässt dir keine Ruhe?« Roman steuerte seinen Lastwagen an einem Mopedfahrer vorbei, er war viel zu schnell und der Abstand zu gering. Im Rückspiegel sah er den Mann wütend gestikulieren.

»Die Ladung.«

»Was ist mit der Ladung?«

»Weißt du, was es ist. Ich meine, die Kisten, die sie dir geben ...«

Roman holte kurz Luft.

»Nein, Melanie. Ich weiß nicht, was es sein wird. Und ich will es auch gar nicht wissen, verstehst du. Es ist ein schneller Auftrag, nichts Wildes. Ich fahre an die Küste, nehme ein paar Kisten in Empfang, fertig. Sylvain hat mir die Hälfte des Geldes in Barfleur gegeben, die andere kriege ich in der Bucht, wenn ich die Ladung abhole.«

»Warum bringen sie sie nicht selbst hin? Und wo sollst du sie abliefern?«

»Melanie, bitte!«

»Roman, ich mache mir einfach Sorgen!«

»Musst du nicht. Ich liefere sie in einer Stunde ab, das war's. Ich rufe dich an, sobald ich bei der Spedition bin, ich schaffe es pünktlich. Und heute Abend bin ich zuhause, versprochen.«

Als er erneut auflegte, merkte Roman, dass er sich über sich selbst ärgerte.

»Hätte ich doch bloß nichts gesagt«, fluchte er und schleuderte das Handy auf den Beifahrersitz.

Es war nicht seine erste Tour. Nicht sein erster Auftrag, mit dem er sich nebenher Geld verdiente. Aber es war der erste, von dem er Melanie erzählte hatte, weil ... er wusste nicht mehr, warum. Sie hatten nebeneinandergelegen, sie beide und der Kleine, und Melanie hatte sich

Sorgen gemacht, um die Miete, um die Zukunft, um all das.

Also hatte er ihr Mut machen wollen. Und von dem zusätzlichen Auftrag erzählt, mit dem er sich ein bisschen Geld nebenher verdienen würde.

»Hätte ich doch bloß die Klappe gehalten. Gibt nur Ärger.«

Roman stellte den Fahrersitz, der ständig nach vorne rutschte, wieder in eine angenehme Position und blickte auf die Uhr.

»Das wird eng.«

Nein, er hatte Melanie nicht von den anderen Fahrten erzählt, die er seit einigen Monaten immer mal wieder dazwischenschob, zwischen die ohnehin eng getakteten Aufträge der Speditionen oder Handelsketten entlang der Küste.

Jetzt war er sein eigener Herr, der Laster unter seinem Hintern war sein eigener. Und er würde fahren, wohin er wollte. Solange es Geld brachte.

»Als ob ich wissen wollte, was in den Kisten drin ist«, sagte er laut, während auf der rechten Seite der Landstraße der kleine Tower des Flughafens von Cherbourg-Manche auftauchte. Er hatte wie verabredet neben der Kirche von Saint-Nicolas gehalten, eine Zigarette geraucht und gewartet, bis der Mann aus den Schatten der Häuser aufgetaucht war. Ein Nicken, ein Umschlag, kurz die Heckklappe auf und fertig.

Und jetzt lag dieser Umschlag vor ihm auf dem Armaturenbrett, und er konnte die Farbe der Scheine durch das dünne Papier schimmern sehen.

Er nahm sein Handy und rief die Spedition an, die ihn erwartete.

»Hier ist Roman«, meldete er sich und drosselte das Tempo, so dass nicht zu hören war, wie schnell er fuhr. »Ich stecke im Stau, es gab wohl einen Unfall oder was auch immer. Ich verspäte mich etwas, sorry. Ja, ich weiß, aber da ist nichts zu machen. Ich bin rechtzeitig losgefahren.«

Kurz darauf drehte er die Musik laut auf, als im Radio sein Lieblingssänger KeBlack zu hören war.

»Je fais ma vie«, sang er laut in die weite Landschaft des Cotentin hinein, dessen Straßen ihm gehörten, für immer, ewig und noch viel länger.

Er bestimmte über sein Leben.

Und nicht umgekehrt.

Als er einige Minuten später einen Polizeiwagen am Straßenrand sah sowie einen Beamten mit einer Warnweste, der ihn mit seiner Kelle rauswinkte, fluchte Roman laut.

»Verdammt! Was machen die Bullen denn hier? Die kann ich gerade noch gebrauchen.«

Mit quietschenden Reifen hielt er am Straßenrand und zog seine Wagenpapiere aus der Rückblende. Seine Hand zitterte leicht.

»Papiere, bitte«, sagte ein junger Streifenpolizist, als Roman das Fenster runterkurbelte.

»Bin ich zu schnell gefahren?« Roman versuchte, möglichst lässig zu sein. »Sorry, es war gerade frei, vielleicht habe ich nicht genau aufgepasst, mein Laster ist neu, ich kenne seine Maschine noch nicht so richtig und ...«

»Ist nur eine Routinekontrolle«, sagte der Polizist und nickte seinem Kollegen zu, der am Heck stand. »Könnten wir einen Blick auf die Ladung werfen?«

»Äh ... klar doch. Stimmt denn was nicht mit meinen Papieren?«

»Doch, alles in Ordnung. Wie gesagt, reine Routine.«

Roman stieg aus und öffnete die Ladeluke. Die beiden Polizisten hatten die Hände an ihren Waffen, sie machten ihn nervös, er hatte einen trockenen Mund.

Etwa dreißig Kisten befanden sich im Laderaum, gut gesichert.

»Was ist da drin«, fragte der ältere der beiden Männer.

Roman schluckte.

»Drucker, Monitore, Büromaterial. Geht alles nach Cherbourg, ich komme aus Caen.«

»Das ist aber nicht der direkte Weg.«

Roman begann zu schwitzen.

»Ich ... ich hatte noch Zeit. Barfleur ... ein Kumpel wohnt dort, ich habe ihn kurz besucht. Auf ein Bier. Äh, auf einen Kaffee, meinte ich.«

»Sind Sie nervös?«

»Nervös? Nein, warum sollte ich nervös sein.«

»Weil wir es ja komisch finden könnten, dass ein Lastwagenfahrer Zeit hat. Gibt es selten.«

Roman überlegte fieberhaft. Sylvain hatte ihn nach Barfleur beordert, die rechte Hand von Guy Moreau. Dem Alten.

Der toben würde, wenn er wüsste, dass so ein kleines Licht wie er, Roman, in eine Polizeikontrolle geraten war, auf dem Weg zu einer Übergabe.

Gott sei Dank hatte er die Ware noch nicht an Bord.

»Ein Planungsfehler der Spedition. Gibt es schon mal, meistens aber zu unseren Ungunsten. Diesmal hatte ich Glück.«

»Aha.«

Er sah, wie der eine Polizist dem anderen etwas zuraunte, dann gaben sie ihm ein Zeichen.

»Sie können weiterfahren.«

Als Roman kurz darauf den Motor startete und den Polizisten zuwinkte, schwitzte er so stark, dass er sich mehrfach den Schweiß aus den Augen wischen musste.

»Oh Mann!«

Dann zündete er sich eine Zigarette an, mit zitternden Händen. Hätte er in diesem Augenblick in den Seitenspiegel geschaut, hätte er beobachten können, wie einer der Polizisten dem Laster nachdenklich nachsah und dann sein Funkgerät zückte. Aber Roman war mit seinen Gedanken schon wieder bei seinem nächsten Auftrag.

Roman erreichte sein Ziel eine gute halbe Stunde später, die Straßen waren frei gewesen. Er hatte Cherbourg umrundet, die Außenbezirke hinter sich gelassen und war bei Nouainville abgebogen und tief eingetaucht in das dicht bewachsene Marschland, wo die Ginsterbüsche wucherten und die Sonne sich satt auf die Gräser legte. Er war den Anweisungen des Navigationsgerätes gefolgt, über kleine Straßen, an dem Weiler Gosselin vorbei und durch verschlafene Nester wie Eudal und Hameau. Der Laster war durch tiefe Senken gebrettert, hatte sich die Hügel hinaufgequält und dabei stets zuverlässig geschnurrt.

»Wir werden eine gute Zeit haben, mein Mädchen«, sagte Roman und tätschelte das große Lenkrad, während jetzt vor ihm das leuchtende Blau des Meeres zu sehen war. Hinter Éculeville bog er ab und erreichte nach wenigen Minuten einen verlassenen Parkplatz direkt am Wasser. Die Baie de Querviére lag einige Meter unterhalb der Böschung, das Wasser schmiegte sich an die grauen Felsen. Er wendete den Laster, unter den Reifen knirschte der Kies und der Motor ging mit einem Zischen aus, als er den Zündschlüssel drehte.

Für einen Moment war es still.

Durch das geöffnete Fenster drang das schwache Rauschen der Brandung, eine einsame Wolke zog über den Himmel. Darunter lag der Ärmelkanal, mächtiger Seeweg der Dampfer und Kreuzfahrtschiffe. Und Heimat der normannischen Fischerflotte, deren Boote entlang des Cotentin auf Makrelen Jagd machten, auf Brassen und Seelachs. Und auf Muscheln entlang des felsigen Bodens am Meeresgrund.

Roman sprang aus seiner Fahrerkabine und vertrat sich

die Beine. Er öffnete die Heckklappe und ging dann an den Rand des Parkplatzes, von wo aus er direkt nach unten in die Bucht sehen konnte.

Er entdeckte den Kutter sofort.

Zwei Männer in öliger Fischerkleidung standen an Deck eines schäbigen Einmasters, die Heckspule war rostig, die Plastikkisten für den Fang waren leer.

»Warum auch fischen, wenn man schmuggeln kann«, murmelte er und winkte einem der Männer zu.

Nur wenige Minuten später kam ein glatzköpfiger Mann einen schmalen Pfad nach oben. Die beiden hatten ein kleines Beiboot ausgesetzt und waren damit offenbar die wenigen Meter bis an die Felsen gerudert.

Sein Kontakt war nicht sonderlich groß, kleiner als er, er wirkte massig und hatte die Physiognomie eines zu klein geratenen Zuchtbullen. Sein stechender Blick flog nervös zum Laster und wieder zurück.

Roman wusste, dass er Buissac hieß. Ein Fischer aus Barfleur.

Und seit neuestem sein Kontaktmann.

»Salut«, sagte Roman und nickte ihm zu.

Buissac zögerte. Er hatte drei kleinere Kisten auf dem Arm, die offenbar schwer waren, denn er schwitzte und wischte sich ständig Schweiß aus dem Gesicht.

»Ich bin der Fahrer«, sagte Roman schließlich und sah das Zucken des Mannes, als hätte er einen Stromschlag bekommen.

»Natürlich bist du das«, knurrte der Fischer schließlich und nickte mit dem Kinn Richtung Heckklappe. »Mach sie auf, beeil dich.«

Roman zog die Heckklappe weiter auf, und Buissac stellte die drei Kisten in den Laderaum. Es waren fest verschlossene Plastikbehälter, wasserfest und stoßsicher.

»Ihr habt das Geld?«

Buissac ließ ihn nicht aus den Augen, während er ein zusammengefaltetes Kuvert aus der Innentasche seiner Jacke holte und es Roman reichte.

»Kein Wort zu viel«, sagte er mit einem Lächeln und schob die Heckklappe wieder zu. Als er das Geld in dem Umschlag spürte, wurde ihm warm ums Herz, er dachte an Melanie, an den Kleinen und wie er sie beide zum Essen ausführen würde oder ins Stadion seines geliebten AS Caen.

Und vielleicht war es diese Aussicht auf gute Tage, die auf eine rosige Zukunft, die ihn unvorsichtig werden ließ. Der Mann hatte ihm bereits zugenickt und sich auf den Weg zurück zum Boot gemacht, als Roman ihm hinterherrief.

»He, was'n da eigentlich drin? Ich meine, Muscheln werden es nicht sein, oder?«

Schon als er sie ausgesprochen hatte, spürte er den schalen Geschmack seiner eigenen Worte im Mund.

Buissac blieb stehen und blickte aufs Meer hinaus. Dann drehte er sich langsam um und machte zwei Schritte in seine Richtung.

»Warum willst du das wissen?«, fragte er leise.

»Keine Ahnung, ist auch nicht so wichtig. Ich ... vergiss es. Ich muss los.« Roman hatte bereits die Hand an der Fahrertür.

»Warte.«

Der Mann blickte sich um. Außer ihnen war niemand auf dem Parkplatz am Rande der Bucht, auch in den grünen Hügeln dahinter waren höchstens ein paar Schafe unterwegs.

»Man sagte mir schon, dass du zu viel redest«, sagte der Fischer schließlich. »Wie lange fährst du schon?«

Seine Handflächen wurden feucht.

»Nicht oft, zweimal zum Port Racine, einmal direkt ans

Kap. Jetzt hier. Macht viermal. Bislang lief alles glatt, ich mache keine Probleme.«

Buissac lächelte schief.

»Nein, machst du nicht. Fahr jetzt los. Und frag nie wieder, was in den Kisten ist. Es geht dich nämlich einen Scheißdreck an.«

»Habe ich verstanden, Chef.«

Buissac legte den Kopf schief.

»Ich bin nicht der Chef. Ich bin derjenige, der dich findet, wenn du nochmal fragst.«

»Mach ich nicht ...«

»Dich und deine kleine Freundin. Wie heißt sie nochmal? Melanie? Und dein Sohn? Egal, ihn finde ich auch. Also halt die Klappe und fahr deine Tour. Und beim nächsten Mal kommst du runter ans Boot und hilfst mir.«

Als Roman kurz darauf in seiner Fahrerkabine allein war, beide Hände aufs Lenkrad gelegt, erst da merkte er, dass er zitterte – am ganzen Körper.

Er sah sich im Rückspiegel an, seine blasse Haut, die Bartstoppeln, die Müdigkeit. Sein Blick flackerte, und für einen kurzen Moment überlegte er, ob er Melanie anrufen sollte.

»Reiß dich zusammen«, sagte er schließlich leise und machte die Zündung an. Der Laster erwachte zum Leben, das Geräusch des Motors legte sich beruhigend auf seine Nerven.

Er musste sich beeilen, die Spedition erwartete ihn für eine letzte Fuhre nach Caen. Heute Abend würde er zuhause sein und Melanie und den Kleinen in den Arm nehmen. Und sie nie wieder loslassen.

Es waren dunkle Gedanken, die ihn auf seinem Weg zurück nach Caen begleiteten und die ihn das ein oder andere Mal weniger in den Rückspiegel blicken ließen. Hätte er es getan, er hätte den grauen Wagen gesehen, der ihm seit einigen Kilometern folgte.

Aber er sah ihn nicht.

Und so nahmen die Dinge ihren Lauf.

KAPITEL 5

Barfleur
Kurz darauf

Eine Handvoll frisch lackierter Boote schaukelte auf dem Wasser, Heck und Bug festgebunden mit dicken Tauen. Der kleine gedrungene Leuchtturm von Cracko wachte mit seiner weißen Eleganz über den Ort, einige Touristen schlenderten hinaus zur Mole, die sich gegenüber der Restaurants und Läden entlang der Hafenausfahrt erstreckte. Tief hinein in das dunkler werdende Wasser, wo Hafen und Meer ineinandergriffen und wo die Grenze zwischen Ebbe und Flut verschwamm.

Auf der anderen Seite der Einfahrt flatterte die rote Fahne der Normandie auf dem quadratischen Turm von Saint-Nicolas. Flache Dächer aus Schiefer bildeten ein Schild gegen die Kraft der Winterstürme, eindrucksvolle Steinbögen schwangen sich am Gotteshaus empor, wie Rippen eines wehrhaften Körpers, dem Wind und Wasser nichts anhaben konnten, solange Gottes Name nicht vergessen war. Oder ersetzt wurde durch den eines ewig brennenden Teufels.

Nicolas stand an der Spitze der Mole und blickte zurück auf Barfleur, auf die zwei Fischkutter, die jetzt am Quai Henri Chardon lagen, auf die provisorisch aufgebauten Verkaufsstände, an denen Langustinen und Hummer die Besitzer wechselten und der Kabeljau von den Einkäufern der Restaurants sorgfältig geprüft wurde. Er konnte Tito erkennen, dort, wo er ihn zurückgelassen hatte. Er schien in seinem Stuhl eingenickt zu sein.

»Geh du nur, du unruhiger Geist«, hatte Tito gegrummelt, während er neue Farben anmischte. »Ich habe alles, was ich brauche, den Hafen, die Sonne, meine Farben, und die nette Élodie bringt mir gleich einen Kaffee. Man kümmert sich um mich, Bodyguard, ich gebe dir frei. Du machst mir mit deiner Rastlosigkeit sowieso schlechte Laune. Schau, ob du nicht ein paar Muscheln kaufen kannst, in den Restaurants gibt es nämlich keine – was ein Skandal ist!«

Nachdem Élodie achselzuckend die Jacke der Frau in eine Schublade gesteckt hatte, war Nicolas am Hafenbecken entlanggeschlendert und hatte eine Postkarte für Julie gekauft. Anschließend hatte er das weitläufige Becken ganz umrundet und sich in Richtung Hafenausfahrt aufgemacht.

Ein entspannter Tag lag vor ihm, und doch spürte er die Fragen, die ihn beschäftigten wie kleine Widerhaken in seinem Inneren, sie piksten ihn, kratzten auf der Haut und ließen ihm keine Ruhe.

Warum war die Frau vor ihm geflohen? Wovor hatte sie so große Angst gehabt? Und wer waren die Männer gewesen, die sie ins Auto gezogen hatten?

Nicolas schirmte mit seiner Hand die Augen vor der jetzt schon höher stehenden Sonne ab, während er den Blick über das Meer gleiten ließ. Das Licht glitzerte auf dem Wasser, am Himmel kreisten einige Möwen, während der mittlerweile wolkenlose Himmel sich bis zum Horizont erstreckte. Unter diesem allumfassenden Blau lagen die Küstenabschnitte der Normandie: die Perlmutt- und die Blumenküste, die Felsen der Alabasterküste und schließlich die Opalküste oben im Norden. Endlose Strände und steil abfallende Klippen, weite Dünenlandschaften, im Hinterland die Heimat des Calvados und des Camemberts. Und schließlich die Seebäder mit dem Charme der Belle Époque: Cabourg, Houlgate, Deauville,

Nicolas' Heimatstadt, und die oft unterschätzte kleine Schwester Trouville-sur-Mer, voneinander getrennt nur durch die Mündung der Touques.

Er lächelte, als er an Julie dachte, die vermutlich in diesem Augenblick mit ihrem hellblauen Fahrrad durch die engen Gassen von Trouville fuhr, wie immer viel zu schnell, unterwegs zu Freunden, zum Bäcker oder (wovon er eher ausging) zu einem Malergeschäft, auf der Suche nach einer möglichst perfekten Lösung für ihre Küche.

Kurz nur schoben sich die dunklen Erinnerungen an die vergangenen Jahre vor dieses Bild, er schob sie beiseite, auch wenn es ihn Mühe kostete. Es war ein langer Weg gewesen, miteinander, ohne einander, eine Reise tief hinein in die dunkelsten Ecken der Existenz. Sie hatten sie alle ausgeleuchtet und in der kleinen Dachgeschosswohnung in der Rue Rossini würde für die Geister der Vergangenheit kein Platz mehr sein.

Hier aber, in Barfleur, war er noch weit weg von alldem, hier an der östlichen Spitze des Cotentin war der Wind rauer, die Wellen waren höher, und die Gedanken wurden fortgeweht von dem frischen und salzigen Wind. Über dem Hafen hingen die Möwen am Himmel wie lauernde Jäger, und ihr Schnattern legte sich wie ein weißes Rauschen über die Störgeräusche, die sein Kopf immer wieder produzierte.

Nicolas schloss die Augen und sog das Leben und die Ruhe des Hafens in sich ein.

»Hey, Lust auf einen kleinen Ausflug?«

Überrascht drehte Nicolas sich um. Wenige Meter entfernt machte sich ein kleineres Schiff auf den Weg nach draußen. Ein Mann stand in der Tür der Steuerkabine, eine Pfeife in der Hand, und winkte ihm zu. Nicolas erkannte in ihm denjenigen, der heute Morgen mit der mysteriösen Frau im Café gesessen hatte. In der Hand hielt er noch das Tau, das er vermutlich wenige Augenblicke zuvor von einem der Poller an der Hafenmauer gelöst hatte. Er trug eine dunkle Fischerhose und einen blauen Pullover, und die Haut unter seinem grauen Dreitagebart zeugte von einem Leben auf See, umgeben von der salzigen Luft des Ärmelkanals. Nicolas schätzte ihn auf Anfang sechzig.

»Ich drehe eine kurze Runde, um den Motor zu testen, bevor die Saison losgeht. Wenn du Lust hast, spring an Bord!«

Nicolas schätzte die Geschwindigkeit des Bootes ab. Er zögerte, verspürte jedoch gleichzeitig eine fast kindliche Lust auf den Sprung.

»Hält deine kleine Kiste das denn aus?«, rief er dem Mann zu.

»Mach dir um das Boot keine Sorgen, die alte Dame erlebt gerade ihren zweiten Frühling! Aber vielleicht machen deine Knochen das ja nicht mit? Bisschen eingerostet vielleicht?«

Angestachelt durch die Frotzeleien, maß Nicolas die Entfernung zum Ausflugsboot und dessen Bewegung ab, nahm Anlauf und sprang schließlich von der Mole hinab aufs Deck. Weil sich aber in diesem Augenblick eine kleinere Welle unter den Bug schob, verlor er kurz das Gleichgewicht und kippte nach rechts., stieß dann gegen eine Kiste, was dazu führte, dass er fast vom Boot fiel.

»Ah ... verdammt!«

Nicolas ruderte mit den Armen, versuchte, nach etwas zu greifen. Er sah sich schon kopfüber ins kalte Wasser des Hafenbeckens eintauchen, als eine kräftige Hand nach ihm griff und ihn in letzter Sekunde daran hinderte, über Bord zu gehen.

»Nicht so stürmisch«, sagte die warme Stimme des Bootsführers.

»An der Landung müssen wir aber noch arbeiten! Offenbar gab es da einen gewissen Wunsch nach Abkühlung. Und dem sollte man eigentlich nicht im Wege stehen.«

»Vielen Dank«, sagte Nicolas und hielt sich an der Reling fest, während er auf die Kisten an Bord deutete. »Ein freier Landeplatz sieht aber auch anders aus.«

»Da hast du recht. Aber ich bin erst dabei, den Kahn für die Saison zurechtzumachen. Da sieht es noch ein bisschen wild aus an Bord. Ich bin Gabin. Gabin Levantier. Ehemaliger Fischer und jetzt Touristenführer. Freut mich, dich an Bord zu haben.«

Nicolas nahm die ausgestreckte Hand und zuckte kurz zusammen, als die rechte Pranke des Mannes fast seine Finger zerquetschte.

»Freut mich auch. Ich bin Nicolas. Tourist und An-Bord-Springer. Beides als Amateur.«

Gabin warf ihm das Tau zu.

»Roll das zusammen und leg es an den Bug. Dann geht's los, der Motor muss mindestens eine halbe Stunde laufen, damit ich sehen kann, ob er bereit ist für die Saison.«

»Aye, aye, Kapitän.«

Nicolas rollte das Tau zusammen und setzte sich dann auf eine Kühlbox neben der Steuerkabine, während Gabin das Boot aus dem Hafen von Barfleur manövrierte. Er genoss die warmen Sonnenstrahlen, als sie aus dem Schatten der Hafenmauer aufs offene Meer hinausfuhren.

»Ich wusste nicht, dass Barfleur ein Ausflugsschiff hat«, rief er Gabin über das Tuckern des Motors hinweg zu. »Ich dachte, hier leben alle vom Muschelfang.«

»Das war mal so, da hast du recht«, antwortete der Kapitän und reichte ihm eine Blechtasse mit heißem Kaffee. »Hier, der erste Kaffee der Saison, geht auf mich. Wenn du magst, machen wir eine kleine Tour rauf zur Landspitze von Gatteville. Es hat ein bisschen Seegang dort oben, aber ich muss das Boot testen. Es wird schon nicht so schlimm werden.«

Nicolas hielt sich an der Reling fest, als eine Bugwelle

das kleine Schiff kurz hochhob. Er sah zu dem Kapitän, der jetzt mit ruhiger Hand das Steuerrad hielt, ab und zu einen Schluck aus seiner Kaffeetasse nahm und den Blick über den Horizont schweifen ließ. Nicolas kam nicht umhin zu denken, dass dieser Mann offenbar genau dort war, wo er hingehörte. Auf See.

»Das mit dem ehemaligen Fischer, wie lange ist das her?«, fragte er Gabin, der daraufhin nur kurz mit den Schultern zuckte.

»Gefühlt vor fünf Minuten. Tatsächlich aber seit ziemlich genau einem Jahr. Seitdem klar war, dass sie eben doch nicht so schnell wiederkommen.«

»Wen meinst du?«

Gabins Blick verschleierte sich, als ob sich ein Schatten zwischen ihn und die vergangenen Jahre legte.

»Die Muscheln natürlich. Unsere ›Blondes de Barfleur‹, die besten Miesmuscheln Frankreichs. Seit Generationen holen wir sie hier draußen vom Meeresgrund, mit unseren Schleppnetzen, mit unseren Booten. Letztendlich mit unseren Händen. Aber das ist derzeit schwierig.«

Das Boot drehte Richtung Norden, und schon bald zeigte Gabin nach backbord.

»Das ist die Bucht von Crabec, dahinter liegt einer der Campingplätze. Es ist eine von unzähligen Buchten hier an der Küste. Wenn du mal einen spektakulären Sonnenaufgang sehen willst, ist das der richtige Ort dafür. Für den Untergang musst du dann aber auf die andere Seite des Cotentin fahren, ans Cap de la Hague.«

»Ans Ende der Welt, so sagt ihr doch hier, oder?«, entgegnete Nicolas und sah, wie Gabin lächelte.

»Finis Terrae«, sagte er. »Es ist nicht ganz der Weltenrand, den das richtige Finistère in der Bretagne bietet, aber eindrucksvoll ist es durchaus, vor allem rund um den Nez de Jobourg.«

»Dort laufen die alten Schmugglerpfade entlang, richtig? Ich habe darüber gelesen, mein alter Nachbar, mit dem ich hier bin, hat mir auf der gesamten Zugfahrt hierher alte Schmugglergeschichten erzählen wollen. Scheint eine mystische Gegend zu sein.«

Gabin steuerte das kleine Ausflugsschiff weiter die Küste entlang, bis nach einiger Zeit der nahezu majestätische Turm von Gatteville zu sehen war. Über ihnen kreiste eine Handvoll Möwen, offenbar in der Annahme, dass das Boot unterwegs zu den Fanggründen draußen auf dem Meer sei. Nicolas blickte Richtung Osten, er konnte sich kaum vorstellen, dass dort draußen keine Muscheln mehr sein sollten.

»Was ist mit dem normalen Fischfang?«, fragte er Gabin. »Warum wechselt ihr nicht einfach zu Kabeljau oder Hummer oder Sonstigem?«

Der Kapitän steuerte das Boot in einem sanften Bogen um den Leuchtturm herum. Der Motor tuckerte verlässlich, offensichtlich konnte die Saison beginnen.

»Auf dem Meer ist es noch schlimmer als an Land, was die Regelungen und Gesetze betrifft. Seit dem Verschwinden der Muscheln haben wir alle versucht, auf herkömmlichen Fischfang umzustellen, auch wenn wir dafür unsere Kutter umrüsten müssten. Aber es gibt Lizenzen, Fangrechte, internationale Abkommen. Man kann nicht einfach so rausfahren und seine Netze rauswerfen oder seine Hummerkörbe ablegen. Nein, es ist schon okay so, wie es ist. Mein Urgroßvater ist zur See gefahren, danach mein Großvater und mein Vater. Ich tue es schon seit vierzig Jahren, ich kann nichts anderes als Muscheln fangen. Also fahre ich eben Touristen an unserer schönen Küste entlang, ich komme über die Runden. Und wer weiß, vielleicht kommen ja eines Tages die Muscheln doch zurück.«

Gabin lächelte ihn an, aber Nicolas konnte dahinter die

Sorgen eines Mannes erkennen, der mit dem Leben haderte und der diesen Kampf kaum gewinnen konnte.

»Mathys, mein Sohn, ist fortgezogen, weg aus Barfleur. Ich kann es ihm nicht verdenken. Er arbeitet im Hafen von Saint-Malo, er ist ein guter Junge.«

Für einen Moment schwieg er, nahm einen Schluck Kaffee und deutete auf den Turm, an dem sich vergeblich die Brandung abarbeitete.

»Das da vorne, dieser Koloss aus elftausend geschnittenen Granitsteinen, das war schon immer unser Fixpunkt. Wir haben als Kinder zu seinen Füßen gespielt und unseren Vätern beim Rausfahren zugewunken. Und später, vom Wasser aus, gab er uns Orientierung: Dort ist die Heimat, haben wir immer gesagt, bald haben wir es geschafft. Unsere Hände waren blutig, wir haben geschwitzt und geflucht, aber im Rücken hatten wir unseren Leuchtturm, wie einen Wächter. Er ist nicht so windumtost wie der Leuchtturm am Cap de la Hague auf der anderen Seite. Aber deutlich höher, der zweithöchste Leuchtturm Europas.«

Der Kapitän hielt kurz inne, bevor er weitersprach.

»Aber auch er bringt uns die guten Zeiten nicht zurück. Nicht mal er. Obwohl er so dasteht, felsenfest und unbeeindruckt von den Gezeiten.«

Nicolas merkte, dass Gabin mehr zu sich selbst sprach, er spürte die Bitterkeit des Mannes. »Vor vier Jahren wurden sie plötzlich weniger. Es ging ganz schnell, und seitdem sind wir kein einziges Mal vollbeladen wieder heimgekehrt. Sie sind einfach immer weniger geworden, als gäbe es einen Fluch.«

»Was ist der Grund? Ich meine, Barfleur ist doch berühmt für seine Muscheln, die verschwinden doch nicht plötzlich?«

Wieder zuckte Gabin die Schultern: »Nein, sie waren nicht plötzlich weg. Und es gibt auch immer noch welche, aber eben nicht viele. Sie waren dort unten, wo wir sie mit starken Schleppnetzen vom Boden geklaubt haben. Aber es wurden weniger, man konnte fast dabei zusehen. Mit jeder Woche waren unsere Netze bei der Heimkehr leichter. Vorher war genug für alle da, es wurde viel geregelt, es gab Obergrenzen, die uns geärgert haben – aber es hat gereicht. Vorher gab es sieben Muschelschiffe in Barfleur. Jetzt sind es noch zwei, die gerade so durchkommen, weil sie auch eine Lizenz für den Fischfang bekommen haben, andere nicht.«

»Du auch nicht?«

Gabin schüttelte den Kopf.

»Ich wollte keine. Ich bin Muschelfischer. Ich warte, bis sie zurückkommen. Und so lange fahre ich Touristen an unserer Küste entlang. Ich habe meine ›Becassine‹ in die Werft gebracht und diese alte Lady hier gepachtet. Ich komme schon durch.«

Sie waren dem Leuchtturm jetzt ganz nah, und Nicolas sah beeindruckt nach oben. Kleine Fenster, kaum größer als Schießscharten, bildeten die einzigen Öffnungen im ansonsten glatten Granitgestein. Wie ein steinerner Docht ragte das Gebäude nach oben, über dem Ärmelkanal zwischen der Normandie und der Südküste Englands thronend. Einige Seevögel kreisten um den Fuß des Turms, Wohnmobile standen auf einem Stellplatz direkt am Wasser.

Als Gabin das Boot kurz darauf Richtung Westen drehte und sie die Landspitze hinter sich ließen, wurde der Wind sofort stärker, die Gischt spritzte immer höher über die Reling.

»Unter uns schiebt sich die *Raz Blanchard* über den Meeresgrund, man merkt sofort, dass wir die geschützte Ostküste hinter uns lassen. Dahinten liegen zahlreiche kleine Häfen, bis nach Cherbourg ist es nicht mehr weit. Aber hier oben ist es noch rauer. Und selbst das ist kein Vergleich zum Cap de la Hague. Da könnten wir jetzt nicht einfach so rumtuckern.«

Nicolas hielt sich an der Reling fest, er genoss den Augenblick, befreit von allen Gedanken, die hier draußen schon im Entstehen fortgeblasen wurden.

»Besteht denn die Hoffnung, dass die Muscheln wiederkommen?«, fragte er Gabin.

»Kann schon sein. Noch kennen wir den Grund für das Fortbleiben nicht genau. Es gibt verschiedene Theorien: Eine davon ist, dass sich Bakterien auf die Muscheln gesetzt haben, irgendeine verteufelte Laune der Natur, die die Muscheln hindert, sich fortzupflanzen. Ein anderer Grund könnte der Klimawandel sein, das Wasser wird immer wärmer, die Muscheln könnten dafür zu empfindlich sein.«

»Und gibt es etwas, das man tun kann? Ich meine, an den Muscheln hängt doch ganz Barfleur, ihr könnt ja nicht alle Angelausflüge organisieren.«

»Sie haben irgendwann den Muschelfang verboten, komplett, weil es die Hoffnung gibt, dass der Boden dort unten sich erholt, wenn wir nicht ständig mit den Schleppnetzen drübergehen. Wir Fischer haben durchaus auch Schuld. Wenn du mich fragst, ist das die einzig richtige Erklärung. Vergiss den Klimawandel oder irgendwelche Bakterien – Muscheln sind zähe Biester, die können vieles ab. Aber wenn wir Menschen immer weiter rausfahren, wenn wir sie vom Meeresboden pflücken, Tag für Tag, wenn wir uns gegenseitig bekämpfen, wenn die Gemeinschaft, die wir mal waren, nach und nach zerbricht ... dann gibt es dafür die Quittung. Nein, Nicolas, das Muschelsterben haben wir Menschen zu verantworten. Wir hier auf den Booten und jene, die uns immer weiter angetrieben haben, die großen Handelsketten, die Restaurantbesitzer. Und jetzt zahlen wir alle den Preis. So sieht es aus. Entschuldige meinen Ausbruch ... es ist nicht so einfach für uns, wenn du verstehst.«

Für einige Zeit standen sie beide schweigend an Deck, während das Boot jetzt gemütlich durch das Wasser pflügte.

Auf dem Rückweg passierten sie den Strand von Houlvi, auf dem eine Familie sich auf einer Picknickdecke niedergelassen hatte. In den kleinen Buchten verlor sich das Wasser zwischen den Felsen, einige Enten trieben gelangweilt auf der Oberfläche. Weiter vorne konnte Nicolas irgendwann wieder die mächtige Silhouette der Kirche von Barfleur erkennen.

»Und die Schmuggler? Ich meine, die Gegend hier ist doch bekannt dafür, und dort hinten liegt ein Land, dass sich gerade völlig neue Zollregelungen ausdenken muss. Habt ihr damit was zu tun?«

Nicolas wusste nicht, warum er diese Frage stellte, er hatte nur an Roussel denken müssen, der jetzt gerade für eine Kooperation mit der dortigen Polizei in Cherbourg war und der ihm vor seinem Aufbruch etwas über die Lage auf dem Ärmelkanal erzählt hatte.

Ganz offensichtlich hatte er aber Gabin unbeabsichtigt an einem empfindlichen Punkt getroffen. Seine Miene war sofort verschlossen, die Hände griffen hart nach dem Steuerrad.

»Ich bin Muschelfischer. Kein Schmuggler. Wenn du das wissen willst.«

»Entschuldige, so war es nicht gemeint. Ich dachte nur …«

»Es gibt keine Schmuggler. Das Wort klingt nach Seeräubern, nach mutigen Hasardeuren, die am bösen Staat vorbeiarbeiten und dabei wilde Abenteuer erleben. Aber glaub mir: Die gibt es nicht. Es gibt nur Verbrecher, die die Lage anderer ausnutzen. Die für Geld alles tun und andere überreden, ebenfalls alles dafür zu tun. So ist die Welt, wir hier oben sind da keine Ausnahme. Aber ich bin keiner davon. Du kannst schon mal das Tau nehmen, wir sind gleich da.«

Damit war die Unterhaltung für Gabin offenbar beendet, und Nicolas bedauerte, dass ihr kleiner Ausflug einen bitteren Beigeschmack bekommen hatte. Aber zum Glück war der Kapitän des Ausflugsschiffs offenbar nicht sonderlich nachtragend, denn schon nach wenigen Augenblicken und einem kurzen Blick auf das Meer wandte er sich wieder Nicolas zu.

»Und du?«, fragte Gabin, während er eine Angelleine ordentlich auf eine Spule rollte. »Was machst du, wenn du nicht gerade auf kleine Ausflugsboote in Barfleur springst.«

Vielleicht waren es die Möwen, die elegant über ihren Köpfen schwebten, vielleicht das Salz in der Luft, das sich beruhigend auf seine Gedanken legte – Nicolas dachte jedenfalls keine Sekunde darüber nach, dem Mann irgendeine ausgedachte Geschichte zu erzählen.

»Ich war eine Zeitlang Personenschützer. Für die französische Regierung. In Paris. Jetzt berate ich nur noch.«

Er sah, wie der Mann überrascht innehielt.

»Holla, das nenne ich mal einen exquisiten Beruf! So richtig mit Waffe und ins Auto reinspringen?«

»Meistens eher raus, ehrlich gesagt«, sagte Nicolas mit einem Lächeln. »Und nie mit gezogener Waffe. Ich hatte sehr selten meine Waffe im Einsatz.«

Das war zwar eine Lüge, aber nicht alles musste auf diesem Schiff ans Tageslicht kommen.

Das Boot näherte sich der Hafeneinfahrt von Barfleur, auf der Mole konnte Nicolas einige Touristen sehen, die sich nach einem ausgiebigen Essen am Hafen die Beine vertraten.

»Sag bloß, du hast den Präsidenten beschützt«, sagte Gabin sichtlich beeindruckt.

»Nicht den jetzigen«, antwortete Nicolas. »Ich habe für den davor gearbeitet. Für François Faure.«

»Ach was, für diesen Aufschneider? Na ja, du musstest ja vermutlich nicht seine Positionen vertreten, nicht wahr?«

»Nein, musste ich nicht. Aber hier unter uns gebe ich gerne zu: Es wäre mir auch schwergefallen.«

»War wohl ein Frauenheld und Rumtreiber, nach allem was man so gehört hat. Und ist der nicht auch mal entführt worden … warte, wo war das nochmal?«

Nicolas erkannte, dass es vielleicht doch ein Fehler gewesen war, Gabin so offenherzig von seiner Vergangenheit zu erzählen. Er wurde ungern an die Geschehnisse der vergangenen Jahre erinnert, und zu den einschneidendsten gehörte sicherlich das, was am Feiertag anlässlich der Alliierten-Landung in der Normandie passiert war. Julie und er hatten Faures Entführer erschossen, danach war sie in Untersuchungshaft gekommen – eine gut verborgene Narbe in ihrer beider Vergangenheit.

Er legte Gabin die Hand auf die Schulter.

»Ich drücke dir die Daumen, dass eure ›Blondes de Barfleur‹ wiederkommen. Und bis dahin bin ich mir sicher, dass das hier das beste Ausflugsboot an der Küste ist. Geschichten erzählen kannst du, Gabin, mach dir mal keine Sorgen.«

Der Mann lachte kurz auf.

»Ja, ich war schon immer der Fischer mit dem meisten Redeanteil. Wie oft habe ich eine Makrele in den Nacken bekommen, damit ich mal den Rand halte!«

»Dann wird den Touristen wenigstens nicht langweilig. Jedenfalls danke für den Ausflug.«

»Immer gern. Kommt doch gern mal bei mir vorbei, du und dein Maler-Freund. Ich wohne nicht weit vom Hafen, in der Rue des Écoles. Das Steinhaus mit dem weißen Tor, kann man nicht verfehlen.«

Als Gabin das Boot an die Kaimauer direkt unterhalb der Kirche von Saint-Nicolas manövrierte fiel Nicolas noch etwas ein.

»Sag mal, du warst doch heute Morgen mit einer Frau im Café?«

Gabin sah ihn kurz an und rollte dann ein Tau zusammen.

»Ja, warum?«

»Sie hat ihre Regenjacke vergessen. Ich habe versucht sie ihr zurückzugeben, aber sie hatte es wohl sehr eilig.«

Gabin blickte ihn kurz überrascht an, dann wandte er den Blick ab und zuckte mit den Schultern.

»Das war eine Cousine von mir. Ich werde ihr Bescheid geben.«

Nicolas runzelte die Stirn, er hatte das Gefühl, dass der Kapitän nicht darüber sprechen wollte. Er verstand nur nicht, warum. Außerdem klang der Begriff »Cousine« schon ziemlich nach einem Vorwand.

»Ich bin ihr hinterhergelaufen, als du schon weg warst.«

»Ach so?«

Gabin schien kein Interesse an diesem Thema zu haben.

»Es kam mir vor, als hätte sie vor irgendetwas Angst«, fuhr er dennoch fort. »Und dann haben zwei junge Kerle sie in ein Auto gezerrt. Kannst du dir das erklären?«

Ruckartig richtete sich Gabin auf und funkelte Nicolas an. Es lag Angst in seinem Blick. Und Zorn.

»Nein, kann ich nicht. Wir haben uns lange nicht mehr gesehen, mehr weiß ich nicht. Hier, nimm das Seil, wir sind gleich da.«

Er drehte sich um, und Nicolas fiel auf, dass der Kapitän kein einziges Mal den Namen der Frau genannt hatte. Als wollte er ihre Existenz verschleiern, so wie die Muscheln von Barfleur sich irgendwo in den Schatten des Meeres verbargen.

Kurz darauf sprang Nicolas auf die Kaimauer und band das Boot an einem Poller fest. Als er sich umblickte, sah er in einiger Entfernung Tito vor seiner Staffelei stehen und winken, mit einem leeren Glas in der Hand.

»Natürlich«, sagte Nicolas. »Wir sollten etwas essen.«

Er freute sich auf ein Essen mit Tito, sie hatten einen Tisch am Hafen reserviert, und sein alter Nachbar würde ihm von seiner neu entdeckten Leidenschaft vorschwärmen und gleichzeitig über die fehlenden Muscheln fluchen.

Das Leben, so schien es Nicolas, als er sich von Gabin verabschiedete, konnte einfach und friedlich sein, hier am Hafen von Barfleur. Als er sich kurz darauf nochmal umdrehte, sah er, dass Gabin ihm nachdenklich hinterherschaute.

»Wollen wir?«, sagte er kurz darauf zu Tito, der bereits seine Sachen zusammengepackt hatte.

»Ich dachte, ihr Bodyguards steht auf Pünktlichkeit! Unser Tisch ist seit einer halben Stunde reserviert, und mein Magen hängt irgendwo südlich der Pyrenäen. Aber der Herr geht ja lieber eine Bootsfahrt machen. Hast du wenigstens Muscheln gesehen? Wenigstens eine?«

Nicolas sah erneut zu dem kleinen Ausflugsboot zurück.

»Im Grunde ja. Ich dachte, sie wären leicht zu öffnen. Aber da habe ich mich getäuscht. Sie ist doch fester verschlossen, als ich dachte.«

KAPITEL 6

Cherbourg
Zur gleichen Zeit

Nur etwa eine halbe Stunde entfernt von Barfleur rekapitulierte Roussel erneut den Einsatz am Hafenbecken von Cherbourg. Er und die anderen Hauptbeteiligten an der Operation saßen in einem Besprechungsraum im Commissariat der Stadt, auf einer Leinwand zeigte Valerie Colin immer wieder Bilder vom Vortag. Bislang waren sie keinen Schritt weiter.
»Wir sollten uns auf das Positive konzentrieren«, sagte Valerie in diesem Augenblick. »Wir haben einen illegalen Transport von Migranten nach England gestoppt, die Familien wären dort draußen auf See in höchster Gefahr gewesen.«
Einige Beamten lächelten nur müde.
»Okay, es ist richtig: Was uns fehlt, ist jemand aus dem engen Kreis, einer der Hintermänner.«
»Kriegen wir aus dem verletzten Schlepper wirklich nichts Vernünftiges raus?«, hakte Roussel nach, aber Valerie schüttelte nur den Kopf.
»Wir haben ihm Strafmilderung angeboten, aber da ist nichts. Es gibt keine echte Spur, schon gar nicht zu dem Mann, der hinter allem steckt: Guy Moreau.«
Roussel starrte an eine der Wände im Commissariat, an der mehrere Fotos angepinnt waren, darunter das eines alten Mannes. Die Aufnahme war aus einiger Entfernung gemacht, und doch war Guy Moreau gut zu erkennen: Ein

älterer Mann vor einem Gehöft, er trug ein Leinenhemd, eine weite Hose und Sandalen, sein Bart war grau, ebenso seine Haare. Im Hintergrund waren einige Hühner zu sehen.

Er war der Kopf eines Netzwerks von Schmugglern: Fischer und Hafenarbeiter, Matrosen und LKW-Fahrer. Alle wollten etwas abhaben vom großen Kuchen, den Guy Moreau an dieser Küste verteilte.

Es gab Hinweise, Indizien, die Behörden hatten ihn mehrfach vorgeladen, sein Anwesen auf den Kopf gestellt, aber sie hatten nichts gefunden.

Sie brauchten einen Erfolg. Sie brauchten einen Hinweis auf eine nächste Fahrt der Schmuggler, an der Moreau teilnehmen würde.

»Wir haben die Zusage, dass das Abhören seines Telefons verlängert wird«, erklärte Valerie mit ungebrochenem Optimismus, für den Roussel sie bewunderte. »Wir haben Experten auf seine Kontenbewegungen angesetzt, wir sind mit verdeckten Ermittlern in mehreren Häfen, von Saint-Malo bis Saint-Vaast. Hier auf dem Cotentin spielt die Musik, hier befindet sich das Zentrum seiner Aktivitäten. Wir brauchen nur eine weitere Chance, einen Zugriff. Ich bitte euch, bleibt dran, lasst uns gemeinsam arbeiten, ich bin mir sicher, dass wir erfolgreich sein werden.«

Es klopfte an der Tür, und ein junger Beamter streckte den Kopf herein.

»Chef? Entschuldigen Sie. Aber es ist dringend. Ein Anruf.«

»Ich rufe zurück«, blaffte Valerie den jungen Mann an, der jedoch standhaft blieb.

»Es ist die Gendarmerie in Beaumont-Hague. Sie meinten, Sie müssten sofort ans Kap kommen.«

»Wie bitte? Seit wann sagt mir die Gendarmerie, wohin ich fahren soll? Kriegen die ihre Kühe nicht von der Kreuzung, oder was? Wir sind hier mitten in einer Operation, und die verlieren ihren Strafzettelblock und brauchen von mir einen neuen?«

Roussel sah sich um und blickte in die finstern Gesichter der Vertreter der französischen Gendarmerie im Raum. Direkt daneben konnten sich einige ermittelnden Kollegen der Police Nationale ein Lächeln nicht verkneifen.

So weit war es dann doch nicht mit der gegenseitigen Zuneigung, dachte Roussel und schaute gespannt zu dem jungen Kollegen in der Tür, der sichtlich nervös Valeries Wutausbruch über sich ergehen ließ.

»Sie haben eine Leiche gefunden«, sagte er schließlich und fuhr direkt fort: »Die sagen, so etwas haben sie noch nicht gesehen. Und dass sie unbedingt dorthin kommen sollen.«

Überrascht wandten sich jetzt alle im Raum dem jungen Beamten zu. Valerie sprang auf und folgte dem Kollegen in ihr Büro.

Nach wenigen Minuten kam Valerie zurück in den Sitzungsraum, sie nickte einigen Kollegen knapp zu und schnappte sich ihre Jacke.

»Roussel, mitkommen. Ich brauche Unterstützung, das Ganze ist eine verdammte Katastrophe.«

Roussel runzelte die Stirn, folgte aber ihrem Befehl.

»Was haben die Gendarmen am Kap gesagt?«, fragte er Valerie, als er ihr ins Treppenhaus folgte, das zu den Parkplätzen führte.

»Das glaubst du mir sowieso nicht. Besser, wenn du es selbst siehst. Es ist ein nicht identifizierter Leichnam.«

Sie stieß die Glastür auf und trat hinaus in die salzgeschwängerte Luft von Cherbourg. Auf dem Parkplatz stand ein Citroen Ds9, eine dunkle Limousine, die nicht nur deutlich größer und komfortabler war als die Dienstwagen, die Roussel aus Deauville kannte, sondern auch über einen wesentlich stärkeren Motor verfügte. Valerie öffnete die Fahrertür und sah ihn mit einem durchdringenden Blick an.

»Nur damit das klar ist, Roussel. Das hier ist mein Revier. Meine Stadt. Meine Regeln. Ich brauche einen guten Bullen, der nicht viel quatscht, sondern professionell ermittelt. Wir haben mit dem Schmugglerkram genug Arbeit – aber das dort draußen am Kap ist nochmal eine andere Liga, so viel kann ich dir schon mal verraten.«

Roussel hob die Hände.

»Ist mir recht. Du bist die Chefin.«

»Gut. Die Leiche liegt draußen am Kap, in der sogenannten Baie de l'Établette, das ist eine der schönsten Buchten dort draußen. Es ist ein Mann, schätzungsweise Ende fünfzig. Er wurde nackt am Strand gefunden.«

»Ist er ertrunken?«

»Nein. Und jetzt steig ein und schnall dich an. Ich neige nicht zum gemütlichen Fahren.«

Tatsächlich beschleunigte Valerie den Wagen bereits in der dicht befahrenen Innenstadt auf ein beachtliches Tempo, die Hafenanlagen schossen an ihnen vorbei. Sie hatte ihr Blaulicht aufs Dach gesetzt, und Roussel griff das ein oder andere Mal nach der Halteschlaufe über der Beifahrertür. Er wartete darauf, dass sie ihm weitere Details über den Leichenfund verriet, aber sie blickte nur konzentriert auf die Straße und sprach erst, als sie die Außenbezirke von Cherbourg hinter sich gelassen hatten. Sie wusste nur wenig, aber schon das versprach nichts Gutes.

»Der Mann wurde vor zwei Stunden von einem Spaziergänger entdeckt. Er ist bereits von den Kollegen vernommen worden, hat aber nichts Wesentliches beizutragen. Er war mit seinem Hund früh an den Klippen unterwegs, er wohnt nicht weit entfernt. Er wollte gerade auf dem Küstenpfad umkehren, als er den Körper in der Baie de l'Établette gesehen hat. Es gibt dort einen kleinen Strand, direkt unterhalb des Nez de Jobourg.«

»Muss man das kennen?«

Während sie zwei ihr offenbar zu langsame Wagen in einer Kurve überholte, runzelte sie die Stirn.

»Warst du noch nie am Cap de la Hague?«

Roussel schüttelte den Kopf. »Ich bin nicht so der Naturbursche, musst du wissen. Frag mich nach einer x-beliebigen Stadt, und ich nenne dir eine gute Bar oder ein Restaurant. Aber da draußen, da wird es schwer.«

Sie seufzte, während das Heideland des nördlichen Cotentin an ihnen vorbeiflog. Stechginster und wilde Buchsbaumhecken boten sich gegenseitig Schutz vor dem scharfen Wind, der hier draußen von der offenen See ins Landesinnere pfiff. Ein Wind, der alles einnehmen konnte, salzig und feucht, und der die Glieder frieren ließ und auch die Seele.

»Der Sentier des Douaniers, sagt dir das was?«

»Schon mal gehört«, sagte Roussel, während er aufmerksam den Verkehr beobachtete.

»Es ist der alte Küstenpfad der Grenzer, direkt oberhalb der Klippen«, erklärte Valerie. »Er zieht sich die gesamte Küste entlang, aber hier oben am Kap ist er besonders eindrucksvoll – und besonders gefährlich. Jedes Jahr stürzen dort Touristen ab, die sich zu nah an die Klippen wagen. Manche haben wir sogar vorher ermahnt, wenn wir den Pfad kontrolliert haben. Aber offenbar sind einige bereit, für ein Selfie an der Felskante ihr Leben aufs Spiel zu setzen.«

Sie erreichten die ersten Häuser von Beaumont-Hague, flache Logistikhallen und Parkplätze mit Lastwagen und Kleintransportern schoben sich in ihr Sichtfeld. In der Ferne sah Roussel die Schornsteine der gewaltigen Wiederaufbereitungsanlage von La Hague.

»Damals haben die Grenzschützer oberhalb der Klippen

nach Schiffen Ausschau gehalten«, setzte sie ihren kleinen Exkurs fort. »Schiffe, die verbotenerweise die Buchten ansteuerten, um heimlich Ware an Land zu schmuggeln. Du siehst, so viel hat sich nicht geändert, nur dass wir jetzt mit Radar und Satellitenüberwachung arbeiten. Und trotzdem nicht alle schnappen. Oder manchmal auch gar keinen, zumindest keinen Wichtigen.«

Die Schnellstraße ging über in eine einspurige enge Landstraße, die sich zwischen dornigen Hecken hindurchschlängelte, hinter denen immer wieder Kraniche mit breitem Flügelschlag von den sumpfigen Wiesen aus abhoben. Sie legten sich quer in den Wind, der sie sanft in die Höhe schob. Valerie hatte längst ihr Blaulicht ausgemacht, seit sie die Wiederaufbereitungsanlage hinter sich gelassen hatten, war die Straße wie ausgestorben.

Immer wieder blitzte das blaue Meer durch die Hecken, Möwen kreisten über den Buchten, in denen Boote vertäut waren, geschützt vor der tückischen Strömung weiter draußen. Es war ein Ort, an dem alles ineinanderfloss, der Himmel, das Meer, die felsige Küste und das immergrüne Hinterland, salzgeschwängert und durchzogen von rauen Geschichten. Und immer wieder kamen neue hinzu, erzählt an wärmenden Holzöfen, auf engen Küchenbänken und in knarzenden Kammern, während draußen die See am Leuchtturm von Goury vorbeiwogte, diesem ewig wachenden Auge.

»Willkommen am Ende der Welt«, sagte Valerie, als sie den Wagen in einen Feldweg steuerte, den Anweisungen ihres Navigationsgeräts folgend.

»Hinten im Kofferraum liegen Gummistiefel«, sagte sie zu Roussel, während sie den Wagen über eine schmale Straße aus einem kleinen Dorf hinauslenkte, in Richtung der Felsen. »Du hast große Füße, ich tippe auf 46.«

»Nicht schlecht, Frau Kommissarin«, schmunzelte er. »Ist

dir sonst noch was an mir aufgefallen? Konfektionsgröße, Sternzeichen, Lieblingstier?«

Nach etwa einem Kilometer endete die Straße an einem Parkplatz, an dessen Rand eine kleine Hütte zu sehen war. Eine Flagge flatterte im Wind, vor der Hütte hatten sich einige Gendarmen versammelt, sie hielten Kaffeetassen in ihren Händen, die Schultern hochgezogen gegen den Wind.

»So ist's gut, macht ruhig Mittagspause«, murmelte Valerie und parkte den Wagen direkt vor einem Gatter, hinter dem ein Pfad zu den Klippen führte.

Sie wollte gerade aussteigen, da drehte sie sich zu Roussel um: »Du bist Steinbock, ich habe mir deine Akte angesehen. Deine Konfektionsgröße ist mir egal, dein Lieblingstier wird irgendwas Wildes sein, weil du dich gern damit identifizieren möchtest. Ich tippe auf Wolf, das liegt nahe. Und nebenbei: Du bist ein Trinker, derzeit trocken, aber du bleibst ein Trinker. Von den Gründen dafür wirst du mir demnächst erzählen, wenn wir zu zweit tief in dieser Scheiße hier stecken und irgendwas zur Ablenkung brauchen. An einer Bar, in einem Café, im Büro, wo auch immer – du wirst es mir erzählen, glaub mir. Und ich werde zuhören und dir mein Leben erzählen, meine dunklen Seiten, die du längst gesehen hast, weil du ein Profi bist. Und jetzt komm, zieh deine Stiefel an, es hat geregnet, der Pfad dürfte rutschig sein. Willkommen am Cap de la Hague, Roussel.«

Sie warf die Autotür zu und stapfte entschlossen hinüber zu der kleinen Gruppe, die sich vom Besitzer des kleinen Kioskes verköstigen ließ. Roussel konnte sehen, wie einige der Männer bereits bei ihrem Anblick die Tassen abstellten. Etwas abseits stand eine junge uniformierte Frau, die ganz offensichtlich fror.

»Na, Verabredung zu einem Picknick?«, sagte Valerie mit kalter Stimme zu den Männern. »Vielleicht noch einen Nachtisch? Geht auf mich.«

»Salut, Valerie«, sagte der älteste unter ihnen. Roussel erkannte den Dienstgrad des Capitaine auf seiner Uniformjacke, noch bevor Valerie sie einander vorstellte.

»Capitaine Jean Clairmont von der Gendarmerie in Beaumont-Hague. Luc Roussel, eigentlich Leiter des Commissariat in Deauville. Aber für diesen Fall meine Verstärkung, die ganze andere Bande von Versagern ist entweder krank oder in Urlaub, was auch immer das ist. Beziehungsweise: Sie sitzen an unseren Schmuggler-Ermittlungen. Also, gibt's noch Kuchen, oder kriege ich langsam mal was erzählt?«

Roussel reichte dem Capitaine die Hand. Der Mann hatte einen weißen Vollbart und ein freundliches Lächeln, während er verschmitzt in Richtung Valerie blickte.

»Freut mich. Und herzlich willkommen hier oben. Wir sind der Wanderverein nördlicher Cotentin, wir machen eine kleine Rast und stärken uns. Nachher gehen wir Boule spielen am Strand, es gibt frische Austern, kommen Sie doch gern dazu.«

Roussel sah ihn verdutzt an, hörte dann aber Valeries Lachen.

»Jean, du weißt immer noch, wie du mit meiner schlechten Laune umgehen musst. Es tut mir leid, ihr seid sicher schon die ganze Zeit dort draußen, ich gönne euch den Kaffee!«

Dann umarmte sie ihn und begrüßte jeden der anderen Gendarmen persönlich.

Clairmont machte der jungen Gendarmin ein Zeichen und stellte sie Valerie und Roussel vor: »Das ist Jeanne Lefèvre, sie hat erst vor ein paar Wochen bei uns in Beaumont angefangen. Sie ist ein heller Kopf, würde mich nicht wundern, wenn sie irgendwann mal die Seiten wechselt und bei euch in Cherbourg anfängt.«

»Was ich nicht unbedingt empfehlen kann«, sagte Valerie und lächelte die junge Frau an, der das Lob ihres Vorgesetzten sichtlich unangenehm war. Die Gendarmin war Mitte zwanzig, sie hatte schulterlange rote Haare und Sommersprossen.

»Ich war als Erste unten bei dem Leichnam«, sagte sie. »Ich hoffe, ich habe keine Spuren verwischt, allerdings war kaum etwas zu sehen. Außer … den Spuren am Körper.«

Roussel runzelte die Stirn.

»Welchen Spuren?«

Der Capitaine sah hinab Richtung Bucht, knetete dabei seine Hände und sagte: »Das Beste ist, wenn ihr es euch direkt anseht. Ich begleite euch hinunter. Jeanne, wir fahren nachher gemeinsam zurück.«

»In Ordnung, Capitaine.«

Roussel würde sich nie an die militärischen Rangfolgen der Gendarmerie gewöhnen. Was ihn verwunderte, war das gute Miteinander zwischen den Gendarmen und der Police Nationale. Er hatte damit gerechnet, die typischen Revierkämpfe zu erleben, etwas, das er nur zu oft selbst erlebt hatte. Traditionell beäugten sich die Police Nationale, die für Ermittlungen in städtischen Regionen zuständig war, und die Gendarmerie, die draußen auf dem Land für die rechtliche Ordnung und kleinere Delikte zuständig war, sehr misstrauisch, und beide Parteien wurden normalerweise nicht müde, sich gegenseitig schlechtzumachen.

Hier draußen schien der Wind auch diesen verkrusteten Zustand fortgeweht zu haben.

»Okay, Familienfeier beendet«, sagte der Capitaine schließlich und klatschte in die Hände. »Du hast recht, Valerie: Wir sind seit zwei Stunden hier draußen, es gab einige Wanderer, wir haben die Baie de l'Établette und auch den Nez de Jobourg weiträumig abgesperrt. Soweit wir sehen konnten, gibt es keine wirklichen Spuren, aber die Kollegen von der Spurensicherung sind bereits unten am Strand. Ich würde vorschlagen, ich bringe euch runter, dann könnt ihr das Ganze besser einordnen. Aber ich sag's lieber gleich: Das ist kein schöner Anblick. Und wenn die Presse davon erfährt, wird es nicht schöner, glaubt mir.«

Kurz darauf folgten Roussel und Valerie Capitaine Clairmont über einen sandigen Pfad, der steil abfiel und leicht geschwungen zum Rand der Klippen führte. Vor ihnen lag das weite Meer, darüber aufgeplusterte Wolken, deren Schatten sich wie dunkle Flecken auf das Wasser legten. Als hätte jemand mit einem gewaltigen Pinsel Akzente setzen wollen, damit das Auge sich besser orientieren konnte in diesem schier endlosen Blau.

Es war still hier oben, einige Seevögel kippten über den Rand der Klippe, ließen sich fallen, tänzelten in den Aufwinden, kreisten über der Brandung, die tief unten gegen die Felsen rollte. Roussel konnte einige kleinere vorgelagerte Felsen erkennen, die weiße Gischt, die sie umgab. Flaches Heidekraut duckte sich auf dem Kamm gegen den Wind, störrische Gräser, die ihren endlosen Kampf führten, hier oben, wo nichts stillstand, weil die Gezeiten im Wasser und in der Luft das ganze Kap in ihrem Griff hielten.

»Wer geht denn hier freiwillig wandern?«, rief er Valerie durch den Wind zu, aber sie lächelte nur und breitete die Arme aus.

»Ist das nicht herrlich, Roussel? Hier endet alles, hier kommt nichts mehr. Es ist das Ende der Welt, zumindest das Ende der Normandie. Hier gibt es nur den Wind, das Meer, die Klippen. Es ist wie ein Komplett-Waschgang für den Kopf, alles wird frei, völlig leer. Du solltest es ausprobieren!«

»Kommst du öfter her?«, fragte Roussel, während er den Reißverschluss seiner Jacke zuzog.

Valerie nickte.

»Mindestens zweimal die Woche. Hierher oder weiter

oben an den Phare de Goury. Manchmal auch an die Nordküste. An der Pointe de Groins ist es deutlich flacher, aber fast genauso schön.«

»Hey, ihr zwei, kommt ihr?«

Capitaine Clairmont war bereits fünfzig Meter weiter, und sie beeilten sich, den Anschluss nicht zu verlieren. Sie folgten dem Pfad, der sich nach links wandte und parallel zu den Klippen verlief. Unter ihnen rauschten die Wellen heran, der Boden war feucht vom Regen der Nacht.

»Ist das euer Schmugglerpfad?«, fragte er Valerie, die sich jetzt ebenfalls die Jacke zugezogen hatte. Er reichte ihr die Hand, als sie an einem kleinen Vorsprung vorbeikamen, aber sie kam offenbar wunderbar ohne ihn aus.

»Der Sentier des Douaniers. Er geht runter bis nach Saint-Malo und dann ein anderer Teil davon noch weiter, einmal um die Bretagne herum. Aber ich finde ihn hier oben fast am schönsten.«

Roussel konnte nicht anders, als ihr beizupflichten. Die Aussicht war atemberaubend, der Pfad führte in leichten Schwüngen an der Küstenlinie entlang, rechts das Meer mit den Kanalinseln am Horizont und links das windverwehte Hinterland des Cotentin, mit den Heidebüschen und den tiefen Gräben, die sich durch die feuchten Wiesen zogen. In der Ferne zog ein Traktor über ein Feld, ein paar Schafe waren auch zu erkennen.

Das Leben am Rande der Welt.

»Liegt er dort unten?«

Roussel deutete auf einen kleinen Sandstrand, hinter dem sich eine Felsnase in das Wasser hineinbohrte wie ein Wellenbrecher aus festem Stein, bereit, jedem Sturm zu trotzen.

Valerie schüttelte den Kopf.

»Diese Bucht ist die Anse de Derival. Wir müssen noch eine weiter, hinter den Nez de Jobourg.«

»Nachts ist das hier aber kein Zuckerschlecken«, bemerkte

Roussel. »Der Pfad verläuft direkt an den Klippen, wenn jemand eine Leiche loswerden will, dann muss er ganz schön kräftig sein. Und aufpassen, dass er nicht runterfällt.«

Capitaine Clairmont war stehen geblieben und wartete auf sie.

»Wir sind gleich da. Und ich glaube nicht, dass hier jemand eine Leiche loswerden wollte. Ganz im Gegenteil. Kommt, die Kollegen sind unten.«

Der Pfad teilte sich kurz darauf, rechts führte er hinaus auf den Nez de Jobourg, wo ganz am Ende der Felsnase zwei Polizisten standen.

»Perfekter Aussichtspunkt«, sagte Clairmont und winkte den Kollegen zu, die im flachen Gras nach Spuren und Abdrücken suchten. Weiter vorne hörte Roussel jetzt einen Spürhund bellen.

»Bislang haben wir wirklich gar nichts gefunden«, sagte Clairmont zu Valerie. »Keine Fußabdrücke, keine Reifenspuren oben im Gras. Der Regen in der Nacht macht es uns natürlich noch schwieriger, aber dass wir gar nichts finden? Immerhin: Die Experten kommen erst noch, vielleicht finden sie was. So, hier müssen wir runter.«

Roussel wäre fast an der Abzweigung vorbeigelaufen, weil der Pfad, der hinunter in die Baie de l'Établette führte, kaum mehr war als ein Streifen heruntergetretenen Grases. Im Zickzackkurs ging es steil hinab, direkt in die beeindruckende Felsformation hinein. Die Bucht, die unter ihnen lag, war keine fünfzig Meter breit, das Wasser hatte den steinigen Strand fast vollständig eingenommen. Roussel konnte ein weißes Zelt erkennen, daneben standen einige Gendarmen, ein Mann in einem weißen Overall kam soeben heraus und nahm seine Kapuze ab.

Es schien, als würde er sich einen Augenblick sammeln.

»Das ist Olivier Gaspard, unser Gerichtsmediziner in

Cherbourg«, erklärte Valerie, während sie einer Baumwurzel auswich und sich dabei mit der Hand an der Felswand abstützte. »Er wohnt nicht weit von hier, eigentlich ist er krankgemeldet, aber irgendeiner musste ja kommen.«

Als sie kurz darauf den Strand erreichten, sah Roussel nach oben. Die Klippen waren steil, die Bucht war von drei Seiten von Felsen eingeschlossen.

»Hierhin muss man erstmal eine Leiche bringen«, murmelte er und nickte dann dem Gerichtsmediziner zu, dessen rote Nase und leicht verquollene Augen Bände sprachen.

»Hier wirst du schön durchgepustet, Gaspard«, sagte Valerie und stellte ihm Roussel vor.

»Salut, Valerie. Freut mich, Monsieur Roussel«, krächzte Olivier Gaspard mit heiserer Stimme. Er trug einen dicken Schal unter seinem Overall.

Auch Valerie sah sich jetzt in der Bucht um. Dann deutete sie auf das Zelt, das offenbar dafür gedacht war, das, was darin lag, vor den Blicken der Wanderer oberhalb der Felsen zu schützen.

»Also, was haben wir?«, fragte sie, während sie Roussel ein paar Latexhandschuhe reichte.

Gaspard nahm einen Schluck Tee aus einer Isolierflasche und räusperte sich.

»Ein Mann, weiß, schätzungsweise Ende fünfzig, Anfang sechzig. Unbekleidet, einige Tätowierungen am linken Oberarm, nichts Ungewöhnliches, ein Anker, ein Spruch, so was halt. Keine Ringe oder sonstiger Schmuck.«

»Wie ist die Leiche hierhergekommen?«, fragte Roussel und deutete um sich. »Wurde der Mann angespült?«

»Nein, sicher nicht«, sagte Gaspard. »Kommt mit.«

Valerie nickte einem jungen Gendarmen zu, der mit blassem Gesicht am Zelteingang stand. Gaspard schob die Plane zur

Seite, und sie traten ins Innere. Gleißendes Licht empfing sie, zwei Strahler leuchteten jeden Winkel aus.

Der Leichnam lag in der Mitte, bedeckt von einer grauen Plane. Sie war etwas verrutscht, so dass die linke Hand zu sehen war und der Knöchel.

Und Roussel verstand sofort.

»Ach du Scheiße.«

Gaspard nickte und schob die Plane etwas weiter nach oben. Ein schweres Seil wurde sichtbar.

»Er war festgebunden«, sagte der Gerichtsmediziner in die plötzliche Stille hinein. »Handelsübliche Seile, kriegt man in jedem Baumarkt. Sie waren um schwere Felsbrocken gewickelt.«

Der Gerichtsmediziner schob jetzt die Plane an der anderen Hand zur Seite. Dann legte er die Füße frei.

»Was für eine verdammte …«

Roussel fuhr sich über sein unrasiertes Gesicht und blickte zu Valerie.

»Das ist krass. Jemand bringt ihn hierher, an den Arsch der Welt, bindet ihn fest und lässt ihn jämmerlich ertrinken. Das ist doch … er muss geschrien haben, die ganze Zeit, und niemand hat ihn gehört. Verdammt, das ist doch krank, Valerie …«

»Da hast du recht«, sagte sie mit tonloser Stimme. »Das ist absolut verrückt. Aber ich brauche deinen ersten Blick. Ohne Vorwissen, als würdest du die Leiche gerade entdecken. Da ist dieser Mann, er ist nackt, und er ist festgebunden. Und glaub mir, wir sind noch gar nicht zum Kern des Bösen vorgedrungen.«

Roussel runzelte die Stirn und blickte Valerie finster an.

»Was meinst du damit?«

Sie schwieg und kaute unruhig auf ihrer Unterlippe. Offenbar merkte sie, dass sie den Bogen etwas überspannt hatte. Sie hätte ihm auf der Fahrt mehr erzählen müssen.

Ihn vorbereiten auf das, was dort vor ihnen lag, im feuchten Sand der Baie de l'Établette.

»Er ist ganz gewiss nicht ertrunken.«

Gaspards kratzige Stimme durchbrach die Stille, und die Botschaft seiner Worte sickerte nur langsam in Roussels Kopf.

Er drehte sich zu dem Gerichtsmediziner um.

»Aber er ist hier festgebunden worden, damit er der Flut nicht entkommen kann. Ihr sagtet doch, die großen Felsbrocken hätten ihn daran gehindert ...«

Gaspard schüttelte den Kopf.

»Die Flut wäre ihm gerade mal bis zu den Füßen gegangen, sie hätte ihn niemals fortgezogen, dafür liegt er zu weit oben. Nein, er ist nicht ertrunken, er war bereits tot.«

»Woran ist er denn gestorben?«, fragte Roussel leise, und Valerie nickte Gaspard zu.

»Zeig es uns.«

Der Gerichtsmediziner schien einen Moment zu zögern, dann machte er einen Schritt nach vorne, beugte sich zu dem Leichnam hinab und zog mit einem Ruck die gesamte Plane weg.

Roussel trat unweigerlich einen Schritt zurück. Er traute seinen eigenen Augen nicht.

Der Körper des Mannes war von unzähligen Brandmalen übersät. Dunkle Wunden auf heller Haut. Roussel konnte das Fleisch darunter erkennen, er sah verkohlte Fetzen, Gewebe, das geschmolzen war von einer gnadenlosen Flamme. Er versuchte die Brandmale zu zählen, aber es waren zu viele. Sie waren an der Hüfte, am Brustkorb, auf den Schenkeln, am Hals. Es waren dutzende.

Jedes einzelne Brandmal war das Zeugnis einer abscheulichen Quälerei. Spuren einer Tortur, die sich Roussel nicht vorzustellen vermochte. Für den Bruchteil einer Sekunde malte er sich die Schreie aus, das Flehen um Gnade, vielleicht sogar um einen schnellen Tod. Er schob den Gedanken weit fort, in die dunkelste Ecke seiner Seele, wo er jedoch weiterglimmen würde, viele Jahre noch und weit darüber hinaus.

Valerie hatte sich neben ihn gestellt, um den nackten Körper zu betrachten. Der Mann lag auf dem Rücken, der Kopf war zur Seite gedreht. Auch in seinem Nacken sah Roussel die Spuren der Flamme, einige Haare waren versengt.

Sein Blick glitt hinab auf die Unterarme, deren Innenseiten tiefe Krater aus verbranntem Fleisch aufwiesen. Zum Bauch, der übersät war mit schwarzen Narben, weil das Fett hier ein dankbares Opfer für die sengende Hitze gewesen war.

Roussel atmete langsam aus.

Dann beugte er sich über den Körper, zwang sich, die dunklen Male zu betrachten, die Hinterlassenschaften einer grausamen Tat. Auch das Geschlecht des Mannes war nicht verschont worden.

»Das ist … grausam. Was müssen das für Qualen gewesen sein.«

»Keine, die ein Mensch aushalten kann. Irgendwann versagt der Körper. Ich gehe aber davon aus, dass er letztendlich erstickt ist. Er war geknebelt, im Mundraum habe ich Spuren von Stoff gefunden. Wir werden es untersuchen.«

Roussel betrachtete das Gesicht des Mannes.

»Wer auch immer das getan hat, er hat sein Gesicht ausgespart«, murmelte Roussel. »Der Täter wollte ihn nicht entstellen. Sein Hass ging nicht so weit, dass er ihn komplett entmenschlichen wollte.«

»Schau dir seine Gesichtszüge an«, sagte Valerie und beugte sich jetzt ebenfalls über den Leichnam. »Man könnte meinen, dass der Schmerz noch immer zu sehen ist. Die ganze Qual, diese Tortur – sein Gesicht ist ganz hart, fast verzogen. Wie lange, Gaspard, hat die Folter wohl gedauert?«

Gaspard zuckte die Schultern.

»Schwer zu sagen, dafür müsste ich mir die einzelnen Brandmale genau anschauen. Aber ich sage mal so: Der Täter wird sich nicht beeilt haben. Mehrere Stunden, würde ich sagen. Gebt mir mein Labor und ein paar Stunden, ich beeile mich, denn ich gehe nicht davon aus, Valerie, dass ich mich erstmal auskurieren darf?«

Valerie lächelte ihn mitleidig an.

»Tut mir leid, da liegst du leider richtig.«

Einige Minuten später stand Roussel allein am Wasser in der Baie de l'Établette und sah hinaus Richtung Horizont, hinter den alles Gute dieser Welt offensichtlich geflohen war. Das Meer griff nach seinen Stiefeln, der Rauch seiner Zigarette verlor sich in der kalten Luft.

Er atmete langsam ein. Und langsam aus.

Er hörte den Sand hinter sich knirschen, als Valerie sich zu ihm stellte.

Sie schwiegen für einen Augenblick. Schließlich streckte sie ihre Hand aus, und er reichte ihr seine Zigarette. Sie nahm einen tiefen Zug.

»Tut mir leid.«

Ihre Stimme war nicht mehr so fest wie im Wagen, nicht mehr so selbstsicher wie in Cherbourg.

»Ich hätte dich vorwarnen sollen. Ich wollte nur ...«

Roussel nahm seine Zigarette zurück und betrachtete den Stummel für einen Augenblick.

»Das war keine Zigarette«, sagte er. »Die Brandmale, meine ich. Sie waren zu breit. Und die Wunden zu tief.«

Valerie schaute ihn aufmerksam an.

»Es war auch kein normales Feuerzeug. Nein, das Feuer muss von einer starken Stichflamme kommen, die sich innerhalb kurzer Zeit ins Fleisch reinbrennt, fast punktgenau. Vielleicht ein kleiner Bunsenbrenner. Jedenfalls war der Täter nicht in Eile, er ist in aller Gelassenheit vorgegangen. Ganz ruhig.«

Erneut nahm er einen Zug und gab Valerie die Zigarette zurück.

»Aber da ist noch etwas«, sagte er und drehte sich zu den Klippen um.

Valerie schien kurz zu überlegen, dann hielt sie in der Bewegung inne, mit der sie gerade die Zigarette hatte zum Mund führen wollen.

»Die Flut«, flüsterte sie. Und Roussel nickte.

»Gaspard sagte, die Flut wäre gerade mal bis zu den Füßen gekommen. Der Mann wäre nicht davongetrieben worden.«

»Warum wurde er dann festgebunden?«, fragte Valerie mehr sich selbst als Roussel. Der sah jetzt die Klippen hinauf bis zum Sentier des Douaniers, dem alten Schmugglerpfad, an dessen Fuß nun der tote Körper eines gefolterten Mannes lag.

»Der Leichnam sollte genau so gefunden werden. Festgebunden und mit Brandmalen übersät. Wer auch immer das war: Er will uns damit etwas sagen.«

Einige Gendarmen waren oben an den Klippen zu sehen, während vereinzelte Seeschwalben über ihnen ihre Bahnen zogen. Gaspard hatte seinen Overall ausgezogen und schnäuzte sich in ein Taschentuch.

»Und was will er sagen?«, fragte Valerie und reichte Roussel seine Zigarette zurück. »Und vielleicht ja noch viel wichtiger: Wem will er etwas sagen?«

Roussel überlegte kurz.

»Keine Ahnung. Wir werden es herausfinden. Erstmal suchen wir nach einem Boot.«

»Einem Boot?«

Roussel deutete auf die Klippen.

»Niemand trägt einen normal gewachsenen Mann nachts hier herunter, völlig ausgeschlossen. Außerdem haben die Gendarmen bislang keine Spuren gefunden, vermutlich werden auch deine Leute später nichts finden. Also bleibt nur ...«

Roussel drehte sich um.

»... das Meer. Es hat geregnet, aber es war kein Sturm heute Nacht, habt ihr gesagt. Also ist unser Täter übers Meer gekommen, still und heimlich. Riskant, aber machbar. Wir suchen ein Boot. In irgendeinem Hafen entlang der Küste.«

Valerie lachte.

»Weißt du, wie viele Häfen es hier oben gibt? Jede Bucht hat einen kleinen Kai, an dem Ruderboote oder Sportboote festgemacht sind. Und glaub mir, es gibt viele Buchten hier oben!«

»Dann sollten wir uns beeilen. Denn ich bin mir nicht sicher, ob unser Täter nicht noch mehr zu sagen hat.«

Und damit stapfte Roussel über den steinigen Strand zurück zum Pfad, der sie nach oben bringen würde, zum Rand der Klippen und zum Aussichtspunkt über dieses für ihn jetzt schon verfluchte Ende der Welt.

KAPITEL 7

Barfleur
Am Nachmittag

Der Tag, an dem das Grauen die Küste des Cotentin erreichte, verstrich unter einem für diese Jahreszeit ungewöhnlich blauen Himmel. Bis zum Nachmittag waren alle Wolken vertrieben, unaufhaltsam wanderte die Sonne von Ost nach West, von den Austernbänken bei Saint-Vaast über das dichte Hinterland des Val de Saire bis zu den gewaltigen Hafenanlagen von Cherbourg. Sie überquerte das gesamte Cotentin, wärmte die kalten Granitmauern der Dörfer von Martinvast und Siouville und würde später am Cap de la Hague am Horizont ihren Halbkreis vollenden.

Am äußersten Rand der Normandie hatten sich die ansonsten stets präsenten Wolkenbänke hinter den Horizont zurückgezogen, bereit, jederzeit wieder ihren Platz einzunehmen.

In Barfleur saß Nicolas auf einem Holzstuhl am Hafenbecken und lauschte dem friedlichen Schnarchen seines alten Nachbarn. Tito war nach einem langen Tag vor seiner Staffelei eingenickt, zu seinen Füßen lag Rachmaninoff und beobachtete argwöhnisch einige Möwen, die direkt an ihm vorbeistolzierten.

Titos erstes Bild vom Hafen von Barfleur war fast fertig, und Nicolas konnte nicht umhin, beeindruckt zu sein. Entweder hatte der alte Mann bei seinen Recherchen auf diversen Internetplattformen sehr viel gelernt – oder er hatte ein bislang unerkanntes Talent mit nach Barfleur gebracht. Auf der Leinwand, die den ganzen Tag auf der Staffelei vor Tito gestanden hatte, war der Ort in all seiner Pracht zu erkennen. Das Hafenbecken, die auf dem Wasser schaukelnden Schiffe, dahinter der weiße, gedrungene Leuchtturm von Cracko. Tito hatte die Farben genau getroffen, das Wasser wurde dunkler, je weiter der Blick in Richtung offene See ging.

Und jetzt saß er neben Nicolas, der ihm den Pinsel aus der Hand genommen hatte, und schlief seit knapp zehn Minuten. Nicolas hatte sich aus Élodies Café einen Stuhl geholt und sich neben ihn gesetzt, mit einem Stift und einer Postkarte in der Hand.

Als sein Handy in seiner Hosentasche vibrierte, musste er unweigerlich lächeln.

»Du rufst genau zum richtigen Zeitpunkt an«, sagte er zu Julie und nahm einen Schluck Rosé aus einem Glas, das Élodie ihm zusammen mit dem Stuhl in die Hand gedrückt hatte.

»Ach ja? Weil die nette Cafébesitzerin neben dir sitzt und dich überreden will, in Barfleur heimisch zu werden?« Julies Stimme klang fröhlich, er hörte nahezu ihre nackten Füße auf den Dielen ihrer neuen Wohnung, er konnte förmlich sehen, wie sie rastlos von einem Raum zum anderen ging.

»Es ist wirklich unglaublich«, sagte sie, »wir können das Meer tatsächlich von der Küche und vom Wohnzimmer aus sehen.«

»Das ist sehr praktisch, du wirst es sehen können, wenn du mir etwas kochst, und ich sehe es auch, während ich auf dem Sofa darauf warte, mit Pantoffeln und Bier. Das du mir zuvor natürlich schon hingestellt hast.«

»Ganz genau so, Herr Bodyguard. Vergiss es. Du wirst mich in die besten Fischrestaurants an der Küste einladen, von deinem horrenden Gehalt als neuer Berater deines

Sicherheitsdienstes. Denn ich kann mir so was von dem kleinen Gehalt, das die Polizeidirektion in Caen mir zahlt, natürlich nicht leisten.«

»Natürlich nicht. Ich sehe schon, ich hätte die ganze Sache nochmal durchrechnen sollen.«

»Du meinst die Sache mit dem Zusammenziehen? Da hast du recht, die Wohnung ist nicht billig, dafür mit Meerblick, und ...«

Nicolas nahm einen weiteren Schluck Rosé, neben ihm rutschte Tito schläfrig in seinem Stuhl hin und her, eines der Fischerboote kam in das Hafenbecken gefahren, hoffnungsvoll umkreist von einem Schwarm Möwen. Es war die »Tortuga«, einer von nur noch vier Kuttern, die im Hafen von Barfleur lagen, wie Gabin ihm während der kleinen Tour draußen vor der Küste erzählt hatte.

»Ich meine natürlich die ganze Sache. Vielleicht hätte ich kurz innehalten sollen, erstmal meine Finanzen checken. Stattdessen bin ich einfach zu dir nach Marseille gefahren, ohne lange nachzudenken. Ich hätte vorsichtiger sein sollen.«

Julies Lachen drang an sein Ohr, und er dachte für einen Augenblick, dass er sie nie wieder hergeben würde. Nicht nach all dem, was geschehen war.

»Sieh du erstmal zu, dass unser Möchtegernmaler schnellstmöglich seine Farben aufbraucht, sonst seid ihr noch bis weit in den Sommer da oben. Wie ist es, gefällt dir Barfleur?«

Er hörte, wie sie die Balkontür öffnete und sich draußen auf einen Stuhl setzte. Die »Tortuga« machte mittlerweile einen leichten Bogen und steuerte ihren Liegeplatz an, keine fünfzig Meter von ihm entfernt, direkt neben dem kleinen Ausflugsschiff von Gabin. Dieser kam gerade von seinem Boot und winkte Nicolas zu. Dann lief er, sich eine Zigarette anzündend, in Richtung der Kirche von Saint-Nicolas.

»Barfleur ist wunderschön«, erklärte Nicolas. »Es sind noch nicht sehr viele Touristen da, es gibt ein nettes Café …«

»… mit einer netten Besitzerin, wenn man Tito glauben kann. Grüß sie von mir, ich kratz ihr die Augen aus, wenn sie zu nett zu dir ist.«

Sie unterhielten sich noch eine Weile, während die »Tortuga« anlegte. Offenbar war die Fahrt zu den Fanggründen erfolglos gewesen, zwei Matrosen sprangen von Bord und vertäuten das Schiff. Ein kleiner, gedrungener Mann, der wohl der Kapitän der »Tortuga« war, stand an Deck und telefonierte. Ab und an gestikulierte er in Richtung seiner beiden Männer, die schlecht gelaunt einige leere Kisten an der Hafenmauer stapelten. Weiter hinten entdeckte Nicolas Gabin, der jetzt neben der Kirche stand und die warme Spätnachmittagssonne genoss.

»Hey, hörst du mir zu?«, sagte Julie in diesem Augenblick.

»Ja, klar, Entschuldigung. Du sagtest, meine Mutter wolle mit zwei Freundinnen wegfahren, in ein kleines Hotel. Wo sagtest du, soll das sein?«

Inzwischen hatte der Kapitän sein Gespräch beendet und schaute hinüber zu Gabin an der Kirche. Als er seinen beiden Männern ein Zeichen gab und zu Gabin hinüberdeutete, beschlich Nicolas ein ungutes Gefühl. Der Kapitän der »Tortuga« redete kurz auf seine Männer ein, ein Besatzungsmitglied verschwand an Bord, um mit zwei Holzlatten zurückzukehren.

»Das Hotel ist gar nicht so weit von euch entfernt, an der Anse Saint-Martin, westlich von Cherbourg. Pass nur auf, dass sie nicht noch vorbeikommen und mit euch Bridge oder Canasta spielen wollen.«

»Verdammt, das würde mir gerade noch fehlen. Mit Tito ist es schon nicht sonderlich spannend hier, er malt sogar ganz gut, aber bei dem Tempo sind wir erst Weihnachten zurück in Paris.«

Die drei Männer gingen in Richtung Gabin und sahen sich immer wieder misstrauisch um.

»Er hat sich so gefreut, dass du mitgekommen bist, gönn dir selbst ein paar schöne Tage. Deine neue Mitbewohnerin soll sehr anstrengend sein, du wirst deine Kräfte brauchen.«

»Auf was habe ich mich da nur eingelassen? Hör zu, ich muss Schluss machen, hier ist irgendwas los … keine Ahnung, nur so ein Gefühl.«

»Seit wann kennst du dich mit Gefühlen aus?«

»Ich ruf dich später nochmal an.«

Aus seinem unguten Gefühl war eine Vorahnung geworden.

»Ich bin gleich wieder da, Rachmaninoff.«

Nicolas sah sich kurz am Hafen um, aber bis auf eine junge Frau, die gegenüber am Phare du Cracko saß und Musik hörte, war niemand zu sehen. Er stand auf und ging den Männern mit schnellen Schritten hinterher, die aber einen großen Vorsprung hatten und in diesem Augenblick die Kirche umrundeten.

Von Gabin war nichts mehr zu sehen.

Nicolas lief an der »Blonde de Barfleur« vorbei, einem weiteren Muschelkutter, der einer der ältesten Familien am Hafen gehörte, wie Gabin ihm erklärt hatte. Das Schiff lag gut vertäut an der Hafenmauer, von der Besatzung war weit und breit nichts zu sehen. Über das Städtchen am Meer hatte sich eine fast gespenstische Stille gelegt. Selbst die Möwen, die ansonsten in Heerscharen über den Booten kreisten, schienen kurzfristig ihre Flugmanöver eingestellt zu haben. Nicolas beschleunigte seinen Schritt und erreichte die Kirche und die Friedhofsmauer, die sie umschloss wie ein letzter Verteidigungsring gegen die Gezeiten. Als er weiter in Richtung des Wassers ging, hörte er die Brandung, salzige

Luft schob sich in seine Lungen. Durch einen kleinen Durchgang erreichte er einen Pfad, der hinab zum Felsufer führte, direkt hinter der Kirche. Flache Steine bildeten dort eine Plattform vor dem Meer – und genau dort entdeckte Nicolas Gabin und die drei Männer, keine zehn Meter von der Wasserkante entfernt.

Anscheinend hatte Gabin hier in Ruhe seine Zigarette rauchen und vielleicht über die Muscheln nachdenken wollen, die nicht zurückkamen und die ihn zwangen, als Touristenführer zu arbeiten. Vielleicht hatte er auch einfach nur näher am Meer sein wollen, weil es zu ihm gehörte, so wie es zu allen Menschen in Barfleur gehörte.

Jetzt jedoch hatte Gabin ganz andere Probleme.

Die drei Männer hatten ihn umzingelt, redeten auf ihn ein, er gestikulierte, deutete in Richtung Hafen und in Richtung des Meeres. Die drei Männer aber ließen nicht von ihm ab, immer enger zog sich ihr Kreis um ihn.

Bis plötzlich einer von ihnen, gänzlich ohne Vorwarnung, seinen Knüppel nach vorne schnellen ließ und Gabin einen schweren Schlag in die Magengrube versetzte, woraufhin dieser sofort zusammenbrach. Er fiel wie ein nasser Sack zu Boden, wurde aber sofort vom Kapitän der »Tortuga« auf die Beine gerissen.

Krachend landete erneut eine Faust in seiner Magengrube, und Gabins Stöhnen drang bis zu Nicolas herüber.

»Hey, aufhören!«, schrie er jetzt.

Nicolas rannte jetzt über die Felsen, sprang über einige Kanten, immer darauf bedacht, mit seinen Füßen nicht zwischen die Steine zu geraten.

»Hey!«

Erneut wurde Gabin nach oben gezogen, einer der Männer packte ihn am Kragen und redete auf ihn ein. Seine Worte wurden vom Wind fortgetragen, Nicolas verstand nur Bruchstücke.

»… ihm nicht gefallen … also rück raus damit!«

Als er nur noch wenige Meter entfernt war, drehte sich einer der Seeleute um und starrte ihn hasserfüllt an.

»Verpiss dich, Mann!«

»Lasst ihn los!« Nicolas ließ sich nicht von den Knüppeln in den Händen der Männer beeindrucken, er schaute zu Gabin, der sich stöhnend den Bauch hielt. Der Anführer der drei, ein kahlköpfiger Mann mit stechendem Blick, ließ ihn los und wandte sich Nicolas zu.

»Hast du nicht gehört? Du sollst verschwinden. Geh zurück zu deinem Maler-Opa, trinkt noch einen Rosé oder ein Glas Milch. Das hier ist unsere Sache. Geht dich nichts an, verstanden?«

Es war weder der harte Ton des Mannes noch der bedrohliche Blick, der Nicolas überraschte. Sondern die Tatsache, dass die Männer offenbar ganz genau wussten, wen sie vor sich hatten. Aber er würde diese Frage auf einen späteren Zeitpunkt vertagen müssen.

Einer der Männer kam direkt auf ihn zu und schlug dabei mehrmals mit dem Knüppel in seine Handfläche.

»Hör zu, Tourist, es wäre wirklich besser, wenn du zurück zum Hafen gehst, schau dir die Schiffe an, kauf ein bisschen ein, genieß die Zeit. Das hier ist nichts für dich.«

»Lasst ihn los«, sagte Nicolas und sortierte dabei seine Optionen. Der Kapitän hielt Gabin am Kragen und zerrte ihn mit festem Griff weiter nach oben, wo er auf wackeligen Beinen stand, das Gesicht schmerzverzerrt. Der andere Mann mit dem Knüppel machte jetzt ebenfalls zwei Schritte auf Nicolas zu.

Hinter ihnen gluckste das Wasser zwischen den Steinen, die mittlerweile flache Spätnachmittagssonne schien warm auf Nicolas' Rücken. In der Ferne konnte man den Leuchtturm von Gatteville sehen.

»Also, was ist jetzt?«, zischte ihn einer der Männer an

und ließ dabei seinen Knüppel hin- und herpendeln. »Wenn du keine Abreibung riskieren willst, dann sieh zu, dass du Land gewinnst.«

»Ihr sollt ihn loslassen«, sagte Nicolas nachdrücklich und machte einen Schritt auf den Mann zu. Es war eine wohlüberlegte Bewegung, die sein Gegenüber nur als Provokation empfinden konnte. Wie Nicolas erwartet hatte, stieß er seinen Knüppel nach vorn, um ihn in der Magengrube zu treffen.

Mit einer schnellen Bewegung wich Nicolas zur Seite aus, der Knüppel zischte wenige Zentimeter an ihm vorbei. Während der Mann sich noch sortierte, griff Nicolas nach dessen rechtem Handgelenk und drehte es mit einem Ruck um, während er sich um den Mann herumschwang, um ihn schließlich von hinten zu packen.

Der Angreifer schrie entsetzt auf, das Handgelenk knackte, der Knüppel fiel auf die Felsen, während Nicolas dessen Arm nach hinten bog, so weit, dass dieser nur noch wimmerte.

»Bitte ... mein Arm. Meine Hand, verdammt, du hast mir mein Handgelenk gebrochen.«

»Höchstens angebrochen«, sagte Nicolas und sah den anderen Mann mit dem Knüppel durchdringend an.

»Lass ihn fallen, sonst breche ich deinem Freund wirklich den Arm. Mach schon!«

Der zweite Angreifer hatte rötliches Haar, ein eckiges Kinn, und die Nase schien mehrmals gebrochen gewesen zu sein. Er reagierte sofort.

»Ich mach dich fertig!«

Ein kurzer Ruck am Arm, der Mann in Nicolas' Griff wimmerte, seine Beine kippten zur Seite.

»Ich sagte: Lass den Knüppel fallen. Und gebt den Kapitän frei.«

Der Anführer grinste jetzt spöttisch.

»Kapitän? Unser Gabin hier ist ein Feigling, nichts anderes. Er schippert lieber Touristen herum, als ehrlich sein Geld zu verdienen, so wie wir.«

»Von wegen ehrlich, Buissac!« Gabins Stimme war brüchig, aber seine Augen blitzten angriffslustig, als er sprach. »Ihr seid selbst Feiglinge, ihr verkauft eure Schiffe, ihr seid nichts anderes als …«

Weiter kam er nicht, weil der Kahlköpfige ihm mit voller Wucht seine Faust in die Magengrube rammte. Gabin stöhnte und sackte zusammen.

Nicolas drehte den Arm desjenigen, den er in seinem Griff hielt, ein wenig nach oben, dann stieß er ihn mit voller Wucht von sich fort, direkt dem Rothaarigen entgegen. Der wich zwar etwas zu spät aus, schwang aber dennoch seinen Knüppel in Nicolas' Richtung – und war schneller, als er erwartet hatte.

Das Holzstück streifte ihn am Oberarm, Nicolas spürte einen dumpfen Schmerz. Er duckte sich unter einem weiteren Schwinger hindurch und trat dem Angreifer mit voller Wucht gegen die Kniescheibe. Ein spitzer Schrei ertönte über den Felsen von Barfleur, der Knüppel fiel zu Boden, Nicolas packte den Mann und rammte ihm wiederum sein Knie in den Bauch, so dass dieser wie ein Taschenmesser zusammenklappte.

»Verdammt, es reicht jetzt wirklich«, fuhr er den Kahlköpfigen an, der sich hinter Gabin verschanzt hatte. »Das ist doch lächerlich, eine Schlägerei am Meer. Gabin und ich verschwinden jetzt, du nimmst deine Männer, und ihr lasst euch nicht mehr blicken.«

Nicolas griff sich einen der am Boden liegenden Knüppel und deutete damit auf Gabin: »Ihr lasst ihn in Ruhe, oder ich komme euch holen. Ich meine es ernst, der Mann ist für euch ab sofort …«

Ein kurzer und scharfer Pfiff ertönte hinter ihnen. Es war,

als würde ein Herrchen nach seinem Hund pfeifen, ein klares Signal, voller Ungeduld, eine klare Ansage. Es war ein Pfiff, der keinen Widerspruch duldete.

Und der alles übertönte, das Keuchen der Männer am Boden, das schnelle Atmen Gabins und auch das Krächzen der Möwen in der Luft. Nicolas sah, wie die Augen des Kahlköpfigen sich kurz weiteten, wie er seine Überraschung zu verbergen versuchte. Für einen Moment war es still.

Nicolas drehte sich um, sein Blick wanderte über den Strand nördlich des Hafens, über die Häuser mit ihren Granitwänden und über die sturmerprobte Friedhofsmauer, die die Kirche von Saint-Nicolas umschloss.

Dort, wo die Felsen begannen, stand ein Mann. Nicolas hielt sich die Hand vor die Augen, weil die tiefstehende Sonne ihn blendete, doch er konnte zuerst nur die Umrisse erkennen. Der Mann war nicht sonderlich groß, schlank, seine Haare waren grau, genau wie die Bartstoppeln in seinem Gesicht. Und im Nachhinein würde Nicolas sagen, dass auch sein Blick grau gewesen war. Und klar, klarer als die See an einem Sommertag.

Als er hinter sich eine Bewegung spürte, wusste Nicolas, dass er einen Fehler begangen hatte. Er hatte sich einfangen lassen von diesem Augenblick, von dem Pfiff und dem plötzlichen Erscheinen der Gestalt oben auf den Felsen.

Und noch während er sich zu Gabin umdrehte, traf ihn ein harter Schlag am Hinterkopf. Alles wurde dunkel, Steine rasten auf ihn zu, das Licht kippte, der Kirchturm kippte zur Seite.

Und die graue Gestalt, die dort stand und ihn abgelenkt hatte, blieb ganz still. Es war etwas passiert, das einem Personenschützer seiner Klasse nicht passieren durfte. Und das war Nicolas' letzter Gedanke, bevor er auf dem Boden aufschlug.

Ein kühler Luftzug strich von Osten kommend über die felsige Küste von Barfleur, er kam vom Meer und brachte die Abendluft mit sich. Die ersten Schatten krochen über die Hausdächer, später würden die Lichter angehen im Hafenbecken, und an den kleinen Tischen der Restaurants würden die ersten Aperitifs serviert werden. Zwischen den Steinen, unterhalb der Friedhofsmauer, schoben sich kleine Krebse durch den Schlick, grüner Tang hatte sich auf die Felsen gelegt, zurückgelassen von den Gezeiten.

Der mächtige Turm von Saint-Nicolas warf seinen Schatten über den Strand, ein dunkler Finger, der aufs Meer hinauszeigte. Auf dem Wasser war es still, kein Fischkutter war zu sehen.

Barfleur lag in der Abenddämmerung, und der Mann, der auf einem Felsen saß und den Tabak in seiner Pfeife anzündete, passte in dieses vollkommen harmonische Bild.

Es war ein älterer Mann in einem dunkelblauen Strickpullover, einer dunklen, zerschlissenen Stoffhose und staubigen und von der Arbeit verdreckten Schuhen. Der Rauch seiner Pfeife verlor sich in der Luft, sein Blick ging nach Norden, zur Landzunge von La Masse und nach Flicmare, wo die Felsen aus dem Wasser ragten.

Als Nicolas, der zu seinen Füßen auf dem Boden lag, sich stöhnend bewegte, machte der Mann keine Anstalten, die andächtige Stille durch ein überflüssiges Wort zu stören. Er saß nur Pfeife rauchend auf einem Felsen, blies weiße Wolken in die Luft und blickte aufs Meer.

»Mein Kopf...«, stöhnte Nicolas, während er darauf wartete, dass sich der Schleier vor seinen Augen verzog. Ihm war leicht übel, und in seinem Mund hatte sich ein metallischer Geschmack ausgebreitet. In seinem Kopf schien ein Presslufthammer zu arbeiten, er hämmerte gegen die Innenseite seines Schädels, und als Nicolas kurz seinen Hinterkopf berührte, da spürte er Blut zwischen seinen Fingern.

Langsam zog er sich an einem der Felsen hoch, bis er aufrecht saß, den Rücken gegen einen großen Stein gelehnt. Immer noch war sein Blick leicht verschwommen. Er hörte die Möwen am Himmel, vernahm das schwappende Wasser direkt hinter ihm. Er roch das Salz in der Luft.

Noch immer sprach der Mann kein Wort, er sah ihn nicht mal an. Erst als Nicolas sich erneut an den Kopf fasste und zusammenzuckte, als er die Wunde am Hinterkopf fühlte, da blies er den Rauch in die Luft, legte seine Pfeife ab und sah ihn an.

Er war über sechzig, seine Gesichtszüge waren hart. Seine Haare hingen ihm ungekämmt in die Stirn, er war unrasiert. Und Nicolas dachte, dass wirklich alles an ihm grau war. Die Haare, das Gesicht, der Blick. Und selbst die Stimme.

»Die Wunde ist nicht tief. Und die Kopfschmerzen werden nachlassen.«

Ein kurzes Zucken der Mundwinkel, der Ansatz eines Lächelns. Das Klopfen eines Pfeifenkopfes auf Felsen.

»Es tut mir leid, Monsieur Guerlain. Ich muss mich entschuldigen. Buissac ist ein sehr aufbrausender Mensch, manchmal denkt er einfach zu wenig nach. Aber wie gesagt, die Wunde wird schnell verheilen.«

Nicolas versuchte trotz seiner hämmernden Kopfschmerzen die wichtigsten Informationen zu verarbeiten: Der Mann kannte seinen Namen.

Stöhnend richtete er sich noch ein wenig auf.

»Ganz ruhig, Monsieur Guerlain. Wir haben keine Eile. Wir können hier sitzen und das Meer genießen, es ist wunderschön heute. Wie ein Teppich, unter dem sich so viel Leben tummelt. Heerscharen von Lebewesen, alle leben im Einklang miteinander. Warum gelingt uns Menschen das nicht, Monsieur Guerlain?«

Nicolas' Blick wurde langsam klarer, er sah die rissigen Hände des Mannes, die schmutzigen Fingernägel.

»Das Meer, die Küste, das Hinterland – es ist ein Paradies. Wir müssen es bewahren, wir müssen es schützen.«

Er lächelte, als er seine Pfeife in die Hosentasche steckte. »Und damit kennen Sie sich ja aus, Monsieur Guerlain. Mit dem Beschützen.«

Nicolas atmete ruhig aus, dann hatte er sich so weit sortiert, dass er ein Gespräch beginnen konnte.

»Haben Sie alle ihre Männer wie Hunde dressiert?«, fragte er mit heiserer Stimme. »Ich meine, das ist schon praktisch: Ein Pfiff, und der Hund gehorcht. Holen die auch Stöckchen?«

Das Lächeln des Mannes verschwand so schnell aus dem faltigen Gesicht, wie es gekommen war.

»Wenn ich das Stöckchen haben möchte – ja, dann holen sie es mir wohl. Aber seien Sie versichert, ich spreche auch mit ihnen. Und nur der Form halber: Thomas Buissac und seine Besatzung sind freie Menschen, sie gehören mir nicht.«

»Natürlich. Ich war nur beeindruckt von der Wirkung eines einzelnen Pfiffs. Sie müssen lange geübt haben.«

Der Mann schaute wieder auf das Meer.

»Ist nicht das ganze Leben ein einziges Üben? Streben wir nicht alle danach, besser zu werden, schöner, einflussreicher? Dabei ist doch der Weg dahin viel wichtiger. Wie wir größer werden, stärker, wie wir laufen lernen und selbst kämpfen – Sie kämpfen gut, Monsieur Guerlain.«

Nicolas griff sich mit schmerzverzerrtem Gesicht an die Schulter.

»Offensichtlich nicht gut genug.«

»Es hätte nie dazu kommen dürfen, ich glaube, da sind wir uns einig. Und vielleicht sollte ich mich endlich vorstellen, Sie fragen sich sicher schon die ganze Zeit, wer dieser ältere Mann am Meer ist und woher ich Ihren Namen kenne.«

»Vor allem Letzteres. Aber gern wüsste ich auch Ihren Namen – für das Zeugenformular bei der Polizei.«

Jetzt lächelte er wieder, seine Augen blitzten.
»Ja, die Polizei. Natürlich, sie haben völlig recht. Nun, wir werden sehen. Mein Name ist Guy Moreau. Ich wohne etwas außerhalb von Barfleur. Und ich könnte Ihren Schutz gebrauchen, Monsieur Guerlain.«

Nicolas sah ihn überrascht an.

»Soweit ich und meine Wunde am Hinterkopf das beurteilen können, haben Sie durchaus Personal, das sich um Sie kümmert, Monsieur Moreau.«

»Ich habe kein Personal, Monsieur Guerlain. Ich bin ein alter Mann, der sich um seine Heimat sorgt, um dieses Dorf, das zu verrutschen droht, weil jeder nur an sich selbst denkt. Wir müssen unsere Stärken bündeln, gegen die Widrigkeiten, die die Welt uns beschert. Dafür stehe ich. Und dafür könnte ich Sie gut gebrauchen, solange Sie in Barfleur sind. Und sofern ich richtig informiert bin, haben Sie und Ihr Freund für eine ganze Woche gebucht. So lange würde ich gern Ihre Hilfe in Anspruch nehmen.«

Nicolas merkte, dass sein Kopf sich drehte, er hatte Mühe, die vielen Informationen zu verarbeiten, die ihm dieser Mann nur allzu offenherzig preisgab. Guy Moreau wusste, wer er war, er kannte ihre Pläne für die kurze Urlaubswoche – und er wusste womöglich auch über alle anderen Bescheid, die nach Barfleur kamen. Zumindest über alle, die ihn interessierten.

»Ich fürchte, ich kann Ihnen nicht folgen«, sagte er. »Wovor brauchen Sie Schutz?«

Moreau war jetzt aufgestanden, er starrte an Nicolas vorbei in Richtung der Kirche und der dahinter liegenden Häuser.

»Es kommt eine Gefahr auf Barfleur zu, Monsieur Guerlain. Es mag seltsam für Sie klingen, aber Sie sind zu einem denkbar schlechten Zeitpunkt an unseren Hafen gekommen. Bald schon werden sich die Dinge entwickeln, bald schon werden sie ihren Lauf nehmen, und es wird nichts Gutes dabei herauskommen. Überlegen Sie es sich, ich zahle gut. Mehr müssen Sie erstmal nicht wissen.«

Nicolas schüttelte den Kopf.

»Ihre Männer schlagen mich nieder, und Sie bieten mir einen Job an? Sie werden verstehen, dass ich nicht interessiert bin. Und Barfleur ist nicht in Gefahr, es sind höchstens die fehlenden Muscheln, die diese Stadt bedrohen, sofern ich richtig informiert bin.«

Der Mann sog an seiner Pfeife, bevor er antwortete.

»Die Muscheln werden wiederkommen, irgendwann. Die Frage ist, ob wir dann noch die Gleichen sein werden. Ob Barfleur noch das gleiche schöne Dorf ist. Oder ob die Geschichte uns in eine andere Richtung treiben wird. Verzeihen Sie bitte Buissac und seinen Männern, es sind gute Leute. Der alte Gabin wird den Vorfall schnell vergessen, ich werde mit ihm reden. Wir brauchen hier jetzt Ruhe, Monsieur Guerlain. Und mein Angebot steht: Wären Sie bereit, mir dabei zu helfen, diese Ruhe zu bewahren?«

Nicolas straffte sich, sah Guy Moreau durchdringend an und stellte die für ihn einzige relevante Frage: »Woher kennen Sie meinen Namen?«

Der Mann lächelte knapp.

»Ist das wichtig? Ich kenne ihn einfach. Ich kenne den Namen Ihres Mitreisenden. Ich weiß vieles, Monsieur Guerlain.«

»Aber offenbar nicht genug, scheint mir.«

Moreau neigte den Kopf und musterte ihn.

»Denken Sie über mein Angebot nach. Nur ein paar Tage, danach lasse ich Sie ziehen. Ich zahle gut, auch wenn ich nicht so aussehe. Hier, rufen Sie mich an.«

Er reichte Nicolas eine Karte, auf der nur ein Name und eine Mobilnummer standen.

»Ich bin jederzeit erreichbar. Ach, und noch etwas …«

Nicolas sah die diebische Freude Moreaus, angesichts seiner nächsten Worte: »Grüßen Sie Ihren Vater von mir.«

Seinen Vater.
Die Worte waren wie ein weiterer Schlag auf seinen Hinterkopf, der heftiger schmerzte als zuvor. Nicolas wollte etwas erwidern, wollte fragen, woher dieser Mann am nördlichen Ende des Cotentin, wo nichts mehr war als Wasser und Salz, woher ausgerechnet dieser Mann seinen Vater kannte. Und doch war da etwas, das ihn daran hinderte. Vielleicht wollte er die Antwort schlicht nicht wissen.
Guy Moreau nickte ihm zu und ging zurück zur Kirche. Nicolas sah ihm hinterher, beobachtete, wie er dem Kahlköpfigen ein Zeichen machte, woraufhin dieser noch einmal grimmig zu Nicolas herüberschaute und dann hinter der Friedhofsmauer, die die Kirche umschloss, verschwand.
»Woher kennst du meinen Vater?«, murmelte Nicolas und drehte dabei die Visitenkarte in seiner Hand. Kurz darauf war auch Moreau in den länger werdenden Schatten untergetaucht, und Nicolas blieb allein am Strand zurück, zwischen den Felsen und den umhereilenden Krabben, deren Bewegungen wie ein leises Knistern zu ihm drangen. Das Wasser leckte jetzt an seinen Schuhen, die Flut kam. Eine Silbermöwe saß mit leicht geneigtem Kopf auf einem Stein und blickte in seine Richtung.
All das nahm Nicolas wahr, während er über Moreaus Angebot nachdachte. Und über den Ausdruck in seinen Augen, den er zu verbergen versucht hatte. Es war ihm nicht gänzlich gelungen.
Der graue Mann hatte Angst vor etwas.
Oder vor jemandem.

KAPITEL 8

Cherbourg
Hospital Louis Pasteur

Das Krankenhaus von Cherbourg lag nur einen Steinwurf entfernt von den gewaltigen Hafenanlagen mit ihren Kränen, die wie die Arme eines Kraken zwischen Himmel und Wasser umherschwangen. Das Geräusch der Schiffsmotoren schob sich vom Hafen aus durch die Straßen der Stadt, der salzige Geschmack des Meeres war allgegenwärtig. Der Himmel hatte bereits an Farbe verloren, der frühe Abend legte sich über die nördlichste Stadt des Cotentin, und doch schien es Roussel, als würden die Pumpen und die Motoren, die diesen Ort am Laufen hielten, immer weiterarbeiten. Er blickte aus dem Beifahrerfenster in die Rue de Val de Saire, wo Motorroller durchjagten und Lastwagen sich ihren Weg zu den Umladestationen am Hafen suchten. Roussel kam sich vor wie an Deck eines riesigen Frachters, in dessen Bauch Tag und Nacht die Maschinen liefen und ein Schnaufen und Ächzen durch den Schiffskörper hallte.

Cherbourg war genau das: ein rostiger Frachter, in dem es ächzte und krachte, der voller Leben war, solange die Pumpen arbeiteten und der Motor nicht stockte.

Bereits direkt nach seiner Ankunft hatte Roussel sich wohlgefühlt in dieser Arbeiterstadt, in der schmutzige Hände ein Zeichen von Anstand waren. Und nicht, wie in Deauville, diesem leicht verblichenen Seebad an der Côte Fleurie, ein Signal des Versagens.

In diesem Moment kam Valerie aus dem Kiosk zum Wagen zurück, zwei Päckchen Zigaretten in der Hand. Und vielleicht lag es auch an bisschen an ihr, dass er sich hier so wohlfühlte.

»Locker bleiben, Roussel«, murmelte er, kurz bevor Valerie die Fahrertür öffnete und zu ihm hereinsah.

»Los geht's, genug ausgeruht. Und rauchen müssen wir auch später. Gaspard hat angerufen, wir sollen direkt reinkommen.«

»Nicht schlecht«, antwortete Roussel und streckte sich, bevor er ausstieg. »Ich weiß nicht, welche Knöpfe du bei den Leuten drückst, aber es funktioniert. Bei Gelegenheit musst du mir erklären, wie du das machst ...«

Sie lächelte ihn an, als sie ihm seine Zigaretten zuwarf.

»Für mich zählt nur das Resultat. Und in diesem Fall ganz besonders. Wir haben ein gefoltertes Mordopfer, das unfassbare Qualen erlitten haben muss. Wer auch immer das war, ich will ihn kriegen.«

Als er auf die Straße trat, sah sie ihn über das Autodach hinweg an, während um sie herum der Verkehr an ihnen vorbeirauschte.

»Und außerdem will ich endlich Guy Moreau und seine Schmuggler dingfest machen. Er treibt schon viel zu lange sein Unwesen hier oben, es muss aufhören.«

Als sie die Straße überquerten und sich zwischen hupenden Wagenkolonnen, Bussen und Kleintransportern auf die andere Seite schlängelten, musste Roussel an die Stille der vergangenen Stunden denken. Valerie und er hatten sich auf dem Rückweg vom Kap auf der Suche nach einem womöglich gestohlenen Boot von Bucht zu Bucht gearbeitet, sie hatten die kleinen Häfen zwischen dem Kap und Cherbourg abgeklappert, hatten mit Bootsbesitzern und Hafenmitarbeitern gesprochen und waren jedes Mal wieder in den Wagen gestiegen, ohne Erfolg und ohne eine Spur. Zwischendurch hatten sie immer wieder mit den Kollegen im Commissariat von Cherbourg telefoniert.

»Es kann nur so gewesen sein«, hatte Roussel mehrmals geflucht, als Valerie ihn zurück ins Hinterland gefahren hatte und von dort zur nächsten Bucht und zum nächsten kleinen Hafen.

»Niemals wurde der Leichnam des Mannes über den Sentier des Douaniers an den Strand gebracht. Das ist viel zu aufwändig und darüber hinaus auch zu riskant. So einsam es dort oben ist, es reicht ein nächtlicher Spaziergänger, und es ist vorbei.«

»Ich gebe dir Recht, unser Täter muss vom Meer aus gekommen sein. Aber niemand hat etwas gesehen oder gehört in dieser Nacht, wobei das nichts heißen muss, dort draußen.«

Roussel hatte finster vor sich hin gestarrt, die Hügel strafend angesehen, als könnten sie etwas für seinen Misserfolg. Je näher sie Cherbourg kamen, desto flacher wurde die Landschaft.

»Es kann jeder Bootsbesitzer sein, jedes Mitglied eines Segelvereins hier oben, es gibt tausend Möglichkeiten.«

Tatsächlich war ihre Fahrt entlang der Nordküste des Cotentin kaum mehr als ein erster Versuch gewesen, eine vage Idee. Sie hatten keine großen Hoffnungen gehabt, aber nachdem die Gendarmerie um Capitaine Clairmont sich bereiterklärt hatte, im Süden des Nez de Jobourg die Häfen anzusteuern, hatten sie sich für die kleinen Häfen auf ihrem Rückweg entschieden.

Roussel war es schwergefallen, die Landschaft zu genießen, die an ihnen vorbeizog. Der Anblick des Leichnams hatte ihn zutiefst erschüttert. Die Brandmale, die Qualen, die das Opfer hatte erleiden müssen – all das hatte ihn schwer in seinen Sitz gedrückt, während Valerie schweigsam durch das nördliche Cotentin gefahren war. Und die Buchten am Rande des sich weit öffnenden Ärmelkanals hatten auf ihn nur wie tote Felslandschaften gewirkt, deren Zauber ihn nicht erreichen konnte.

Port Racine, die Bucht von Plainvic, der kleine Hafen von La Rogue, der Strand von Urville. Kleine Sportboote, verlassene Kutter, an Land geschobene Segeljollen.

Alles war möglich, nichts war greifbar.

Und auch den Gendarmen von Beaumont war es bei ihren ersten Befragungen südlich der Fundstelle kaum besser ergangen: Anse des Moulinets, der Parkplatz von La Creque, der Strand von Vauville. Bis nach Siouville waren sie gefahren, den langgezogenen Sandstrand entlang, wo es zwar keine Häfen, aber Ruderboote und kleine Segeljollen gab.

Aber niemand hatte etwas bemerkt, kein Boot fehlte, eine nächtliche Ausfahrt war keiner Menschenseele aufgefallen.

Und jetzt waren sie wieder mitten im lärmenden Cherbourg, noch verstärkt durch Heerscharen von Möwen über ihnen. Valerie zeigte ihre Marke, als sie das Portal des Hospital Louis Pasteur erreichten und das Gebäude betraten. Unter ihren Füßen quietschte das Linoleum, als Roussel der Kommissarin über einen langen Gang folgte. Sie kamen an verschlossenen Türen vorbei, ein Fenster gab den Blick in einen Innenhof frei, in dem sich das letzte Licht des Tages sammelte.

»Ist dieser Gaspard immer so schnell?«, fragte er Valerie, als sie eine Wendeltreppe ins Untergeschoss nahmen.

Sie lächelte kurz.

»Er ist einer der Besten seines Fachs, er liebt die Arbeit mit den Toten. Frag mich nicht, warum, ich habe es nie verstanden. Und ja, er ist schnell. Schnell und präzise, ohne ihn wären wir sehr oft viel zu spät dran in unseren Ermittlungen.«

»Na, dann hoffen wir mal, dass dein Superheld etwas gefunden hat.«

Bislang hatte auch die Abfrage der Vermisstenanzeigen nichts ergeben, sie tappten, was die Identität des Opfers betraf, noch völlig im Dunkeln. Valerie hatte einen Kollegen damit beauftragt, sämtliche Tattoo-Studios in der Umgebung abzuklappern, aber da keine der Tätowierungen sonderlich neu war, hatten sie auch in diesem Punkt kaum Hoffnung.

Als sie den Ort betraten, an dem in Cherbourg den Toten ihr letztes Rätsel entlockt wurde, spürte Roussel, dass es merklich kühler war als in den anderen Räumen. Valerie öffnete eine blaue Schiebetür, dahinter schien alles klinisch rein, einige wenige Mitarbeiter saßen vor Mikroskopen oder eilten den Gang entlang, ein kurzes Nicken, dann verschwanden sie wieder. Roussel fühlte sich unwohl, er war noch nie ein großer Liebhaber der Rechtsmedizin gewesen, die Fahrten von Deauville nach Caen waren für ihn immer eine Last gewesen.

»Es ist dort hinten.«

Er folgte Valerie in einen großen Raum am Ende eines Ganges. Olivier Gaspard stand vor einem Seziertisch, er kaute mechanisch auf einem Kaugummi herum und schien ganz in die Betrachtung der Leiche versunken zu sein, die komplett entblößt vor ihm lag. Im Neonlicht sah seine Nase noch röter aus, er schwitzte leicht und hustete ab und zu. Und gleichzeitig schien es Roussel, als wäre das Geheimnis der Leiche, die vor ihm lag, die beste Medizin für Gaspard. Seine fiebrig glänzenden Augen funkelten, als er sie begrüßte.

»Salut, Valerie, kommt ruhig rein. Roussel, willkommen in der Rechtsmedizin von Cherbourg. Ich weiß nicht, wie es in Caen ist, aber außer schwarzem Kaffee kann ich euch nichts anbieten.«

»Dachte ich mir«, murmelte Roussel, während er beklommen auf den entblößten Körper blickte. Es war für ihn nur schwer zu begreifen, dass er vor einigen Stunden noch damit beschäftigt war, einen Schmugglerring hochgehen zu lassen. In der gleichen Stadt und doch Lichtjahre entfernt.

Der Mann hatte dunkle Haare, seine Nase war gerade und schmal, seine Lippen waren blass und rissig. Er war kräftig gebaut, hatte muskulöse Arme. Seine Augen waren geöffnet, es wirkte, als würde er an die Decke starren und klagen: *Schaut, was mir angetan wurde. Schaut genau hin.*

Und genau das tat Roussel. Er zwang sich dazu, und er spürte, dass Valerie neben ihm ebenfalls Mühe damit hatte.

»Er ist kräftig. Hat zeit seines Lebens etwas Körperliches gemacht, würde ich vermuten. Nicht einfach, ihn zu überwältigen.«

Gaspard nickte.

»Ja, er ist gut in Form. Aber nur äußerlich. Hier drinnen sieht es etwas anders aus.«

Er tippte dem Mann auf den Brustkorb, den er offenbar erst vor wenigen Minuten wieder verschlossen hatte. Der Y-Schnitt, den er zur Obduktion angesetzt hatte, war noch frisch, er verlief wie eine blutrote Linie über den Körper.

»Hatte er einen Herzschrittmacher?«, fragte Valerie überrascht, und der Rechtsmediziner nickte und deutete auf einen Zettel, der auf einem Beistelltisch lag.

»Die Seriennummer steht drauf. Das sollte Eure Suche etwas erleichtern, wenn er hier in Frankreich operiert wurde. Er muss einen Implantatpass haben.«

»Okay, wir werden das checken.«

Valerie tippte die Seriennummer in ihr Handy ein und schickte eine Nachricht an das Commissariat. Roussels Blick glitt währenddessen am Hals des Toten hinab und blieb dort haften, wo das Grauen sichtbar wurde. Eine erste Brandwunde, tief und direkt unterhalb der Schulter. Zwei weitere auf der rechten Seite, oberhalb der Brust, vier andere, in einem Halbkreis angeordnet, über dem Brustbein. Und so ging es weiter bis zur Hüfte, einzelne Wunden, nicht kreisrund, sondern von einer unruhigen Flamme, die sich ins Fleisch gefressen hatte, langsam und deshalb umso schmerzhafter. Auch an den Schenkeln, an Waden und Füßen fanden sich Spuren dieser Qual. Es war eine Landkarte der Gewalt.

»Wenn ich ihn auf den Bauch drehe, zeigt sich das gleiche Bild«, sagte Gaspard und wartete auf ein Zeichen von Valerie, um den Leichnam umzudrehen.

»Nicht nötig«, sagte sie. »Womit haben wir es hier zu tun? Was ist die Geschichte dahinter? Ich meine, das ist … So etwas dauert lange, mindestens einige Stunden. Es müssen unfassbare Qualen gewesen sein.«

»Davon müssen wir leider ausgehen«, erwiderte Gaspard und trat einen Schritt zurück, um das gesamte Bild zu betrachten. Dann deutete er auf die Handgelenke und die Fußknöchel des Mannes.

»Er war gefesselt, nicht nur nach seinem Tod, sondern auch davor. Hier, seht ihr diese Verletzungen?«

Mit einem dünnen Metallstab deutete er auf die sichtlich abgeriebene Haut, auf die roten Stellen.

»Er muss mit unbändiger Kraft daran gezerrt haben.«

»Womit war er gefesselt?«, fragte Valerie und beugte sich über das linke Handgelenk.

»Kabelbinder. Und zwar gleich mehrere, da wollte jemand auf Nummer sicher gehen. Die kriegt man nicht auf, auch nicht mit brachialer Gewalt. Sie waren an Händen und Füßen.«

Roussel betrachtete für einen Augenblick angewidert den malträtierten Körper. Dann kam ihm ein Gedanke.

»Er muss gestanden haben«, sagte er schließlich. »Wenn auf allen Seiten des Körpers Brandmale sind, dann muss er gestanden haben. Ich glaube nicht, dass der Täter ihn zwischendurch umgedreht hat, dann hätte er ihn losbinden müssen.«

Gaspard nickte Roussel zu.

»Da hast du einen guten Kollegen mitgebracht, Valerie. Ja, er hat gestanden.«

»Barfuß?«, fragte Roussel und sah zu den Füßen.

Der Gerichtsmediziner lächelte.

»Guter Gedanke. Ja, er war barfuß. Und das ist gleichzeitig eine erste Spur. Hier, schaut euch seine Fußsohlen an.«

An den rissigen Fußsohlen hatte getrocknetes Blut eine dicke Kruste gebildet.

»Er muss auf dem Boden gestanden haben, er hat sich im Schmerz gewunden, und seine Füße waren das Einzige, das er minimal bewegen konnte. Er hat damit auf dem Boden herumgescharrt, mit ganzer Kraft. Deshalb sind die Fußsohlen so blutig.«

Roussel beugte sich herunter und sah noch genauer hin.

»Sind das Steine?«, fragte er Gaspard. In der Haut waren kleinste Gesteinsreste zu sehen, sie steckten im getrockneten Blut.

»Völlig richtig«, erwiderte Gaspard und ging hinüber zu einem kleinen Tisch, auf dem ein Mikroskop stand.

»Wir haben bereits Proben entnommen und sie zu einem Experten für Gesteinskunde geschickt.«

Valerie und Roussel sahen den Rechtsmediziner überrascht an.

»Gesteinskunde? Du meinst, wir können anhand der Steine …«

Der Gerichtsmediziner nickte, sichtlich zufrieden mit seiner eigenen Arbeit. Er wandte sich kurz ab, um zu niesen.

»Ja, ist das nicht wunderbar? Manchmal überraschen einen die Toten wirklich. Es scheint, als hätte der Mann so viele Steinchen wie möglich sammeln wollen, um uns etwas zu hinterlassen, was uns auf die Spur seines Mörders bringt.

Natürlich hat er das nicht bewusst gemacht, aber das soll uns nicht weiter stören. Fakt ist: Wir wissen eventuell bald, wo der Mann gefoltert wurde.«

Roussel runzelte die Stirn.

»Moment, da komme ich nicht mehr mit. Woher sollen wir das wissen? Kleinste Steine, schön und gut – aber die gibt es haufenweise, und das überall. Der Mann stand auf einem steinigen Untergrund, okay. Aber das kann doch überall sein!«

Wieder lächelte Gaspard und deutete auf einige kleinste Krümelchen in einer flachen Schale auf dem Tisch.

»Eben nicht. Seht ihr die Farbe? Es sind besonders helle Steine. Ich habe sie mir unterm Mikroskop angesehen. Sie sind perfekt abgeschliffen, nahezu kreisrund. Hier, schaut sie euch an.«

Mit einer Pinzette nahm er einen winzigen Stein aus der Schale und hielt ihn ins Licht.

»Tatsächlich, da sind so gut wie keine Kanten.«

»Hier, ein anderer.«

»Auch keine«, murmelte Roussel. »Wie ist das möglich, die beiden sehen nahezu gleich aus. Keine Risse, Kanten oder Abschürfungen.«

»Sie sind perfekt«, flüsterte Gaspard, »eine Perfektion, wie sie nur die Natur hinbekommt.«

Es war Valerie, die zuerst verstand, was der Gerichtsmediziner meinte.

»Das Meer«, sagte sie. »Die Steine wurden vom Meer bearbeitet.«

»Und das über Jahrhunderte, eher sogar Jahrtausende. Stellt euch vor, jemand bearbeitet normale Steinchen mit Schmirgelpapier, Jahr für Jahr, hundert Jahre, tausend Jahre, hunderttausend Jahre lang. Dann ist das Ergebnis …«

»Ein runder Stein«, ergänzte Roussel.

»Perfektion«, korrigierte ihn Gaspard. »Absolute Perfektion. Wenn ihr so wollt, stand unser Opfer auf mikroskopisch kleinen Kunstwerken, ohne es zu ahnen. Aber gut, er hatte durchaus andere Sorgen.«

Roussel musste über diese Bemerkung lachen, es tat gut, angesichts des Grauens nicht vollkommen den Sinn für das Leben zu verlieren.

»Ich setze wirklich viel Hoffnung in die Expertise der Geologen der IS Terre.«

Valerie schaute ihn an.

»Der was?«

»IS Terre. Das Institut für Geowissenschaften, es ist das beste Forschungslabor des Landes. Ein ehemaliger Studienkollege von mir arbeitet dort, ich habe ihm per Kurier einige Gesteinsproben geschickt. Es kann aber ein bisschen dauern. Das IS Terre ist nicht gerade nebenan.«

»Sondern?«, fragte Valerie.

»Grenoble. In den Alpen.«

»Na prima. Aber dennoch: Super Job, Gaspard, vielen Dank.«

»Oh, ich bin noch nicht fertig. Ich kann euch noch mehr über den Ort erzählen, an dem der arme Mann gefoltert wurde.«

Roussel blickte zu der Schale mit den Steinchen und zuckte mit den Schultern.

»Na ja, so schwer ist es nicht«, sagte er. »Es muss einen direkten Zugang zum Wasser gegeben haben. Die Steinchen kommen und gehen, sie werden von der Flut irgendwohin getragen, von der Ebbe wieder weggeholt. Sie liegen nicht lange an einer Stelle, sie folgen dem Wasser.«

»Sehr richtig, Roussel«, stimmte Gaspard ihm zu. »Aber es geht sogar noch konkreter.«

Er strahlte sie an und genoss spürbar die Neugierde der beiden Ermittler. Dann schnäuzte er sich und warf das Taschentuch in einen Mülleimer.

»Der Mann wurde in einer Höhle festgehalten.«

Roussel blickte ihn ungläubig an.

»Warum in einer Höhle? Sind die Steinchen in den Fußsohlen besonders dunkel, oder was?«

Jetzt war es Gaspard, der lachte.

»Nicht schlecht. Nein, kommt her, ich zeig es euch.«

Er führte sie zu einer Reihe von Schalen, in denen getrocknetes Blut zu sehen war. Gaspard nahm eine in die Hand und hielt sie ans Licht.

»Seht ihr das hier? Die kleinen Splitter?«

Valerie beugte sich näher zu der Schale.

»Ja, sie sind wirklich winzig. Sind das auch … Steinchen? Sie haben aber eine andere Farbe.«

»Sehr richtig. Hier, in der anderen Schale sieht man sie auch. Hier sind sie etwas heller. Wartet, ich lege sie euch unters Mikroskop.«

Mit einer schnellen Bewegung bereitete er sein spontanes Experiment vor und schob Valerie einen Stuhl hin.

»Du musst hier drehen, damit es schärfer wird.«

»Wie früher im Baukasten«, murmelte Roussel mürrisch, aber die Begeisterung des Rechtsmediziners hatte sich längst auf ihn übertragen.

Valerie brauchte einen Moment. Dann jedoch sah sie die winzigen Splitter, die in verschiedenen Farben zwischen dem getrockneten Blut glitzerten.

»Das sind keine Steine«, murmelte sie. »Sind das …?«

»Nucella lapillus«, ergänzte Gaspard.

»Nucella was?«, fragte Roussel.

»Es ist die sogenannte nordische Purpurschnecke. Sie ist typisch für die Normandie. Kleinste Meerwasserschnecken, die oftmals von der Flut an Land gespült werden und die dann hängenbleiben, an Orten, an denen das Wasser schon ein bisschen an Kraft verloren hat. Es gibt Strände, die sind übersät davon. Wer einmal mit nacktem Fuß auf eine

Nucella Lapillus getreten ist, der wird das nicht so schnell vergessen.«

»Und was sagt uns jetzt, dass wir eine Höhle suchen müssen?«, fragte Roussel. Gaspard trat einen Schritt zur Seite, nahm eine weitere Schale und öffnete den Deckel.

»Das hier.«

Roussel zuckte zurück, als ein beißender Gestank in seine Nase drang.

»Pfui Teufel, seit wann stinken denn Muscheln so sehr?«

Gaspard schloss die Schale wieder und holte aus einem Schrank eine kleine Muschel.

»Die hier hat mir mein Enkel mal mitgebracht, es ist zufälligerweise eine Nucella Lapillus, eine Purpurschnecke. Sie hat eine wunderschöne Farbe, beziehungsweise sehr viele, die ineinander verlaufen.«

»Aber sie stinkt nicht«, sagte Roussel.

Der Rechtsmediziner lächelte und legte Roussel die Muschel in die Hand.

»Fühl mal die Oberfläche. Sie fühlt sich leicht klebrig an.«

»Ja, das stimmt.«

»Wenn etwas darauftropft, dann bleibt es dort gut haften, manchmal für lange Zeit. Und genau das ist mit den Muscheln passiert, die ich in den Fußsohlen unseres Opfers gefunden habe. Beziehungsweise mit den Splittern der Muscheln. Natürlich war es nur unter dem Mikroskop zu sehen, aber irgendein Gefühl hat mir gesagt ...«

»Gaspard!«, unterbrach ihn Valerie. »Spann uns nicht auf die Folter!«

Erst hob er entschuldigend die Hände, dann sah er sie freudestrahlend an und sagte: »Rhinolophus hipposideros!«

»Noch ein lateinischer Fachbegriff, und ich vergesse mich ...«, knurrte Roussel, der einen Schritt auf Gaspard zugegangen war.

»Entschuldigt bitte. Ich rede natürlich von Fledermäusen. Genauer gesagt von der Untergattung der kleinen Rhinolophen, eine Spezies, die vor allem in Felsenhöhlen vorkommt. Und wenn ich die zahlreichen Kotreste auf den Muschelsplittern richtig interpretiere, dann sprechen wir von einer ganzen Kolonie – und damit von einer größeren Höhle. Eine Höhle, die direkten Zugang zum Meer hat und deren Boden von Purpurmuscheln übersät ist.«

Für einen Moment war es still im Keller der Rechtsmedizin. Roussel hatte sich auf einen Stuhl gesetzt und starrte abwechselnd die verunstaltete Leihe und die Purpurmuschel in seiner Hand an.

»Die Brandmale«, sagte er schließlich. »Wo hat er angefangen? Kann man das sagen?«

Gaspard nickte und ging zurück zum Seziertisch. Er drehte den Kopf des Toten leicht zur Seite und deutete auf eine Stelle knapp oberhalb des rechten Schlüsselbeins. Eins der Brandmale war deutlich tiefer als die anderen, das verkohlte Schwarz wirkte, als hätte die Flamme die Haut aufgerissen und sich bis ins Innerste hineingefressen.

»Mir ist dieses Brandmal aufgefallen, hier hat der Täter die Flamme deutlich länger angesetzt als an den anderen Stellen. Ich habe daraufhin diese Region untersucht, Schicht für Schicht. Bis ich das hier gefunden habe.«

Der Rechtsmediziner griff nach einem Ausdruck auf einem kleinen Tisch und reichte ihn Roussel und Valerie. Zu sehen war der Krater, den die Flamme geschaffen hatte. Roussel beugte sich über die Aufnahme.

»Sieht aus wie alle anderen«, sagte er.

»Ganz genau. Aber es gibt einen Unterschied, ganz unten. Es ist mir erst nicht aufgefallen, aber es gibt eine Einstichstelle. Ich glaube, unser Täter wollte sie im Nachhinein verschwinden lassen, sie unsichtbar machen. Er hat dem Mann eine Injektion gegeben, womöglich für das Opfer völlig überraschend. Wir haben im Blut Reste eines starken Muskelrelaxans gefunden. Und bevor ihr fragt: Sogenannte periphere Muskelrelaxantien führten zu einer reversiblen Lähmung – sprich, die zentrale Skelettmuskulatur ist so entspannt, dass der Körper quasi gelähmt ist. Der Organismus baut das Mittel selbst wieder ab, daher ist es reversibel. Aber es hat gereicht, um unseren Mann erstmal außer Gefecht zu setzen. Für wie lange, kann ich nicht genau sagen, aber mindestens für eine Stunde. Jedenfalls lange genug, um ihn in eine Höhle zu bringen und ihn festzubinden.«

Valerie schüttelte den Kopf.

»Aber warum diese Einstichstelle verbergen, warum sie wegbrennen? Es ist doch am Ende egal, der ganze Körper ist eine einzige Landkarte des Grauens. Der Mann muss unfassbare Qualen gelitten haben.«

Roussel überlegte, während er den Körper betrachtete, dann wusste er es plötzlich: »Weil es genauso sein sollte. Nur die Brandmale, nichts anderes. Nichts soll das Bild stören.«

Gaspard nickte.

»Das klingt nach einem Täter, der einen Plan hatte. Und nicht nach blinder Wut. Ob es das für euch besser macht, das müsst ihr beurteilen. Die Flamme stammt vermutlich von einem handelsüblichen kleinen Bunsenbrenner, wie man ihn zum Flambieren benutzt. Kann man überall kaufen.«

Roussel fuhr sich mit beiden Händen über sein Gesicht.

»Wie viele sind es?«, fragte er Gaspard plötzlich, der daraufhin kurz auf einen Monitor blickte.

»35«, antwortete er leise. »Und wir konnten sogar die Reihenfolge nachvollziehen, weil es Wunden gibt, die etwas frischer sind als andere. Das Brandmal, das die Einstichstelle bedeckt, ist vermutlich das erste. Danach geht es von oben nach unten, da hat sich jemand systematisch vorgearbeitet, bis zum großen Zeh. Anschließend geht es über das Gesäß und den Rücken wieder nach oben, bis zu den Schulterblättern. Gestorben ist er vermutlich irgendwann währenddessen, in seinem Rachenraum finden sich Textilreste, wir lassen sie noch untersuchen. Ich gehe davon aus, dass er geknebelt wurde und dass er irgendwann, als er panisch wurde und die Schmerzen immer unerträglicher wurden, entweder hyperventiliert oder in Ohnmacht gefallen ist. Und dann erstickt ist.«

Roussel betrachtete zwei der Wunden an der Hüfte des Mannes genauer. Sie waren unregelmäßig, die Flamme hatte sich an einer Stelle etwas weiter ausgebreitet.

»Sind sie unterschiedlich groß?«

»Die Eintrittswunden sind nicht immer identisch, da der Täter nicht mit einer punktgenauen Flamme gearbeitet hat. Aber eine Beobachtung konnten wir doch machen: Es geht um die Tiefe der Wunden, hier, ich zeige es euch.«

Gaspard deutete auf den rechten Oberschenkel, auf dem zwei der Brandmale deutlich zu sehen waren.

»Der obere geht tief hinunter, das Fleisch ist komplett verrußt, man kann fast einen Teil des Knochens sehen, weil so viel versengt wurde.«

Roussel musste den Kopf wegdrehen, als Gaspard in der Wunde herumbohrte und das Fleisch freilegte. Es schien ihm, als würde der Rechtsmediziner sich ein zweites Mal an dem Körper vergehen, dabei wusste er, dass das Gegenteil der Fall war. Es ging darum, dem Tod ein Rätsel zu entlocken und dem Leichnam so eine letzte Ehre zu erweisen.

»Die andere Wunde ist deutlich weniger tief, hier wurden nur die ersten Hautschichten bearbeitet. Auch hier an der Hand, am Unterschenkel, hinten am Rücken gibt es unterschiedliche Verbrennungsgrade. Vielleicht war es Zufall, dass an manchen Stellen mehr verbrannt wurde, vielleicht hat der Täter ein bisschen rumprobiert und gezündelt.«

Roussel überlegte kurz.

»Nein, das passt nicht«, bemerkte er schließlich.
Valerie und Gaspard sahen ihn überrascht an.
»Woher willst du das wissen?«
»Überlegt doch mal. Wir haben gesagt, dass es Stunden gedauert haben muss, den Körper zu bearbeiten, eher die ganze Nacht. Und er hat systematisch gearbeitet, nicht willkürlich. Das bedeutet, dass er eben nicht ›gezündelt‹ hat, er hat sich Zeit gelassen. Nein, wer auch immer das getan hat, hatte einen sehr klaren Plan. Und die unterschiedliche Tiefe der Wunden ist ein Teil davon.«
»Und was soll die Erklärung dafür sein?«, fragte Valerie.
Roussel zuckte mit den Schultern.
»Ich weiß nur: Nichts daran ist zufällig. Dafür ist der Aufwand viel zu groß: den Mann zu überwältigen, in eine Höhle zu bringen, stundenlang zu foltern, ihn schließlich in die Bucht bringen, nachts, mit einem Boot. Nein, tut mir leid, Schlampigkeit passt hier nicht ins Bild.«

Als sie sich einige Minuten später von Gaspard verabschiedeten und die Rechtsmedizin von Cherbourg verließen, riss Valerie draußen auf der Straße die Zellophanhülle ihrer Zigarettenpackung ab und schützte die Flamme aus Roussels Feuerzeug vor dem Wind. Gierig sog sie an der Zigarette, bevor sie den Rauch in den Himmel blies.
Sie standen an ihrem Wagen an der Rue de Val de Saire, der Verkehr hatte sich beruhigt, und die Kirche von Saint-Clement läutete sanft in der Dämmerung.
Roussel betrachtete für einen Augenblick die Flamme seines Feuerzeuges, bevor er es zuschnappen ließ.
»Ich hoffe, dass ich nicht jedes Mal an den Leichnam denken muss, wenn ich mir eine Zigarette anzünde«, murmelte er und lehnte sich gegen den Wagen. »Was für ein Tag.«
»Wärst du lieber in Deauville?«, fragte ihn Valerie mit einem Lächeln.

Roussel sah sie an.

»Ich stelle mir gerade vor, wie du hier mit einem von den Jungspunden stehst und rauchst, der hätte dir womöglich dort drinnen den Boden vollgekotzt.«

»Du sahst aber auch nicht wirklich rosig im Gesicht aus.«

Roussel zog an seiner Zigarette.

»Weißt du, an was ich dort drinnen die ganze Zeit gedacht habe?«, fragte Roussel, während Valerie ihre Wagenschlüssel aus der Tasche zog. »An etwas, das mir den Magen umgedreht hat, fast noch mehr als die Brandmale.«

»Woran denn?«

Roussel sah in den Abendhimmel und zögerte kurz, bevor er sprach: »Ich habe mal irgendwo gelesen, dass unser Körper von manchen Wissenschaftlern als eine Art Leinwand gesehen wird. Eine Leinwand, auf der sich im Laufe der Jahre unser Leben abzeichnet, in all seinen Facetten. Klingt verrückt, oder?«

Valerie überlegte kurz, während sie einen letzten Zug ihrer Zigarette nahm.

»Klingt aber auch logisch. Sprich weiter.«

»Die Haut ist wie eine Staffelei, vor der jemand sitzt. Der Maler blickt in unser Innerstes und zeichnet auf die Haut, was er sieht. Das Glück, die Erfahrungen, aber eben auch die Verletzungen, die Narben, die das Leben uns zufügt. All das ist dort zu sehen, normalerweise natürlich in Gestalt von Falten, Rissen oder trockenen Stellen. Was aber, wenn unser Täter genau das auch machen wollte: Das Leben zeichnen, es auf die Leinwand projizieren, die vor ihm liegt.«

Hinter ihnen hatte die Kirchenglocke aufgehört zu läuten, es war 19 Uhr.

»Du meinst, unser Täter brauchte eine Leinwand. Etwas, auf das sich die Narben eines Lebens zeichnen lassen?«

Roussel nickte.

»Und wenn ich den Gedanken weiterspinne, dann komme

ich zu unserem Fundort. Die Baie de l'Établette, draußen am Cap de la Hague. An der Bucht kommen täglich zahlreiche Wanderer vorbei. Es ist eine Sehenswürdigkeit, der Sentier des Douaniers, der Nez de Jobourg, der Phare de Goury. Du hast es mir selbst gesagt. So was wie ein einziges großes ...«

»... Freilichtmuseum«, ergänzte Valerie. »Und unser Täter hat sein ganz persönliches Ausstellungsstück vorgestellt, mit Blick aufs Meer.«

Valerie schnippte ihre Zigarette weg.

»Komm, lass uns was essen gehen«, sagte sie. »Genug für heute.«

Roussel stieg in den Wagen, schnallte sich an und dachte dabei an den Fundort der Leiche, an die Haut und an das Bild eines zerstörten Lebens auf einem bis dahin reinen Körper.

»Weißt du, warum ich bei dem Gedanken so ein Scheißgefühl habe?«, fragte er Valerie, als sie den Motor anließ.

»Du wirst es mir sagen.«

Er drehte sich zu ihr um.

»In diesem Museum, draußen am Cap de la Hague: Da ist noch jede Menge Platz.«

Valerie wollte gerade auf die Straße ausscheren und sich in den Verkehr einfädeln, als ihr Handy klingelte.

»Hier ist Valerie, was gibt es?«

»Chef, wir haben einen Namen. Von dem Toten. Über die Nummer auf dem Herzschrittmacher.« Es war die Stimme eines der Kollegen aus dem Commissariat von Cherbourg.

Roussel und Valerie warfen sich einen vielsagenden Blick zu.

Sie wussten beide, dass es mit dem gemeinsamen Abendessen nichts werden würde.

KAPITEL 9

Gatteville-le-Phare
Am Abend

Das ganze Drama dieses Tages würde erst in den letzten Abendstunden sichtbar werden. Aber bis dahin war noch Zeit. So viel Zeit, die zwischen seinen Händen verrann, die aufzuhalten er nicht imstande war, weil der Lauf der Dinge sich niemals aufhalten ließ, und schon gar nicht an einem Ort wie diesem.

Am Ende der Welt.

Die Sonne hatte ihren Zenit längst überschritten, sie folgte der immer gleichen Bahn nach Westen, ließ ihn zurück, auf seinem Fleckchen Erde, den er bereit war zu verteidigen, um jeden Preis. Lange Schatten krochen zwischen den Felsen hervor, sie eroberten den feuchten Sand, sie griffen nach ihm und nach seiner Angst.

Seiner Angst vor dem Meer.

Es war eine bittere Ironie des Schicksals, ein Trauma seiner Kindheit, das ausgerechnet er Angst vor der See hatte, vor dem dunklen Wasser, an dem er jeden Tag stand.

Um dem Feind direkt ins Gesicht sehen zu können.

Ein Mann der Küste, ein Mann, der seine Familie beschützte, der seinen Grund und Boden verteidigte. Er, der sein Geld verdiente, mit den Fischern und ihren Booten, der seine Macht ausspielte, an den Häfen des nördlichen Cotentin.

Ausgerechnet er hatte Angst vor dem Meer, hatte sie schon

immer gehabt, aber niemand würde je erfahren, warum. Tag für Tag saß er hier auf den Felsen, die die Ebbe freilegte, den Leuchtturm in den Augenwinkeln, den Horizont im Blick. Er starrte hinaus, dachte nach, traf Entscheidungen.

All das im Angesicht des Meeres.

Die Fotos hatten in einem unscheinbaren Umschlag gesteckt. Agnès, seine Frau, hatte ihn entdeckt, zwischen zwei Streben des Hoftores. Und niemand wusste, wer ihn dort hinterlassen hatte.

Sie hatte die Aufnahmen gesehen und nicht einmal gezuckt. Und vielleicht hatte ihn genau das so rasend gemacht, so wütend. Er hatte sie mit der flachen Hand ins Gesicht geschlagen, sie war zu Boden gegangen und hatte dennoch geschwiegen.

»Alles wird brennen«, hatte sie gemurmelt und war in ihr Zimmer gegangen.

Er hatte die Fotos genommen und war gegangen, einfach so, durch das Tor, hinaus ans Meer, zu seinem Stein, er saß jetzt hier und wartete. Aber diesmal war das Wasser nicht imstande, ihn zu reinigen, es schliff ihn nicht ab, es kühlte nicht seine Wut. Welle für Welle, Flut um Flut, er saß nur hier auf diesem Stein, und das Licht um ihn herum wurde immer grauer, so wie er selbst immer grauer wurde.

Bis die Dunkelheit kam.

Die Fotos hielt er in der Hand, hatte sie immer wieder studiert, jedes Detail. Und verstanden, dass sein Gefühl ihn nicht getäuscht hatte. Dass das Meer nicht das Einzige war, wovor man Angst haben musste.

Alles kam zurück, so wie die Wellen.

Nur dass diese dunkler war als alle anderen. Sie würde sich Land nehmen, sie würde sich Leben nehmen, sie hatte es bereits getan.

35 Brandmale. Er hatte die Botschaft verstanden.

Langsam, ohne dass seine Hand zitterte, holte er sein Feuerzeug aus der Hosentasche und ließ es aufschnappen. Er betrachtete die Flamme, malte sich für einen unendlich langen Augenblick die Qualen des Mannes auf den Fotos aus.

Seine Gedanken schweiften ab zu Orten, die er längst vergessen geglaubt hatte und die er doch nie loswerden würden. Orte, an denen das Meer tobte und auch das Feuer.

Er zitterte, er weinte, eine einzige, schwere Träne, die sich schnell in den Stoppeln seines grauen Bartes verlor. Dann hielt er die Flamme an den Umschlag und sah zu, wie das Feuer innerhalb weniger Augenblicke die fürchterlichen Aufnahmen zerstörte. Kurz darauf wehte der Wind die Asche hinaus aufs Meer, wo sie sich verlor bis in alle Ewigkeit.

Mit einem Ruck stand er auf und ging zurück zum Hof, ohne sich umzusehen, ohne das Meer nochmals zu fixieren. Seine größte Angst musste warten, weil eine andere sich vor sie geschoben hatte. Er konnte sie spüren.

Es war nicht die Angst zu sterben.

Guy Moreau hatte Angst zu brennen.

Als er die Tür zum Wohnhaus öffnete, stand er für einen Augenblick im dunklen Flur. Eine Standuhr tickte leise, im oberen Stockwerk knarzte eine Diele.

Sylvain kam aus dem Wohnzimmer in den Flur. Er stand in der Tür, seine schwarze Lederjacke bereits in der Hand. Er war einer seiner treuesten Männer, obwohl er noch jung war. Guy Moreau sah sich selbst in diesem jungen Mann, so kraftvoll, alles beanspruchend, was er begehrte. Er war wie das Land, das sie umgab, trotzig, voller Widerstand. Und so dunkel.

»Kommt Buissac dazu?«

Sylvain schüttelte den Kopf.

»Er geht nicht an sein Telefon. Aber wir sind genug, ich

habe auch noch Männer aus Cherbourg, sie warten außerhalb der Stadt.«

Moreau hörte das Blut in seinen Ohren rauschen.

»Er weiß zu viel. Bringt es zu Ende.«

Kurz darauf ging er langsam nach oben. Es war dunkel, er machte kein Licht an, als er das Schlafzimmer betrat.

Agnès lag auf ihrer Seite des Bettes, auf dem Rücken, mit offenen Augen. Ihr dunkles Kleid verschmolz mit der Dunkelheit. Draußen bewegte sich die Pappel vor dem Fenster leicht im Wind, das Fenster war geöffnet, er hörte die Brandung rauschen.

Sie rief nach ihm.

Er legte sich neben seine Frau und starrte an die Decke.

»Sind sie unterwegs?«, fragte Agnès, und er hörte den Schmerz in ihrer Stimme.

»Ja.«

»Hol sie zurück. Ruf sie an.«

»Nein.«

Sie weinte in der Dunkelheit.

»Noah ist tot«, sagte sie leise. »Unser kleiner Junge ist tot. Es gibt keine Zukunft mehr. Nicht für mich. Und auch nicht für dich.«

»Der Einzige, der keine Zukunft hat, ist Gabin. Und dafür ist nur eine verantwortlich: du selbst.«

Und das waren die letzten Worte, die an diesem Abend gesprochen wurden.

KAPITEL 10

Südlich von Barfleur

Sie fuhren der Dunkelheit entgegen.

Das Licht des Tages verblasste, es löste sich im Seitenspiegel des Wagens auf, den Valerie in Richtung Osten steuerte, durch schmale Straßen, die an steinernen Mauern vorbeiführten. Längst hatten die Schatten die Kontrolle gewonnen über die sumpfige Landschaft des Hinterlandes, längst war das Krächzen der Raben entlang der Felder verstummt, eine dumpfe Stille hatte sich breitgemacht auf der Ostseite des Cotentin.

Ab und an streifte das Licht des Wagens das Unterholz, die Scheinwerfer beleuchteten für einen kurzen Augenblick die gedrungenen Häuser, die völlig leblos und verlassen wirkten. Jenseits der Schönheit von Barfleur lag der Cotentin bereits der Nacht zu Füßen, bereit, den Tag abzuschütteln, der drüben, am Cap de la Hague so Fürchterliches mit sich gebracht hatte.

Einen Toten mit 35 Brandmalen.

Einen Toten, für den sie jetzt einen Namen hatten: Fabrice Clermand.

Ehemaliger Fischer in Barfleur, dann Gelegenheitsarbeiter in der Entschlammungsanlage für Muscheln, arbeitsunfähig nach einem Herzinfarkt vor drei Jahren.

Und jetzt tot.

Ein Leben in wenigen Sätzen war das Ergebnis einer erfolgreichen Recherche der Kollegen von Valerie im Commissariat von Cherbourg. Roussel war beeindruckt gewesen, wie reibungslos die Abläufe dort waren, und er hatte sich vorgenommen, diese Erkenntnis mit nach Deauville zu nehmen.

»Eine Seriennummer ergibt einen Implantatpass, ergibt eine Sozialversicherungsnummer, ergibt ein ganzes Leben.« Ein Leben, das irgendwo zwischen dem Cap de la Hague und der funkelnden Schönheit von Barfleur beendet worden war.

»Jetzt haben wir ein Opfer«, sagte Valerie, während sie den Wagen durch eine schmale Straße lenkte, die nach einigen hundert Metern direkt an die Ostküste des Cotentin führte.

»Und wenn wir ein Opfer haben, finden wir auch den Täter, ganz bestimmt.«

Roussel ließ die Dunkelheit an sich vorbeiziehen, einige weiße Schaumkronen tänzelten auf dem Meer.

»Die Frage ist nur, finden wir ihn rechtzeitig? Denn ich werde das dumpfe Gefühl nicht los, dass unser Feuerteufel noch Flammen übrighat. Aber wir werden sehen.«

Sie würden es sehen. Sehr bald schon.

Der Kies knirschte unter den Reifen, als Valerie den Wagen oberhalb der Bucht von Lansemer stoppte, unmittelbar neben einem steinernen Kreuz.

»Willkommen in Valhalla«, sagte sie mit einem Lächeln und deutete auf das Kreuz. »Sie nennen es Odins Kreuz, es steht angeblich seit Jahrhunderten hier, Blickrichtung Meer.«

Roussel stieg aus dem Wagen, die Luft war kalt und fuhr ihm in die Glieder. Misstrauisch beäugte er das Granitkreuz.

»Von den Wikingern? Warum stellen die hier ein Kreuz auf, ist ganz schön weit weg von zu Hause.«

Valerie war ebenfalls ausgestiegen, sie knöpfte ihre Jacke zu und schloss den Wagen ab.

»Da draußen vor der Küste herrschen vor allem im Winter raue Stürme«, erklärte sie Roussel. »Es kommt immer wieder zu Unglücken, vermutlich war das damals genauso. Das Kreuz soll den Menschen Demut lehren, so habe ich es jedenfalls beigebracht bekommen. Odins Kreuz ist eine Mahnung an die Naturgewalten, denen man Respekt zollen soll.«

Roussel schlug seinen Kragen hoch und warf einen Blick auf das unscheinbare Haus direkt hinter dem Kreuz.

»Na, dann sind wir ja hier genau richtig.«
»Wegen der Demut?«
»Nein. Wegen der Gewalt.«

Das Haus von Fabrice Clermand war ein flaches Steingebäude direkt an der Kreuzung des kleinen Ortes, von der aus fünf Straßen abgingen. Roussel stellte sich vor, wie tagsüber die Lastwagen der großen Handelsketten in Richtung Barfleur und Saint-Vaast vorbeibrausten.

Ein kleines Holztor führte auf das Grundstück, das von einer steinernen Mauer umgeben war.

Valerie leuchtete mit einer Taschenlampe in die Fenster, hinter denen sich eine undurchdringliche Dunkelheit breitgemacht hatte. Roussel überlegte, ob die fürchterliche Folter dort drinnen begonnen hatte, im Schatten eines uralten Kreuzes. Aber der Weg bis zum Cap de la Hague war zu weit. Und Gaspard, der Rechtsmediziner, hatte von einer Höhle gesprochen, bedeckt mit Muscheln.

Der Form halber klingelte Valerie an der Tür, das Geräusch einer elektronischen Glocke schepperte aus dem Innern.

Als niemand öffnete, blickte sie Roussel an und deutete dann wieder auf das Kreuz.

»Was Odin eigentlich sagen will: Es ist Gefahr in Verzug.«

Mit einer raschen Bewegung schlug sie eine der Scheiben der Haustür ein und griff hindurch. Roussel zog seine Waffe, Valerie tat es ihm gleich.

Ohne ein Wort zu sagen, traten sie in den dunklen Hausflur.

Im Innern tanzte das Licht von Valeries Taschenlampe über die Wände. Eine schwere Regenjacke hing an einem Haken an der Wand, darunter waren mehrere Schuhe abgestellt.

»Alles Männerschuhe«, murmelte Roussel und ging weiter durch den Flur. Rechts führte ein Durchgang in eine kleine Küche. Das Mondlicht, das draußen durch die Bäume schien, warf feingliedrige Schatten an die Wand. In der Spüle standen ein benutzter Teller sowie ein Glas. Roussel fuhr mit dem Finger über das Porzellan und die Essensreste.

»Schon sehr vertrocknet. Das kann Tage alt sein.«

»Aber er war hier. Und der Täter hat ihn womöglich überrascht.«

Dicht zusammenbleibend drangen sie weiter in das Haus vor, vorbei an einem Badezimmer und einem Abstellraum. Als sie an eine verschlossene Tür kamen, sagte Valerie: »Ich geh rein.«

Sie standen im Wohnzimmer, durch die kleinen Fenster drang das schwache Licht einer Straßenlaterne, die Scheinwerfer eines vorbeifahrenden Autos wanderten über die Decke. Mit gezogener Waffe sicherte Roussel den Raum, aber sie merkten schnell, dass das gesamte Haus verwaist war.

Valerie machte das Deckenlicht an und warf Roussel ein Paar Latexhandschuhe zu. Gemeinsam begannen sie das Wohnzimmer abzusuchen.

»Es ist alles aufgeräumt«, bemerkte er. »Entweder hatte er keine Gelegenheit, sich zu wehren, oder jemand hat hinterher aufgeräumt.«

Valerie schüttelte den Kopf.

»Nein, ich glaube eher, dass er gar nicht auf die Idee gekommen ist, sich zu wehren. Dass er komplett überrascht war.«

Roussel nahm einige Bücher aus einem Regal, fand aber nichts, was ihn misstrauisch gemacht hätte.

»Das wiederum würde bedeuten, dass die beiden sich

kannten. Sie sind hier drinnen, völlig entspannt. Und dann – zack – eine Spritze in den Hals und fertig.«

»Schon möglich«, sagte Valerie, während sie die Sofaritzen überprüfte.

»Und wenn das Ganze überhaupt nicht hier stattgefunden hat? Ich meine, er könnte in seinem Wagen überrascht worden sein ...«

»Fabrice Clermand hatte keinen Wagen.«

Roussel hielt mitten in der Bewegung inne, als er ein Foto entdeckte, das zwischen zwei Büchern steckte. Es war nur eine kleine Ecke zu sehen, behutsam zog er das Bild heraus.

»Oder in einem Boot«, sagte er leise und hielt es Valerie hin.

Die Aufnahme zeigte einen Bootsschuppen, der nach hinten zum Meer hinaus offen war. Im Innern war ein rotes Sportboot zu sehen, es war nicht sonderlich modern und wirkte eher wie ein Boot, das seit vielen Jahren für Angelausflüge benutzt wurde. Zwei Männer grinsten Arm in Arm in die Kamera.

»Der hier, das ist unser Opfer: Fabrice Clermand«, sagte Valerie.

»Und der?«, fragte Roussel.

Der andere Mann war relativ klein, fast quadratisch, seine dunklen Haare steckten unter einer Fischermütze, er trug gelbe Gummistiefel und reckte den Daumen in die Luft. Offenbar standen auf dem Bild zwei richtig gute Freunde vor dem Bootshaus.

»Der kommt mir irgendwie bekannt vor«, murmelte Valerie. »Woher kenne ich den nur?«

Roussel wollte gerade das Foto einstecken, als ihm etwas auffiel.

»Warte mal kurz ...« Er knipste eine Stehlampe an und hielt das Foto direkt ins Licht.

»Hier, ist das nicht ...«

Hinter dem Bootsschuppen war eine kleine Anhöhe zu erkennen, eine Straße schlängelte sich nach oben. Als Valerie sich die Aufnahme jetzt ebenfalls genauer betrachtete, sah sie, dass die Straße zu einer Kreuzung führte, an der mehrere ...

»Das ist das Kreuz!«, rief sie verblüfft. »Odins Kreuz! Der Bootsschuppen muss direkt unten an der Bucht sein.«

Tatsächlich war auf dem Foto im Hintergrund das gedrungene Granitkreuz zu sehen, vor dem sie gerade ihren Wagen geparkt hatten.

»Na dann«, sagte Roussel und steckte die Aufnahme ein. »Ich glaube, hier drinnen werden wir nichts finden, aber vielleicht ja unten am Wasser.«

»Unsere Leute werden morgen herkommen und das ganze Haus auf den Kopf stellen«, sagte Valerie im Hinausgehen. Die kalte Nachtluft empfing sie, und Roussel war dankbar dafür. Das Haus des Toten verursachte Beklemmungen bei ihm.

Valerie wendete den Wagen, und sie fuhren etwa dreihundert Meter die Straße entlang in Richtung der Bucht, bis sie einen kleinen Strand erreichten. Mittlerweile war es fast vollständig dunkel, und nur einige wenige Signalleuchten warfen ein spärliches Licht auf das Wasser.

Über den steinigen Strand erreichten sie eine Handvoll kleinerer Bootsschuppen, die direkt am Wasser standen. Roussel holte die Aufnahme heraus und drehte sich in Richtung der Straße.

»Hier, das muss er sein.«

Der letzte Schuppen in der Reihe stand ein wenig abseits, er lag völlig im Dunklen. Das Wasser schwappte gegen einen Holzsteg, der zu einer Tür in der Seitenwand des Schuppens führte. Roussel blickte sich um und zog seine Waffe, als er einen Fuß auf die Planken setzte, die augenblicklich knarzten.

Valerie folgte ihm, langsam näherten sie sich dem Schuppen, es roch feucht und modrig. Roussel sah durch ein Fenster, dessen Scheiben jedoch von innen abgeklebt waren, so dass er nicht hineinsehen konnte. Er machte seiner Kollegin ein Zeichen und stellte sich neben die Tür.

»Ich geh rein«, flüsterte er, während Valerie ihm andeutete, dass sie um den Schuppen herumgehen würde, auf die dem Meer zugewandte Seite.

Als Roussel die Tür aufstieß, gab sie ohne großen Widerstand nach. Er knipste seine Taschenlampe an und schob sich langsam vorwärts. Unter seinen Füßen gluckste das Meer. Der Schein seiner Lampe wanderte zitternd über die Holzwände und über das Wasser in der Mitte des Schuppens. Ein schmaler Steg führte um ein Becken herum, in dem auf dem Foto ein rotes Motorboot zu sehen gewesen war.

Jetzt jedoch war es leer.

Roussel sicherte einen angrenzenden Abstellraum, als Valerie von ihrer Seite aus den Schuppen betrat. Gemeinsam umrundeten sie das Becken, leuchteten in alle Ecken, bis sie sich schließlich sicher waren, allein zu sein.

Frustriert steckte Valerie ihre Waffe weg.

»Jedenfalls wissen wir jetzt, wie der Leichnam von Fabrice Clermand in die Baie de l'Établette gekommen ist«, sagte sie. »Mit dem Boot, das auf dem Foto zu sehen ist und das hier gelegen haben muss, dauert es maximal zwei Stunden die Küste entlang. Nachts fällt das niemandem auf.«

Roussel sah sich weiter um, konnte aber nichts entdecken außer einigen Werkzeugen an der Wand, aufgerollten Tauen und einem leeren Benzinkanister.

»Du meinst, unser Täter hat Clermand hier überwältigt und ist mit ihm in aller Seelenruhe weggefahren?«

»Dieser Küstenabschnitt ist außerhalb der Saison menschenleer, wie viele andere auch. Die Frage ist nur: Wohin sind sie gefahren?«

»Zu einer Höhle, wenn es nach unserem Rechtsmediziner geht. Einer Höhle mit direktem Zugang zum Meer.«

Für einen Augenblick standen sie am Wasser und lauschten dem Glucksen unter ihren Füßen, dort, wo die Holzpfeiler, auf denen der Schuppen stand, in den schlammigen Untergrund getrieben worden waren.

Ein letztes Mal ließ Roussel den Schein seiner Taschenlampe über die Decke wandern, über die Wände und den Holzboden. Es gab keinerlei Hinweise auf einen Kampf, nichts, was ihnen eine Geschichte hätte erzählen können über den Anfang einer grausamen Tat, die ihr Ende in der weit entfernten Baie de l'Établette gefunden hatte.

Valerie hatte bereits die Klinke der Tür in der Hand, und Roussel wollte ihr folgen, als er innehielt. Etwas hatte seine Aufmerksamkeit erregt, kurz bevor er seine Lampe ausgeknipst hatte.

»Kommst du, Roussel? Es ist genug für heute, denke ich. Ich werde das Foto an unsere Kollegen schicken, mal schauen, ob wir rausfinden, wer der zweite Mann auf dem Bild ist. Vielleicht können wir in Barfleur ...«

»Warte«, unterbrach Roussel sie und knipste seine Taschenlampe wieder an. Er leuchtete hinab in das dunkle Wasser, das vor ihm lag wie ein schwarzes Grab.

Da war etwas.

Roussel trat näher an das Becken und beugte sich herunter.

»Was hast du?«, fragte Valerie, die jetzt neben ihn getreten war.

»Ich weiß nicht, ich dachte, dass da etwas ...?«

Er ließ den Schein der Taschenlampe langsam über das Wasser gleiten. Einmal hin, wieder zurück. Dann quer dazu.

»Da war eben ... da!«

An einer Stelle in der Mitte des Beckens reflektierte etwas auf dem Boden, wie ein schwaches Funkeln, das aus dem Untergrund zu ihnen nach oben drang. Valerie knipste jetzt ihre Taschenlampe ebenfalls an und kniete sich neben Roussel.

»Was ist das?«

»Keine Ahnung. Aber da unten liegt etwas, nicht sonderlich groß. Vielleicht eine Tasche mit einer Schnalle.«

Valerie beugte sich nah über das Wasser.

»Nein, das ist keine Tasche.«

Roussel streckte sich und sah auf die Uhr.

»Wir brauchen Taucher. Bis wann kannst du welche besorgen?«

»Das Wasser ist nicht sonderlich tief«, murmelte Valerie. »Vermutlich kann man sogar stehen.«

»Die könnten dann auch den ganzen Boden unter dem Schuppen absuchen.«

Roussel knipste seine Lampe aus und ging in Richtung der Tür.

»Womöglich ist es nur ein Metallstück, aber sicher ist sicher. Nicht, dass uns etwas entgeht.«

Jetzt war er es, der bereits die Klinke in der Hand hatte, den Blick auf den menschenleeren Strand vor ihm gerichtet, nur einige umgedrehte Ruderboote lagen wie hölzerne Schildkröten auf den Steinen.

»Ich habe im Auto eine Decke, hol sie.«

»Wie bitte?«

Roussel drehte sich um ... und hielt mitten in der Bewegung inne, als er sah, dass Valerie dabei war, sich ihrer Kleider zu entledigen.

»Was um alles in der Welt ...«

»Mach schon Roussel. Wir haben keine Zeit für Taucher und das ganze Theater. Bis die hier sind, ist das da unten vielleicht schon weggetrieben. Ich geh da jetzt rein. Und du holst die Decke.«

»Bist du verrückt? Das Wasser ist eiskalt! Du holst dir den Tod.«

Seine Kollegin hatte bereits ihre Schuhe und ihre Hose abgestreift, sie zog Jacke und Pullover aus. Trotz der absurden Situation konnte sich Roussel einen bewundernden Blick auf das sich ihm bietende Bild nicht verkneifen. Als sie kurz darauf in Unterwäsche am Beckenrand stand, gab er jeden Widerstand auf.

»Okay, warte aber, ich hol sie erst. Es ist wirklich scheißkalt da unten!«

Sie warf ihm den Schlüssel zu, und während er nach draußen eilte, war sie bereits ins Wasser gesprungen.

»Verdammt!«

So schnell er konnte, rannte Roussel zum Wagen, über die Holzplanken, über den Strand bis zur Straße. Und wieder zurück.

Als er den Schuppen wieder betrat, sah er nur das bewegte Wasser in der Mitte.

»Valerie? Valerie!«

Es blieb still.

»Ach verdammt nochmal, was macht sie denn?«

Er machte seine Taschenlampe an und legte sie so auf einen Haufen Taue, dass der Schein in das Becken fiel. Im gleichen Augenblick kam Valerie prustend zum Vorschein.

»Ich kann nicht stehen. Aber da unten ist etwas befestigt, auf dem Boden!«

»Wie bitte? Was meinst du mit ›befestigt‹?« Roussel kniete sich neben das Becken, während Valerie in der Mitte schwamm und sich das kalte Wasser aus dem Gesicht wischte.

»Ich glaube, es ist ein Plüschtier!«

»Ein Plüschtier? Willst du mich verarschen? Du springst da rein für ein verdammtes Plüschtier? Das ist viel zu leicht, das würde auf dem Wasser treiben.«

»Eben«, sagte sie. »Es ist befestigt. Warte, ich probiere es nochmal.«

»Valerie, warte!«

Aber sie war bereits abgetaucht, kurz sah er ihre Füße, dann verschwand sie in der Tiefe. Es wurde still im Schuppen, das Wasser schwappte jetzt stärker gegen die Holzpfeiler. Roussel konnte lediglich ihren Schatten sehen.

»Komm schon«, murmelte er. »Komm wieder hoch.«

Einige Sekunden später erschien sie tief Luft holend an der Wasseroberfläche.

»Ich schaffe es nicht«, sagte sie. »Da ist ein Pflock durchgetrieben, der steckt im Boden. Ich bin nicht stark genug.«

Er streckte ihr die Hand hin.

»Komm raus. Wir rufen die Taucher. Die werden es schon hinkriegen, du holst dir da drinnen den Tod.«

»Den Tod haben wir uns beide schon längst geholt, Roussel«, sagte sie. »Und wir haben keine Zeit. Ich glaube, das da unten ist eine Botschaft, etwas, das gefunden werden sollte. Und wir müssen es schnellstmöglich raufholen.«

Er brauchte einige Sekunden, um zu verstehen, einen Augenblick später sagte er: »Oh nein! Nein, nein, auf gar keinen Fall.«

»Roussel halt die Klappe. Ich brauche dich hier.«

»Pass auf, die Taucher sind sicher schnell da und …«

»Roussel! Dein Ernst? Ich friere wirklich langsam, also mach hin! Du kriegst das da unten raus. Das ist ein Dienstbefehl!«

»Du bist nicht meine Vorgesetzte, Valerie!«

»Du ziehst dich jetzt aus und kommst hier rein, Roussel. Das ist meine letzte Warnung.«

Er wusste nicht ganz genau, wovor sie ihn eigentlich warnte, aber er spürte, dass er keine Wahl hatte.

»Ach, verdammt!«

Roussel zog seine Jacke aus und dann auch die Schuhe, die Jeans, bis er nur noch in Boxershorts im Bootsschuppen stand.

»Mir ist jetzt schon kalt«, fluchte er und funkelte Valerie an, die sich ein Lächeln nicht verkneifen konnte.

»Nicht schlecht, Herr Kommissar. Gar nicht schlecht. Und jetzt: Wenn ich bitten dürfte. Ich empfehle dir, direkt reinzuspringen, alles andere macht es auch nicht besser.«

»Das zahle ich dir heim«, murmelte Roussel. Und sprang.

Das Wasser empfing ihn mit eiskaltem Griff, für einen Augenblick blieb ihm wegen der Eiseskälte die Luft weg. Um ihn herum waren Luftblasen zu sehen, der Schein der Lampe im Wasser und Valerie neben ihm. Als er prustend und fluchend wieder nach oben kam, griff sie nach ihm und zog ihn etwas mehr in die Mitte des Beckens.

»Los geht's, wir sollten uns beeilen. Lange halte ich es nicht mehr aus.«

Sie tauchten beide unter, Roussel folgte dem Druck ihrer Hand, bis er in etwa zweieinhalb Meter Tiefe den schlammigen Untergrund berührte. Er spürte Steine und einen sandigen Boden. Es war dunkel hier unten, er konnte nur wenig erkennen. Doch Valerie führte seine Hand über den Boden, bis er etwas spürte.

Es war tatsächlich ein Plüschtier.

Im diffusen Licht des Beckens konnte er zwei Knopfaugen erkennen. Es war ein Bär, etwa dreißig Zentimeter groß, ein Arm fehlte, er konnte das Fell unter seinen Fingern spüren.

Und den Holzpflock, der durch ihn durchgestoßen worden war.

»Was machen wir hier?«, dachte Roussel flüchtig und begann an dem Pflock zu zerren.

Er saß viel zu fest, jemand musste ihn mit aller Gewalt in den Sand getrieben haben. Er spürte, wie die Kälte seinen Brustkorb immer fester umschloss.

Erneut zog er an dem Pflock, mit beiden Händen. Er spürte

Valerie neben sich, die ihm nicht helfen konnte und die jetzt an die Oberfläche zurückkehrte. Immer wieder zerrte Roussel an dem Holzpflock, mit aller Kraft riss er daran.

»Komm schon!«, brüllte es in seinem Kopf, er spannte seine Muskeln an.

Ein weiteres Mal, ein Aufbäumen auf dem Grund des Bootschuppens, der Pflock bewegte sich leicht, dann stärker, Roussel spürte, wie die Luft knapp wurde, er wollte nicht nach oben, weil er nicht wusste, ob er es noch einmal versuchen würde.

Jetzt.

Mit einem plötzlichen Ruck glitt der Pflock aus dem Boden, Roussel packte ihn und den Bären, stieß sich vom Grund ab und kam kurz darauf mit einem lauten Aufschrei nach oben.

»Ich hab ihn!«

Valerie ballte die Faust und schwamm zu einer kleinen Eisenleiter, die aus dem Becken herausführte. Roussel folgte ihr, er wollte nur raus aus der Kälte, sein ganzer Körper zitterte.

Valerie kletterte vor ihm aus dem Wasser und griff nach der Decke. Ohne zu zögern, warf Roussel den Bären auf die Holzplanken und stieg so schnell er konnte die Leiter hoch. Sein Brustkorb hob und senkte sich, sein Blick flackerte, und er begann wie wild um sich zu schlagen.

»Verdammte ... Scheiße. Ist das kalt.«

Ohne zu zögern, kam Valerie auf ihn zu, schlang die Decke um sie beide und zog ihn in eine Ecke des Schuppens, wo sie sich hinkauerten, die Köpfe an die Holzwand gelehnt und die Körper eng nebeneinander.

Sie saßen einige Minuten mit blauen Lippen schweigend da, Roussel spürte ihren Herzschlag, ihm wurde langsam wärmer.

»Das war absolut unnötig«, sagte er leise und schloss die

Augen. Valeries Kopf lehnte an seiner Schulter. »Wir hätten auch einfach nochmal wiederkommen können. Bei Ebbe ist das ganze Wasser weg.«

»Sagen wir einfach: Das hier war es wert.«

Roussel lächelte und drückte sie an sich.

Als er die Augen öffnete, sah er den Plüschbären auf den Planken liegen, nur wenige Meter von ihnen entfernt. Und während sich sein Atem beruhigte und die Wärme nach und nach ihre Körper einhüllte, sah er, dass Valerie recht gehabt hatte.

Sie hatten keine Zeit.

Denn nichts schien gut zu sein an dieser Geschichte, das Böse war allgegenwärtig.

Es war der Blick des Bären, der ihm zusetzte. Ein leerer Blick ohne jede Hoffnung. Der Holzpflock steckte noch immer im Körper des Plüschtiers. Er war mitten durchs Herz getrieben worden, mitten durch das tropfnasse Fell. Doch das Schlimmste an diesem Anblick war, dass er ihn ahnen ließ, was noch folgen würde.

Das Fell war von dunklen Flecken übersät. Kleine, sorgfältig präparierte Wunden, verursacht von einer Flamme, die sich wie ein Allesfresser durch den Körper gearbeitet hatte. Es war das Abbild des Körpers von Fabrice Clermand, das dort auf den Holzplanken lag.

Auch Valerie hatte es entdeckt. Und dann die Augen geschlossen.

Weil es manchmal besser war, nicht zu sehen, was nicht zu begreifen war.

KAPITEL 11

Barfleur
Am Abend

Nur einen Steinwurf entfernt von den Lichtern des Hafens lag die zweite Heimat der Muschelfischer. Es war eine unscheinbare Heimat, gut geschützt vor den neugierigen Blicken der abendlichen Flanierer, unauffällig eingereiht in die Wohnhäuser einer Nebenstraße. Kaum ein Tourist bemerkte diesen Ort, der in keinem Reiseführer auftauchte und der bei einem Rundgang durch die Stadt nie erwähnt wurde.

Und genauso wollten es die Männer, die hierherkamen, um Trost zu finden und gute Gespräche, am Ende eines langen Tages, der wieder einmal zu viele Sorgen hervorgebracht hatte und zu wenige Muscheln.

Oder eher gar keine.

Es war kein Schild angebracht über der Tür, kein Hinweis auf das, was Nicolas und Tito erwartete, als sie nach einem Spaziergang durch den Ort nun hier standen und sich fragten, ob Élodie, die Besitzerin des »Café du Port«, ihnen wirklich die richtige Adresse genannt hatte.

Es war kurz nach 21 Uhr. Barfleur war längst in dämmriges Licht gehüllt, die letzten Wellen des Tages schwappten gegen das Ufer. In den Straßen waren die Laternen angegangen, die ersten Fensterläden waren zugeklappt. Barfleur war müde und würde heute früh zu Bett gehen.

»Gibt's ein bestimmtes Klopfzeichen?«, grummelte Tito und zog sich den Schal enger um den Hals. Es war kalt geworden, und der alte Mann hatte trotz eines vorzüglichen Abendessens seine gute Laune unten am Hafen gelassen.

»Probier's doch mal mit einem Chanson«, sagte Nicolas. »Das Problem ist, du kennst nur drei. Und wenn es keines davon ist, haben wir ein Problem.«

»Vorsicht, Bodyguard. Soweit ich mich erinnere, habe ich vorhin satte drei Punkte gemacht.«

»Weil du die Kellnerin bestochen hast, damit sie die Lieder spielt, die du kennst.«

»Du bist ein schlechter Verlierer, Nicolas.«

»Und du bist unausstehlich, wenn du müde bist, Tito.«

Sie hatten ihren kleinen Musikwettstreit mit nach Barfleur genommen, es war eine mittlerweile liebgewonnene Tradition, das gegenseitige Vorspielen alter Chansons, das Wetteifern um Namen und Titel. Brassens, Brel, Piaf, aber auch Sardou, Clerc und Hallyday, alles war erlaubt, sie arbeiteten sich durch die Jahrzehnte und wieder zurück.

Und es war Julie, die am meisten wusste, mit ihrer Liebe zur Musik und zu den melancholischen Songs der Vergangenheit.

»Also, was ist jetzt«, knurrte Tito. »Du hast gesagt, wir kriegen hier noch ein Glas Wein. Es sieht zwar nicht so aus, aber probieren sollten wir es.«

»Na dann.«

Élodie hatte ihnen von der Stammkneipe der Fischer erzählt. Am Ende ihres Tages blieben die Männer nicht am Hafen, sie mieden die Restaurants der Touristen, mit den Austern und den Hummerplatten. Ein Bier und ein paar Nüsse taten es auch.

»Die Kneipe hat nicht mal einen Namen«, hatte Élodie erklärt. »Sie sagen immer nur: Wir treffen uns bei Jimmy. Und womöglich findet ihr ihn dort.«

Tatsächlich brauchte es kein geheimes Klopfzeichen, um das Haus zu betreten, es genügte, einfach die Tür zu öffnen und hineinzugehen. Nicolas und Tito betraten einen Vorraum, hinter einem dicken Vorhang waren Stimmen zu hören, es roch nach Rauch und Fischsuppe. Nicolas schob den Vorhang zur Seite, und sie betraten den Rückzugsort der Hafenarbeiter und Fischer von Barfleur. Was nach außen ein normales Wohnhaus im typischen Stil der Granithäuser von Barfleur war, erwies sich hinter der Tür als großer Schankraum, an dessen Wänden Fotos von Stürmen und Wind hingen. Mehrere Tische waren unbesetzt, zwei Spielautomaten standen an der hinteren Wand, von wo aus ein Durchgang vermutlich zur Küche und zu den Toiletten ging.

Nicolas prägte sich jeden neuen Raum innerhalb der ersten Sekunden genau ein, die jahrelange Arbeit als Personenschützer hatte ihre Spuren hinterlassen.

Am Tresen, hinter dem ein kräftiger Mann mit einem dunklen Vollbart stand und Gläser putzte, saßen drei Männer, offensichtlich Fischer, denn sie hatten ihre Montur noch an – oder vielleicht auch schon wieder, bereit für die nächtliche Ausfahrt in ein paar Stunden. Der Mann hinter dem Tresen nickte ihnen zu, als wäre es normal, dass zwei Unbekannte ihren Weg hierher fanden. Niemand hob den Kopf, als sie den Raum betraten, eine Bedienung stellte zwei tiefe Teller mit Eintopf auf einen Tisch, an dem zwei Männer saßen und Karten spielten. Im Hintergrund lief leise Musik, ein alter Oldie-Sender, und Nicolas konnte förmlich spüren, wie Tito neben ihm aufblühte.

»Das ist doch mal ein wunderbarer Ort«, sagte er mit einem Lächeln. »Und sogar geraucht wird hier drin, da hat sich doch der abendliche Spaziergang gelohnt. Komm, Junge, wir genehmigen uns einen. Oder vielleicht auch zwei, was meinst du?«

Tito machte dem Barkeeper, der vermutlich jener Jimmy

war, von dem Élodie gesprochen hatte, ein Zeichen und sah Nicolas fragend an.

»Welchen Tisch nehmen wir? Hier vorne ist noch frei.«

Nicolas nickte in Richtung des hinteren Teils der Kneipe, wo er an einem Tisch, etwas abseits der anderen Männer, Gabin entdeckt hatte. Er saß mit gesenktem Kopf vor einem Glas Bier und hatte nicht mitbekommen, dass Nicolas und Tito die Kneipe betreten hatten.

»Dort hinten, das ist unser Tisch.«

Gabin war blass, sein Gesicht glänzte im schwachen Licht, das von der Decke aus kaum in diesen Winkel der Fischerkneipe fiel. Der ehemalige Muschelfischer und jetzige Kapitän eines Ausflugsbootes saß zusammengesunken auf seinem Stuhl und sah überrascht auf, als Nicolas zwei Stühle für sich und Tito heranzog.

»Guten Abend«, sagte Nicolas knapp und setzte sich.

Gabin schaute sich in der Kneipe um, als ob er nach jemandem suchen würde, der ihn von seinen Besuchern befreien könnte. Sein Blick war fahrig, immer wieder legte er seine Hand auf die Stelle, auf die die Männer ihn geschlagen hatten.

»Du solltest einen Arzt aufsuchen«, sagte Nicolas.

»Ach, sollte ich das?« Gabin klang erschöpft, die Herzlichkeit, die Nicolas draußen auf dem kleinen Ausflugsschiff erlebt hatte, war verschwunden. Er trug einen fleckigen dunklen Pullover, in der Hand hielt er eine Pfeife, die längst erkaltet war. Immer wieder drehte er sie in der Hand, während er sie anstarrte, als könnte sie sich jeden Moment von selbst wieder entzünden.

Auf dem Tisch vor ihm stand ein Glas Calvados. Er war fast leer, und Nicolas machte dem Mann hinter der Theke ein Zeichen, ihnen Getränke zu bringen.

»Was wollt ihr?«, fragte Gabin und nickte dann Tito zu. »Sie müssen der Maler sein. Überall am Hafen erzählt man sich, dass ein alter Mann am Wasser sitzt und schöne Bilder malt.«

Nicolas konnte sehen, wie sein alter Nachbar vor Stolz gleich um einige Zentimeter größer schien.

»Sehr angenehm«, antwortete Tito strahlend. »Ich bin nur ein einfacher Mann, der malt, was er sieht. Und Barfleur macht es einem leicht, es gibt so viel zu sehen.«

Gabin lächelte.

»Da haben sie recht, Monsieur. Barfleur ist eine Perle, funkelnd und glitzernd. Malen Sie unsere kleine Stadt, zeichnen Sie jedes Schiff, das Sie sehen können. Solange es noch welche gibt. Danke, Jimmy.«

»Auf dass die Schiffe und die Fische nie verschwinden mögen«, sagte Nicolas und hob sein Glas.

»Von den Muscheln ganz zu schweigen«, ergänzte Gabin. Nachdem sie getrunken hatten, drehte er erneut gedankenverloren seine Pfeife hin und her. Nicolas ließ ihm einige Augenblicke Zeit, er spürte, dass er gar nicht viel tun musste, um den Mann zum Reden zu bringen.

»Ich benutze ganz spezielle Farben, ich habe den Tipp aus dem Internet. Sie lassen sich … Au!«

Nicolas trat Tito unter dem Tisch gegen das Schienbein, um den alten Mann zum Schweigen zu bringen. Als dieser ihn erstaunt anblickte, schüttelte Nicolas nur den Kopf.

Und irgendwann begann der Kapitän zu sprechen, zuerst mit leiser Stimme, die immer fester wurde, je länger er redete. Weil da etwas war, dass rausmusste, wie eine Flutwelle, die unweigerlich auf Land traf und nicht aufzuhalten war. Ein Schwall salzigen Wassers, das sich über die Felsen ergoss und über die schmalen Küstenpfade des Cotentin.

Hier saß ein Mann, der verzweifelte, am Leben in Barfleur, an der Tatsache, dass er ein Seemann war, der seine Bestimmung verloren hatte. Und der dabei war unterzugehen.

»Am Anfang haben wir uns keine großen Gedanken gemacht«, sagte er, während er den Blick hob und Nicolas direkt ansah. »Als die Muscheln das erste Mal ausblieben, dachten wir: Die kommen wieder. Sie erholen sich, wir haben die Meere überfischt, wir müssen jetzt ein Jahr abwarten, sie kommen zurück, sie sind ja nicht weg. Sie gehören hierher, die ›Blondes de Barfleur‹. Aber sie kamen nicht. Nicht im zweiten Jahr. Und auch nicht im dritten.«

Nicolas unterbrach ihn nicht, ließ ihn erzählen, weil er verstehen wollte, was passieren musste, damit ein Mensch wie Gabin in seiner eigenen Stadt zusammengeschlagen wurde.

»Die ›Mouette Normande‹ war das erste Schiff, das aufgegeben hat, im zweiten Jahr. Ich kenne den Kapitän sehr gut, der alte Jean-Philippe gehörte zu einer Familie, die seit Generationen hier oben fischt, so wie meine es auch tut. Aber schon im zweiten Jahr konnte er seine Mannschaft nicht mehr bezahlen, er konnte seinen Kutter nicht mehr halten. Er hat ihn dann verkauft und ist fortgezogen. Er konnte das Meer nicht mehr sehen, so hat er es mir erklärt. Ich habe es nie verstanden.«

Gabin nahm einen kräftigen Schluck Calvados und schaute sich im Raum um.

»Das hier war unser Zuhause, ist es eigentlich immer noch. Es ist nur kaum noch jemand da. Es waren einmal sechs Kutter, jetzt sind es noch zwei, wobei meiner, wie schon erwähnt, seit einem Jahr ungenutzt bei Cherbourg liegt. Den Besitzer des letzten Muschelkutters hast du vorhin hinter der Kirche kennengelernt: Thomas Buissac. Ein Arschloch, entschuldige bitte die Wortwahl, aber so ist es nun mal.«

»Die anderen Kapitäne haben alle aufgegeben?«

Gabin zuckte die Schultern.

»Drei davon, die Kapitäne der ›Mouette Normande‹, der ›Alida‹ und der ›Cherbourg II‹. Die Besatzungen haben woanders angeheuert, etwa bei der Hochseeflotte in Cherbourg. Fische sind ja noch da, auch wenn es bei den ganzen Streitigkeiten mit den Engländern immer schwieriger wird, damit seinen Lebensunterhalt zu verdienen.«

Nicolas runzelte die Stirn.

»Macht mit dem Schiff von Buissac und deinem fünf. Du hast von sechs Schiffen erzählt.«

Gabin zögerte kurz, dann nickte er in Richtung Bar, wo ein Mann auf einem Hocker saß, ein Glas Calvados und einen halbleeren Teller Eintopf vor sich. Er war groß, schlaksig, fast kahlköpfig, und seine Füße steckten in dunklen Gummistiefeln.

»Dort drüben, das ist Theo, genannt Bocuse, weil er mal ein guter Koch war. Er ist dann aber doch Fischer geworden, vor vielen Jahren, bei Baptiste, dem Kapitän der ›Angèle‹, dem sechsten Schiff im Hafen. Die ›Angèle‹ war so was wie eine Legende hier im Hafen, sie gehörte zu einer der ältesten Fischerfamilien auf dem Cotentin. Seit Generationen holen sie die Muscheln vom Meeresgrund, sie haben immer die besten und größten in ihren Netzen gehabt, echte Profis. Niemand kannte sich mit dem Fang so gut aus wie Baptiste und seine Männer.«

»Und dann hat auch er aufgegeben?«

Gabin schüttelte den Kopf.

»Nicht ganz. Guy Moreau hat sich in sein Schiff eingekauft, als Partner. Baptiste hat gehofft, der neue Besitzer würde ihm helfen, die Unkosten zu tragen, weil die Zeiten immer schlechter wurden. Aber es kam komplett anders. Moreau wollte nie Muscheln fangen, er wollte den Kutter und die Besatzung, um seine eigenen Geschäfte an der Küste zu machen. Und Baptiste musste mitmachen, ob er wollte oder nicht. Er hatte Schulden bei Moreau, genauer weiß ich es nicht, ich will es auch nicht wissen.«

Nicolas betrachtete den Fischer, der zusammengesackt auf

seinem Hocker saß, das Gesicht unrasiert, die Wangenknochen hohl und voller Schatten.

»Vor sechs Monaten dann ist die ›Angèle‹ gesunken, mitten in einem fürchterlichen Sturm, draußen am Cap de la Hague. Ich weiß nicht, was Baptiste geritten hat, bei einem solchen Wetter rauszufahren, er ist ein erfahrener Seemann. Noch dazu ganz allein, ohne seine Besatzung. Es war kompletter Wahnsinn. Die ›Angèle‹ ist auf die Felsen gelaufen und dann gesunken. Und mit ihr der Kapitän, er wurde nie gefunden. Aber das ist kein Wunder, wer dort oben im Wasser versinkt, den lässt das Meer nicht mehr los.«

»Schlimme Geschichte«, sagte Nicolas, und Gabin nickte.

»Und sie wird noch schlimmer. Moreaus Sohn war auch an Bord, Noah. Offenbar wollte er auf der ersten Tour mitfahren, keiner weiß es. Er ist dort draußen ebenfalls gestorben, am Ende der Welt.«

Tito hatte damit begonnen, sich über einen dampfenden Eintopf herzumachen und folgte ihrem Gespräch nur noch sporadisch. Er winkte Jimmy zu und bestellte ein weiteres Glas Calvados.

»Prima Ort hier, Nicolas. Wir sollten jeden Abend herkommen, das ist viel mehr mein Ding als die herausgeputzten Restaurants am Hafen. Ausgenommen das Café von Élodie, versteht sich.«

Gabin lächelte Tito an: »Ja, Élodie ist ein echter Gewinn für Barfleur. Seitdem sie das ›Café du Port‹ übernommen hat, ist die Stimmung am Hafen wieder besser. Und die Touristen haben einen neuen Anlaufpunkt, das kann uns nur helfen.«

Zum ersten Mal, seitdem sie sich zu ihm gesetzt hatten, wirkte der Mann etwas wacher, sein Blick war nicht mehr ganz so trüb, er kramte in seinen Taschen nach Pfeifentabak.

»Dieser Moreau«, sagte Nicolas schließlich, »der scheint vor irgendetwas Angst zu haben.«

Er holte die Karte, die der Mann auf den Felsen ihm gegeben hatte, und legte sie auf den Tisch. Es stand nur ein Name darauf, dazu eine Mobilnummer. Aber er konnte Gabin ansehen, dass dieser Name ausreichte, um ihn zurückzuholen in die triste Realität von Barfleur. Der Kapitän lehnte sich zurück und schwieg für einen Moment.

»Er hat mir einen Job angeboten, als Personenschützer«, versuchte Nicolas ihn zum Reden zu bringen. »Warum braucht er Schutz? Ich hatte ehrlich gesagt eher das Gefühl, dass du es bist, der Hilfe braucht.«

Gabin wollte aufstehen, aber Nicolas legte die Hand auf seinen Unterarm.

»Bleib sitzen. Ich versuche nur zu verstehen, warum dich Buissac und seine Männer verprügeln. Und danach mich, falls du das vergessen hast. Sie haben mich niedergeschlagen, und als ich wieder aufgewacht bin, war da nur Moreau. Was will er von dir? Und wovor hat er Angst?«

Nicolas deutet auf die Karte.

Gabin fixierte für einen Augenblick den Namen, der in dunklen Lettern auf der weißen Karte stand.

»Guy Moreau«, murmelte er, und es klang, als hätte er tausende Gräten im Mund, die kratzten und ihn am Luftholen hinderten.

»Ganz genau«, sagte Nicolas. »Hat er auch dein Boot gekauft, schuldest du ihm was? Was macht er für Geschäfte hier an der Küste? Und warum hast du Angst vor ihm? Denn genau das hast du: Angst.«

Ohne Vorwarnung packte Gabin seine Hand, Nicolas spürte den kräftigen Druck des Seemannes, der es gewohnt war, Taue zu binden und schwere Netze aus dem Wasser zu ziehen. Der Kapitän funkelte ihn an, sein Blick war jetzt fest und voller Widerstand.

»Ich habe keine Angst. Vor niemandem. Ich bin Fischer, ich lebe mein Leben dort draußen, ob mit oder ohne Muscheln. Zur Not fahre ich Touristen an der Küste entlang, ich bin mir dafür nicht zu schade, das Leben muss weitergehen.«

Nicolas rieb sich die Hand, nachdem Gabin endlich losgelassen hatte.

»Ich verstehe dich«, sagte er schließlich. »Aber sich zusammenschlagen zu lassen, von Moreaus Männern ... dagegen kann man sich wehren! Es gibt die Gendarmen, auch hier in Barfleur, es gibt Mittel und Wege. Was schuldest du ihm, warum schickt er seine Männer zu dir?«

Gabin nahm einen Schluck Calvados, er zögerte mit seiner Antwort.

»Er ... er hat mir Geld geliehen. Viel Geld. Für die Reparatur meines Kutters vor zwei Jahren. Für meine laufenden Kosten. Und dann für das Ausflugsboot, ich hätte bei der Bank keinen Kredit bekommen. Ich kann ihm nichts zurückzahlen. Außerdem ...«

Wieder zögerte er, sein Blick wanderte prüfend durch den Raum.

»Was noch? Gabin, ich will dir helfen.«

Der Kapitän blickte Nicolas mit seinen dunklen Augen an, hinter denen das Meer tobte, stürmisch und lebendig.

»Er will, dass ich für ihn fahre. Und ich habe mich geweigert. Ich bin ein ehrlicher Mann, Nicolas. Ich bin keiner wie er. Und ...«

Nicolas wartete, aber Gabin hatte beschlossen, hier mit seinen Ausführungen zu enden. Er spürte, dass da noch mehr war, Abgründe, in die Gabin hineinblickte. Aber er würde sie hier und jetzt nicht preisgeben.

Für einen kurzen Augenblick dachte Nicolas an die Szene im Café, an die Frau, die später vor ihm weggelaufen war. Aber er spürte, dass er den Kapitän nicht noch mehr bedrängen durfte.

»Guy Moreau«, sagte Nicolas schließlich. »Ich habe wirklich gesehen, dass er vor etwas Angst hat.«

Gabin sah ihn nachdenklich an.

»Angst passt nicht zu ihm.«

»Ich kenne ihn nicht. Du erzählst mir von einem Mann, der Macht hat hier in Barfleur. Der im Hintergrund arbeitet und die Fischer für sich arbeiten lässt, draußen auf dem Meer. Was ist er für ein Mensch, euer Guy Moreau?«

Gabin stellte sein Glas ab und drehte es für einen Augenblick auf dem Tisch, so dass der ockerfarbene Calvados im Licht der Lampe funkelte. Dann schaute er Nicolas an.

»Ich will dir etwas zeigen. Danach wirst du einiges besser verstehen. Und dir vielleicht überlegen, ob Barfleur der richtige Ort für euch beide ist. Zieh deine Jacke an, es ist frisch am Wasser.«

KAPITEL 12

Nicolas und Gabin ließen Tito bei Jimmy zurück, was der alte Mann nur mit einem weiteren genussvollen Schlürfen quittierte.

»Verlasst nur das Paradies«, brummelte er. »Calvados und Eintopf, und ihr rennt raus in die Nacht, du wirst mir immer ein Rätsel bleiben, Bodyguard.«

Gabin hatte sich eine Jacke übergezogen und führte Nicolas, ohne ein weiteres Wort zu verlieren, durch die Straßen von Barfleur in Richtung Hafen. Mittlerweile hatte sich das Licht des Tages vollständig aus dem Ort verabschiedet, einzelne Laternen warfen ihren matten Schein an die Häuserwände und auf die geschlossenen Fensterläden. Ihre Schritte hallten durch die Nacht, sie waren allein zwischen den schweigsamen Granitmauern der Rue du Puits und schließlich der Rue Saint-Nicolas, in der er noch am Vormittag einer mysteriösen Frau hinterhergerannt war, nur um beinahe von einem Lastwagen überrollt zu werden. Es kam ihm vor, als wäre all das Tage her, und doch erinnerte ihn das Pochen in seinem Hinterkopf daran, was alles geschehen war seit ihrer Ankunft in Barfleur.

Was noch alles passieren würde, davon hatte Nicolas nicht die geringste Ahnung – und er hätte es auch nicht geglaubt.

Gabin schwieg beharrlich, während er an seiner Pfeife zog und mit langen Schritten vorauseilte. Nach kurzer Zeit erreichten sie die Kirche von Saint-Nicolas und ohne zu zögern nahm der Kapitän die wenigen Stufen hinauf zum Eingangsportal und öffnete links daneben ein rotes Holztor, das auf den Seefriedhof führte. Grabsteine standen stumm in der

Dunkelheit, umgeben von einer festen Mauer, hinter der das Meer zu hören war. Während sie durch die Reihen liefen, schien es Nicolas, als würde die Flut sie immer fester umschließen, als würden sie einen Ort betreten, der zwar festes Land unter ihren Füßen war und der dennoch längst nicht mehr zu Barfleur gehörte. Sondern zur See.

Mächtige Kreuze und Grabplatten aus Granit, die Namen der Verstorbenen, eingemeißelt in dunkle Marmorplatten. Schiefertafeln und Engel aus Basalt, Gitter aus verrostetem Eisen, die ein längst beendetes Leben einschlossen. Hier lagen die Menschen von Barfleur, hier ruhten die Seelen der Seeleute und der Hafenarbeiter, im Angesicht der Gezeiten, umschlossen von Wasser, Wind und mächtigem Gestein.

Gabin war weitergegangen, bis zu der Stelle, an der der Kiesweg leicht abknickte. Schließlich blieb er vor einem Grab stehen, es war schmucklos und einfach, kein Kreuz, keine Engel mit geschwungenen Flügeln. Nicolas kam näher, betrachtete die Platte aus Granit. Sie trug keine Inschrift, keinen Namen, keine Daten.

Nur diese Platte, die hinter der Kirche verborgen war, an einer Stelle, von wo aus man auf das Meer sehen konnte und auf den Horizont.

»Wer liegt hier?«, fragte er Gabin leise, als wäre dies ein Ort, an dem Worte nichts zu suchen hatten.

Die Antwort des Kapitäns überraschte ihn.

»Noch niemand«, sagte Gabin.

Dann deutete er auf die anderen Gräber in unmittelbarer Umgebung. Es waren ein knappes Dutzend steinerner Platten, einige waren mit Kreuzen verziert, andere trugen goldene Inschriften. Und auf allen lagen frische Kränze, Blumengebinde aus Nelken und Chrysanthemen, daneben je eine rote Calla.

Nur nicht auf jenem in der Mitte, das lediglich vom Mond beschienen wurde.

»Sie sind alle rund um dieses eine Grab arrangiert«, sagte Nicolas.

Gabin nickte, während er an seiner Pfeife zog.

»Er war heute hier«, sagte er schließlich. »Moreau, meine ich. Er war hier und hat die Blumen gebracht. Er kommt einmal im Monat, er bringt immer rote Calla mit, für jedes Grab. Nur nicht für sein eigenes.«

Nicolas sah ihn überrascht an.

»Sein eigenes? Du meinst …«

Wieder nickte Gabin, dann sah er über die Steinmauer hinweg auf das offene Meer.

»Wenn du Barfleur verstehen willst, ich meine richtig verstehen, dann musst du hier stehen. Mit Blick aufs Meer, die Kirche im Rücken. Und du musst dir die Gräber anschauen, die Namen, die dort stehen. Du musst sie auswendig kennen, du musst ihre Geschichte hören, du musst alles lernen über diese Menschen, die hier liegen, am schönsten Platz von Barfleur.«

Nicolas schritt durch die Reihen und betrachtete das Dutzend Gräber, er las die Inschriften und die letzten Worte, er schob die Blumen zur Seite, um sie besser lesen zu können.

»Eugène Bollard.«

»Sein Großvater, mütterlicherseits.«

»Emilie Moreau.«

»Seine Tante, sie standen sich sehr nahe.«

»Gaston Richard.«

»Ein Cousin. Sie waren als kleine Kinder unzertrennlich. Er ist im Hafen ertrunken, er war ein Trinker.«

»Jeanne Moreau.«

»Seine Frau. Seine erste.«

Und so ging es weiter, es war ein Streifzug durch die Generationen, da waren Tanten und Cousins, Großmütter und Großväter. Nicolas tauchte ein in die Stille zwischen den

Gräbern, er las die Todes- und Geburtstage, die Botschaften, die die Lebenden zum Andenken hinterlassen hatten.

Schließlich stand er wieder vor der schlichten Grabplatte, die den Mittelpunkt bildete.

»Er hat auf Äußerlichkeiten nie Wert gelegt«, erklärte Gabin. »Das Materielle, das Vorzeigbare, das war ihm immer egal. Guy Moreau ist ein einfacher Mann, so erzählt er es zumindest jedem.«

»Auf den Felsen sitzen und seine Pfeife stopfen«, sagte Nicolas mehr zu sich selbst und fasste sich dabei gedankenverloren an seinen Hinterkopf.

Gabin lächelte.

»Und was macht er nun, dieser einfache Mann?«, fragte Nicolas. »Ich meine, wenn er nicht gerade seine Leute auf dich hetzt und dich zusammenschlagen lässt?«

Der Kapitän setzte sich auf eine Bank an der Außenmauer der Kirche und zog an seiner Pfeife. Er gab Nicolas ein Zeichen, sich neben ihn zu setzen.

»Guy Moreau ist das, was wir in Barfleur einen *Poisson mort* nennen – einen toten Fisch. Er kommt aus Barfleur, er lebt vom Meer und von dem Geld, das es uns allen einbringen kann. Aber er selbst fährt nie raus. Er hat nie ein Schiff betreten.«

»Wieso denn das?«, wollte Nicolas wissen.

»Moreau kann nicht schwimmen, konnte er noch nie. Schon als Kind haben sie ihn gehänselt, er war der Außenseiter, ein Fisch unter Fischen – aber eben ein toter.«

»Und weiter? Ich meine, nur weil jemand nicht schwimmen kann, wird er nicht automatisch zu jemandem, der andere zu Gewalt anstiftet.«

»Oh doch, Nicolas. Er schon.«

Wolken zogen über den dunklen Himmel, ihre Schatten legten sich auf das nahe Wasser. Es sah aus, als würden sich unter der Wasseroberfläche gewaltige Kreaturen durch die See schieben, Wale, so groß wie Tanker. Eine Möwe setzte sich auf die Steinmauer, legte den Kopf schief und blickte die beiden Männer an, die gut verborgen am Fuß der Kirche von Saint-Nicolas saßen, umgeben von den Toten von Barfleur.

»Nicht schwimmen zu können, heißt, nicht fischen zu können. Nicht fischen zu können, heißt, kein Geld nach Hause zu bringen. In den alten Zeiten war das ein Problem, es gab noch keine Touristen, keine anderen Einnahmequellen, damals, als Guy Moreau ein junger Mann war. Er hatte keine Zukunft hier in Barfleur. Er hat es versucht, hat ein Schiff betreten, wollte mit rausfahren. Aber es ist nicht nur, dass er nicht schwimmen kann: Er hat panische Angst vor dem Meer. Immer noch. Das ist der Grund, warum er sich regelmäßig dort draußen auf einen Stein setzt und hinausblickt.«

»So wie heute Nachmittag.«

Gabin nickte.

»Er sieht dem Feind direkt ins Gesicht, unmittelbar und furchtlos. Aber es ist ein Bluff. Guy Moreau, der mächtigste Mann in Barfleur, würde lieber sterben, als einen Fuß ins Wasser zu setzen. Niemand weiß, woran das liegt. Es ist sein Geheimnis.«

Nicolas sah Gabin an – einen erschöpften Mann, der zu viele Sorgen hatte.

»Warum ist er der mächtigste Mann in Barfleur?«, fragte Nicolas.

Gabin zog an seiner Pfeife und blies Rauch in die Luft.

»Weil er Geld hat, ganz einfach. Niemand weiß, woher, aber er hat Geld. Er ist irgendwann weg aus Barfleur, weg von der Küste, tief ins Landesinnere hinein. Angeblich hat er für den Geheimdienst gearbeitet, ich weiß es nicht genau. Jedenfalls ist er irgendwann zurückgekommen, das ist jetzt schon viele Jahre her. Er hat wieder geheiratet, eine Familie gegründet. Und hat sein Elternhaus zurückgekauft, außerhalb von Barfleur, auf der Landseite. Es ist ein großes Grundstück, mittlerweile lebt da sein gesamter Clan. Er ist zurückgekommen und hat die Kontrolle übernommen. Nicht auf einmal und nicht sofort. Sondern langsam, unaufhaltsam. Wie die Flut, die schnell steigt, wenn der Strand flach ist. Die Wellen schieben sich immer nur wenige Zentimeter weiter nach vorne, manchmal scheint es, als würden sie sich zufriedengeben mit den ersten Metern, als würde die Flut genug haben. Aber das musst du wissen, Nicolas: Die Flut hat niemals genug, sie ist gefräßig, sie sucht sich ihre Beute, unaufhaltsam. Guy Moreau ist wie die Flut, Nicolas. Er kommt, er geht, er schiebt sich immer weiter nach vorne. Und er geht nie wieder weg. Er hat sich seinen Grabstein schon ausgesucht, hier will er liegen, inmitten seiner Familie, die ihm nach all den Jahren wichtiger ist als alles andere. Und selbst im Tod blickt er seinem Feind ins Gesicht: dem Meer. Er ist ein dunkler Mensch, Nicolas. Dunkler als der Meeresgrund dort draußen, glaub mir.«

Die Kirche in ihrem Rücken schützte sie vor dem aufkommenden Wind, die Wolken zogen jetzt schneller über den dunklen Himmel, die Brandung war am Fuße des Friedhofs deutlich zu hören. Irgendwann würde die Inschrift des Mannes, der offenbar Barfleur als sein Eigentum betrachtete, hier auf diesem Stein eingraviert werden, dann würde er seinen Kampf gegen die eigene Angst von dort fortsetzen, den Feind immer fest im Blick.

»Er kam irgendwann zurück«, erzählte Gabin weiter. »Er stieg eines Tages am Hafen aus einem Wagen und war wieder da. Ich erinnere mich noch genau, wir waren gerade dabei auszulaufen. Muscheln gab es zu der Zeit nahezu unbegrenzt, die Fangquoten waren ein Witz. Die Stadt florierte, wir Fischer waren das Aushängeschild. Und Guy Moreau war gekommen, um es sich umzuhängen.«

»Wie hat er das angestellt?«

Gabin rauchte, in Gedanken an die Vergangenheit versunken, seine Pfeife.

»Es begann mit kleinen Gefälligkeiten. Er hat mal eine Bootsreparatur übernommen, eine Familienfeier bezahlt. Er hat Kredite vergeben, und das quasi ohne Zinsen. Er hat immer gesagt, er wolle dieser Stadt etwas zurückgeben. Aber ich habe ihm nie geglaubt, er hatte nichts zu geben. Und irgendwann mussten die anderen den Preis für seine Gefälligkeiten bezahlen. Sie haben ihn an den Einnahmen beteiligt, weil sie Schulden hatten. Er hat Grundstücke erworben, der Stadt wichtigen Baugrund abgekauft. Und sich weiter als Gönner aufgespielt, der sich im Hintergrund über das schöne Barfleur freut.«

»Immerhin wurde die Stadt zu einem der schönsten Dörfer Frankreichs gewählt«, erinnerte sich Nicolas.

Gabin schnaubte.

»Das war sein Meisterstück«, sagte er grimmig. »Er hat alles bezahlt, er wollte Barfleur glänzen lassen, hat er erklärt. Dabei wollte er sich vor allem reinwaschen, er hat alle geködert, den Präfekten, die Presse, uns alle. Barfleur wurde bekannt, und er hatte noch mehr Einfluss.«

Nicolas überlegte, während er hinaus aufs Meer blickte.

»Aber jetzt, da die Muscheln weg sind: Da hat Moreau doch auch ein Problem, oder? Ich meine, wenn er überall beteiligt war, dann fehlen ihm jetzt auch die Einnahmen.«

Gabin schüttelte den Kopf und sah Nicolas an.

»Schön wäre es. Aber die verfluchten Muscheln haben mit ihrem Fernbleiben alles nur noch schlimmer gemacht. Guy Moreau hat sich einfach auf sein zweites Standbein konzentriert.«

»Und welches wäre das?«

Doch Gabin antwortete nicht sofort. Nicolas' Blick wanderte durch die Reihen der Gräber bis zur Friedhofsmauer, hinter der die Untiefen eines dunklen Meeres lauerten. Etwas weiter links von ihnen, hinter einem gewaltigen steinernen Engel war ein kleines Tor, das auf den Strand von Barfleur hinausführte und zu dem Felsvorsprung, auf dem er am Nachmittag Guy Moreau kennengelernt hatte. Das schmerzhafte Pochen in seinem Hinterkopf erinnerte ihn immer noch an diesen Augenblick.

Was ihn jedoch viel mehr beschäftigte, war die Tatsache, dass das kleine Holztor offen stand. Er war sich sicher, dass es vorhin, als sie den Friedhof betreten hatten, geschlossen gewesen war.

Er spürte, wie sich seine Atmung verlangsamte, als er einen Schatten hinter einem der Gräber entlanghuschen sah.

»Guy Moreau ist Schmuggler«, fuhr Gabin in diesem Augenblick fort. »Er war es schon immer, vielleicht hat er damit als junger Mann schon viel Geld verdient, ich weiß es nicht.«

Als der Mond für einen kurzen Augenblick hinter einer Wolke hervorschaute, konnte Nicolas einen zweiten Schatten erkennen, der sich durch das kleine Tor schob und sofort in einer der Gräberreihen verschwand.

Es waren also zwei Männer. Der eine hatte beinahe die rechte Seite des Friedhofs erreicht, der andere schlich auf der gegenüberliegenden Seite von links an der Kirche entlang.

»Wir haben Besuch«, sagte er leise zu Gabin. Aber der zog nur an seiner Pfeife und war in Gedanken offenbar auf anderen Pfaden unterwegs. Auf alten Schmugglerpfaden entlang der Küste des Cotentin.

»Der Schmuggel hat in unserer Region Tradition«, sagte er. »Seit Generationen schon werden zwischen den flachen Stränden hier im Osten und den Steilklippen im Westen verbotene Waren geschmuggelt. Nicht umsonst gibt es den Sentier des Douaniers, den Pfad der Zöllner. Zigaretten, Falschgeld, Alkohol, Drogen – es war immer etwas anderes, aber es war immer verboten. Und Guy Moreau ist der König der Schmuggler. Alle wissen es, aber keiner kriegt ihn zu fassen.«

Nicolas hatte sich aufrecht hingesetzt, er beobachtete die beiden Männer, die jetzt nur noch knapp zwanzig Meter von ihnen entfernt waren. Als er kurz einen Blick Richtung Strand warf, sah er einen weiteren Mann draußen vor der Mauer.

Sie waren eingekreist.

»Hör zu, Gabin, ich will, dass du mir gut zuhörst ...«

Aber der Mann neben ihm auf der Bank war noch immer in seinen Erzählungen versunken.

»Ohne die Muscheln fehlt uns allen das Geld. Und Guy Moreau hat das wieder mal vor allen anderen ausgenutzt. Er hat die Mannschaften gekauft, hat ihnen Geld geboten, wenn sie für ihn fahren. Nicht jeden Tag. Nur ab und zu mal ein Paket in eine der Buchten, wo ein Lastwagen wartete. Oder rüber nach Alderney, auf die Kanalinseln, vorbei am Zoll und jenseits neugieriger Blicke. Nach und nach sind wir ein Umschlagplatz geworden, direkt hinter den Kulissen dieser schönen Stadt. Kannst du dir das vorstellen, Nicolas? Ich meine, wir sind einfache Fischer, und ohne die Muscheln ... ich kann es den anderen nicht mal verübeln.«

Nicolas war wachsam geblieben und erkannte jetzt einen der beiden Männer, die Gabin bereits am Nachmittag angegriffen hatten. Aber diesmal war es kein Stock, den der Mann jetzt in beiden Händen hielt. Sondern eine Beretta mit aufgeschraubtem Schalldämpfer. Als er flüchtig nach rechts blickte, erkannte er, dass auch der zweite Mann eine Waffe gezogen hatte.

»Guy Moreau hat sich seine eigene Stadt gebaut, er kann überall ...«

»Runter!«

Nicolas riss Gabin zu Boden, im letzten Augenblick. Dort,

wo eben noch Nicolas' Kopf gewesen waren, schlugen die Kugeln in die Außenmauer der Kirche ein, Steinbrocken platzten aus der Fassade. Gabins Pfeife wurde in Stücke gerissen, als sie durch die Luft geschleudert wurde und in den Kugelhagel geriet.

Sie schlugen beide hart auf dem Kiesboden auf, Nicolas hatte sich über den Kapitän geworfen. Er hörte das Zischen der Kugeln, spürte Gabins Panik.

»Nicolas …«

»Bleib unten! Nicht rühren!«

Zwischen zwei Grabsteinen hindurch sah er einen der Männer, er machte sich nicht einmal die Mühe, sich vor ihnen zu verstecken. Ruhig und ohne Eile lud er seine Waffe nach, während der andere weiter in ihre Richtung zielte.

»Die machen das nicht zum ersten Mal«, fluchte Nicolas, während er verzweifelt nach einem Ausweg suchte. Mit der Mauer im Rücken waren sie den beiden Schützen hilflos ausgeliefert.

Nicolas schob Gabin ein Stück nach vorne, bis sie hinter einer Grabplatte Schutz fanden. Steine flogen durch die Luft, als Nicolas hinter der Platte nach den Männern Ausschau hielt, und er zog sofort den Kopf zurück.

Sie waren keine zehn Meter entfernt.

»Nicolas, hör mir zu …«

»Bleib unten, Gabin! Sie sind gleich hier, wir müssen irgendwie versuchen, in Deckung zu bleiben. Vielleicht können wir …«

Sein Blick flog über die Kirchenmauer, hinüber zu dem Tor, durch das sie vorhin gekommen waren und hinter dem die engen Gassen von Barfleur lagen. Vielleicht konnten sie dort …

»Nicolas, nimm die.«

»Was …«

Mit einem Mal spürte er das kalte Metall einer Waffe in

seiner Hand. Er blickte zuerst Gabin überrascht an und sah dann auf die Pistole in seiner Hand.

»Ich habe sie immer dabei, seit ...«

Die Grabplatte wurde von zwei heftigen Feuerstößen getroffen, und Nicolas presste sich noch enger an Gabin.

Sie hatten nur noch wenige Sekunden, bevor die Männer sie vollständig eingekreist hatten.

»Ich wusste, dass sie kommen«, sagte Gabin und stöhnte auf. »Ich wusste, dass sie zurückkommen. Moreau hat es mir gesagt, als ...«

»Jetzt nicht.«

Nicolas rollte sich zur Seite und entsicherte dabei die Pistole, es war eine 9-mm-Automatik, wie sie die Polizei in Frankreich viele Jahre lang benutzt hatte. Nicolas spürte die vertraute Form in seiner rechten Hand, hörte die Schritte des Mannes auf der rechten Seite, der jetzt um das Grab herumging, in der Annahme, seine Opfer lägen hilflos am Boden.

Der Kies knirschte im Dunkeln, der Mond hatte sich hinter die Wolken zurückgezogen. Nicolas atmete langsam ein.

Und aus.

Der Angreifer kam schnellen Schrittes aus einem schmalen Durchgang, seine Waffe in beiden Händen.

Als er Nicolas und Gabin hinter der Grabplatte entdeckte, riss er die Waffe hoch, bereit, dieser kurzen Treibjagd ein jähes Ende zu setzen.

Nicolas zögerte keinen Augenblick.

Der Schuss peitschte durch die Nacht, er hatte die Schulter anvisiert und sah jetzt, wie der Mann nach hinten gerissen wurde. Ein Schrei war zu hören, bevor er auf einem der Gräber zusammensackte.

Auf der anderen Seite des Friedhofs hielt der zweite Mann inne. Nicolas' Blick flog zwischen den Gräbern hin und her. Sie hatten keine Zeit zu verlieren, denn sie waren immer noch schlecht geschützt. Und als er in Richtung des kleinen Durchlasses zum Strand blickte, konnte er sehen, dass der dritte Mann nun ebenfalls mit gezogener Waffe in ihre Richtung unterwegs war.

»Steh auf!«

Nicolas holte Gabin auf die Beine, riss seine eigene Waffe nach oben, feuerte zweimal in Richtung des zweiten Mannes, der auf der anderen Seite des Friedhofs Schutz gesucht hatte. Er wusste, dass er ihn nicht treffen konnte, aber Nicolas reichten einige Augenblicke der Verwirrung, um sich einen Ausweg aus dieser Situation zu suchen.

»Komm! Schnell!«

Nicolas deckte Gabin mit seinem eigenen Körper ab und schob ihn an der Kirchenmauer entlang. Geduckt hetzten sie an einigen Gräbern vorbei, ein kurzer Feuerstoß riss eine Steinvase in Stücke. Offenbar hatten die Angreifer sich wieder sortiert.

»Nicht stehen bleiben!«

Nicolas feuerte erneut einen Schuss in Richtung der Männer und drückte dabei Gabins Kopf nach unten. Als sie um die Ecke bogen, stolperte der Kapitän neben ihm, Nicolas riss ihn in letzter Sekunde nach oben. In die Kirchenmauer schlugen zwei Kugeln ein, Gestein splitterte und traf Nicolas im Gesicht.

Sie mussten hier weg.

»Verdammt, was wollen die wirklich von dir, Gabin?«

Er schob den Fischer durch das kleine Tor, sie ließen den Friedhof hinter sich, die beiden Männer dicht hinter ihnen.

»Wir müssen zum Hafen! Und dann in die Straßen rein, dort können wir sie abhängen.«

Als Nicolas gerade die wenigen Stufen vor dem Portal hinuntereilen wollte, mit Gabin im Schlepptau, sah er den Wagen, der keine fünfzig Meter von der Kirche entfernt geparkt war, mitten auf der Straße und quer zum Hafenbecken.

Er erkannte das Auto sofort, es war jenes, in das am Morgen die Frau aus dem Café hineinbugsiert worden war.

»Runter!«, schrie Nicolas.

Er warf sich mit Gabin zu Boden, als die ersten Kugeln über ihnen einschlugen.

»Wo kommen die denn alle her!«

Nicolas schoss auf Verdacht in Richtung des Wagens, und die Sekunden, die er dadurch gewonnen hatte, reichten ihm.

Das Kirchenportal war nur angelehnt. Es war ihr einziger Ausweg: Die Kirche von Saint-Nicolas. Wieder riss er Gabin hoch, stieß ihn mit aller Kraft in Richtung des Portals, dass er mit einem Ruck aufstieß.

»Rein da!«, brüllte Nicolas und wollte gerade nach Gabins Arm greifen, um ihn hinter die schwere Holztür zu ziehen, als der Kapitän nach vorne geschleudert wurde und auf dem steinernen Boden der Kirche aufschlug.

»Gabin!«

Nicolas drückte das Portal mit aller Kraft zu, gerade noch rechtzeitig, ehe der Kugelhagel kam. Er schob hastig eine schwere Holzbank vor das Portal, um wenigstens einige wertvolle Sekunden zu gewinnen.

Gabin rührte sich nicht.

Er lag flach auf dem Boden, sein Brustkorb hob und senkte sich, sein Atem war schnell und flach. Als Nicolas näher kam, sah er das schmerzverzerrte Gesicht und vor allem den Blick des alten Mannes, der voller Angst und Verzweiflung war.

»Gabin!«

Die letzte Kugel, bevor Nicolas das Portal hatte schließen können, hatte den Kapitän im Rücken getroffen. Dort klaffte eine tiefe Wunde, Blut floss auf den Steinboden. Gabin stöhnte.

»Nicolas ...«

»Ist gut, nichts sagen!« Er zog rasch seinen eigenen Pullover aus und drückte ihn Gabin in den Rücken, tastete seinen Bauch ab, fand aber keine Austrittswunde.

»Nicolas, hör mir zu …!«

Nicht gut, dachte Nicolas. Aber er hatte keine Zeit für Erste Hilfe, sie mussten hier weg. Hinter der Kirchentür waren schon die Stimmen der Männer zu hören.

»Komm!«

»Bitte, ich muss dir …«

Gabin konnte sich kaum auf den Beinen halten, sein Gesicht war bereits aschfahl. Nicolas hievte ihn hoch und zog ihn weiter in die Kirche hinein. Blut tropfte auf den Boden, als sie an den Kirchenbänken vorbeikamen. Gabin stöhnte, sein Körper wurde in Nicolas' Armen immer schlaffer, der Mann stolperte mehr, als er lief.

»Komm, dahinten finden wir Schutz. Nur noch einige Meter!«

Der große Kirchenraum, wurde nur durch die kunstvoll verzierten Glasfenster erhellt, durch die jetzt schwach der Mond hereinschien. Während Nicolas noch überlegte, ob sie hinter dem steinernen Altar Schutz finden konnten, entdeckte er eine kleine Holztür, die in die Sakristei führen musste. Und die offen stand.

Hinter ihnen wurde nach einigen Versuchen das Kirchenportal aufgerissen, und als sich Nicolas umdrehte, sah er drei Silhouetten, die mit gezogenen Waffen in der Tür standen.

Er schoss in Richtung der Angreifer, einer der Männer schrie und sackte zusammen. Die beiden anderen duckten sich und suchten Schutz in den Bankreihen der Kirche. Es waren wertvolle Sekunden, die Nicolas und Gabin reichten, um die Tür zur Sakristei zu erreichen.

»Hier rein, komm schon, Gabin! Du musst durchhalten, hörst du?«

Aber der Kapitän antwortete nicht mehr. Sein Blick war

glasig, er stöhnte und war schweißgebadet. Er verlor zu viel Blut.

Der Raum war nicht sehr groß, durch ein angelehntes Fenster drang frische Seeluft. Nicolas sah sich um: ein Schrank, einige Kisten, außerdem eine Garderobe. Und ein schmaler Durchlass, hinter dem einige Treppenstufen zu erkennen waren. Sie führten nach oben. Es war der einzige Ausweg.
Und Gabin würde ihn nicht schaffen.
Nicolas nutzte die kleine Verschnaufpause und zog sein Handy aus der Tasche, um den Notruf zu wählen. Ungläubig starrte er auf das Display, als er vergeblich auf das Freizeichen wartete. Doch es blieb still.
»Komm schon, diese Treppe da hinauf, vielleicht ...«
»Sie führt auf den Turm«, flüsterte Gabin. »Das ist kein Ausweg.«
»Das kann sein. Aber hier können wir nicht bleiben. Die Tür ist in wenigen Sekunden eingetreten, und ich habe nur noch zwei Patronen. Das reicht nicht, wir müssen da hoch! Wir müssen es versuchen, Gabin!«
»Nein, Nicolas, ich schaffe es nicht. Lass mich. Hör zu, du musst mir zuhören. Moreau, er will ...«
Die Schritte der Männer kamen bereits näher. Er wusste, dass Gabin recht hatte, aber er konnte ihn nicht zurücklassen. Sie würden ihn sofort töten.
Und ihn auch, wenn er hierbliebe.
Nicolas zog ruckartig die Tür des Schrankes auf, er war aus massiver Eiche mit Holzverzierungen und einem Spiegel auf der Innenseite. Im Innern hingen einige Talare auf Bügeln, darunter weiße Hemden.
Der Plan war schnell gefasst, als Nicolas sah, dass der Schrankschlüssel steckte.
»Hier rein, Gabin, komm!«
»Nicolas, du musst mir zuhören!«

»Verdammt, Gabin! Wir haben keine Zeit!«

Der Kapitän klammerte sich an Nicolas' Arm und sah ihn an, nahezu flehentlich und mit sichtlich schwindender Kraft.

»Die Frau in dem Café. Es ist Agnès gewesen. Sie ist Moreaus Ehefrau.«

Nicolas starrte den verletzten Kapitän ungläubig an.

»Seine Frau? Du meinst, sie wollen dich töten, weil du ...«

Mühsam schüttelte Gabin den Kopf.

»Es ist etwas anderes. Du musst sie dort rausholen.«

»Gabin, dafür ist jetzt wirklich keine Zeit! Um was geht es hier, warum wollen sie dich umbringen!«

Aber der Fischer war zu erschöpft, um ihm zu antworten, sein Atem ging schwer.

»Du musst sie holen, hörst du? Du musst sie dort rausholen!«

Die Männer waren bereits hinter der Tür zu hören, als er Gabin in den Schrank bugsierte.

»Was ist so wichtig, dass Moreau dafür so eine Aktion startet?«

Gabin schloss kurz die Augen. Als er sie wieder öffnete, war sein Blick etwas klarer.

»Etwas Böses kommt nach Barfleur, Nicolas. Und Moreau ist der Ursprung von allem. Du musst sie holen, hörst du? Versprich es, Nicolas!«

Er spürte das Adrenalin durch seine Adern rauschen, er hatte die Waffe fest im Griff und blickte zum Durchgang, der ihn hinauf auf den Turm der Kirche bringen würde.

»Hör zu, Gabin, ich weiß nicht ...«

»Versprich es!«

Nicolas sah die Verzweiflung im Blick des Kapitäns. Seine Angst.

Er atmete tief durch.

»Ist gut. Ich verspreche es. Aber du wirst sie schön selbst in Empfang nehmen. Und jetzt Kopf einziehen.«

Gabin ließ sich mit schmerzverzerrtem Gesicht nieder und lehnte seinen Kopf erschöpft gegen die Holzwand. Ohne zu zögern, sprang Nicolas zurück zur Tür, riss sie auf und feuerte zwei schnelle Schüsse in Richtung der Männer. Er traf niemanden, aber er hatte auch nicht damit gerechnet. Es brachte ihm weitere Sekunden.

Er ging zurück zum Schrank, zog ein weißes Hemd von einem der Bügel und presste es gegen Gabins Wunde.

»Kein Wort, hörst du? Du rührst dich nicht. Es wird alles gutgehen!«

»Nicolas, ich kann nicht ... es tut so weh.«

»Du kannst, Gabin. Halte durch.«

Nicolas sah dem Kapitän in die Augen, dessen Blick trübte sich langsam. Er hatte nicht mehr viel Zeit.

»Ich hole dich«, versprach er hastig, dann zog er die Schranktür zu und schloss ab.

Rasch schob er den Schlüssel hinter eines der Schrankbeine, bevor er mit einem Satz zu dem schmalen Durchgang in der Wand sprang. Die Treppenstufen wanden sich steil nach oben. Immer noch hielt er die Waffe in der Hand, obwohl er keine Munition mehr hatte. Aber kämpfen konnte er damit womöglich noch.

Nicolas eilte nach oben, einem kühlen Luftzug entgegen, hinauf auf den Turm. Ein weiterer Ort ohne Ausweg.

Unter sich hörte er die Männer rufen: »Sie sind nach oben!«

»Dummköpfe! Da oben gibt es keinen Ausweg!«

Wenige Augenblicke später erreichte er den Durchgang. Es gab keine Luke, nichts, was er hinter sich zuwerfen konnte. Da war nur der sich weit spannende Nachthimmel über ihm, das Licht der Laternen am Hafenbecken, das zu ihm nach oben drang.

Der Turm der Kirche von Saint-Nicolas war quadratisch, die Flaggen von Barfleur und der Normandie waren dort oben gehisst. Von hier aus konnte man die ganze Stadt sehen bis zu den Hügeln des Val de Saire, die jetzt in der Nacht jedoch kaum zu erkennen waren. Nicolas eilte von einer Seite des Turms zur anderen, sein Blick flog über die steil abfallenden Schieferdächer der Kirche unter ihm und zu den Gräbern auf dem Friedhof, auf dem sie vor wenigen Augenblicken noch gesessen hatten.

Auf der dem Hafen zugewandten Seite fiel das Dach an der Seite der Kirche etwas flacher ab, außerdem waren am Turm einige Vorsprünge zu sehen, die Halt bieten konnten. Es waren nur wenige Meter bis zur Schräge, die er vielleicht herunterrutschen konnte, bis zur Mauer, die die Kirche umgab. Dahinter lag das dunkle Wasser des Hafenbeckens. Er konnte es schaffen.

Vielleicht.

Als Nicolas aus den Augenwinkeln den ersten Kopf eines seiner Verfolger wahrnahm, packte er seine Waffe am Lauf und hieb dem Mann den Griff der Automatikpistole mit voller Wucht auf den Hinterkopf. Dieser sackte sofort zusammen und fiel nach hinten.

Er hatte einige wertvolle Sekunden gewonnen.

Jetzt musste er sie nur noch nutzen.

Während von der engen, steinernen Wendeltreppe im Innern des Turms noch die wütenden Schreie der Männer zu hören waren, eilte Nicolas zurück zur dem Hafen zugewandten Seite des Turms und schwang sich, ohne zu zögern, über die Brüstung. Sein linker Fuß fand einen der Vorsprünge, und er ließ sich ein Stück nach unten gleiten, die Balustrade noch fest im Griff.

Schnell und ohne Rücksicht auf einen möglicherweise fatalen Fehler tastete Nicolas sich weiter, seine Hände fanden einen Vorsprung, seine Füße baumelten kurz im Nichts, bevor sie wieder einen Stein fanden.

»Er muss auf der anderen Seite sein!«, schrie einer der Männer von oben.

Er hatte keine Zeit mehr.

Es waren nur noch etwa drei Meter bis zum schräg abfallenden Dach, und Nicolas ließ sich fallen.

Als er mit voller Wucht auf der Schräge aufkam, splitterten die dunklen Dachziegel aus Schiefer unter seinen Füßen. Er glitt über das Dach, versuchte, die Regenrinne zu greifen, verfehlte aber sein Ziel und war plötzlich im freien Fall. Doch schon einen Augenblick später landete er auf einem weiteren, schräg abfallenden Schieferdach, auf dem er jetzt entlangrutschte. Jeder Ziegel schien sich in seinen Körper zu rammen, bis das Dach abrupt endete und er nach einem kurzen freien Fall auf dem kalten Stein einer Grabplatte aufschlug. Die Luft wurde ihm aus den Lungenflügeln gepresst.

»Siehst du ihn! Wo ist Gabin? Er muss auch irgendwo unten sein, hier oben ist er nicht!«

Nicolas dachte an den Kapitän, der schwerverletzt in dem Schrank verborgen war, er musste Hilfe holen, er musste ihn retten. Er rollte sich zur Seite, bis er auf dem Bauch lag, und stemmte sich hoch. Kurz fiel sein Blick auf die Inschrift des Grabsteins, die ihn überraschte, weil er den Nachnamen kannte. Und weil er das Grab nicht hier, sondern auf der Seeseite des Friedhofs vermutet hätte. Noah Moreau. Gestorben vor einem halben Jahr. Im Alter von gerade mal vierzehn Jahren.

Als neben ihm eine Kugel in den Kies schlug, wurde ihm schlagartig bewusst, dass er noch lange nicht in Sicherheit war.

»Da war eine Bewegung!«

»Sobald er aus der Deckung kommt, haben wir ihn!«

»Ich laufe runter, wir kreisen ihn ein.«

Nicolas packte eine metallene Gießkanne, die unter einem Wasserhahn stand und schleuderte sie nach links, wo sie scheppernd gegen einen Engel aus Stein schlug.

»Das war da vorne, er ist weiter links!«

Nicolas holte tief Luft. Dann rannte er los.

Mit einem Satz sprang er hinab und landete auf dem Dach eines geparkten Autos. Er schaffte es nicht, sich abzurollen, er fiel nach vorne, der eigene Schwung ließ ihn auf dem Asphalt aufkrachen.

Direkt hinter ihm zertrümmerte ein Schuss eine Windschutzscheibe. Er zuckte kurz, als eine weitere Kugel seine Schulter schwach streifte, sie bohrte sich in das Holz eines Bootes, das am Kai befestigt war.

Die nächste Kugel würde ihn nicht verfehlen.

Nicolas zögerte nicht, als er den Rand des Hafenbeckens erreichte, er überlegte nicht, ob es noch eine andere Möglichkeit geben könnte.

Er sprang einfach.

Ein kurzer und doch endlos scheinender Flug durch die Dunkelheit, die Lichter der Stadt in den Augenwinkeln, der Mond, die Sterne. Und schließlich das kalte Wasser, das ihn empfing, das ihn umschloss, ihn beschützte.

Und in das er versank, immer tiefer, der Schwärze des Hafenbeckens entgegen. Mühsam machte er einige Schwimmzüge unter Wasser, immer weiter, die Kälte presste ihm den Brustkorb zusammen. Nach einer Ewigkeit erreichte er den massigen Körper eines Fischkutters, in dessen Schatten er auftauchte, mit schmerzverzerrtem Gesicht und nach Luft schnappend wie ein Fisch auf dem Trockenen.

Blaues Licht zuckte durch die Nacht, mehrere Polizeisirenen waren zu hören. Erschöpft hielt sich Nicolas an einem Tau fest, während sein Atem sich beruhigte. Dann stieß er sich behutsam von dem Kutter ab und schwamm in langsamen Zügen im Schutz einiger Boote bis zu einer Leiter, die nach oben führte. Mit letzter Kraft schleppte er sich die Stufen hoch, und die Blicke der Gendarmen, die ihn nun aus dem Wasser kommen sahen, sprachen Bände.

Es war vorbei.

Vorerst.

KAPITEL 13

Barfleur
Am Tag danach

Das Meer brannte lichterloh.
Glutrot trieben die Wellen dem Land entgegen, ein Teppich aus loderndem Feuer lag vor der Küste von Barfleur. Eben noch in graues Zwielicht getaucht, gebar das Meer nun einen Strom gleißender Flammen, die sich durch die See fraßen und durch die ersten Augenblicke eines neuen Tages.

Es war ein Schauspiel, wie Nicolas es selten gesehen hatte, ein flüchtiger Augenblick am Ende einer Nacht, die unfassbar dunkel gewesen war. Nun schoben sich erste Strahlen über das Wasser, das beruhigende Licht eines neuen Tages. Nicolas schloss die Augen, spürte die Wärme. Das lodernde Feuer der Sonne drang durch seine geschlossenen Lider. Er hatte es geschafft.

Hinter ihm waren die Rufe der Gendarmen zu hören, die den Friedhof nach Hinweisen durchkämmten, als wäre nicht alles schon klar. Sie suchten zwischen den Gräbern, sperrten die Gassen ab und befragten die Anwohner, die nichts gesehen hatten. Nur gehört, natürlich, die Schüsse, das Eintreffen der Polizei.

Und Gabin, dieser herzensgute Mann, Ausflugskapitän und ehemaliger Muschelfischer, lag im Krankenhaus von Cherbourg, und Nicolas wusste nicht, wie es ihm ging.

Und ob er überhaupt noch lebte.

Das Wasser schob sich immer näher an ihn heran, die

Flut kam und löste die Ebbe ab, wie zwei alte Arbeitskollegen beim Wechsel ihrer Schicht. Seine Schulter schmerzte, die Sanitäter hatten ihn versorgt, und doch spürte er jede Sekunde der zurückliegenden Nacht.

Hinter ihm knirschten Schritte im Sand. Nicolas musste sich nicht umdrehen, um zu wissen, dass Roussel hinter ihm stand, er hatte ihn ankommen sehen, in der schwarzen Limousine der Polizei von Cherbourg.

Ein letzter Blick in das Feuer, das ihn wärmte, über den roten Teppich hinweg. Er nahm die Glut in sich auf, speicherte jede Flamme, bevor sie allesamt erloschen, weil nichts von Dauer war, auch nicht die Kraft der Sonne an diesem Morgen.

Dann drehte er sich um.

»Guten Morgen, Bodyguard.«

»Guten Morgen, Roussel.«

Sie sahen sich für einen Augenblick an, der ramponierte Personenschützer und der schlecht gelaunte Bulle, zwei Menschen, die sich einst in tiefer Abneigung gegenübergesessen hatten, im Verhörraum des Commissariat von Deauville. Und die dann doch Freunde geworden waren, über die Jahre, und sich jetzt mehr bedeuteten, als sie sich einzugestehen vermochten.

Roussels Lederjacke knarzte, als er mit einer raschen Bewegung Nicolas umarmte und ihn mit aller Kraft drückte.

»Du tust mit weh, alter Mann«, stöhnte Nicolas, aber er ließ es zu, weil es genau das Richtige war.

»Was machst du nur wieder für einen Mist?«, murmelte Roussel und ließ ihn schließlich los. »Ich meine, kannst du nicht einfach mal in Urlaub fahren, ohne gleich wieder von Kirchen zu springen?«

Nicolas lächelte.

»Das nächste Mal nehme ich einfach ein Buch mit«, sagte er und sah, dass hinter Roussel eine Frau auf sie zukam.

Auch Roussel drehte sich um, als er die Schritte hinter sich hörte.

»Nicolas, das ist Valerie Colin, Leiterin des Commissariat von Cherbourg. Wir arbeiten gemeinsam an einem Fall von Zollschmuggel hier oben an der Küste. Na ja, und wir haben einen Mordfall, aber das ist jetzt erstmal nicht so wichtig.«

»Freut mich sehr, Nicolas.« Valerie Colin reichte ihm die Hand, sie war deutlich kleiner als Roussel, ihre braunen Haare wurden vom Wind zerzaust, ohne dass sie sich daran störte. Nicolas konnte ihre Entschlossenheit förmlich spüren, von ihr ging eine enorme Energie aus.

»Roussel hat mir auf der Fahrt einiges erzählt. Die ein oder andere Geschichte kannte ich aus den Medien. Aber unter uns, den ehemaligen Präsidenten zu retten, musste das sein?«

Nicolas lachte, während er ihr die Hand reichte. Der Dienst bei François Faure war nicht immer einfach gewesen, sein Ruf als Frauenheld und populistischer Politiker hatte da nicht geholfen. Und doch weckte dieser Name auch gute Erinnerungen, Erinnerungen an sein Team, an Gilles, an die Momente, die er mehr vermisste, als er sich und vor allem Julie eingestehen wollte.

»Ich habe Roussel eigentlich eher schweigend als redend in Erinnerung«, sagte er. »Du musst einen guten Einfluss haben.«

Für einen kurzen Moment genoss auch Valerie die Sonne und drehte ihr Gesicht zum Meer.

»Ich hatte die Vorzüge der Ostküste fast vergessen«, sagte sie leise. »In Cherbourg blicken wir Richtung Norden, wir sehen oft nur Wolken, Meer, manchmal auch gar nichts, wenn der Nebel wieder zu dicht ist. Aber hier lohnt sich das frühe Aufstehen, es ist wunderschön, nicht wahr?«

Roussel drehte sich zu den Männern auf dem Friedhof um.

»Die Umstände könnten etwas ... entspannter sein, meint ihr nicht?«

Valerie lächelte und sah dann Nicolas an.

»Die Kollegen haben die komplette Zufahrt zur Kirche abgesperrt, wir suchen alles nach Spuren ab. Hier draußen ist es auf Dauer doch ziemlich kalt, was haltet ihr davon, wenn wir uns ins ›Café du Port‹ setzen? Ich glaube, wir haben einiges zu besprechen.«

Nicolas nickte und drehte sich ein letztes Mal in Richtung des Sonnenaufgangs, der aber bereits an Strahlkraft verlor, das Flammenmeer würde verblassen, das kalte Wasser und das Grau des Himmels würden es schlucken und ersticken.

Und vielleicht war das gut so, weil ein Feuer, das ewig weiterbrannte, nie unter Kontrolle zu bringen war.

Als sie das »Café du Port« erreichten, saß Tito an einem der Tische am Fenster und stierte nach draußen. Er hatte noch seinen Morgenmantel an, neben ihm auf den Fliesen lag Rachmaninoff, mit geschlossenen Augen und einer inneren Zufriedenheit, die sich von den äußeren Umständen nicht beeinflussen ließ. Titos Leinwand und sein Farbkasten lehnten an der Wand, vor ihm auf dem Tisch stand ein dampfender Milchkaffee, den er aber noch nicht angerührt hatte.

Roussel ging kurz zu ihm und begrüßte ihn herzlich, was die Laune des alten Mannes aber nur kurz aufhellte.

»Schön, dich zu sehen, Roussel«, grummelte er. »Sag dem Bodyguard, er soll Julie anrufen, sie klingelt die ganze Zeit bei mir, aber was soll ich ihr sagen? Dass unser lieber Nicolas mal wieder durch die Gegend rennt und mehr tot als lebendig ist? Bringt ihr auch nichts. Armes Mädchen, sie hätte einen guten Mann verdient, wirklich.«

Roussel lachte heiser.

»Nicolas ist ein guter Mann, Tito, das weißt du ganz genau. Und Julie hat selbst wilde Zeiten hinter sich, die kann das aushalten.«

»Du sagst es, Roussel: Hinter sich! Nicolas ist schon wieder mittendrin. Schickt ihn nach Hause, wir packen unsere Sachen und verschwinden. Keine Muscheln, der Hafen abgesperrt, was soll uns hier halten?«

Roussel klopfte dem alten Mann auf die Schulter und setzte sich zu Valerie und Nicolas an einen Tisch in der Ecke des Cafés, wo sie ungestört reden konnten.

Élodie brachte ihnen Kaffee und Croissants und betrachtete Nicolas eingehend, bevor sie hinter ihrem Tresen verschwand, um weiteren Kaffee zu machen, für die Polizisten, aber auch die Pressevertreter, die sich hinter der Absperrung der Gendarmen versammelt hatten. Barfleur war innerhalb weniger Stunden ins Zentrum der öffentlichen Aufmerksamkeit gerückt, durch eine Schießerei, für die Nicolas immer noch keine Erklärung hatte.

»Es ist verrückt«, begann er seine Ausführungen. »Am Nachmittag bedrohen sie Gabin und verprügeln ihn. Und in der Nacht kommen sie mit Waffen wieder.«

Valerie nahm einen Schluck ihres Kaffees und lehnte sich zurück.

»Okay, wir müssen es von Anfang an aufdröseln. Ich schlage vor, du erzählst uns genau, was sich seit eurer Ankunft alles abgespielt hat. Jede Einzelheit ist wichtig, du darfst nichts weglassen.«

Während sie einen Notizblock herausholte, lächelte Roussel.

»Mach dir keine Sorgen, Valerie. Nicolas ist Personenschützer, er achtet immer auf jede verfluchte Einzelheit.«

Und Nicolas erzählte.

Von dem Morgen auf der Terrasse des Cafés, von Gabin und der Frau, die weggelaufen und von den Männern ins Auto geschubst worden war. Von seiner Fahrt auf dem Ausflugsboot und dem Aufeinandertreffen mit den Männern der »Tortuga«. Wie sie Gabin und dann auch ihn selbst zusammengeschlagen hatten.

Von Guy Moreau und seinem Angebot, als Personenschützer für ihn zu arbeiten. Von ihrem Besuch in Jimmys Hafenkneipe und den Ereignissen rund um die Kirche.

Es war mehr, als eine Geschichte aushalten konnte, immer wieder sah er, wie Valerie ihn ungläubig anblickte.

Er erzählte von dem Versprechen, das er Gabin gegeben hatte, Agnès Moreau in Sicherheit zu bringen. Und von Gabins Formulierung, dass »etwas Böses« auf Barfleur zukomme.

»Wir können nur hoffen, dass Gabin bald im Krankenhaus aufwacht und uns mehr erzählen kann.«

Was Nicolas jetzt und hier verschwieg, war, dass es noch jemanden gab, der ihnen helfen konnte. Er würde zu dieser Person Kontakt aufnehmen, was ihm schwer genug fiel.

Aber Guy Moreau hatte ihm gegenüber seinen Vater erwähnt, und sie konnten es sich nicht leisten, dieser Spur nicht nachzugehen.

Aber alles hatte seine Zeit.

Im Hintergrund füllte sich das Café mit Gendarmen und Kollegen der Spurensicherung, Nicolas konnte Élodie immer wieder in die Küche eilen sehen, hinter der Schwingtür hantierte Luca mit mehreren Pfannen, er hörte Musik, das Zischen von Feuer war zu hören. Élodies Fluchen drang aus der Küche, abgehetzt kam sie wieder nach vorn und machte sich daran, die nächsten Bestellungen aufzunehmen. Luca kam mit einer umgedrehten Baseballkappe auf dem Kopf kurz raus und holte eine Flasche Armagnac aus dem Regal hinter dem Tresen. Kurz blickte er Nicolas an und lächelte schüchtern.

»Er hat gehört, dass du Bodyguard bist«, sagte Élodie, als

sie kurz zu ihnen an den Tisch trat. »Für ihn klingt das verdammt nach einem Superhelden, fürchte ich.«

Roussel verschluckte sich fast an seinem Kaffee.

»Superheld? Nicolas ist ein Aufschneider, nichts anderes. Ein bisschen dunkler Anzug, ein Knopf im Ohr, fertig ist das Klischee. Mehr ist es nicht, glaub mir.«

Tito saß währenddessen an seinem Tisch und starrte aus dem Fenster. Nicolas beobachtete, wie der alte Mann kurz aufstand und in Richtung des Hafenbeckens blickte. Offenbar prüfte er eingehend die Arbeit der Polizei.

Als Nicolas seinen Bericht abgeschlossen hatte, studierte Valerie ihre Notizen.

»Moreau muss wirklich durch etwas aufgeschreckt sein«, sagte sie mit ruhiger Stimme. »Es muss ihm so wichtig sein, dass er seine Leute losschickt, um Gabin zu töten. Wir werden ihn wie immer kaum selbst drankriegen, aber so kenne ich ihn einfach nicht, er ist normalerweise sehr ruhig. Ein Geschäftsmann, der nur sehr selten aus den Schatten auftaucht. Es muss etwas Größeres sein, das ihn umtreibt.«

»Am besten fahren wir direkt zu ihm und fragen ihn einfach«, grummelte Roussel. »Ich hätte durchaus Lust, die Wahrheit aus ihm herauszuprügeln.«

Valerie schüttelte den Kopf.

»Die Männer, die hinter Gabin her waren, sind angeheuerte Spezialisten, üble Typen, die alles für Geld machen. Wir werden mit dir die Datenbank durchgehen, Nicolas. Vielleicht erkennst du noch weitere Männer außer der Besatzung der ›Tortuga‹. Von ihnen fehlt bislang jede Spur. Aber was Moreau betrifft: Wir haben überhaupt keine Beweise, dass er wirklich hinter der Sache steckt. Ich fürchte, wenn wir jetzt direkt zu ihm fahren, dann hilft uns das nicht wirklich weiter. Noch nicht jedenfalls. Zuerst müssen wir wissen, wovor er Angst hat, was da womöglich auf Barfleur zukommt.

Wir warten, bis Gabin ansprechbar ist, dann kann alles ganz schnell gehen. Außerdem ermitteln wir derzeit gegen Moreau wegen der Schmuggelsache, das kann ich nicht einfach platzen lassen.«

»Kommt ihr denn da voran?« Roussel hatte Nicolas über die Ereignisse am Hafen von Cherbourg informiert.

Valerie zuckte mit den Schultern.

»Es gibt da etwas, was uns Hoffnung macht, Es ist ein ... ungewöhnlicher Zugang, aber es könnte funktionieren.«

Nicolas dachte für einen Augenblick an Gabin, der im Krankenhaus von Cherbourg lag. Nach Angaben der Ärzte würde er durchkommen, sie hatten ihn vorerst in ein künstliches Koma versetzt. Und sosehr Nicolas auch wusste, dass er sein Möglichstes getan hatte – er fühlte sich verantwortlich für das, was mit dem Kapitän geschehen war.

Einmal Personenschützer, immer Personenschützer.

Gabin war seine Schutzperson gewesen in diesem verhängnisvollen Augenblick. Und er war schwer verletzt worden, so einfach war die Rechnung.

»Okay, wir müssen jetzt koordiniert vorgehen«, sagte Valerie, während sie nervös mit einer Zigarette spielte. »Wir haben gleich drei Baustellen, wir müssen uns überlegen, wie wir vorgehen, um einen Fall nach dem anderen zu lösen.«

Sie riss ein Blatt aus ihrem Notizheft heraus und begann, die wichtigsten Punkte aufzuschreiben, so dass Nicolas und Roussel mitlesen konnten.

»Unser Einsatz gegen die Schmuggler: Mein Team ist da dran, wir suchen nach weiteren Informationen, was Routen, Transportwege und Zeitabläufe betrifft. Es ist eine Menge Arbeit. Aber wie ich gerade gesagt habe: Es gibt eine neue Spur, Roussel, ich erzähle dir später davon.«

Roussel nickte grimmig und sah dann Valerie an.

»Ich rufe in Deauville an. Wir brauchen Verstärkung bei

den Ermittlungen. Ich schicke dir ein paar Leute, bei uns geht es gerade. Ausnahmsweise mal kein internationaler Gipfel oder ein Filmfestival.«

Nicolas lächelte, weil er die Spitze von Roussel durchaus mitbekommen hatte. Er hatte dem Commissariat von Deauville in der Vergangenheit einiges abverlangt.

Élodie kam an ihren Tisch und räumte leere Tassen ab.

»Nicolas, ich soll dir von Tito sagen, dass er draußen ist. Er hat etwas von einem Boot erzählt, genau habe ich es nicht verstanden.«

Nicolas nickte nur kurz und studierte dann Valeries Zettel.

»Zweitens: der Leichnam mit den Brandmalen, draußen am Nez de Jobourg. Fabrice Clermand. Nicolas, bist du da auf dem Laufenden?«

Nicolas nickte, Roussel hatte ihm bereits vor der Ankunft telefonisch die wichtigsten Entwicklungen erklärt: der Fund des Mannes in der Baie de L'Établette, die Brandmale auf dem Körper, die Hinweise auf eine Höhle und schließlich die Entdeckung eines Plüschbären, durchbohrt von einem Holzpflock am Boden des Bootsschuppens. Und ebenfalls überzogen mit dunklen Brandmalen.

»Wir suchen eine Verbindung zu einem zweiten Mann, ich zeige dir gleich das Foto, das wir bei Fabrice Clermand zuhause gefunden haben«, sagte Valerie. »Wir suchen in der Vergangenheit des Opfers, bislang haben wir nichts gefunden.«

»Aber es ist eine schlimme Sache, Nicolas«, ergänzte Roussel. »So viel kann ich schon sagen. Eine ganz schlimme Sache.«

»Und drittens: die Schießerei heute Nacht«, fuhr Valerie fort. »Wir müssen hoffen, dass Gabin schnell aufwacht, wir müssen mit ihm reden. Er kann uns sicherlich mehr über die Hintergründe sagen. Und über Moreau. Mindestens hier haben wir eine Verbindung zwischen zwei von drei Strängen: Moreau. Immer wieder Moreau.«

»Es hat etwas mit seiner Frau zu tun«, sagte Nicolas. »Agnès. Agnès Moreau. Gabin hat mich angefleht, sie herauszuholen. Wisst ihr etwas über sie?«

Er sah Valerie an, die ihr Handy herausholte und ihre Fotos durchsuchte. Schließlich drehte sie das Display so, dass Nicolas die Aufnahme gut sehen konnte.

Er erkannte sie sofort. Es war die Frau, die vor ihm geflohen und in den Wagen gezerrt worden war.

»Es ist seine zweite Frau. Sie verlässt den Hof, auf dem die Familie wohnt, so gut wie nie. Und wenn, dann immer nur in Begleitung ihres Mannes. Aber wie gesagt: Nach unseren Informationen ist sie fast nie außerhalb des Hofes zu sehen. Und seitdem ihr Sohn Noah bei dem Schiffsunglück gestorben ist, gar nicht mehr.«

Nicolas betrachtete das Bild, es war ein Schnappschuss aus weiter Entfernung, sie stand vor ihrem Haus und blickte in Richtung der Kamera.

»Was wollte sie dann hier im Café?«, murmelte Nicolas. »Was hat sie wirklich mit Gabin besprochen?«

Valerie steckte ihr Handy weg.

»Es hilft nichts, wir müssen mit Gabin sprechen.«

Nicolas fühlte sich verantwortlich für das, was in der Nacht geschehen war. Und sie mussten davon ausgehen, dass Moreau Gabin nicht in Ruhe lassen würde. Der ehemalige Muschelfischer konnte mehr denn je einen Personenschützer gebrauchen.

Und diesmal würde Nicolas nicht versagen.

»Was macht denn Tito da?«, murmelte Roussel plötzlich und blickte aus dem Fenster. »Er scheint eine Spritztour machen zu wollen.«

Überrascht sah Nicolas zum Fenster des Cafés hinaus. Draußen liefen einige Polizisten vorbei, und schließlich sah er den kahlen Schädel seines alten Nachbarn, der gerade dabei war, eine kleine Leiter zu einem Schlauchboot hinabzusteigen.

»Keine Ahnung«, sagte er. »Aber da sind so viele Polizisten, er wird schon keine Dummheiten machen.«

Valerie kramte unterdessen in ihrer Tasche und holte die Aufnahme heraus, die sie im Haus von Fabrice Clermand gefunden hatten und auf der die beiden Männer vor dem Bootsschuppen zu sehen waren. Sie legte die Aufnahme auf den Tisch.

»Der Mann rechts, den müssen wir finden. Wir fürchten, dass er in Gefahr sein könnte.«

Jetzt war auch Roussel aufgestanden und sagte: »Was um Himmels willen … jetzt fährt er mit einem Schlauchboot im Hafenbecken rum. Wo will er denn hin?«

»Hey, Jungs, wir müssen wirklich vorankommen! Nicolas, schau dir das Foto …«

»Valerie. Ich glaube, ich spinne …«

»Roussel, bitte. Könntet ihr …«

»Das Boot dahinten. Das ist doch …« Roussels Stuhl fiel polternd nach hinten.

Nicolas machte einen ersten Schritt in Richtung Tür. Er sah jetzt, dass zwei Beamte an der Mole standen und Tito hinterherblickten. Der alte Mann steuerte das Schlauchboot in Richtung eines roten Sportboots, das auf der anderen Seite des Hafens, unterhalb des Phare du Cracko auf dem Wasser trieb.

»Valerie, das ist das Boot aus dem Schuppen! Das Sportboot von Fabrice Clermand.«

Roussel hatte das Foto vom Tisch genommen und betrachtete es.

»Das ist es wirklich, schau, die Kennzeichnung am Bug ist die Gleiche. Aber warum fährt Tito dahin?«

»Ist das Buissac?«

»Wie bitte?«

Nicolas deutete auf den Mann, der auf dem Bild grinsend den Daumen nach oben reckte.

»Der hier. Das ist Thomas Buissac. Der Kapitän der ›Tortuga‹. Der mich gestern Nachmittag niedergeschlagen hat.«

Valerie starrte jetzt ebenfalls auf das Bild.

»Verdammt, du hast recht. Das ist die rechte Hand von Moreau hier im Hafen. Ein alter Freund der Familie. Das gibt es doch gar nicht, Moreau hängt offenbar überall mit drin. Aber was macht das Boot hier ...«

Sie wussten es nicht. Aber sie ahnten, dass es nichts Gutes sein würde.

Sie rannten alle drei gleichzeitig los, stürmten durch das »Café du Port« nach draußen, sprangen auf die Mole und riefen über das Hafenbecken nach Tito.

»Alles Ignoranten«, fluchte der alte Mann in diesem Augenblick. Er steuerte das kleine Schlauchboot neben das rote Boot, das elegant auf den Wellen wippte. Unbefestigt trieb es auf dem Wasser, was er von seinem Platz im Café aus gesehen hatte. Aber niemand hatte sich darum geschert, nicht Nicolas und auch nicht die Polizisten, die er angesprochen hatte. Also hatte er gehandelt, weil ihm ohnehin langweilig war.

»Keine Muscheln, kein Malen am Hafen. Dann eben eine kleine Spritztour.«

Hinter sich hörte er Rufe, aber er achtete nicht darauf. Das rote Sportboot funkelte in der Sonne, es hatte weiße Ledersitze und ein Lenkrad aus Kirschholz. Tito machte an der Reling fest und holte tief Luft. Er hatte keine Lust, in das kalte Becken zu fallen, das würde ihm gerade noch fehlen.

Wieder die Rufe, jemand schrie seinen Namen.

»Jaja, jetzt macht ihr euch Sorgen«, schimpfte er und kletterte mit einiger Mühe auf das Deck. Es war nicht so einfach, weil es nicht befestigt war, er brauchte einige Augenblicke, bis er sich keuchend über die Reling gehievt hatte.

Aus den Augenwinkeln sah er, wie jemand um das Hafenbecken herumrannte.

»So langsam fängt es an, Spaß zu machen«, freute er sich. »Ein wenig Abwechslung für einen alten Mann. Jemand an Bord?«

Neben dem Steuerrad gingen zwei Stufen nach unten, sie führten in eine Kabine, die Tür war angelehnt.

»Tito!!«

Es war Nicolas' Stimme, und sie kam näher.

Tito überprüfte, ob ein Schlüssel im Anlasser steckte, und er war enttäuscht, als er keinen entdeckte. Er hätte durchaus Lust gehabt, eine Spritztour zu machen. Sollten sie doch ihre Angelegenheiten ohne ihn regeln.

Als er die wenigen Stufen zur Kabine hinabstieg, schaukelte das Boot leicht, er musste sich festhalten. Mattes Licht drang durch den Türschlitz.

»Hallo? Jemand da? Nicht dass ihr da drinnen gerade ...«

Er schob die Schiebetür zur Seite. Und machte einen ersten Schritt, mitten hinein in das Herz des Bösen.

Das, was Tito sah, würde er zeit seines Lebens nicht mehr vergessen. Es würde ihn verfolgen bis in seine dunkelsten Nächte. Und sosehr er es versuchte, sein Blick konnte sich nicht von diesem Grauen lösen, jede Einzelheit grub sich auf immer und ewig in ihn ein.

Draußen schwappte das Wasser gegen das Boot, er hörte sein eigenes Herz klopfen, das Rauschen seines Blutes in den Ohren.

Dann kam das Zittern.

Seine Hand, sein Arm, schließlich seine Beine, die wegknickten, als wären sie aus Pappe. Er spürte das Schaukeln, hörte, wie jemand an Bord kam, seinen Namen rief.

Und noch immer konnte er nur auf dieses Grauen starren. Auf jeden Quadratzentimeter des Mannes, der auf dem Tisch der Kajüte lag. Auf jedes Brandmal. Und es waren viele.

Er blickte auf den Kopf des Mannes, auf die vor Entsetzen weit aufgerissenen Augen, auf den Schmerz im Gesicht.

Plötzlich lagen Hände auf seiner Schulter, jemand schrie ihm ins Ohr, zerrte an ihm. Aber das Böse war stärker, es brannte sich in sein Gedächtnis, es würde ihn nie wieder verlassen.

Es war Nicolas, der sich neben ihn kniete, der ihn packte und nach draußen schob. Aber es war zu spät. Das Böse hatte gesiegt.

Das Letzte, was Tito sah, bevor er in Nicolas' Armen zusammenbrach, war der geschundene Körper eines Plüschaffen. Das Fell war an mehreren Stellen verbrannt. Jemand hatte ihn mit einem rostigem Nagel an die Innenwand der Kabine geschlagen. Ein Nagel, der dem Tier mitten durchs Herz getrieben worden war.

Und es war dieser eine absurde Gedanke, der Tito im Nachhinein am meisten beschäftigen würde. Der Gedanke, dass er sich nicht entscheiden konnte, welcher Anblick trauriger gewesen war.

KAPITEL 14

Caen
Zur gleichen Zeit

Das Handy vibrierte. Einmal. Zweimal.

Roman nahm das Brummen zunächst nicht richtig wahr, er brauchte einen Augenblick, um sich zu orientieren. Seine Augenlider waren schwer wie Blei, seine Zunge lag geschwollen und träge in seiner Mundhöhle. Sein Kopf hämmerte, als würde ein ganzes Bataillon an Presslufthammern seine Nervenstränge bearbeiten.

Er saß in seinem Wohnzimmersessel, durch die Schlitze der Jalousien fiel das graue Licht eines neuen Tages. Er war gestern spät von einer Tour mit seinem Lastwagen zurückgekommen, Melanie hatte ihm den Kleinen in den Arm gedrückt und sich schlafen gelegt. In der Küche stapelten sich Teller mit den Essensresten der vergangenen Tage sowie leere Pappkartons eines Lieferservices. Er hatte Melanie schon oft gesagt, dass sie nicht so oft Essen bestellen sollte, wenn er fort war. Es war zu schlecht und zu teuer, sie sollte lieber zusehen, dass sie selbst kochen lernte. Für sich und den Kleinen.

Er lag in seiner Armbeuge und schlief endlich, als wäre dies der sicherste Ort der Welt.

»Nimm du ihn, ich kann nicht mehr.« Melanie hatte ihm das kleine Bündel in die Hand gedrückt und sich nicht darum geschert, dass er eine harte Woche gehabt hatte, dass er nachher wieder fahren musste. Sie hatte nur übellaunig seinen Zustand kommentiert und den Gestank seiner Klamotten.

»Schläfst du da drin, oder was?«, hatte sie gemurmelt und war im Schlafzimmer verschwunden.

Und jetzt schlief sein Sohn seelenruhig, Roman wusste gar nicht, warum sie sich immer so beschwerte. Von wegen Schreikind.

Das Handy vibrierte erneut.

»Wer ist denn das?«, murmelte Roman und angelte nach dem Telefon, das zwischen den zwei leeren Bierflaschen und der Packung Chips auf dem Couchtisch lag. Er liebte Melanie wirklich, verdammt, das tat er. Aber ein bisschen mehr Grünzeug, vielleicht sogar Obst – war das so schwer? Aber okay, das würde sich fügen, so wie sich alles fügen würde. Er hatte jetzt seinen eigenen Lastwagen, er war sein eigener Herr. Und die Auftragslage war gut. Aber das war sein freier Vormittag.

»Hier ist Roman«, blaffte er ins Telefon, leise, damit der Kleine nicht aufwachte. Seine Stimme klang seltsam, als wäre sie nicht seine eigene. Er richtete sich etwas auf, hielt dabei den kleinen Kopf seines Sohnes sanft in der Armbeuge.

»Warum gehst du nicht dran?«, schimpfte die Stimme am anderen Ende.

»Weil ich keine Lust hatte. Ich habe gesagt, ihr könnt mich gern anrufen, wenn es einen Auftrag gibt, aber es ist … verdammt, ich hab die ganze Nacht nicht geschlafen. Ihr habt mich geweckt.«

Er fühlte sich jetzt stark, was auch mit dem Packen Geld zu tun hatte, der ebenfalls auf dem Couchtisch lag. Einmal eine Kiste in einer Bucht am Kap abholen und an einen verabredeten Ort bringen, schon gab es Geld. Sie konnten es gut gebrauchen, und deshalb war es ihm egal, was er da eigentlich transportierte. Hauptsache, sie zahlten gut. Aber jetzt war er müde.

»Du schläfst nicht.«
»Wie bitte?«
»Bei dir brennt Licht.«
Roman schaute zur Tür, wo der Schlüssel von innen steckte. Dann zu den Jalousien in der Küche.
»Was soll das heißen, ich ...«
»Das soll heißen, dass du zuhören sollst, Roman.«
»Ich versteh nicht, steht ihr vor meiner Tür, oder was? Ich warne euch, lasst mich in Ruhe, ihr könnt mich nicht einschüchtern.«
Roman wurde langsam nervös, immer wieder blickte er zur Tür, dann wieder zu den Fenstern und schließlich zum Kleinen in seinem Arm. Er hatte die Worte des Fischers bei der Übergabe in der Bucht nicht vergessen, als er diesen unvorsichtigerweise nach dem Inhalt des Pakets gefragt hatte.
»Niemand will dich einschüchtern, Roman. Pass auf, ich geb dir jemanden.«
»Wen willst du mir geben? Ich kann jetzt nicht.«
Aber der Mann am anderen Ende hatte das Handy bereits weitergereicht. Und die Stimme, die jetzt erklang, traf Roman bis ins Mark. Sie war weich und hart zugleich, sie schmiegte sich an und kratzte zugleich.
Den Mann, dem sie gehörte, hatte Roman nie persönlich getroffen. Und doch wusste er sofort, wer dran war.
»Salut, Roman. Entschuldige bitte die Störung.«
Er war es. Persönlich.
Und das verhieß nichts Gutes.
Roman hatte immer nur gehört, wie seine Leute von ihm sprachen, wenn er mal ein paar Gesprächsfetzen mitbekam, bei einer schnellen Beladung auf dem Land oder einer Entladung irgendwo an der Küste. Es ging immer schnell, aber er wusste, dass es der Mann war, für den er fuhr. Und der wusste, dass alles im Leben einen Preis hatte.

»Bonjour«, sagte er leise. »Ich ... entschuldigen Sie, es ist nur ... ich bin ziemlich müde und ...«

»Ich mache es auch kurz, Roman. Ich möchte dich um etwas bitten.«

»Ich ... hören Sie, es ist gerade wirklich unpassend, ich ... ich muss nachher wieder fahren und ...«

»Es ist nur eine kleine Bitte, Roman. Wenn du sie mir abschlagen willst, dann verstehe ich das natürlich. Wie geht es dem Kleinen? Ihr solltet nicht so viel Junk-Food bestellen, Roman. Ist nicht gut für deinen Sohn, glaub mir.«

Scheiße, dachte sich Roman und fuhr sich verzweifelt durch die Haare. Scheiße, scheiße, scheiße!

»Du würdest mir einen Gefallen tun. Und darum geht es doch im Leben, oder? Anderen einen Gefallen zu tun. Damit sie dir auch einen Gefallen tun.«

»Natürlich. Ich meine ... ich kann es einrichten, wenn ... ich meine ...«

»Das wäre wirklich nett. Es ist auch nichts Wildes, es geht ... am besten reiche ich das Telefon wieder weiter. Ist das in Ordnung? Schönen Tag noch, Roman. Und grüß Melanie von uns.«

Roman wurde schlecht, für einen Augenblick hatte er Angst, den Kleinen vor Schreck fallen zu lassen. Er wollte schreien, er wollte um sich schlagen, und doch war er gleichzeitig wie erstarrt. Er hätte sich niemals mit diesen Leuten einlassen sollen.

»Roman? Hör zu. Es wird einen größeren Auftrag geben, in zwei Tagen. Wir wollen, dass du eine Fahrt übernimmst, du bist noch nicht so im Fokus wie die anderen. Hast du verstanden, Roman?«

»Nein ... ich meine ja, es ist in Ordnung. Was ist es für eine Fahrt, wo soll ich hinkommen?«

»Nicht so ungeduldig. Der Ort tut erstmal nichts zur Sache. Es geht nur darum, Ware an die Küste zu bringen, aus einem Lager im Landesinnern. Du bekommst noch die wichtigen Informationen, keine Sorge. Und sieh zu, dass dein Laster leer ist, es sind viele Kisten, wie gesagt, ein großer Auftrag. Ich melde mich bei dir.«

»Ich habe meine festen Touren, ich kann nicht einfach … ich muss das einplanen können.«

Romans Herz klopfte, als er hörte, wie die Tür zum Schlafzimmer aufging und Melanie ins Bad ging. In was hatte er sie da hineingezogen?

»Du wirst es dir einrichten, Roman. Da bin ich sicher.«

Er hörte die Spülung rauschen und dann den Wasserhahn.

»Wir wollten sichergehen, dass jemand den Auftrag ausführt, der verlässlich ist. Du bist doch verlässlich, Roman, nicht wahr?«

»Natürlich … ihr … ihr könnt auf mich zählen. Es ist nur … er ruft nie persönlich an. Es ist ihm wichtig, ich habe verstanden.«

»Das ist gut, Roman. Das ist wirklich gut. Mach dir keine Sorgen, sondern schlaf jetzt ein bisschen. Und sag Melanie, sie kann wieder ins Bett gehen.«

Es klickte in der Leitung, und Roman war allein mit sich und seiner Angst. Um Melanie. Um den Kleinen. Um sich selbst.

»Schläft er noch?« Melanie stand in der Tür, sie trug eine rosa Jogginghose und ein T-Shirt von ihm, ihr blondes Haar war verwuschelt.

Roman lächelte sie an, sein Herz klopfte ihm dabei bis zum Hals.

»Du siehst aus wie ein Engel. Geh wieder schlafen, ich pass auf euch auf.«

Sie warf ihm eine Kusshand zu und ging zurück ins Schlafzimmer.

Und Roman würde auf sie aufpassen. Auf sie beide. Und

wenn es eben nötig war, dafür auch einen weiteren großen Auftrag annehmen. Aber es würde sein letzter sein.
Ganz sicher.

KAPITEL 15

Cap de la Hague
Am Nachmittag

Nicolas parkte den Wagen nur wenige Meter vom Wasser entfernt, unmittelbar neben der Mauer des Semaphors von La Hague. Das ehemalige Haus der Leuchtturmwärter von Goury lag am Ende einer schmalen Landstraße und war längst nicht mehr bewohnt. Wie viele verlassene Leuchtturmhäuser entlang der Küste diente es mittlerweile als Signalanlage mit einem größeren Sendemast auf dem Dach. Das Haus war notdürftig instand gehalten, die alten Fensterläden waren verschlossen, ebenso wie das Gatter vor der Einfahrt.

Nicolas zog seine Windjacke zu, als er aus dem Wagen stieg, und atmete die salzige Luft ein. Vor ihm lag ein kleiner steiniger Strand, außerdem ein Feldweg, der zum Leuchtturm führte und danach weiter in Richtung Süden ging zum Nez de Jobourg und zu den Klippen entlang des Sentier des Douaniers. Hier jedoch war der legendäre Sentier des Douaniers noch eingepfercht zwischen den flachen Granitmauern entlang der Straße und dem schmalen Strandabschnitt.

Am Horizont waren einige dunkle Wolken zu erkennen. Es war ein Wetterumschwung angekündigt worden, wie so oft im Norden des Cotentin, wo Mensch und Tier den Launen der Natur ausgeliefert waren. In zwei Tagen würde ein heftiger Sturm die raue Küste erreichen.

»Allez, Rachmaninoff, raus mit dir.«

Titos Mischlingshund sprang von der Rückbank des Mietwagens und stürmte sofort hinunter zum Strand, auf der Suche nach einem Grund, warum Nicolas ihn ausgerechnet mit hierhergenommen hatte, ans normannische Ende der Welt, der »Finis Terrae«, wie die Menschen in la Hague ihren abgeschiedenen Flecken Erde nannten.

Nicolas schloss den Wagen ab und wollte gerade dem Hund hinterhergehen, als sein Handy klingelte. Es war Julie.

»Hey, wie geht es dir?«, fragte sie. »Bist du am Kap angekommen? Wie ist es dort?«

Er lächelte, weil er hörte, dass sie nervös war und deswegen drei Fragen auf einmal stellte.

»Es geht mir gut«, fing er mit der Information an, die für sie vermutlich am wichtigsten war. »Die frische Luft hier draußen wird mir guttun, ich spüre meine Schulter auch kaum noch.«

»Lügner.«

»Okay, noch ein bisschen. Aber im Ernst, es ist alles in Ordnung. Ich habe Rachmaninoff dabei, wir toben uns ein bisschen aus, und dann fahre ich nach Cherbourg ins Krankenhaus.«

»Ist euer Mann aus dem Koma erwacht?«

»Er reagiert wohl, wenn man ihn anspricht, aber es wird noch ein wenig dauern.«

Sie hatten am Vormittag länger telefoniert, kurz nachdem Nicolas Tito von dem roten Sportboot weggebracht hatte.

»Wie geht es Tito?«

Nicolas seufzte und schaute über den Strand hinweg auf das kalte Wasser.

»Er hat sich einfach wieder auf seinen Platz im ›Café du Port‹ gesetzt und starrt aus dem Fenster. Ein Sanitäter hat sich um ihn gekümmert. Er steht unter Schock, aber die Cafébesitzerin kümmert sich ein bisschen um ihn.«

»Der arme Tito. Auch wenn er schon viel gesehen hat … das, was du mir beschrieben hast, ist fürchterlich.«

»Ja, das ist es.«

Nicolas dachte an Buissac, der festgebunden auf dem kleinen Tisch in der Kajüte des Bootes gelegen hatte. An den gequälten Gesichtsausdruck, an die Brandmale, die über den ganzen Körper verteilt waren. Das Opfer musste über Stunden mit einer Flamme gefoltert worden sein, Nicolas wollte sich die Grausamkeit in ihrem ganzen Ausmaß nicht ausmalen.

»Er sollte nach Hause fahren«, sagte Julie. »Ihr solltet beide fahren …«

»Julie, darüber haben wir gesprochen. Ich kann jetzt noch nicht weg.«

Rachmaninoff sprang laut bellend einer Möwe hinterher, Nicolas folgte langsam dem Pfad in Richtung des Kaps.

»Natürlich kannst du. Es ist Aufgabe der Polizei, diesen Fall zu lösen.«

»Wir wissen nicht mal, um welchen Fall es hier überhaupt geht, Julie! Die beiden Leichen mit den Brandmalen? Der Undercover-Einsatz gegen die Schmuggler? Gabin und die Frau von Moreau? Es ist ein komplettes Durcheinander, und im Krankenhaus liegt gerade ein Mann, der uns Antworten geben kann. Und noch dazu schwebt er vielleicht immer noch in Gefahr. Ich habe ihn in der Kirche nicht schützen können, ich …«

»Das war nicht deine Schuld, Nicolas, und das weißt du.«

»Ich hätte ihn besser schützen müssen. Ich hätte schneller sein müssen.«

»Verdammt, Nicolas, du weißt genau, dass diese Dinge passieren können. Lass Roussel und die Kommissarin ihren Job machen, bring du Tito nach Hause und … ach, was soll's, du tust es ja ohnehin nicht.«

Sie schwiegen für einige Sekunden.

»Ich vermisse dich«, sagte er leise, und er meinte es noch viel mehr, als er ausdrücken konnte.

»Ich dachte, du vergnügst dich mit der jungen Cafébesitzerin«, grummelte Julie. »Sag ihr liebe Grüße, sie kann dich haben.«

»Sag das nicht zu laut. Sie ist recht hübsch, ehrlich gesagt.«

»Aber du nicht, du bist ein mieser kalter Klotz!«

Sie frotzelten noch eine Weile, bis er schließlich auflegte, mit dem Gefühl, dass Julie sich zwar Sorgen um ihn machte, aber ihm trotzdem verzeihen würde, dass er hierblieb.

»Hey, Rachmaninoff, fang!«

Nicolas warf einen Stock quer über den Strand und sah dem Hund hinterher, der den Auslauf sichtlich genoss.

Hierherzufahren war zuerst nur eine vage Idee gewesen, aber plötzlich hatte er gewusst, dass er es tun musste. Auszubrechen aus dem sprichwörtlich mörderischen Tempo, das Barfleur an den Tag gelegt hatte, von der ersten Minute an. Es war etwas, das Nicolas an einem anderen Strand mit anderen Klippen gelernt hatte, während seiner einsamen Zeit an der Alabasterküste: Nicht jeder Gedanke musste sofort Ergebnisse haben, nicht jeder Ansatz schnellstmöglich verfolgt werden. Manchmal tat es gut, den Dingen freien Lauf zu lassen, sie mitzunehmen auf einen langen Spaziergang am Meer, im Angesicht der Gezeiten, die halfen, sich auf die wichtigen Dinge zu konzentrieren.

Und nun also das Cap de la Hague, das alte Haus des Leuchtturmwärters, die schmalen Buchten und die Klippen entlang des Sentier des Douaniers. Nur er und der Hund, bevor er nach Cherbourg fahren würde, um Gabin im Krankenhaus zu besuchen. Aber zuerst wollte er hier draußen eine Entscheidung treffen.

Nicolas folgte dem Weg oberhalb des Strandes. Der Wind war nicht sonderlich stark, die Sonne schien, und dennoch konnte Nicolas die Veränderung in der Luft spüren. Bis zum Sommer war es noch ein wenig hin, der Frühling am Kap kam sprunghaft, und aus dem klaren Blau konnte innerhalb von wenigen Stunden ein bedrohliches Schwarz werden. Der Sturm würde nicht mehr lange auf sich warten lassen.

Nicolas erreichte nach wenigen Minuten eine alte Befestigungsanlage, deren schwere Betonwände sich in die graue Landschaft einfügten. Eine steinerne Rampe führte auf eine Plattform, von der aus der Leuchtturm von Goury zu sehen war. Als dunkler Turm inmitten eines bereits leicht aufgewühlten Meeres markierte dieser Punkt das Ende des Festlandes. Dahinter begann das tiefe Meer, der Ärmelkanal ging in den Atlantik über.

Nicolas hatte von den Kräften gehört, die unterhalb der Wasseroberfläche wüteten. Die *Raz Blanchard*, das wütende Monster vor den Klippen von La Hague, wo das Kap die Nord- von der Westküste des Cotentin trennte. Die Kanalinseln waren von dort zu sehen, Alderney und bei gutem Wetter auch Guernsey. Es war ein Ort der Wechselspiele, nichts war beständig, alles beeinflusste sich gegenseitig, das Wetter, die Wellen, die Klippen, die Menschen.

Nichts blieb verschont, wenn das Ende der Welt sich bewegte.

Während Nicolas über den steinigen Strand hinwegblickte, kam eine ältere Frau auf die Plattform, sie schnaufte etwas und lächelte, als Nicolas sich zu ihr umdrehte.

»Sie müssen entschuldigen«, sagte sie. »Ich höre mich sicher an wie ein altes Dampfross, schnaufend und rasselnd, aber das ist wirklich steil. Ich bin mir sicher, dass Sie deutlich eleganter hochgekommen sind.«

»Elegant wäre nicht das Wort, dass ich gewählt hätte«, sagte Nicolas mit einem Lächeln, während die Frau sich auf der Brüstung aufstützte und ihren Rucksack auf den Boden stellte.

»Ah, das tut gut. Ich bin schon ein ganzes Stück unterwegs, und weiter vorne, hinter dem Port de Goury, da war es noch steiler. Aber jetzt habe ich das Schlimmste geschafft.«

»Wohin wandern Sie?«

Die Frau war schätzungsweise Ende sechzig, sie hatte gekräuseltes braunes Haar und trug ein dunkles Funktionsshirt unter einer dünnen Wanderjacke. Sie hatte eine leichte Wanderhose an und feste Turnschuhe. Offensichtlich machte sie eine solche Tour nicht zum ersten Mal.

Sie deutete nach hinten in Richtung Osten.

»Nur noch gut eine Stunde, mein Hotel liegt am Port Racine. Kennen Sie den Port Racine?«

Nicolas schüttelte den Kopf.

»Es soll der kleinste Hafen Frankreichs sein, wirklich nur eine Handvoll Boote, aber wunderschön. Ein paar weitere sind unterhalb des Hotels festgemacht, für die Gäste. Es ist ein traumhaftes Hotel, eigentlich nicht ganz meine Preisklasse, aber man gönnt sich ja sonst nichts. Und Sie? Sie haben nicht viel dabei außer Ihrem Hund. Das sieht mir nicht nach einer längeren Wanderung auf dem Sentier des Douaniers aus. Möchten Sie einen Apfel? Ich habe zwei. Hier, fangen Sie!«

Nicolas griff in letzter Sekunde zu, er spürte dabei seine verletzte Schulter und verzog das Gesicht.

»Gute Reaktion, Entschuldigung, ich bin eine schlechte Werferin. Haben Sie sich die Schulter verrenkt?«

»Eine alte Sportverletzung«, log er. »Beim Klettern.« Die Schießerei letzte Nacht behielt er lieber für sich.

Die Frau, die Nicolas mit ihrer offenen Art auf Anhieb sympathisch war, schüttelte den Kopf. »Mein Gott, ihr jungen Leute, warum geht ihr nicht einfach mit offenen Augen durch die Welt, anstatt immer größeren Herausforderungen nachzujagen. Klettern! Käme mir nicht in den Sinn. War es eine Kletterwand? Berge gibt es ja hier nicht so viele. Entschuldigung, ich rede immer zu viel, dabei bin ich völlig außer Atem.«

»Sie scheinen mir ehrlich gesagt sehr fit«, sagte Nicolas und biss in seinen Apfel. Für einen Augenblick sahen sie beide aufs Meer, unter ihnen rollten die Wellen gegen die Betonmauern der Anlage.

»Ich gehe tatsächlich nicht weit«, sagte Nicolas schließlich, vielleicht mehr zu sich selbst als zu der Frau, die aus ihrem Rucksack eine Trinkflasche holte. »Vermutlich nur ein bis zwei Kilometer, es soll einen kleinen Kiosk geben, gegenüber vom Leuchtturm. Bis dahin, nicht weiter. Der Hund brauchte ein bisschen Auslauf. Aber es ist eine wunderbare Gegend hier oben.«

Die Frau nickte und nahm einen Schluck aus ihrer Flasche.

»Das ist sie wirklich. Man schaut raus auf den Leuchtturm und kommt zur Ruhe. Ich wohne in Cherbourg, mitten in der Stadt, ich habe das Meer direkt vor der Nase, den Hafen, die Fährschiffe. Aber es ist nicht das Gleiche. Ich versuche, so oft wie möglich, hierherzukommen. Ich entdecke jedes Mal etwas Neues. Oh, da fällt mir ein: Haben Sie von der Leiche gehört?«

Nicolas drehte sich überrascht zu ihr um, dann jedoch fiel ihm ein, dass die Medien bereits über den Toten in der Baie de l'Établette berichtet hatten.

Zwischen Feuer und Wasser, so hatte eine der einprägsamsten Schlagzeilen gelautet.

»Manche sagen, er sei angespült worden«, plapperte die Frau fröhlich vor sich hin. »Andere sagen, er sei dort abgelegt worden. Was glauben Sie?«

Nicolas zuckte die Schultern.

»Ich habe davon gehört«, sagte er zurückhaltend. »Aber ich kann mir kein Urteil bilden, ich kenne weder den Mann noch die Hintergründe …«

»Aber ich!«, strahlte die Frau ihn an. »Ich habe mir alles durchgelesen, jeden Artikel, ich liebe Verbrechen! Sicher, das ist ein kleiner Spleen von mir, aber irgendeine verrückte Angewohnheit muss man ja haben, oder? Also, wollen Sie meine Theorie hören?«

Nicolas lachte und biss erneut in den Apfel.

»Unbedingt. Wir sind hier schließlich auf einem alten Schmugglerpfad, ich kann mir keinen besseren Ort für eine Geschichte über eine Leiche zwischen Feuer und Wasser vorstellen.«

Die Frau war jetzt wieder an die Brüstung getreten und deutete auf einen Punkt jenseits des Leuchtturms. Sie senkte ihre Stimme, als könnte sie hier draußen, auf einer einsamen Plattform über dem Meer, jemand belauschen.

»Es hängt mit der ›Angèle‹ zusammen«, flüsterte sie und rutschte näher an Nicolas heran.

»Mit der ›Angèle‹? Sie meinen das Schiff? Ich habe davon gehört, es soll im Sturm gesunken sein.«

Die Frau fuhr eifrig fort: »So ist es! Es herrschte ein fürchterlicher Sturm in dieser Nacht, ähnlich wie der, der uns bevorsteht. Also, was ich sagen will: Die ›Angèle‹ kracht in diesem Sturm an die Klippen und sinkt. Und wissen Sie, wo genau? Na?«

Nicolas zuckte mit den Schultern.

»Natürlich genau dort, wo jetzt die Leiche angespült wurde, direkt unterhalb des Nez de Jobourg. Verstehen Sie? Ich sage Ihnen, da ist ein Zusammenhang. Es klingt verrückt, aber ich habe eine Theorie!«

»Noch eine?«, staunte Nicolas.

»Machen Sie sich nicht lustig, ich habe es mir genau überlegt. Was wäre, wenn der Mann an Bord der ›Angèle‹ gewesen wäre? Er ist mit dem Schiff untergegangen, und erst jetzt hat das Meer ihn wieder freigegeben.«

Nicolas überlegte.

»Klingt plausibel. Aber wäre die Leiche dann nicht schon in einem sehr schlechten Zustand gewesen?«

Die Frau nickte.

»Natürlich, aber dafür gibt es bestimmt eine Erklärung. Vielleicht war er in irgendetwas eingewickelt, vielleicht war er ja schon tot, als das Schiff unterging.«

»Und dann liegt er völlig nackt am Strand?«, fragte Nicolas.

Die Frau hob verzweifelt die Arme.

»Mein Gott, ein bisschen recherchieren muss die Polizei schon selbst. Aber falls mich mal jemand fragen würde, was selbstverständlich niemand tut: Das wäre meine Theorie. Und warten Sie nur ab, ich sage Ihnen, da ist was dran. So, ich muss weiter, sonst habe ich für das verdammt teure Zimmer bezahlt und kann es gar nicht richtig auskosten. Die haben sogar einen Spa-Bereich, das habe ich mir wirklich verdient.«

»Danke für den Apfel«, sagte Nicolas und schaute sich nach Rachmaninoff um, der noch immer am Strand war und zwischen den Steinen schnüffelte. Er nahm sich vor, Valerie Colin auf das gesunkene Schiff anzusprechen.

»Können Sie morsen?«, fragte die Frau plötzlich, während sie ihren Rucksack schulterte.

Nicolas sah sie überrascht an.

»Warum fragen Sie? Nein, kann ich nicht.«

»Na, dann geht es Ihnen wie mir. Ich kann es auch nicht. Aber früher war das hier am Kap überlebenswichtig. Der Leuchtturmwärter und die Zöllner, sie haben sich mit Morsezeichen verständigt, oben auf den Klippen. Anders ging es ja nicht, ich habe es drüben am Kiosk auf einer Informationstafel gelesen. Sie wissen schon: dreimal kurz, dreimal lang, so was eben. Heute würde man einfach zum Handy greifen, aber romantischer war es früher schon. Es hat mich gefreut. Mein Name ist übrigens Céline.«

»Es hat mich auch gefreut, Céline. Ich bin Nicolas.«

»Gut, Nicolas. Wenn Sie mal in Cherbourg sind, ich arbeite in einem Wollgeschäft in der Rue du Château. Und denken Sie an mich, wenn der Mord an dem Mann aufgeklärt wird. Denken Sie an meine Theorien, Sie werden sehen! Und wenn nicht: Es war auf jeden Fall schön, mit Ihnen zu plaudern. Au revoir, Nicolas.«

Wenig später ging auch Nicolas, angeschoben durch einen leichten Rückenwind, die Rampe hinab auf den Weg und wandte sich nach rechts, wo der Leuchtturm von Goury in den Himmel ragte. Rachmaninoff lief jetzt ruhig neben ihm, ausgelaugt von seinen Sprüngen am Strand und von der Jagd nach den Möwen, die vor ihm davongeflogen waren. Nicolas fühlte sich leichter, er hatte noch Célines fröhliche Stimme im Kopf und genoss die frische Luft und die besondere Stimmung am Kap. Mit jedem Schritt schien sein Kopf klarer zu werden, der Druck der vergangenen Tage verflog, je näher der Leuchtturm und die Klippen des Kaps kamen. Als er schließlich nach einer halben Stunde den Strand von La Mare überquerte, kaufte er sich etwas zu trinken und ein Sandwich und setzte sich etwas abseits auf einen Felsen, von wo aus er aufs Meer sehen konnte. Rachmaninoff legte sich neben ihn auf den angewärmten Stein und schlief augenblicklich ein.

Draußen auf dem Meer verschwand der Schatten des Leuchtturms kurzzeitig, als die Sonne hinter einer Wolke verschwand. Auf dem Meer bildeten sich weiße Schaumkronen, einige Möwen hingen schief in der Luft. Noch aber war es angenehm warm. Und Nicolas spürte, dass sein wichtigster Auftrag für diesen Tag keinen Aufschub mehr duldete. Zu viele Fragen schwirrten durch seinen Kopf, auch hier draußen, an der äußersten Spitze des Cap de la Hague.

Er nahm sein Handy aus der Hosentasche und wählte eine Nummer, die er nur sehr selten anrief. Er legte seine rechte Hand auf Rachmaninoffs sich hebenden und senkenden Körper, er spürte das Herz unter dem Fell, es schlug, lebendig und gleichmäßig, und es war ihm ein guter Anker für die nächsten Minuten.

Er hörte das Freizeichen in der Leitung. Dann ein Knacken. Und eine Stimme, die nicht mehr so kraftvoll klang wie in der Vergangenheit. Aber sie hatte ihre Härte nicht verloren.

»Nicolas.«

Er atmete ein. Und aus.

»Hallo Vater.«

Alexandre Guerlain war niemand, den man einfach anrufen konnte, um ein bisschen zu plaudern. Oder um zu fragen, wie es ihm gehe, nach einem überstandenen Herzinfarkt im vergangenen Jahr, mit dem er und sein Körper noch immer zu kämpfen hatten.

Genau genommen rief kaum jemand Alexandre Guerlain überhaupt an. Wenn, war er es, der anrief, dann aber niemals, um nach dem Befinden zu fragen, sondern, um Probleme zu lösen – oder um welche zu machen.

Nicolas konnte seinen Vater vor sich sehen, in seiner weitläufigen Wohnung im 1. Arrondissement von Paris. In einem Sessel, umgeben von mehreren Tageszeitungen, von Dossiers und Unterlagen, die er studierte, auch jetzt noch, wo seine aktive Zeit lang vorbei war. Vermutlich hatte er die Jalousien heruntergelassen, auf einem Beistelltisch eine unberührte Kanne schwarzen Tees, dessen Duft ausreichte, um Alexandre Guerlain wach zu halten, auch in tiefster Nacht. Der ehemalige Chef des Inlandsgeheimdienstes war aus gesundheitlichen Gründen aus dem Amt geschieden, und doch saß er dort und hatte weiterhin alles im Blick. Nicolas' Vater war ein Meister dessen, was er einmal selbst »Das Spiel« genannt hatte. Wie ein brillanter Schachmeister arrangierte er die Figuren, schob sie hin und her. Und er gewann immer.

Fast immer.

Bei Julie hatte er verloren, eine Niederlage, die noch immer an ihm nagte. Er hatte sie benutzt, ihre scheinbar ausweglose Lage für seine Zwecke missbraucht. Und Nicolas, seinen eigenen Sohn, hintergangen. Für die Interessen des Landes.

Für das Spiel.

Sein Vater atmete etwas schwerer, etwas unruhiger als sonst.

»Wie geht es dir, Vater?«

»Es geht mir gut. Warum rufst du an?«

Die Stimme schneidend, der Ton unversöhnlich. So vieles stand zwischen ihnen, so viel Betrug auf beiden Seiten. In den vergangenen Jahren hatten sich ihre Wege mehrfach gekreuzt, und doch hatten sie nie wirklich miteinander gesprochen. Und so würde es bleiben, und für Nicolas gab es keinen Grund, etwas daran zu ändern. Julie war aus den Schatten zurückgekehrt, das war das Einzige, was zählte. Und sein Vater wusste das.

»Ich soll dir Grüße ausrichten. Von jemandem, der nichts Gutes vorhat. Von einem Mann, der die Macht hat, eine ganze Region zu kontrollieren. Einfach nur, indem er auf einem Stein sitzt und hinaus aufs Meer blickt.«

Nicolas hörte das Rascheln einer Zeitung, die vermutlich auf dem Tisch abgelegt wurde. Der Sessel knarzte, sein Vater lehnte sich zurück.

Nicolas hatte den Namen nicht einmal sagen müssen. Guy Moreau. Der alte Mann am Meer. Schmuggler am Ende der Welt. Moreau, der Angst hatte, eine dunkle, verzweifelte Angst.

Nicolas wollte wissen, wovor. Und sein Vater konnte ihm vielleicht helfen.

Alexandre Guerlain brauchte nicht lange. Er war in Gedanken blitzschnell seine Kontakte durchgegangen, seine

Erinnerungen hatten sich sofort festgehakt an diesem Mann.

»Ich verstehe.«

Nur das. Zwei Wörter. Keine Nachfrage, keine Verwunderung, alles war gut sortiert. Alexandre Guerlain saß in seinem Gedankenpalast und öffnete behutsam alte Schubladen, in denen der Staub lag und die Erinnerungen, die niemals verblassten.

»Du bist also in Barfleur. Ein schöner Ort, zumindest war er das mal. Jetzt haben sie keine Muscheln mehr, ein hartes Los für die Fischer.«

Immer noch keine Frage zu Moreau, stattdessen ein Ablenkungsmanöver. Nicolas' Vater interessierte sich nicht für Barfleur, auch nicht für die fehlenden Muscheln. Er wollte, dass Nicolas ihn mit Informationen versorgte.

Und er würde nicht danach fragen. Informationen kamen zu ihm, ohne dass er darum bitten musste. Nicolas kannte dieses Spiel, und wie so oft war er gezwungen, es mitzuspielen. Weil alles andere nur unnötig Zeit in Anspruch nehmen würde. Und am Ende würde es doch nur einen Gewinner geben, und das wäre nicht er.

»Gegen Guy Moreau ermitteln die Police Nationale und der Zoll von Cherbourg. Er ist der Kopf eines Schmugglernetzwerkes hier oben, er ...«

»Das ist mir bekannt. Erzähl mir etwas Neues.«

Sein Vater hatte alle Zeit der Welt, aber er war es, der das Tempo bestimmte. Informationen mussten rasch fließen, er wollte die vorhandene Zeit lieber mit den Rückschlüssen verbringen.

Nicolas atmete durch.

»Er hat seine Männer auf einen der Fischer in Barfleur gehetzt. Sie sollten ihn umbringen. Ich war zufällig dabei. Wir sind beide knapp mit dem Leben davongekommen, der Mann liegt schwer verletzt im Krankenhaus.«

Er hörte, wie sich sein Vater in seinem Sessel aufsetzte. Jetzt war sein Interesse geweckt.

»Warum sollte Moreau das tun? So viel Aufmerksamkeit, das passt nicht zu ihm.«

»Es ist kompliziert. Aber als ich ihn getroffen habe, vor zwei Tagen, da sagte er, ich solle dich grüßen. Woher kennt er dich, Vater?«

Nicolas wusste, dass die Frage zu früh gestellt war. Und Alexandre Guerlain hatte nicht vor, sie jetzt schon zu beantworten, wenn überhaupt.

»Es muss etwas Ungewöhnliches passiert sein«, sagte sein Vater knapp. »Moreau ist zu vorsichtig. Wenn er so offensiv vorgeht, dann sieht er eine große Gefahr. Oder dein Mann weiß zu viel und muss sofort verstummen.«

»Oder beides«, ergänzte ihn Nicolas.

Sein Vater schnaubte nur und fuhr dann fort: »Moreau ist ein brillanter Kopf. Natürlich ist er älter geworden, natürlich ist er womöglich unter Druck durch die Ermittlungen gegen seinen Schmugglerring. Aber wenn er so unüberlegt handelt, so emotional, dann heißt das eher ...«

»Dass er Angst hat«, sprach Nicolas, während er mit der linken Hand den Kopf des Hundes kraulte, der immer noch tief und fest schlief.

»Ich nehme an, du hast schon von der Leiche gehört, die draußen am Cap de la Hague gefunden wurde?«

Sein Vater musste nicht lange überlegen.

»Der Mann mit den Brandmalen? Was hat er mit ...«

»Es gab eine weitere Leiche. Die gleichen Brandmale. Ein gewisser Thomas Buissac, er ist so etwas wie Moreaus Statthalter in Barfleur. Buissac und der erste Tote kannten sich, es gibt ein gemeinsames Foto, etwa zehn Jahre alt.«

Nicolas hörte den flachen Atem seines Vaters, das Knarzen des Ledersessels.

»Angst«, sagte Alexandre Guerlain leise. »Zeit seines

Lebens hatte Moreau nur vor einer Sache Angst: vor dem Meer.«

Nicolas blickte hinüber zum Sentier des Douaniers, der nach einigen Schleifen nach Süden abknickte.

»Woher kennst du ihn? Du musst uns helfen. Erzähl mir etwas über Guy Moreau.«

Für einen Moment herrschte Schweigen in der Pariser Altbauwohnung. Nicolas wusste, dass sein Vater sich in den letzten Minuten auf diese Frage vorbereitet hatte. Sie war der Grund für Nicolas' Anruf, und Alexandre Guerlain hatte längst entschieden, ob er sie beantworten würde oder nicht.

Ein Seufzen. Eine Erinnerung. Ein Entschluss.

»Ich weiß nicht, wer Guy Moreau ist.«

»Vater ...«

»Ich weiß nur, wer er war. Glaub mir: Er war einer der Besten. Ein Mann mit vielen Eigenschaften, vielen Fähigkeiten. Und vielen Gesichtern. Und einige davon können sehr hässliche Fratzen sein.«

»Hat er für euch gearbeitet?«

Nicolas wusste, dass selbst er darauf keine Antwort bekommen würde. Es war sein Vater, der den Takt vorgab und der ihm gerade so viele Informationen geben würde, dass er damit etwas anfangen konnte. Wenn er das denn wollte.

»Moreau ist ein Kind des Cotentin. Ein echtes Kind der Küste, erdverwachsen und den Traditionen verbunden. Aber er hatte eine schwierige Kindheit. Ich meine mich zu erinnern, dass sein Vater sehr gewalttätig war.«

Nicolas sah hinüber zum Phare de Goury, der unverrückbar in der Brandung stand, die ersten Wellen schlugen hart gegen die Mauern.

»Ich werde dir nicht erzählen, was genau er für unseren Dienst getan hat, Nicolas. Aber ich kann dir Folgendes versichern: Moreau ist hochintelligent. Und er ist verschlagen.

Hinter seinem freundlichen Gesicht, hinter der Pfeife und ... raucht er wieder?«

»Ja.«

»Das ist schlecht. Denn es bedeutet, dass er gestresst ist. Dass er nachdenken muss, weil etwas Wichtiges bevorsteht. So war es damals jedenfalls.«

»Vater, ich brauche mehr, Moreau ist der Schlüssel für alles hier oben.«

Es war ein Vorstoß, den sein Vater als Schwäche auslegen würde, ein zu hastiges Vordringen auf unsicheres Terrain, ohne Rückendeckung und ohne Rückzugsmöglichkeit. Alexandre Guerlain nutzte es aus.

»Ihr habt keine Chance gegen ihn«, sagte er mit kalter Stimme. »Er war brillant darin, ein Netzwerk aufzubauen, innerhalb kürzester Zeit, Männer um sich zu scharen, einen Auftrag auszuführen. Im Ausland, hier in Frankreich, wo auch immer. Er war geduldig, er hat sein Ziel nie aus den Augen verloren. Und dann hat er zugeschlagen. Er hat Fallen zuschnappen lassen, in denen dann diejenigen saßen, die wir gesucht haben. Er hat dabei nie offen gearbeitet, immer verdeckt, immer aus den Schatten heraus. Und so etwas verlernt man nicht.«

»Wie kommen wir an ihn ran?«

Sein Vater räusperte sich, vermutlich, um ein Lachen zu unterdrücken.

»Gar nicht, Nicolas. Ihr werdet nichts finden. Nicht in seinem Elternhaus und auch nicht an jedem anderen Ort, der für ihn wichtig ist.«

Nicolas nahm die Hand von Rachmaninoffs Kopf und sog die kalte Luft ein.

Jetzt erst. Jetzt erst gab ihm sein Vater eine wichtige Information, die er ihm auch vor einigen Minuten bereits hätte geben können. Aber das Auskosten von Macht war die einzige Schwäche, die Alexandre Guerlain sich erlaubte.

»Welcher Ort ist für ihn wichtig?«

Es war ein Kniefall vor seinem Vater, und Nicolas war sich dessen bewusst. Er hatte keine Zeit zu verlieren. Sie brauchten einen Anhaltspunkt, sie mussten einen Schritt weiterkommen. Erst dann würde er ruhigen Gewissens zu Julie nach Trouville zurückkehren können.

Alexandre Guerlain schwieg für einen kurzen Augenblick. Schließlich öffnete er die Tore zu seinen Erinnerungen und fuhr leise fort.

»Wir haben ihn irgendwann fallen lassen. Wir hatten keine andere Wahl, er hat immer öfter seine eigenen Interessen und die seiner Familie in den Vordergrund gestellt. Er hat das Wissen, das er sich bei uns erworben hat, immer häufiger dafür genutzt, rund um Barfleur Seilschaften und Geschäftsbeziehungen aufzubauen.«

»Wenn du ›Wissen‹ sagst, meinst du auch Ausrüstung?«

Nicolas bekam darauf erwartungsgemäß keine Antwort.

»Was noch?«, fragte er und konnte seinen Vater nahezu vor sich sehen in seinem Sessel, die Hände gefaltet, die Augen geschlossen.

»Es muss eine Hütte geben«, sagte Alexandre Guerlain schließlich. »Er hat mal davon gesprochen. Es sei der dunkelste Ort der Welt, jenseits des Weltenrandes. So hat er es immer gesagt. Aber ich weiß nicht, wo sie ist, diese Hütte.«

»Das glaube ich dir nicht.«

»Aber es ist so. Nichts hat Moreau besser gehütet als dieses Geheimnis. Sie muss am Meer liegen, er hat einmal erzählt, wie er als Kind auf das Wasser hinausblickte. Klippen, Felsen, all das. Aber davon gibt es ja wahrlich genug bei dir da oben, Nicolas. Ihr müsst diesen Ort finden, ich bin mir sicher, dass er der Schlüssel für die Lösung eures Problems sein wird.«

»Warum fürchtet er sich so sehr vor dem Meer, ausgerechnet davor?«, fragte Nicolas.

Sein Vater sprach immer langsamer, so als wäre seine Zunge müde und schwer. Er war noch immer gesundheitlich angeschlagen, das konnte man hören, und nichts ärgerte Alexandre Guerlain mehr, als das jämmerliche Bild eines alten, müden Mannes abzugeben.

»Das Meer hat ihn fast umgebracht, als er noch ein Kind war. Was genau passiert ist, weiß ich nicht. Aber es muss dort in dieser Hütte gewesen sein. Dort findest du alles, was du brauchst. Ich will gerne versuchen, etwas über den Ort herauszufinden. Aber soweit ich weiß, ist Moreau nie mehr dorthin zurückgekehrt. Erwarte also nicht zu viel, Nicolas.«

Das Gespräch war beendet. Die wichtigsten Informationen waren geflossen. Alexandre Guerlain würde sich wieder in seinen Sessel setzen und nachdenken. Und Nicolas würde nach seinem Spaziergang am Kap zurück zu seinem Wagen gehen und nach Cherbourg fahren, zu Gabin ins Krankenhaus.

Sein Entschluss war gefasst.

Er würde nicht zulassen, dass dem Fischer etwas geschah, auch wenn das Gefahr bedeutete. Denn auch das hatte ihm sein Vater am Ende des Telefonats mitgegeben.

»Mach es gut, Nicolas. Und ... pass auf dich auf. Moreau ist gefährlich. Wenn du ihm im Weg stehst, wird er Mittel finden, dich zu umgehen. Oder dich zwingen, zur Seite zu treten.«

Dann erklang das Klicken in der Leitung. Nicolas spürte den Wind im Gesicht. Das Salz in der Luft. Er sah den Leuchtturm im Meer.

Und darunter die *Raz Blanchard*, dieses alles verschlingende Monster, dessen Kräfte am Leben zerrten und auch am Tod. So lange, bis beides sich in den Tiefen des Wassers verlor.

»Pass auf dich auf.«

Das hatte sein Vater noch nie gesagt. Und er tat nichts ohne Grund.

KAPITEL 16

Gatteville-le-Phare
Zur gleichen Zeit

35 Brandmale.
35 Botschaften, die nur er lesen konnte.
Und er las sie und verstand.
Guy Moreau stand vor dem Hoftor und blickte die Straße herab in Richtung des Leuchtturms von Gatteville. Wie oft war er um diesen Felsen gelaufen, hatte sich Stellen gesucht, um sich zu setzen, um dem Meer, seinem ewigen Feind, ins Auge zu blicken. Wie oft hatte er sich dem Wind hingegeben, dem Rauschen der Brandung in seinen Ohren, wie oft hatte er Pläne geschmiedet, Netze gespannt, Aufträge durchdacht, an dieser Küste?
Und nun stand er hier, sein eigenes Land im Rücken, in der Hand einen Umschlag, so wie beim ersten Mal.
Wieder die Fotos.
Ein zweiter Körper.
Er war der von Buissac.
Alter Freund der Familie, sein treuer Begleiter seit vielen Jahren. Stürmisch, sicherlich, die Faust zu nah am Herzen, aber nichtsdestotrotz oder gerade deswegen sein Pfand in unsicheren Zeiten. So viel hatten sie gemeinsam durchlebt, hatten Geschäfte geplant und Einnahmen gesichert. Und nun war er tot. Und Guy Moreau hatte Angst.
Weil er die Botschaft verstand.
35 Brandmale, verteilt auf einem gequälten Körper.

Und nur er konnte sie lesen.

Entschlossen drehte Moreau sich um, schloss das Tor hinter sich und ging zurück zum Haupthaus. Sylvain, einer seiner treuesten Männer, stand in der Tür, ein einfaches Prepaidhandy in der Hand, wie sie sie immer nutzten. Die Kommunikation entlang der Küste wurde immer schwieriger und seit dem fatalen Verlauf des »Sonderauftrags« im Hafen von Cherbourg sowieso. Es war ein Fehler gewesen, sich mit den Schleppern einzulassen und ihnen ihr Netzwerk zur Verfügung zu stellen, sie hatten daraus gelernt. Aber sie mussten vorsichtig sein.

Moreau konnte sehen, dass Sylvain ihn aufmerksam beobachtete. Er spürte, dass etwas nicht stimmte.

»Was ist passiert?«, fragte er auch sofort und deutete auf den Umschlag in Moreaus Hand. »Was ist da drin?«

»Nichts.«

»Moreau, seit wann teilen wir nicht mehr ...«

»Nein!«

Mit funkelnden Augen blickte Moreau seinen langjährigen Partner an: »Ich sagte: Es ist nichts für dich. Für niemanden. Es ist mein Geschäft. Ich kümmere mich darum. Ist alles vorbereitet für den Auftrag?«

Sylvain zögerte kurz, dann nickte er.

»Ja. Alle wissen Bescheid. Der Fahrer, Roman, wird die Ware bringen, er ist völlig unauffällig und macht alles, um seine Familie zu schützen. Auch die Fischer wissen Bescheid. Es ist nur ...«

»Was?«

Sylvain zeigte auf die Wolken, die sich bereits am Horizont, weit draußen über dem Meer, versammelten.

»Es ist Sturm angekündigt, in zwei Tagen wird draußen am Kap ordentlich was los sein. Wir sollten den Auftrag verschieben. Nur um wenige Tage, das ist einfach sicherer.«

»Nein.«

»Guy, es ist wirklich …«

»Ich sagte nein! Die Briten zählen auf uns, wir müssen uns an die Vereinbarungen halten. Du wirst den Auftrag ausführen, ich muss mich auf dich verlassen können.«

Moreau machte deutlich, dass die Unterhaltung beendet war. Er wollte gerade ins Haus gehen, als sein Blick auf die Autos fiel, die seitlich des Hauses abgestellt waren.

»Wo ist der Transporter?«

Sylvain schaute irritiert zu den Wagen. Zwischen zwei Pick-ups klaffte eine Lücke, tatsächlich war der Transporter, der noch vor einer Stunde dort gestanden hatte, fort.

»Ich weiß nicht«, sagte er. »Vielleicht ist einer der Männer …«

Aber Moreau wusste es besser.

Mit schnellen Schritten ging er durch den Flur des Hauses, stieg die Treppe nach oben und riss die Schlafzimmertür auf – das Zimmer war verwaist.

»Agnès hat sich hingelegt«, rief Sylvain von unten. »Sie wollte sich ausruhen.«

»Nein, wollte sie nicht«, murmelte Moreau. Er ließ seinen Blick durch den Raum wandern, überlegte kurz und schlug die Tür wieder zu.

Er ging in die Küche und deutete auf das Handy in Sylvains Hand.

»Ruf deine Männer an. Ich weiß, wo sie ist.«

KAPITEL 17

Cherbourg
Hospital Louis Pasteur

Als Nicolas auf dem Besucherparkplatz des Krankenhauses von Cherbourg parkte, schlugen bereits schwere Regentropfen auf die Windschutzscheibe des Leihwagens. Für einen Augenblick blieb er sitzen und blickte auf die winzigen Explosionen auf der Motorhaube. Am Seitenfester liefen die ersten Tropfen hinab, dünne Rinnsale zuerst, schließlich Sturzbäche, die die Sicht auf das graue Gebäude vor ihm verschleierten.

Er wartete einige Minuten, genoss diesen geschützten Ort, während draußen zwei Krankenschwestern hastig ihre Kaffeepause im Freien beendeten. Besucher eilten unter Regenschirmen zu ihren Autos, ein Krankentransport hielt an einem Seiteneingang, vor dem sich bereits erste Pfützen gebildet hatten. Nicolas kraulte Rachmaninoff hinterm Ohr, der Hund hatte sich auf einer Decke auf dem Beifahrersitz zusammengerollt und öffnete nur gelegentlich ein Auge.

»Da sitzen wir nun, alter Freund«, sagte Nicolas leise. »Ich hoffe nur, dass dein Herrchen seine Staffelei rechtzeitig in Sicherheit gebracht hat. Und dass es ihm gut geht, so gut es einem eben gehen kann an einem solchen Tag.«

Nicolas sah die Reihe der geparkten Autos entlang, hinüber zum Haupteingang, wo eine Frau in einem Regenmantel jetzt Schutz unter dem Vordach suchte. Leicht orientierungslos blickte sie sich um, sah auf die Uhr und verschwand schließlich hinter den Schiebetüren der Eingangshalle.

Während er das Ende des Sturzregens abwartete, schob sich das Bild des toten Buissac in seine Gedanken. Immer wieder hatte er das verzerrte Gesicht vor sich, als hätte der Schmerz den Mann selbst im Tod nicht losgelassen. Als würde er ihn weiter umklammern, als wären die Qualen noch lange nicht zu Ende, nur weil der Geist erloschen war. Als Nicolas an Tito vorbei hinab in das Bootsinnere geblickt hatte, war ihm Buissacs Körper wie ein Schlachtfeld vorgekommen. An einzelnen Stellen war das Fleisch verkohlt, andere Körperpartien waren hingegen verschont geblieben, von den ersten Totenflecken einmal abgesehen.

Das Klingeln seines Telefons riss ihn aus den Gedanken. Es war Roussel, der ihn aus dem Commissariat von Cherbourg anrief.

»Wir haben erste Erkenntnisse aus der Rechtsmedizin, ich dachte, das interessiert dich.«

»Schieß los. Ich muss sowieso warten, bis die Sintflut hier etwas schwächer wird.«

Nicolas musste den Ton lauter stellen, weil der Regen jetzt mit voller Wucht auf den Wagen einprasselte.

»Im Gegensatz zum ersten Opfer hat Buissac wohl länger gelebt. Oder länger durchgehalten, nenn es, wie du willst. Letztlich ist er auch erstickt, offenbar hatte unser Täter irgendwann genug von den Schreien und dem Flehen.«

Nicolas schloss kurz die Augen, er versuchte die Bilder, die sich ihm nun aufdrängten, fortzuschieben. Bilder von einem Mann, der in einer Höhle am Meer zu Tode gefoltert worden war, und von Buissac.

»Auch Buissac wurde mit einem Muskelrelaxans außer Gefecht gesetzt, allerdings hat er eine Wunde am Hinterkopf. Er wurde bewusstlos geschlagen, vermutlich bereits gestern im Laufe des Tages.«

»Ob der Täter auf Nummer sicher gehen wollte?«

»Kann schon sein«, antwortete Roussel. »Der Rechtsmediziner hier, Olivier Gaspard, ist ein Teufelskerl. Er hat Reste von rostigem Metall in der Haut gefunden, wir prüfen gerade, wo es herkommen könnte, vielleicht von der ›Tortuga‹, da liegen haufenweise Haken und Eisenstangen rum. Warte, ich stelle auf laut, Valerie kommt gerade dazu.«

Nicolas hörte, wie die Leiterin des Commissariat von Cherbourg im Hintergrund mit einigen Kollegen sprach, dann begrüßte sie ihn knapp.

»Salut, Nicolas. Gaspard ist sich sicher, dass Buissac deutlich mehr gelitten haben muss. Und das war wohl so gewollt. Die Brandmale sind insgesamt tiefer.«

»Wie viele sind es?«, fragte Nicolas, während er das glatte Fell Rachmaninoffs streichelte.

»Exakt die gleiche Anzahl: 35. Und wieder von unterschiedlicher Tiefe. Erneut mit einem handelsüblichen kleineren Bunsenbrenner, würde ich sagen.«

»Ganz schön heftig.«

»Allerdings. Und noch etwas hat Gaspard herausgefunden, obwohl das eigentlich nun gar nicht sein Gebiet ist. Wobei ich ehrlich gesagt nicht weiß, wessen Gebiet das überhaupt sein könnte …«

»Was meinst du?«

»Die Stofftiere. Der Bär und der Affe. Gaspard ist sich sehr sicher, dass beide ebenfalls mit einem Bunsenbrenner bearbeitet wurden. Natürlich sind es hier nicht fünfunddreißig Brandmale, sondern deutlich weniger. Aber die Größe der Löcher ist bei beiden Stofftieren identisch, das Muster der ›Verletzungen‹ gleich. Der Unterschied aber ist: der Zeitpunkt.«

Nicolas runzelte die Stirn.

»Was soll das heißen, der Zeitpunkt?«

Valerie räusperte sich, Nicolas konnte am anderen Ende

der Leitung hören, wie sie einen Stuhl heranzog. Der Regen außerhalb des Wagens hatte noch nicht nachgelassen.

»Die Verbrennungen an den Plüschtieren … sie sind deutlich älter. Mindestens fünfzehn Jahre, vermutet Gaspard.«

Nicolas brauchte nicht lange, um erste Schlüsse zu ziehen.

»Heißt das, der Täter spielt etwas nach, was seinen Stofftieren passiert ist?«

»Eher ihm selbst. Kinder verarbeiten Missbrauch auf unterschiedliche Weise. Ich hatte eben ein kurzes Gespräch mit einem befreundeten Psychologen, er ist auf dem Weg hierher. Er sagt – was unfassbar erschreckend ist –, dass es nicht selten ist, dass Kinder ihre Stofftiere so verunstalten, um damit nach außen zu tragen, was sie nicht aussprechen können.«

Roussel hatte die ganze Zeit geschwiegen, offenbar nagte diese Grausamkeit an dem sonst so toughen Ermittler.

»Du meinst, da rächt sich jemand für etwas, das ihm selbst vor ungefähr fünfzehn Jahren geschehen ist? Aber das ist … das würde bedeuten, dass jemand damals ein Kind … nein, das ist doch absurd.«

»Leider nicht.« Valeries Stimme war dunkel, sie hatte schon zu viel gesehen im Laufe ihrer Karriere, um derartige Dinge auszuschließen.

Nicolas straffte sich und lauschte für einem Augenblick dem beruhigenden Prasseln des Regens.

»Ist es denn denkbar, dass der Täter oder die Täterin nicht nur hinter den beiden Männern her war, sondern noch hinter anderen?«, fragte Roussel.

»Allerdings«, sagte Valerie sofort, und Nicolas wusste, worauf sie anspielte.

»Sie waren mindestens zu dritt«, vermutete er. »Die beiden auf dem Foto. Und derjenige, der die Aufnahme gemacht hat. So, wie Buissac und Clermand auf dem Bild gegrinst haben – da muss ihnen ein Kumpel gegenübergestanden haben, ein Vertrauter.«

»Ein gleichgesinntes Arschloch«, zischte Roussel.

»Beide hatten keine Kinder«, ergänzte Valerie. »Wir suchen nach Verbindungen zu Kindern, vielleicht über die Arbeit oder so ähnlich. Wir sprechen mit allen in ihrem Umfeld.«

»Auch mit Moreau?«, fragte Nicolas.

»Auch mit ihm. Notfalls. Wir müssen den drankriegen, der so abscheuliche Verbrechen begeht. Und wenn die Sache mit den Schmugglern schiefgeht, dann ist es eben so. Aber erstmal ermitteln wir in alle anderen Richtungen.«

»Mir fällt noch etwas ein«, sagte Nicolas, während der Regen draußen allmählich nachließ. »Wenn wir es wirklich mit jemandem zu tun haben, der als Kind derartige Qualen erleiden musste – dann kann man ihn daran erkennen.«

»Du meinst an den Brandnarben?«, fragte Roussel durchs Telefon. »So was kann man wegoperieren. Hauttransplantationen sind absolut üblich.«

»Nein«, widersprach Valerie. »Das hat mir der Psychologe auch gesagt: Solche Wunden werden oft absichtlich nicht entfernt, sondern behalten, wie ein Mahnmal, das man zeit seines Lebens mit sich herumträgt.«

Nachdem Nicolas kurz darauf auflegte, fragte er sich, warum er den beiden nichts von dem Anruf bei seinem Vater erzählt hatte, es hätte die Ermittlungen weiterbringen können. Die Wahrheit war: Er wusste es selbst nicht.

Er wusste nur, dass er etwas gutzumachen hatte, so war sein Verständnis von dem, was einmal seine Berufung gewesen war, und, wenn er tief in sich hineinhorchte, war sie es immer noch. Personenschützer.

In der Kirche von Barfleur hatte er versagt, seinetwegen lag Gabin nun dort oben und kämpfte um das letzte bisschen

Leben, das ihm noch blieb. Und er, Nicolas, musste zusehen, wie er damit zurechtkam.

»Schlaf weiter, Rachmaninoff«, murmelte er, als er den Wagen verließ und kurz darauf durch einen nur noch feinen Regenschleier zum Haupteingang des Hospital Louis Pasteur ging. Der Asphalt auf dem Parkplatz glänzte dunkel, in der Ferne war das Rauschen des Feierabendverkehrs von Cherbourg zu hören.

Nicolas strich das Wasser von seiner Jacke und betrat die Empfangshalle. Die Intensivstation war in der siebten Etage des Komplexes untergebracht, Nicolas nahm den Aufzug, er hielt die Augen während der gesamten Fahrt nach oben geschlossen.

Er sammelte sich, bereitete sich vor, während er tief ein- und ausatmete. Immer wieder tauchten Bilder der vergangenen Nacht vor ihm auf, Gabin unter ihm auf dem Friedhof, sein Keuchen, das Entsetzen. Der Moment, als die Kugel ihn am Rücken getroffen hatte.

Ein leises »Ping« riss ihn aus seinen Gedanken, er betrat einen langen Gang. Auf halber Strecke war die Anmeldung.

»Ich möchte zu Gabin Levantier, bitte.«

Die Frau am Schalter sah ihn misstrauisch an.

»Einen Monsieur Levantier haben wir hier nicht, bitte fragen sie nochmal unten in der Halle nach.«

Nicolas lächelte.

»Hören Sie, ich weiß, dass Sie die Anweisung haben, Besucher abzuweisen. Monsieur Levantier steht unter Polizeischutz, vermutlich ist sein Zimmer ganz hinten im Gang. Wenn ich kurz telefonieren ...«

Aber die Frau schüttelte nur entschieden den Kopf.

»Hören Sie, Sie müssen sich täuschen. Ein Monsieur Levantier ist hier wirklich nicht ...«

»Es ist in Ordnung. Er gehört zu uns.«

Überrascht drehte Nicolas den Kopf zur Seite und sah eine junge Gendarmin vor sich stehen. Sie hatte schulterlange rote Haare, Sommersprossen und ihre Hand an der Waffe. Sie trug ihre blaue Uniform und sah ab und zu hinter sich, den Gang hinunter.

»Bonjour, Sie müssen Nicolas Guerlain sein. Ich wurde angerufen, mein Name ist Jeanne Lefèvre von der Gendarmerie in Beaumont. Wir wurden gebeten, die Polizei hier zu unterstützen.«

Nicolas reichte ihr die Hand, die Frau am Schalter sah ihn weiterhin misstrauisch an.

»Ich bin Nicolas, wenn's okay ist.«

Er schätzte die junge Frau auf Anfang zwanzig, sie wirkte entschlossen, und er hatte keinen Zweifel daran, dass Gabin in seinem Zimmer in Sicherheit war, solange sie auf einem Stuhl davorsaß. Seltsamerweise hatte er für einen kurzen Augenblick den Eindruck, dass sie sich schon einmal begegnet waren. Aber bevor er tief in seinem Gedächtnis graben konnte, zeigte ihm Jeanne bereits den Weg.

»Komm mit, ich bringe dich hin«, sagte sie. Er folgte ihr den Gang hinunter an mehreren Krankenzimmern vorbei.

»Wer hat dich angerufen?«, fragte er.

»Valerie Colin. Die Police Nationale ist verantwortlich für die Sicherheit des Mannes, aber hier oben arbeiten wir eng zusammen, Gendarmerie und Police Nationale.«

Die junge Frau war schmächtig und deutlich kleiner als Nicolas, aber ihr Gang war entschlossen und zielstrebig. Sie nickte einem Arzt zu, der ihnen entgegenkam.

»Und woher weißt du, dass ich wirklich der bin, den Valerie Colin dir angekündigt hat?«, wollte Nicolas wissen.

Sie sah ihn prüfend von der Seite an.

»Ihre Beschreibung passt ziemlich genau auf dich.«

»Und wie hat sie mich beschrieben?«

Sie lächelte.

»Gut aussehend, melancholischer Blick, athletisch.«
»Na, dann komme ich ja ganz gut weg.«
Sie blieb vor einem Einzelzimmer stehen, die Tür stand offen, er konnte schemenhaft erkennen, dass in dem Bett jemand lag.
»Das war ein Scherz. Sie hat mir natürlich ein Foto geschickt. Ich bin hier draußen. Der Mann ist noch immer nicht wirklich ansprechbar, ich fürchte, du bist etwas zu früh gekommen.«
Sie nickte ihm zu und setzte sich auf einen Stuhl direkt neben der Tür.
»Dann bis gleich, Jeanne. Und danke für die Beschreibung, trotz allem.«

Nicolas trat in den matt beleuchteten Raum, die Jalousien waren ein Stück geöffnet, von draußen drang das Geräusch des Nieselregens durch das gekippte Fenster. Gabin lag im Bett, ein Messgerät zur Sauerstoffsättigung am Zeigefinger seiner linken Hand. Seine Arme lagen ausgestreckt auf der Decke, sein Atem ging ruhig.

Gabins Gesicht wirkte eingefallen, er bewegte sich nicht, als Nicolas einen Stuhl heranzog. Er betrachtete das fast vollständig weiße Haar des Mannes, die Altersflecken an seinem Hals.

Für einen Augenblick wusste Nicolas nicht, was er hier überhaupt sollte. Er hörte dem rhythmischen Piepsen der medizinischen Geräte zu, betrachtete das Bild an der Wand, oberhalb des Bettes. Es zeigte den Phare de Goury, den Leuchtturm am Cap de la Hague.

»Ich war vorhin noch dort«, sagte er leise und ohne zu wissen, ob Gabin überhaupt etwas mitbekam. »Am Kap, meine ich. Der Leuchtturm ist beeindruckend. Es sieht aus, als hätte ihn jemand in das Wasser gerammt.«

Seine Stimme schien von der Stille des Raumes geschluckt

zu werden, er wusste nicht, ob die junge Gendarmin draußen vor der Tür ihn hören konnte.

»Es ... es tut mir leid, Gabin. Es tut mir wirklich so unfassbar leid. Ich hätte besser auf dich aufpassen müssen. Ich dachte, wir schaffen es. Aber ich habe mich geirrt.«

Vielleicht waren es die Ereignisse der vergangenen Tage. Vielleicht das eingefallene Gesicht des alten Mannes. Womöglich auch nur die Müdigkeit. Oder eben doch die Bilder der vergangenen Jahre, die immer dann durch Nicolas' Gedanken zogen, wenn es ruhig wurde um ihn herum.

Er weinte, ohne dass er sich dafür schämte.

»Ich wollte da sein, ich wollte dich beschützen. Das ist mein Job, verstehst du? Und ich habe es nicht geschafft, ich habe es einfach nicht hinbekommen. Und jetzt liegst du hier, wir kennen uns noch nicht mal richtig. Aber du solltest hier nicht liegen. Und ich sollte zuhause sein, einfach nur zuhause.«

Er schluckte schwer, als er Gabins Hand nahm und sie behutsam drückte.

»Ich setze mich jetzt da draußen hin, hörst du? Ich bleibe da, bis du aufwachst, denn das wirst du demnächst. Und dann erzählst du mir alles. Und ich erzähle dir auch alles.«

Nicolas wusste nicht, warum er so niedergeschmettert war, er fühlte sich gleichzeitig verloren und geborgen an der Seite dieses Mannes, in diesem Raum, in dem sich das Licht eines weiteren grausamen Tages durch die Jalousien kämpfte.

»Nicolas?«

Jeannes Stimme drang durch die nur angelehnte Tür zu ihm herein.

Noch nicht. Er wollte noch hier sitzen, fernab all der Sorgen und der Ängste, die den Cotentin und seine Menschen gerade in Atem hielten.

»Nicolas! Schnell!«

Ihr Tonfall ließ ihn aufschrecken. Er löste sich von Gabin,

von seinen dunklen Gedanken, stand auf und ging zur Tür. Hastig wischte er sich dabei die Tränen aus dem Gesicht. Die Gendarmin war von ihrem Stuhl aufgestanden und blickte stirnrunzelnd den Gang entlang.

»Was ist los?«, fragte Nicolas.

»Die Frau«, sagte Jeanne leise und deutete mit dem Kinn den Gang hinunter. »Sie ist eben aus dem Fahrstuhl da vorne gestiegen. Sie wirkt nervös.«

Nicolas trat einen Schritt nach vorn und sah in Richtung des Fahrstuhls. Er erkannte sie sofort.

Agnès Moreau stand am anderen Ende des Ganges, zwischen ihnen lag die Anmeldung, einige Krankenschwestern eilten von Zimmer zu Zimmer, ein Stationsarzt sprach mit einer Kollegin, während er seinen Piepser kontrollierte.

Die Frau war sichtlich nervös, sie hielt ihre Handtasche in beiden Händen, ihre grüne Regenjacke war nass, Tropfen fielen auf den Boden. Ihre Haare waren zerzaust, und ihr Blick flog den Gang entlang und blieb an Nicolas haften, der jetzt in ihr Blickfeld getreten war.

»Kennst du sie?«

Nicolas kam nicht mehr dazu zu antworten, denn in dem Augenblick, in dem Agnès Moreau ihn sah, drehte sie sich um und hastete zurück in den Fahrstuhl, wo sie hektisch und mehrfach auf den Knopf drückte.

Ihr Blick war voller Angst. Und Nicolas rannte los.

»Bleib du hier!«, schrie er Jeanne über die Schulter zu, er hastete an einer Krankenschwester vorbei und an dem Stationsarzt, der leider im falschen Moment einen Schritt zur Seite machte. Nicolas rammte ihn im vollen Lauf, der Mann schrie, fiel zu Boden und kippte dabei gegen einen Servierwagen.

Alles fiel mit einem infernalischen Lärm zu Boden, aber Nicolas stolperte weiter, mit schmerzverzerrtem Gesicht, weil seine Schulter brannte.

Die Tür des Fahrstuhls schloss sich.

»Warten Sie!«, schrie er der Frau zu, aber Agnès Moreau hieb immer wieder panisch gegen den Knopf, als könnte sie so das Schließen der Türen beschleunigen.

Nicolas rannte weiter, vorbei an der Anmeldung, er war schnell, er konnte es schaffen, noch waren die Türen nicht ganz geschlossen.

Und er hätte es geschafft, wenn nicht eine Stationsschwester in genau diesem Augenblick aus einem der Zimmer gekommen wäre, rückwärts, weil sie sich mit dem Patienten unterhielt und ihm noch einmal zuwinkte.

Und Nicolas nicht sehen konnte.

»Achtung!«

Aber es war zu spät, sie prallten zusammen und schlugen beide hart auf dem Boden auf.

Die Stationsschwester schrie panisch, die Türen des Fahrstuhls schlossen sich, und das Letzte, was Nicolas sah, war der Blick von Agnès Moreau – gehetzt und verzweifelt.

Er rappelte sich mühsam auf, half der Schwester ebenfalls hoch. Sein Herz raste, er war voller Adrenalin. Als er zurückblickte, sah er Jeanne, die junge Gendarmin, die mit der Hand an ihrer Waffe vor Gabins Zimmer stand.

»Entschuldigen Sie«, sagte er zur Stationsschwester, die sich mit schmerzverzerrtem Gesicht den linken Ellbogen hielt. »Wo ist das Treppenhaus?«

KAPITEL 18

Cherbourg
Hospital Louis Pasteur

Sieben Stockwerke, und jede Stufe tat weh. Nicolas war durch die Tür zum Treppenhaus gestürmt, hatte sie förmlich eingerannt und stürzte jetzt Stockwerk für Stockwerk nach unten. Er übersprang zwei Stufen, schließlich einen ganzen Absatz, er stolperte, prallte gegen die Betonwand, fluchend und schimpfend.

Aber er musste Agnès Moreau einholen, für Gabin, für sich, aber hauptsächlich, um endlich Licht ins Dunkle zu bringen.

Er war dankbar, dass niemand ihm entgegenkam. Wenn er Glück hatte, war der Aufzug auf dem Weg nach unten aufgehalten worden, jemand war zugestiegen, hatte ihn abgebremst.

Aber er hatte kein Glück.

Als Nicolas das Treppenhaus verließ und in die Empfangshalle stürmte, sah er gerade noch, wie sich die Aufzugstür wieder schloss. Einige Patienten starrten Nicolas an, der keuchend und die linke Schulter haltend durch die Halle eilte.

»Die Frau! Haben Sie die Frau gesehen? Sie trägt einen grünen Regenmantel, bitte, haben Sie sie gesehen?«

Aber niemand antwortete ihm, er rannte weiter und erkannte, dass die große Schiebetür am Eingang noch geöffnet war. Agnès Moreau musste bereits draußen sein.

Als Nicolas auf den Parkplatz stürzte, spürte er den Regen

nicht, der jetzt wieder zugenommen hatte. Sein Blick flog über die Reihen der geparkten Autos, er sah die blinkenden Lichter einer Ampel weiter vorn an der Straße, Regentropfen, die auf Motorhauben prallten, die Sirene eines heranfahrenden Krankenwagens.

Dann sah er für einen kurzen Augenblick etwas Grünes aufblitzen, in einer der hinteren Reihen des Parkplatzes.

Nicolas rannte los und behielt Agnès Moreau im Blick, die sich immer wieder unschlüssig umsah. Schließlich verließ sie den Parkplatz zu Fuß und hastete Richtung Straße.

In dem Augenblick, als sie aus seinem Blickfeld verschwand, öffneten sich die Türen eines alten Pick-ups, der in einer der Reihen links von ihm abgestellt war. Zwei Männer stiegen aus, sie trugen dunkle Trainingsjacken, und Nicolas wusste sofort, dass sie keine gewöhnlichen Besucher waren.

Er erkannte einen der Angreifer von der Kirche, er hatte zu den Männern gehört, die aus dem Wagen gestiegen waren und sofort das Feuer auf ihn und Gabin eröffnet hatten.

»Nicht hier«, sagte Nicolas zu sich selbst. »Ihr werdet nicht anfangen hier rumzuschießen.«

Während der größere der beiden Männer Agnès Moreau hinterhereilte, drehte sich der andere langsam zu Nicolas um. Aufgrund des stärker werdenden Regens war niemand sonst auf dem Parkplatz. Nicolas wusste, dass der andere ihn ebenfalls erkannt hatte. Er rannte los, während der andere versuchte, ihm den Weg abzuschneiden.

Er war kahlköpfig und kräftig, klein und stämmig. Und er hielt ein Klappmesser in der Hand.

Nicolas musste seinen Lauf abbremsen, als aus einer Parklücke ein Wagen durch den Regen schoss und ihn anhupte. Kurzentschlossen schlitterte er über die Motorhaube, der Schmerz schoss durch seine linke Schulter. Der Angreifer mit dem Messer kam zwischen den Autoreihen auf ihn zu.

Nicolas' Blick flog über die Autodächer, er konnte Agnès Moreau schon nicht mehr sehen, nur den Rücken des Mannes, der ihr folgte. Er hatte keine Zeit zu verlieren.

Der Kahlköpfige ließ das Messer mehrfach auf- und zuschnappen, fieberhaft suchte Nicolas nach einem Ausweg, aber es gab keinen. Und er hatte keine Waffe bei sich.

»So, Bodyguard, jetzt ist Schluss. Das hier ist für meinen Kumpel, den hast du übel zugerichtet auf dem Friedhof!«

Nicolas machte zwei Schritte zur Seite, der Mann war aber offenbar ein geübter Kämpfer. Und er war schnell.

»Lasst die Frau in Ruhe«, sagte Nicolas mit fester Stimme, während er nach einer Fluchtmöglichkeit suchte. »Sie hat euch ...«

Weiter kam Nicolas nicht.

Der Mann machte einen Satz nach vorne, die Klinge des Messers glänzte im Schein der Parkplatzbeleuchtung. Nicolas sprang zur Seite, aber der Mann hatte es vorhergesehen. Mit einer raschen Bewegung erwischte er Nicolas am rechten Arm, die Klinge schnitt durch seinen Pullover und ritzte die Haut auf.

Nicolas stöhnte und stützte sich an einem Auto ab.

»Wird Zeit, dir eine Lektion zu erteilen, Bodyguard.«

»Ich bin Personenschützer, du Mistkerl«, murmelte Nicolas. Seine Hände schlossen sich um das Heckwischerblatt eines Wagens, er riss es mit aller Kraft aus der Verankerung und schlug dem sich nähernden Angreifer damit ins Gesicht. Peitschengleich zog das harte Gummi einen blutigen Striemen über seine Haut, die Überraschung des Kahlköpfigen verschaffte Nicolas wertvolle Zeit.

Er nutzte den Augenblick, sprang nach vorn und trat dem Mann seitlich gegen das linke Knie. Es knackte deutlich, und der Angreifer sackte stöhnend zu Boden.

Geistesgegenwärtig schoss Nicolas schnell ein Foto von ihm – und trat ihn anschließend mit Wucht in die Seite. »Das war für Gabin, du Mistkerl«, sagte er und rannte los in Richtung Straße. Er durfte Agnès Moreau nicht aus den Augen verlieren, er musste sie einholen. Auch wenn seine Schnittwunde brannte und seine Schulter erneut stark schmerzte. Er musste es einfach schaffen. Im vollen Lauf rief er Roussel auf seinem Handy an.

»Nicolas, was gibt es?«, meldete sich dieser sofort.

»Roussel, hör mir zu! Sie wollen die Frau! Moreaus Frau, sie wollte zu Gabin! Jetzt sind sie hinter ihr her, ich verfolge sie in Richtung Stadtzentrum!«

Roussel war sofort alarmiert, er vergeudete keine Zeit mit unnützen Zwischenfragen.

»Wo bist du genau?«

Nicolas erreichte die Rue du Val de Saire, wo der Verkehr an ihm vorbeirauschte. Fieberhaft suchte er nach Agnès und ihrem Verfolger.

»Ein Mann ist hinter ihr her, dunkle Sportjacke, etwa eins neunzig groß, dunkle Haare. Ich folge ihnen in Richtung Hafen, zu Fuß. Ich bin in der Rue du Val de Saire. Ein zweiter Angreifer liegt auf dem Parkplatz, er ist verletzt.«

»In Ordnung. Wir beeilen uns.«

Nicolas hatte beim Kampf auf dem Parkplatz wertvolle Zeit verloren, vergeblich suchte er nach der Frau oder ihrem Verfolger. Doch er konnte keinen der beiden entdecken. Jetzt konnte er sich nur auf seinen Instinkt verlassen. Wohin würde die in Panik geratene Frau fliehen?

Kurzentschlossen überquerte er die Straße, als sich eine Lücke im Verkehr auftat, und rannte nach links, wo ein mächtiges Kirchengebäude zu erkennen war. Ohne zu zögern, steuerte er darauf zu. Und zumindest diesmal hatte ihn sein Instinkt nicht getäuscht.

Hinter der Kirche traf die Straße, die er hinunterrannte, auf die Rue Cachin. Als er um die Ecke bog, sah er im letzten Augenblick den Ärmel einer dunklen Lederjacke hinter einer Mauer verschwinden. Offenbar war Agnès Moreau in einen kleinen Durchgang geflohen. Nicolas hetzte die Straße hinunter und erreichte den Durchgang in dem Augenblick, als er einen Schrei hörte. Einen Schrei voller Schmerz und Wut, den Schrei eines Mannes.

Es war ein Schulhof, auf dem Nicolas sich wiederfand. Er war verwaist, es war später Nachmittag und der Unterricht bereits beendet. Nicolas blickte sich um und versuchte herauszufinden, aus welcher Richtung der Schrei gekommen war. Er brauchte nicht lange.

Auf der anderen Seite des Hofes führte ein weiterer Durchgang wieder hinaus, ein schmales Eisentor stand offen, dahinter war eine enge Straße zu sehen. Der Regen klatschte jetzt wieder stärker auf den Asphalt, an den Scheiben des Gebäudes klebten Zeichnungen von Kindern, ein Basketball lag verlassen in einer Ecke.

Vor dem Eisentor lag der Mann auf dem nassen Boden und hielt sich das blutige Gesicht. Offenbar hatte sie ihren Verfolger überrascht und ihm das Eisentor mit voller Wucht ins Gesicht gerammt.

»Sehr gut«, murmelte Nicolas und näherte sich vorsichtig dem Mann, der noch regungslos auf dem Boden lag.

Der Regen wurde stärker, er verteilte das Blut des Mannes auf dem Asphalt. Und plötzlich löste sich ein Schatten aus dem schmalen Durchgang.

Es war Agnès Moreau, sie stand einfach da, keuchend und außer Atem, aber sie lebte.

»Bleiben Sie bitte stehen«, sagte Nicolas und hob beide Hände. »Ich tue Ihnen nichts. Ich kann Ihnen helfen.«

Sie warf einen Blick über die Schulter, während ihre zitternden Hände sich am Eisengitter festklammerten. Ihr Blick flackerte.

»Bitte«, sagte Nicolas beruhigend. »Es ist okay. Sie sind in Sicherheit.«

Als sie ihm antwortete, war ihre Stimme müde und ängstlich.

»Ich kann nicht ... sie sind da.«

»Kommen Sie zu mir!«, sagte Nicolas, aber er spürte, dass er sie verlor. Hinter dem Durchgang stoppte ein Motorrad.

»Passen Sie auf ihn auf«, sagte sie mit leiser Stimme, die im Prasseln des Regens fast unterging.

»Wen meinen Sie, Gabin? Sie können ihm selbst ...«

»Und sagen Sie ihm, dass es mir leidtut.«

Es war das Letzte, das sie sagte, bevor ein Mann mit einem dunklen Motorradhelm auftauchte und sie nach hinten zog. Sie wehrte sich nicht, sie schrie nicht, sie starrte nur Nicolas an, durch den Regenschleier hindurch, und ihr Mund formte stumm die immergleiche Botschaft.

»Es tut mir leid.«

Dann war sie fort, bevor er etwas tun konnte. Das Motorrad wurde gestartet, und Nicolas wollte gerade loslaufen, als der Mann am Boden sich stöhnend aufsetzte. Er blutete im Gesicht, seine Nase war ganz offensichtlich gebrochen. Aber es hinderte ihn nicht daran, seine Waffe zu ziehen.

»Bleiben Sie liegen! Die Polizei ist jeden Moment da! Ich will Ihre Hände sehen!«

Aber der Mann löste sich vom Boden, grinsend und mit hasserfülltem Blick und sagte: »Halt's Maul, Bodyguard!«

Mit einer überraschend schnellen Bewegung zielte er auf Nicolas, ohne Vorwarnung und mit tödlicher Präzision.

Es war der regennasse Boden, der Nicolas rettete, vielleicht auch sein Instinkt, der ihn blitzschnell handeln ließ. Er machte einen Hechtsprung auf den nassen Asphalt des Schulhofes und rutschte zwei Meter weiter, in den Schutz einer Tischtennisplatte aus Beton, hinter deren Fuß er Schutz fand.

Nur wenige Zentimeter neben ihm schlug die erste Kugel ein. Eine weitere zischte knapp über seine Beine.

»Und jetzt, Bodyguard?«, rief der Mann und tat genau das, wovor Nicolas am meisten Angst gehabt hatte: Er kam mit langsamen Schritten auf ihn zu. Ohne Hast.

Er war keine zwanzig Meter entfernt.

Nicolas warf einen schnellen Blick in Richtung des Mannes – und zog den Kopf sofort wieder zurück, als dieser blitzschnell schoss und Steine von der Platte absplitterten.

»Scheiße, scheiße, scheiße«, murmelte Nicolas. Er sah sich suchend um, aber um ihn herum gab es keine weiteren Möglichkeiten, sich zu verstecken.

»Was jetzt! Ich rede mit dir! Du hast nicht immer so großes Glück, Bodyguard! Du hast keine sieben Leben, sondern nur eines, hörst du? Und das endet jetzt!«

»Und dann?«, rief Nicolas, um etwas Zeit zu gewinnen. »Was dann? Warum seid ihr hinter Gabin her? Was wollt ihr von ihm?«

Während er redete, suchte Nicolas fieberhaft nach einem Ausweg, nach einer Fluchtmöglichkeit. Aber er sah keine. Er saß inmitten dieses Schulhofes auf dem Präsentierteller.

Der Mann lachte jetzt.

»Das werde ich dir gerade erzählen, Bodyguard.«

Vorsichtig schob Nicolas sich um den Fuß der Platte herum, er hatte plötzlich eine schmale Tür in einem der Gebäude entdeckt. Aber es waren mindestens fünfzehn Meter. Eigentlich zu weit. Aber es war seine einzige Hoffnung.

Der Angreifer war stehen geblieben.

»Komm schon, lass mich nicht dumm sterben«, sagte Nicolas und machte sich bereit.

»Netter Versuch. Steh auf und komm raus. Vielleicht lass ich dich am Leben.«

Nicolas hatte keine Chance. Aber auch keine Wahl. Voller Verzweiflung sprang er auf, hechtete nach vorne, rollte sich ab und kam schlingernd auf die Füße. Eine Kugel pfiff knapp an ihm vorbei. Und dann rannte er los. Mit mehr Glück als

Verstand erreichte er nach einigen Sekunden die Tür, griff nach der Klinke – doch sie war verschlossen. Fest und unnachgiebig, als würde sie jedes Leben aussperren wollen.

Nicolas sackte an der Tür nach unten. Erschöpft, durchnässt vom Regen, der auch seinen Blick verschleierte. Er atmete aus, sammelte sich für das, was nun kommen würde. Der Mann trat mit erhobener Waffe auf ihn zu.

»Liebe Grüße von Moreau. Wir kümmern uns um Gabin. Wir holen uns, was er weiß.«

Nicolas blickte den Mann an, der jetzt mit erhobener Waffe vor ihm stand.

»Was hat er, das ihr sucht?«

Der Finger des Mannes krümmte sich.

Keine Fragen mehr. Und keine Antworten.

Zwei Schüsse.

Ende.

Die Kugeln durchbohrten den Oberkörper des Mannes, schleuderten ihn herum, der Blick ungläubig. Sie zerfetzten seine Lunge, durchschlugen seinen Brustkorb, aus dem in Sekundenschnelle jedes Leben schwand.

Er taumelte, griff sich an die Brust, kippte zur Seite.

Nicolas sah durch den Regenschleier, wie der Mann zu Boden sackte, wie seine Waffe auf dem Asphalt aufschlug. Wie er auf die Knie fiel und ihn anstarrte. Und dann nach vorne kippte, langsam, wie ein Baumstamm, entwurzelt und jeder Kraft beraubt.

Wie sein Gesicht auf den Asphalt schlug, nur einen Meter von ihm entfernt. Wie dahinter eine Gestalt im Regen erschien, klein und schmächtig, mit gezogener Waffe.

Es war eine junge Frau in der blauen Uniform einer Gendarmin.

Jeanne, die offensichtlich eigenmächtig ihren Platz vor Gabins Krankenzimmer verlassen hatte. Hinter ihr tauchten weitere Gestalten auf, Schatten im Regen, der auf ihn niederprasselte und alles fortwusch, die Tränen, das Blut, das Leben und den Tod.

KAPITEL 19

Cherbourg

Über das Land wie über das Meer legte sich eine dumpfe und alles lähmende Stille. Wellen rollten ohne jedes Rauschen an die Felsen des Cap de la Hague, Möwen flogen geräuschlos über das weite Hinterland, in dem noch immer der Regen die brackigen Gräben füllte. Immer noch war der wahre Sturm nicht über den Cotentin gezogen, immer noch lauerten die Wolken am Horizont, als wollten sie dann umso unbarmherziger über die Welt hereinbrechen. Dichter Nebel hatte sich festgeklemmt zwischen Ebbe und Flut und zwischen den Häuserwänden von Cherbourg.

Nicolas saß an einem Tisch mit einem karierten Tischtuch und hielt sein Handy umklammert, während er durch ein Fenster hinaus auf den Quai Caligny blickte. Dahinter lag, verborgen im Dunst, das Hafenbecken von Cherbourg, zahlreiche weiße Segel- und Motorboote schaukelten auf den unruhigen Wellen.

»Da braut sich ganz schön was zusammen«, sagte Roussel neben ihm zum wiederholten Male und leerte sein Bierglas in einem Zug. »Was sagt sie?«

Nicolas schüttelte den Kopf.

»Nichts. Sie ist unterwegs, vermutlich hört sie ihr Handy einfach nicht.«

Roussel nickte.

»Ist vermutlich besser so. War verdammt knapp vorhin. Wenn die junge Gendarmin nicht gewesen wäre…«

Nicolas atmete langsam aus und beobachtete, wie sich ein weiterer Tropfen auf die lange Reise entlang der Panoramascheibe des »Comptoir Normand« machte. Dahinter spritzten vorbeifahrende Autos schmutziges Regenwasser über das Trottoir, einige wenige Menschen hasteten mit ihren Regenschirmen, an denen der Sturmwind zerrte, am Hafenbecken entlang.

Der Wind wurde stärker, die Markise des Restaurants flatterte heftig im Wind.

»Ich werde sie reinholen«, sagte der Besitzer des Restaurants und nickte Valerie zu, die seit geraumer Zeit mit der Staatsanwaltschaft von Cherbourg telefonierte. Schließlich legte sie auf und blickte mit finsterer Miene zu Roussel.

»Wir haben den Beschluss. In einer Stunde geht es los.«

»Sehr gut.«

»Wir können jetzt keine Rücksicht mehr nehmen, der Zoll ist informiert. Die Frau ist in Gefahr, wir müssen handeln. Und langsam wird es für Moreau auch immer schwieriger, seine Rolle in dieser Geschichte zu kaschieren. Es ist seine Frau, hinter der die Männer her waren, dein Angreifer auf dem Schulhof, Nicolas, gehört zu den Männern, die auf Gabin und dich an der Kirche geschossen haben. Es reicht jetzt.«

Sein Angreifer.

Sein Name war Benoit Dugarde, er war mehrfach vorbestraft und derzeit ohne feste Beschäftigung. Er war in einem Mehrfamilienhaus außerhalb von Cherbourg gemeldet, dort aber war er nach Angaben der Nachbarn seit längerem nicht mehr gesehen worden.

»Er wohnt bei Moreau, ich bin mir ganz sicher. Genau wie der andere, der dich zuerst angegriffen hat, auf dem Parkplatz des Krankenhauses. Darauf verwette ich mein ganzes Monatsgehalt«, führte Valerie aus.

»Na, das ist ja nicht allzu viel«, ergänzte Roussel. »Wenn

es meine Besoldungsstufe ist, dann kommen wir damit nicht weit. Aber vermutlich hast du recht, irgendwie führen alle Spuren zum Hof von Moreau. Wenn es nach mir geht, kann es sofort losgehen. Nehmen wir den Scheißkerl hoch, er wird uns seine Schmuggelgeschäfte auch noch beichten, glaub mir.«

Der Kahlköpfige, der Nicolas auf dem Parkplatz angegriffen hatte, hatte sich aus dem Staub gemacht. Er war zur Fahndung ausgeschrieben, Polizeistationen auf dem gesamten Cotentin waren aufgerufen, nach ihm zu suchen.

»Und vermutlich hockt er längst auf dem Hof von Moreau und schwört Rache an dir, Nicolas.«

Valerie stand auf und stellte sich ans Fenster, während der Kellner den Tisch abräumte.

»Kaffee für alle?«

»Sehr gerne, vielen Dank, Michel.«

Sie hatten nach der ersten Aufregung auf dem Schulhof beschlossen, dass sie ihre nächsten Schritte genauso gut im »Comptoir Normand« besprechen konnten, was sich angesichts des Dauerregens über der Stadt als gute Idee herausstellte. Pizza, Bier und eine gut funktionierende Heizung hatten ihnen allen neuen Mut gemacht.

»Was hat er genau gesagt, der Mann auf dem Schulhof?«

Nicolas fuhr sich erschöpft übers Gesicht und streckte seine müden und ramponierten Glieder. Unter dem Tisch hatte sich Rachmaninoff zusammengerollt, frei von all den dunklen Gedanken der Menschen, die ihn umgaben.

»Er sagte: *Wir holen uns, was er weiß.*«

»Irgendeine Ahnung, was das sein könnte?«, fragte Roussel. »Was soll Gabin wissen?«

Nicolas schüttelte den Kopf. Immer wieder schob sich das Bild des Mannes vor sein inneres Auge, wie er da im Regen gestanden hatte mit seiner Waffe und kalt lächelnd.

»Wir müssen unbedingt Agnès Moreau finden«, sagte

Valerie. »Sie kann uns vielleicht sagen, wonach Guy Moreau und seine Männer suchen. Oder Gabin kann uns bald ein paar Informationen geben, am liebsten wäre mir beides.«

Nicolas dachte an die letzten Worte der Frau, bevor der Motorradfahrer sie mitgenommen hatte.

Sagen Sie ihm, dass es mir leidtut.

In diesem Augenblick wurde die Tür des »Comptoir Normand« aufgestoßen, und Gaspard, der Rechtsmediziner, betrat das Restaurant. Sein grauer Mantel war klatschnass, ein angesichts des immer stärker werdenden Windes unnützer Regenschirm baumelte an seiner Seite.

»Verdammt nochmal, was ist das für ein Wetter?«, sagte er, während er seinen Mantel auszog und zu ihnen an den Tisch kam. Außer Nicolas, Valerie und Roussel war niemand im Restaurant, noch war es zu früh zum Essen, und das Wetter trieb die Menschen eher nach Hause.

»Da hängen dicke Sturmwolken über dem Meer«, sagte Gaspard, gab dem Restaurantbesitzer ein Zeichen und setzte sich neben Valerie.

»Na, da ist aber etwas ganz schön aus dem Ruder gelaufen«, fuhr er fort und legte einige Unterlagen auf den Tisch. »Zwei Tote mit Brandmalen, dazu eine Schießerei in Barfleur, jetzt hier in Cherbourg – eigentlich ist der Cotentin eine ruhige Gegend, nicht wahr, Valerie?«

Mit den Kaffees kam ein Glas Weißwein für den Rechtsmediziner, sie gönnten ihm einen kurzen Moment zum Durchschnaufen. Schließlich sah Valerie ihn an.

»Danke, dass du gekommen bist, Gaspard. Ich hatte das Gefühl ... wir bräuchten alle mal einen Ortswechsel. Nachdem wir mittlerweile ja nicht mal mehr zum Ermitteln kommen, weil um uns herum so viele verrückte Dinge geschehen. Das Tempo ist irrsinnig, vielleicht tut es uns ganz gut, mal einen Schritt zurückzutreten.«

»Auch die Pizza ist hervorragend«, murmelte Roussel, was seine Art war, auszudrücken, wie sehr er Valeries Vorgehen schätzte. Sie war ganz offenbar eine erfahrene Kommissarin, die nicht unnütz in der Gegend herumrannte, sondern sich zuvor Gedanken machte. So dunkel diese Gedanken auch sein mochten.

Nicolas schaute auf sein Handy und überlegte, es nochmal bei Julie zu versuchen. Er verwarf den Gedanken aber, als Gaspard sich räusperte und mit seinem Bericht begann: »Ich würde vorschlagen, wir gehen es der Reihenfolge nach durch. Ich beginne mit dem ersten Toten in der Baie de l'Établette. Hier sind unsere Untersuchungen eigentlich abgeschlossen. Aber ich habe neue Informationen von der IS Terre erhalten, ihr erinnert euch.«

»Das Institut für Geologie in Grenoble«, ergänzte Valerie.

Gaspard nickte und blätterte in einem Stapel Papiere.

»Ich hatte gehofft, dass sie mir mehr sagen könnten über die Beschaffenheit des Bodens, über die Steinsedimente in der Höhle. Ihr wisst sicherlich, dass jede Schicht eines Berges oder eines Felsens aus einer bestimmten Epoche stammt. Daraus lässt sich ableiten, wie tief eine solche Höhle ist.«

»Klingt kompliziert, aber auch logisch«, befand Roussel.

Aber Gaspard war offensichtlich nicht zufrieden.

»Nun, leider haben sie nichts gefunden. Und zwar wirklich: nichts.«

»Was soll das heißen?«, fragte Roussel. »Er hat doch auf diesen Purpurschnecken gestanden, dachte ich. Und auf den kleinen runden Steinen.«

Gaspard zuckte mit den Schultern.

»Richtig, aber es geht um die Schicht darunter. Um den Boden, den Felsen, auf dem er stand. Und da ist einfach nichts. So wie es aussieht, hat er nicht auf felsigem Untergrund gestanden.«

»Sondern?«

»Auf nacktem Beton, sagen die Kollegen. Wir haben es womöglich gar nicht mit einer natürlichen Höhle zu tun.«

»Sondern mit was, einer Garage am Meer?«

Gaspard hob die Hände.

»Hey, ich bin nur der Übermittler der Botschaft. Ich bleibe dabei, es muss ein Ort sein, der einer Höhle gleicht und in dem Fledermäuse wohnen. Mehr weiß ich auch nicht.«

»Wo könnte das sein an der Küste?«, fragte Roussel Valerie, aber sie schüttelte den Kopf.

»Ich weiß es nicht. Ich habe zwei Leute darauf angesetzt, die gehen Bucht für Bucht durch. Irgendetwas muss es ja geben. Okay, Gaspard, was gibt es noch?«

Der Rechtsmediziner nahm einen kräftigen Schluck Weißwein.

»Der zweite Tote, Buissac. Es ist alles ganz genauso wie bei Fabrice Clermand. Bis auf die Wunde am Hinterkopf. Ich vermute, er wurde zuerst niedergeschlagen, dann erst hat er das Relaxans verabreicht bekommen, in einer höheren Dosis als beim ersten Opfer. Vielleicht war Buissac misstrauischer oder aggressiver.«

»Das würde zu ihm passen, so wie ich ihn kennengelernt habe«, ergänzte Nicolas.

Gaspard blätterte erneut in seinen Aufzeichnungen.

»Auch er stand auf einem solchen Untergrund, wir haben Reste von Purpurschnecken gefunden, auch die kleinen Steine, die aus dem Meer kommen müssen. Wieder Fledermauskot. Ich werde es erneut an die IS Terre schicken, aber vermutlich kommt das Gleiche dabei heraus.«

Nicolas konnte von seinem Platz aus die Aufnahmen der Brandmale sehen, dunkle Löcher, eingebrannt in einen Menschen, der dann später qualvoll erstickt war. Eine weitere grausame Tat mit einer Botschaft, die sie nicht verstanden. Er sah Bilder vom Bauch, vom Rücken, die unterschiedlichen Ausmaße der Wunden. Gaspard zögerte einen Moment, dann legte er die Aufnahmen für alle sichtbar auf den Tisch.

Alle schwiegen, während ihre Blicke über die Fotos wanderten, über die Bilder von blasser Haut und dunklen Leichenflecken. Buissacs lebloser Körper im grellen Licht einer Sezierlampe, die Spuren des Lebens schon verblasst, die Spuren des Todes allgegenwärtig.

»Die Brandmale sind wieder über den ganzen Körper verteilt, scheinbar wahllos. Oben an der Einstichstelle der Spritze ist wieder das erste Brandmal, danach hat sich der Täter wie beim ersten Opfer systematisch am Körper entlanggearbeitet. Von oben nach unten, dann auf der Rückseite von unten nach oben, bis hoch zum Nacken.«

»Eine Leinwand«, murmelte Nicolas gedankenverloren.

»Wie bitte?«, fragte Gaspard, der einen schnellen Blick auf die Speisekarte warf.

»Eine Leinwand«, erklärte Nicolas. »Unschuldig, rein. Die Brandmale sind wie Tupfen. Der Täter – oder die Täterin – ist ohne Eile vorgegangen, Stück für Stück.«

»Aber was soll das bitte schön für ein Bild werden?«, fragte Roussel missmutig. »Ich meine, ganz im Ernst, da brennt jemand Löcher in einen Körper, das hat mit Kunst nichts zu tun. Das ist einfach nur krank.«

Gaspard winkte den Restaurantbesitzer herbei und bestellte sich eine Pizza. Anschließend wandte er sich wieder den anderen am Tisch zu.

»Ich befürchte, ich muss hier widersprechen, Roussel. Es ist in diesem Fall nicht einfach nur krank. Wir haben es mit jemandem zu tun, der einen klaren Plan hat. Da hat Nicolas recht. Ich weiß nicht, welchen, aber einen Plan hat er. Oder sie, auch da stimme ich Nicolas zu. Es gibt keinen Beleg, dass wir es mit einem Mann zu tun haben.«

Er legte eine weitere Aufnahme von Buissac auf den Tisch, auf der die Brandmale noch deutlicher zu sehen waren.

»Nach allem, was ihr mir erzählt habt, ist Buissac am frühen Nachmittag zum letzten Mal gesehen worden. Bevor er dann am nächsten Tag gefunden wurde, von deinem alten Freund, Nicolas. Wie auch immer, es deckt sich mit meinen Erkenntnissen. Buissac wurde über Stunden gefoltert, womöglich die ganze Nacht.«

Roussel atmete langsam und hörbar aus, Valerie fuhr sich durch ihr Haar. Nicolas saß einfach nur da und blickte auf den geschundenen Körper des Mannes, der ihn noch am Tag vor seinem Tod niedergeschlagen hatte.

Buissac war sicherlich kein Chorknabe gewesen. Aber das, was Nicolas sah, hatte niemand verdient.

»Wie hält man so etwas aus?«, fragte Valerie leise. »Ich meine, wenn jemand mit einer so starken Flamme deine Arme bearbeitet, deinen Bauch ... ich will es mir gar nicht ausmalen.«

Gaspard nickte langsam und legte eine weitere Aufnahme auf den Tisch. Sie zeigte Buissacs Beine, die ebenfalls voller Brandmale waren, einige tiefer als die anderen.

»Man hält es nicht aus«, sagte er leise. »Zumindest nicht lange. Der Geist schaltet sich ab, er schützt sich gegen die unfassbaren Schmerzen. Buissac muss mehrmals ohnmächtig gewesen sein, er kann diese Qualen nicht am Stück ertragen haben. Anders als bei der ersten Leiche gibt es hier Zeichen von ... Pausen. Zwischen der Beibringung der einzelnen Verletzungen meine ich. Wir können ziemlich genau sagen, wie lange und in welchen Abständen die Flamme eingesetzt wurde.«

»Buissac sollte nicht zu früh sterben.« Roussels Stimme war dumpf und müde, Nicolas konnte das Entsetzen in seinem Blick sehen.

»Aber es muss doch jemand mitbekommen haben?«, sagte

Nicolas. »Er muss geschrien haben, bei diesen Schmerzen, das muss doch jemand gehört haben.«

Valerie schüttelte den Kopf und sagte: »Das Sportboot ist erst in der Nacht in den Hafen gekommen. Niemand hat es bemerkt, und leider hat der kleine Hafen von Barfleur keine Überwachungskameras, niemand hat etwas mitbekommen.«

Roussel schüttelte den Kopf.

»Das ist doch blanker Wahnsinn. Da fährt jemand mit diesem Buissac raus, foltert ihn irgendwo, lässt zu, dass er schreit, weil ihn dort draußen ohnehin keiner hören kann. Und dann knebelt er ihn, und Buissac erstickt. Vielleicht weil der Spaß lange genug gedauert hat.«

Gaspard legte die Aufnahme von Buissacs Rücken auf die anderen Fotos.

»Richtig spannend wird es bei einem anderen Punkt.«

Nicolas, Valerie und Roussel sahen Gaspard neugierig an.

»Die Brandmale«, sagte er. »Es sind ja bei beiden exakt 35. Aber nicht nur das: Sie sehen auch exakt gleich aus. Jedes einzelne.«

Ungläubig sahen sie sich an.

»Das ist doch verrückt«, murmelte Roussel.

Auch Nicolas musste zugeben, dass ihn diese Informationen vollständig ratlos machten. Der menschliche Körper als Leinwand, Farbtupfer aus Feuer, keine sinnlose und entfesselte Folter, sondern ein sorgsam geplanter Ablauf.

Es war nicht nur ein Mord. Es war auch eine Botschaft.

»Irgendetwas soll uns dieser Körper sagen«, murmelte er vor sich hin, während draußen jetzt immer schwerere Tropfen gegen die Scheibe schlugen. Das Hafenbecken von Cherbourg versank im Regen.

Roussel trommelte mit den Fingern auf den Tisch, ungeduldig und ratlos zugleich.

»Wir haben versucht, ein Muster zu erkennen«, erklärte

Gaspard, während er sich seiner Pizza zuwandte. Die Bilder der Leichen schienen ihn dabei nicht zu stören.

»Aber wir haben nichts gefunden, was Sinn ergeben würde.«

Valerie war aufgestanden und tigerte durch den Raum. Roussel klopfte weiter mit den Fingerkuppen auf den Tisch. Nicolas streichelte Rachmaninoffs Fell unter dem Tisch und sah sich im Restaurant um, als würde die Lösung dieses Falles an den Wänden hängen. Als würde ...

Er hielt inne.

Große Fotografien des Cap de la Hague hingen zwischen alten Speisekarten und Postkarten an der Wand. Felsen, Buchten, eine stürmische Brandung, die gegen den Leuchtturm von Goury schlug.

»Wir brauchen etwas«, fluchte Valerie. »Was auch immer diese Botschaft sein soll, wir müssen sie lesen können, bevor das nächste Opfer dran ist. Denn ich befürchte, dass wir hier nicht am Ende sind. Ich glaube nicht, dass unser Täter einfach so zur Ruhe kommt. Vergessen wir nicht, dass jemand dieses verfluchte Foto von Clermand und Buissac ja gemacht haben muss. Wer ist dieser dritte Mann? Er ist womöglich in großer Gefahr. Das müssen wir schnellstmöglich herausfinden.«

Zur Ruhe kommen, dachte sich Nicolas. Am Meer stehen und zur Ruhe kommen.

Er hatte mit einem Mal die Stimme der Frau im Kopf, die sich auf der Plattform am Cap de la Hague neben ihn gestellt hatte. Wie war nochmal ihr Name gewesen? Die Frau, die auf dem Sentier des Douaniers unterwegs gewesen war.

Man schaut raus auf den Leuchtturm und kommt zur Ruhe.

Das Klopfen des Regens gegen die Scheibe des Restaurants.

Das Klopfen Roussels auf der Tischplatte.

Der Leuchtturm von Goury.
Heute würde man einfach zum Handy greifen.
Wieder die Stimme der Frau in seinem Kopf.
Der Leuchtturmwärter und die Zöllner, sie haben sich mit Morsezeichen verständigt.
Valerie, die im Restaurant umherlief, unruhig und missmutig. Gaspard, der seine Pizza verschlang und seinen Wein trank.
Das Klopfen am Fenster.
Das Klopfen auf dem Tisch.
Ihr Name war Céline.

Mit einem Ruck sprang Nicolas auf, so überraschend, dass Gaspard sich verschluckte und Rachmaninoff unter dem Tisch hochschreckte.

»Es ist keine Leinwand!«, sagte er laut und deutete zur Überraschung aller auf eine Fotografie des Leuchtturms von Goury.

»Es ist eine Seite. Eine leere Seite. Und sie wird beschrieben.«

Irritiert sah Roussel von Nicolas zu der Fotografie. Und von dort aus zu Valerie.

»Ich verstehe nur Leuchtturm. Was für eine Seite?«

Auch Gaspard schaute Nicolas ratlos an, ein Stück Pizza in der Hand. Käse tropfte auf die Tischdecke.

Nicolas griff nach den Aufnahmen auf dem Tisch, sortierte sie neu, legte einige beiseite.

»Sind das alle von der ersten Leiche? Wo sind die anderen, ich brauche die anderen!«

»Ist ja gut, nicht so ...«

»Schnell!«

Nicolas war jetzt wie im Rausch, er verschob die Fotos, drehte sie um, hielt sie sich vor die Augen. Immer wieder sah er zu der Fotografie des Leuchtturms, es war der Blick eines Personenschützers, der alles sehen musste, weil jedes kleinste Detail entscheidend sein konnte.

So wie jetzt.

»Nicolas, könntest du uns bitte mal sagen ...«

»Wartet! Hier! Und hier! Haben wir hier alle Brandmale auf den Aufnahmen, den gesamten Körper?«

Gaspard schüttelte den Kopf und sagte kauend: »Nein, vermutlich nicht. Wir haben natürlich alle fotografiert, aber ...«

»Und die Reihenfolge, kannst du die anhand der Aufnahmen hundertprozentig nachvollziehen?«

Nicolas starrte Gaspard eindringlich an, sein Herz schlug bis zum Hals, als würde die Erinnerung an die Szene auf dem Schulhof erst jetzt mit Wucht zurückkehren.

Gaspard schüttelte den Kopf. »Nein, das kann ich nicht. Wir haben hier nur die Aufnahmen vom Brustkorb und vom Bauch, dazu noch eine von den Oberschenkeln.«

Valerie trat an den Tisch und sagte eindringlich und etwas ungeduldig: »Nicolas, würdest du uns bitte erzählen, was du ...«

Aber dieser unterbrach sie mit einer schnellen Handbewegung und deutete auf zwei Aufnahmen. Sie zeigten jeweils den oberen Brustbereich der beiden Männer.

»Was fällt euch auf? Los, was seht ihr?«

Die anderen drei beugten sich jetzt über die Aufnahmen, Roussel blickte ab und zu in Richtung der Fotografie des Leuchtturms.

»Die Brandmale sind nicht an der exakt gleichen Stelle«, erklärte Gaspard. »Das haben wir schon bemerkt, es geht also nicht um Millimeterarbeit.«

»Doch, aber nicht an der Oberfläche«, bemerkte Nicolas. »Sondern in der Tiefe.«

»Hä?«, entfuhr es Roussel unwirsch. »Hör mal zu, Bodyguard, ich kenne deine wirren Gedankengänge, aber wenn du jetzt meinst, wir würden deinem Volkshochschulkurs in ...«

»Ich verstehe langsam, was du meinst«, unterbrach ihn Valerie und beugte sich über eine der Aufnahmen.

»Macht doch, was ihr wollt«, grummelte Roussel.

Nicolas deutete auf den Hals des ersten Opfers.

»Das erste Brandmal, es ist der Anfang. Eine tiefe Wunde.«

»Ganz genau«, sagte Gaspard. »Aber so weit waren wir schon und ...«

»Ist das hier das nächste?«, fragte Nicolas und fuhr den Brustkorb entlang. »Und das dritte dieses hier?«

Gaspard nickte, und Nicolas spürte, wie das Adrenalin ihm durch die Adern rauschte. Er war auf der richtigen Spur. Dank Céline, der Wanderin vom Cap de la Hague. Es lohnte sich also doch, die Ruhe zu suchen. Und sei es am Ende der Welt.

Nicolas holte tief Luft.

»Okay, nehmen wir mal an, das erste Brandmal dient nur dazu, die Einstichstelle zu überdecken. Es gehört nicht zur Botschaft.«

Die anderen drei konnten ihm noch immer nicht folgen.

»Dann sind diese beiden hier die ersten Brandmale. Der Beginn einer Botschaft.«

»Die keiner versteht«, entfuhr es Roussel, der sich dafür einen bösen Blick von Valerie einfing.

»Es sind zwei eher oberflächliche Male, richtig?«, fragte Nicolas. »Sie sind nicht tief. Gaspard, du sagtest, es gibt unterschiedlich schwere Verletzungen.«

Der Rechtsmediziner nickte.

»Mal war die Flamme länger auf dem Fleisch. Mal deutlich kürzer. Aber ich verstehe nicht ...«

»Schaut!«

Nicolas legte die beiden Aufnahmen der Brustpartien nebeneinander.

»Die ersten beiden bei Fabrice Clermand – schwache Brandmale. Die ersten beiden bei Buissac – ebenfalls schwache Brandmale.«

Eine gespannte Stille hatte sich im Restaurant ausgebreitet, selbst der Besitzer hinter seinem Tresen schien keine Geräusche beim Trocknen der Gläser machen zu wollen.

»Das dritte Brandmal bei Clermand – hier. Es ist tief.«

»Bei Buissac ebenfalls«, murmelte Valerie. »Tief. Das vierte ist ... wieder weniger tief, nur oberflächlich.«

»Beim ersten Opfer ebenfalls«, sagte Roussel. »Verdammt, das ist doch kein Zufall. Wo ist Nummer fünf?«

»Hier!«, rief Gaspard jetzt aufgeregt, er hatte sein Stück Pizza zur Seite gelegt und deutete auf einer der Aufnahmen auf eines der Brandmale auf dem Brustkorb von Fabrice Clermand. »Es ist wieder tief!«

»Bei Buissac auch!«, sagte Roussel.

Nach und nach arbeiteten sie sich auf den beiden Aufnahmen bis hinunter zum Bauchnabel, sie notierten die zwei unterschiedlichen Tiefen der Verletzungen. Natürlich konnten sie auf den Bildern nicht alles bis ins letzte Detail erkennen, aber die Unterschiede waren auch so gut sichtbar.

Es gab keine einzige Abweichung zwischen den beiden Körpern.

»Es ist eine identische Botschaft«, sagte Nicolas und hörte dabei Célines Stimme in seinem Kopf.

Der Leuchtturmwärter und die Zöllner, sie haben sich mit Morsezeichen verständigt, oben auf den Klippen. Anders ging es ja nicht.

Es war Valerie, die zuerst verstand. Und die dabei zugleich ungläubig und entsetzt dreinblickte, angesichts dieser Entdeckung.

»Verdammte Scheiße«, sagte sie kaum hörbar und sah dabei Nicolas an. »Das sind Morsezeichen. Da brennt jemand Morsezeichen in das Fleisch der Männer.«

Der Regen am Fenster. Der Sturm über dem Hafen. Die Botschaften aus Wind und Wellen.

Und über allem hing der Geruch verbrannten Fleisches.

Sie sahen sich an, keiner wagte etwas zu sagen.

Schließlich war es Valerie, die das Offensichtliche laut aussprach.

»Michel, die Rechnung bitte. Wir müssen sofort los.«

Das Prasseln der Wassermassen auf das Wagendach, das Zucken des Blaulichts an den Häuserwänden. Scheibenwischer im Kampf gegen die Elemente, Hände, die nach Halt suchten, weil die Kurven zu eng waren und das Tempo zu hoch.

Ein Hund, der sich wunderte, woher diese plötzliche Stille kam.

Vier Menschen, die kein Worte mehr übrighatten.

Der Eingang zur Rechtsmedizin, das Aufreißen von Türen: Sie hetzten durch Flure, Gänge und rannten Treppen hinauf, passierten Türen und Flure, begleitet von einer dumpfen Angst.

Aus einer Leiche waren zwei geworden, aus 35 Brandmalen eine simple Botschaft.

Es würde keine gute sein.

Lichter flackerten auf, Latexhandschuhe wurden übergestreift, eine erste Schublade aufgezogen.

Der Körper von Fabrice Clermand erschien im grellen Licht, wie die erste Seite eines Buchs, über dem der Zauber des Unentdeckten schwebte. Eine Plane wurde zurückgeworfen, der Tod zeigte seine hässliche Fratze.

Dann begannen sie mit der Arbeit.

»Sechs: Kurz. Sieben: Kurz. Acht und Neun: Kurz.«

Ein Bleistift kratzte über Papier, ein Handy wurde gezückt. Für jede Sprache fand sich im Internet eine Übersetzung. Selbst für solche, in denen die Buchstaben fehlten.

»Zehn: Lang. Elf: Kurz.«

Es wurde kein Wort zu viel gesprochen. Es gab nur noch Punkte und Striche, nur kurze und lange Lichtzeichen auf dem aschfahlen Körper eines Mannes, auf dem sich ein alter, verborgener Pfad erstreckte, gezeichnet aus Feuer und Flammen. Eine Landkarte des Grauens.

»32: Lang. 33: Lang.«

Das Lesen einer perfiden Botschaft.

»35: Lang.«

Zudecken, zurückschieben.
Aufziehen, herausholen, aufdecken.
»Eins und zwei: Kurz. Drei: Lang.«

Buissacs Körper war jetzt dran, der Schmerz stand ihm noch ins Gesicht geschrieben, das Leiden war allgegenwärtig. Roussel, der sich über den Seziertisch beugte, Valerie, die zählte, Gaspard, der dem Pfad folgte, die Buchten entlang und die Klippen, über Steine und Risse.

»21: Lang. 22: Kurz.«

Und Nicolas, der notierte. Der hin und her schob, der mit Leerzeichen spielte und versuchte, das Rätsel zu lösen.

Und der verstand.

Schließlich wurde es still im Raum. Dreizehn Buchstaben. Drei Wörter.

Ich komme, Vater.

KAPITEL 20

Gatteville-le-Phare
Zwei Stunden später

Das Gehöft, in dem Guy Moreau mit seiner Familie und einigen seiner Männer wohnte, befand sich nur wenige Kilometer nördlich von Barfleur. Während das Licht des Tages allmählich schwächer wurde und ein hämmernder Regen auf das Land niederstürzte, blickte Nicolas von dunklen Gedanken gequält aus dem Fenster des Wagens. Er saß im Fond eines Einsatzfahrzeuges der Polizei von Cherbourg, Rachmaninoff lag schweigend an seiner Seite.

Nicolas fragte sich, wie es Tito wohl erging, der sicher seit Stunden entweder im Café bei Élodie oder in ihrer Ferienwohnung saß und den Regen verdammte, den Wetterumschwung und eigentlich sowieso den ganzen Ort.

Es schien Nicolas, als wäre es eine Ewigkeit her, seit Tito sich über das Ausbleiben der Muscheln echauffiert hatte, dabei waren keine zwei Tage vergangen. Tage, in denen Barfleur sich von einer funkelnden Perle an der Ostküste des Cotentin zu einem Schauplatz dunkler Machenschaften verwandelt hatte. Fischer, die für einen Schmuggler arbeiteten, Männer, die andere mit Waffen bedrohten, eine Leiche in einem roten Sportboot, übersät mit Brandmalen.

Die Landschaft um ihn herum kam Nicolas trostlos vor und verloren. Der Nordosten des Cotentin war karg, wenn auch nicht so wild wie die Region rund um das Kap im Westen. Die Äcker waren von weitläufigen Weiden umgeben, dunkle Krähen hüpften über die Gräben, die das Land durchzogen. Darin gluckste das Grundwasser, das so dunkel war wie die Erde, der es entstammte.

In einiger Entfernung konnte er bereits den Phare de Gatteville erkennen, einen der höchsten Leuchttürme Frankreichs, und doch nicht so bedeutsam wie jener in Goury, am Cap de la Hague.

Sein Handy meldete sich mit einem Signalton, es war eine Nachricht von Julie: *Tito will nach Deauville kommen. Er hat wohl genug gemalt. Ich kümmere mich dann um ihn.*

Nicolas lehnte den Kopf gegen die Scheibe, er war müde, und es schien ihm, als würde jeder Muskel in seinem Körper nach einer Auszeit schreien. Und er war traurig, weil sich Titos Wunsch, als Maler am Hafen von Barfleur zu sitzen, nur sehr kurz hatte umsetzen lassen. Bevor alles anders gekommen war.

Die Wagenkolonne, bestehend aus sieben Einsatzfahrzeugen der Police Nationale, des Zolls sowie mehrerer Transporter der Gendarmerie, bog in die Küstenstraße ab, die zum Leuchtturm führte. Das Funkgerät des Beamten auf dem Beifahrersitz knackte.

»Ankunft in einer Minute.«

Rechts schoben sich die Lichter einiger Höfe durch das diesige Licht, der dichte Regen ließ den frühen Abend schneller als erwartet in eine dunkle Nacht übergehen. Die Scheinwerfer der Fahrzeuge beleuchteten dichte Ginsterbüsche, links von ihnen lag ein kleinerer Strand.

Kurz darauf waren sie da.

Roussel und Valerie waren die Ersten, die schwarze Limousine hielt direkt vor dem Hoftor. Es war eine wahre Armada aus Polizeikräften, die sich innerhalb weniger Augenblicke auf Moreaus Gehöft breitmachte, Türen klappten auf und zu, Rufe wurden laut, Waffen aus ihren Halftern gezogen.

Aber sie kamen zu spät, und Nicolas konnte es genau wie Roussel und Valerie in dem Augenblick sehen, in dem er aus dem Wagen stieg. Er hielt eine Dienstwaffe der Polizei von Cherbourg in der rechten Hand, jemand hatte ihm eine kugelsichere Weste geliehen.

Das Tor stand sperrangelweit offen.

Der Regen hämmerte gegen das Vordach des Haupthauses, aber auch gegen die Blechwände der Scheune. Seitlich des Hauses standen zwei ramponierte Kleinwagen, im Hintergrund liefen einige Enten aufgeregt schnatternd über den Hof.

Ansonsten war niemand zu sehen. Kein Licht fiel aus einem der Fenster, keine Bewegung war wahrzunehmen hinter den Gardinen des Hauses.

»Alles durchsuchen!«, rief Valerie mit lauter Stimme, bevor sie mit gezogener Waffe in Richtung des Haupthauses eilte. Die Schritte der Beamten hallten auf dem harten Stein.

»Sie haben gewusst, dass wir kommen«, fluchte Roussel.

»Natürlich haben sie es gewusst, vermutlich hatte Moreau ohnehin vor, zu verschwinden, weil wir ihm zu dicht auf die Pelle gerückt sind.«

Nicolas betrachtete den Hof, die Gebäude, er hörte die Brandung, die auf der anderen Seite der Straße gegen die Küste schlug.

»Schon beachtlich«, sagte er. »Moreau hat Angst vor dem Meer, panische Angst sogar. Und doch wohnt er direkt an der Küste, schaut jeden Tag hinaus zu seinem Feind.«

»So schnell wird er hier nicht mehr wohnen«, sagte Valerie mit dunkler Stimme.

»Die Tür ist offen!«, rief ein Mann des Zoll-Einsatzkommandos.

»Gut, dann gehen wir rein«, erwiderte Valerie. »Auf geht's, Roussel. Nicolas, du bleibst weiter hinten, das hier ist nicht dein Fachgebiet.«

»Wenn du wüsstest«, murmelte Nicolas, ließ jedoch die Männer, die mit Sturmhauben ausgestattet in das Haus eindrangen, vor. Die Rufe der Beamten schallten aus der unteren, dann aus der oberen Etage. Lichter flackerten auf, während in den umliegenden Schuppen und in der Scheune die übrigen Kollegen alles durchsuchten.

»Gesichert!«

»Oben auch gesichert.«

»Wir gehen in den Keller!«

Nicolas trat über die Türschwelle ins Haupthaus, er hörte schwere Stiefel, die eine steile Treppe nach unten gingen, er hörte das Knacken der Decke, als im Obergeschoss die Durchsuchungen begannen.

»Wenn ihr Laptops findet oder andere technische Geräte, unbedingt sichern!«

Es war Valeries Stimme, die immer wieder die Beamten antrieb. Sie hatte seit langer Zeit gegen Moreau ermittelt, durch die beiden Morde an Fabrice Clermand und Thomas Buissac, vor allem aber durch die Schießerei in der Kirche und auf dem Schulhof von Cherbourg hatte sich die gesamte Arithmetik ihres Vorgehens verändert.

Es war nun keine verdeckte Ermittlung gegen einen Schmugglerring mehr, in der Hoffnung, den Kopf des ganzen zu enttarnen. Es war jetzt eine offene Jagd auf Guy Moreau, der sich gut versteckte. Doch: Valerie Colin würde ihn finden, koste es, was es wolle.

Nicolas betrat die Küche, es roch nach kaltem Kaffee, auf einer Arbeitsfläche lag ein Brot, es war angeschnitten, ein Messer lag direkt daneben. Ein Durchgang führte in das Esszimmer, auf dem Tisch lag eine Zeitung, und es standen dort mehrere Kuchenteller mit Resten.

Einige Schubladen einer Kommode standen offen, ein Beamter war dabei, den verbliebenen Inhalt zu fotografieren und einzupacken.

»Die haben sich nicht viel Zeit gelassen«, sagte Roussel, als er durch eine andere Tür den Raum betrat.

Nicolas nickte und sah sich um.

»Agnès Moreau muss sich vom Hof gestohlen haben, um zu Gabin nach Cherbourg zu gelangen. Und nach dem Zwischenfall auf dem Schulhof wusste ihr Mann, dass die Polizei kommen würde. Also hat er entschieden, vorher abzutauchen.«

»Schöner Mist.« Roussel fuhr sich müde übers Gesicht. »Wir können nur hoffen, dass er seine Wut nicht an ihr auslässt.«

Valerie kam die Treppe herunter und schüttelte den Kopf.

»Nichts. So wie es aussieht, haben sie alles mitgenommen, was uns einen Hinweis auf die Schmuggelaktivitäten geben könnte. Jedenfalls finden sich nach derzeitigem Stand weder Laptops noch Festplatten oder Ähnliches im Haus.«

Für einen Augenblick standen sie stumm im Esszimmer des Mannes, den sie mehr als alles andere fassen wollten. Um sie herum durchsuchten Beamte die Räume, legten Unterlagen und Ordner in Wäschekörbe und transportierten sie ab. Ab und zu blätterte Valerie in Dokumenten, die auf einer Kommode lagen, aber es waren nur Rechnungen.

Sie wollten gerade das Haus verlassen, als einer der Beamten zu ihnen nach oben kam und Valerie ein Zeichen machte: »Ich glaube, das sollten Sie sich anschauen.«

»Habt ihr was gefunden? Einen Safe; ich dachte mir schon, dass es irgendwo hier im Haus einen Safe geben muss.«

»Nein«, erklärte der Mann, »es ist etwas anderes. Es sind … kommen Sie, ich zeige es Ihnen.«

Leicht irritiert folgten ihm Valerie, Nicolas und Roussel

die enge Steintreppe in den Keller des Hauses. Muffiger Geruch schlug ihnen entgegen, die Feuchtigkeit des Bodens war überall zu spüren.

»Das Meer ist keine zweihundert Meter entfernt«, sagte der Mann. »Keine wirklich gute Idee, hier einen Keller zu bauen. Achtung, die Decke ist sehr niedrig.«

Tatsächlich musste Nicolas den Kopf einziehen, während er dem Schein der Taschenlampe folgte. Sie kamen an einigen engen Verschlägen vorbei, in denen Äpfel und Kartoffeln lagerten sowie Einmachgläser mit Steinobst. Überall an den Wänden standen Gerätschaften für den Ackerbau, ein Handpflug und mehrere Spaten. Und doch wussten sie alle, dass der Besitzer des Hauses weit davon entfernt war, ein herkömmlicher Landwirt zu sein.

»Habt ihr Schmuggelware hier unten entdeckt?«, wollte Roussel wissen, aber der Beamte schüttelte nur den Kopf, während er sie weiter durch die Gänge führte, und sagte dann: »Nein, wir haben nichts in diese Richtung gefunden. Hier ist es.«

Er hielt vor einem kleinen Verschlag an, der vollständig im Dunklen lag. Ein staubbedeckter Vorhang war zur Seite geschoben, der Raum dahinter kaum größer als eine Abstellkammer. Am Rand stand eine geflochtene Truhe, der Deckel war zugeklappt.

Der Beamte ließ den Strahl seiner Taschenlampe über die Wände gleiten.

Es war Roussel, der leise pfiff, als sie sahen, was der Beamte ihnen hatte zeigen wollen.

»So langsam kommen wir der Sache näher«, sagte Valerie leise und leuchtete ihrerseits die Wände an.

Sie waren mit schwarzen Brandlöchern übersät, jedes einzelne kaum größer als ein Daumenabdruck. Es mussten mehrere Dutzend sein, die sich über die rechte Wand bis unter die flache Decke zogen. Auch der Boden war mit einer Flamme bearbeitet worden, ebenso die gegenüberliegende Wand.

Es waren sehr viele, Nicolas verlor bereits beim ersten Versuch, sie zu zählen, den Überblick.

»Das hier ist der Ursprung«, sagte Valerie leise. »Wer auch immer hier drin gesessen hat, er hat diesen kleinen Verschlag in die Welt getragen.«

Nicolas stellte sich vor, wie es war, in der Dunkelheit zu sitzen, am Ende eines feuchten und kalten Kellers. Der Boden eisig, die Schatten, die nach einem griffen, die Kälte, die den Körper umschloss.

Ein Feuerzeug, das immer wieder anging, weil es das einzige war, dass die Dunkelheit vertreiben konnte.

Ein.

Und aus.

Sie standen zu dritt vor dem Verschlag, ihre Umrisse zeichneten sich an den Wänden ab. Der Beamte hatte sich zurückgezogen. Für einen Augenblick sagte keiner von ihnen ein Wort. Schließlich blickte Nicolas auf die Kiste.

»Wir sollten reinschauen.«

Es wirkte beinahe, als wollte keiner von ihnen den ersten Schritt machen, als wüssten sie, dass es besser wäre, diese Kiste nicht zu öffnen. Weil es Dinge gab, die besser im Dunkeln blieben: Kisten, Geschichten, Schicksale.

Nicolas trat in den Verschlag und leuchtete die braune Kiste an, die kaum größer als eine Hundebox war.

»Mach sie auf«, sagte Roussel mit dumpfer Stimme.

Im Nachhinein würde Nicolas sich nicht mehr an seine Reaktion erinnern. Er würde auch nicht mehr sagen können, wer von ihnen zuerst das Schweigen gebrochen hatte. Er würde sich nur an die Kälte erinnern, die sich tief in ihm festgesetzt hatte.

Weil nur Kälte an diesem Ort einen Sinn hatte.

Er sah zuerst die Katze. Ihr graues Fell, die Schnurrhaare. Dann das Schwein, es lag auf der Seite, aus dem Bauch quoll verschimmelter Stoff. Ein Auge fehlte, ein großes dunkles Brandloch füllte die Stelle aus.

Ein Bär mit braunem Fell, das Bein abgerissen, der Bauch mit Brandmalen übersät.

Ein Pinguin ohne Füße, auch hier Schimmel und dunkle Flecken, dort, wo vor langer Zeit die Flamme angesetzt worden war.

Nicolas wusste nicht, wohin mit seinem Blick, überall starrten ihn Tod und Verwesung an. Es war ein Massengrab, verborgen im tiefsten Herzen dieses Hauses. Plüschtiere, denen die Gliedmaßen fehlten, die über und über mit Brandmalen bedeckt waren und mit Schimmel, weil die Feuchtigkeit keine Gnade kannte.

Es war, da waren sie sich im Nachhinein alle einig, einer der traurigsten Anblicke, der sich ihnen je geboten hatte. All die Kindlichkeit, all das Verspielte, war hingerichtet, niedergebrannt, herausgerissen worden. Und zurück blieben Kadaver, bunte, flauschige.

Es war Roussel, der sich als Erster abwandte, weil er nicht über die Folgen ihrer Entdeckung nachdenken wollte. Und es doch tun musste.

»Vielleicht hat hier sein Sohn drin gehockt. Dieser Noah, der im Sturm ertrunken ist. Oder hat Moreau noch mehr Kinder gehabt?«

Valerie schüttelte den Kopf.

»Nein, nur Noah. Aber das ist schlimm genug. Vielleicht musste er zur Strafe hier rein, wir wissen es nicht. Aber wir werden es herausfinden.«

Nicolas sah ein letztes Mal in die Kiste. Es mussten etwa fünfzehn Plüschtiere sein, die dort lagen, jedes einzelne gequält und misshandelt.

»Es muss Fotografien geben«, sagte er schließlich. »Familienfotos. Oben in einem der Regale standen zwei Alben. Sag den Männern, die sollen sie uns dalassen. Vielleicht findet sich so eine Spur.«

Valerie nickte, und unter dem Vorwand, mit den Beamten sprechen zu müssen, verließ sie den Keller. Roussel und Nicolas standen noch eine Zeitlang im Schein ihrer Taschenlampen, für eine Weile sagte keiner von ihnen ein Wort.

»Warum trifft es einen so?«, fragte Roussel nach einigen Augenblicken. »Ich meine, wir schauen uns Leichen an und Schwerverletzte, wir kennen uns aus mit Grausamkeiten, ich jedenfalls. Warum trifft es mich so?«

Nicolas atmete tief aus.

»Weil es nicht sein darf«, sagte er schließlich. »Weil diese Tiere die Unschuld verkörpern und sie geschändet worden sind.«

Er rieb sich erschöpft die brennenden Augen.

»Aber um ehrlich zu sein: Ich weiß es nicht, Roussel. Und vielleicht will ich es auch gar nicht wissen.«

Als sie kurz darauf aus dem Haupthaus in den Hof traten, hielt ihnen ein Beamter zwei Regenschirme hin, die sie dankbar annahmen. Während Valerie mit den Kollegen redete und notdürftig abgedeckte Wäschekörbe mit Dokumenten in die Autos geladen wurden, liefen sie beide durch das Tor hinaus an den Strand, direkt auf der anderen Seite der Straße.

Der Regen schlug hart und unnachgiebig auf die Steine, das Wasser krachte gegen die Felsen, während sich draußen auf offener See dunkle Wolken immer weiter aufplusterten. Roussel nahm einen flachen Stein und schleuderte ihn hinaus aufs Wasser.

Nicolas tat es ihm gleich, er kam etwas weiter.

Roussel lächelte, schnappte sich einen weiteren Stein und übertrumpfte ihn um wenige Zentimeter.

Es schien in diesem Moment, als wäre dies das normalste der Welt, zwei Männer am Strand, Steine schleudernd, fluchend, sich herausfordernd. Irgendwann klappten sie die Schirme zu, wischten sich die nassen Haarsträhnen aus der Stirn, warfen erneut Steine, sprangen von Felsen zu Felsen, die Kleidung längst durchnässt.

Irgendwann standen sie keuchend am Wasser, Roussel hustete und streckte ächzend seinen Rücken durch.

»Moreau ist nicht nur vor uns abgehauen«, sagte er schließlich. Und Nicolas wusste, was er meinte.

»Er ist vor den Tieren geflohen. Seit Jahren sind sie dort unten, sie sind Symbole des Leids und der Qual. Und jetzt holen sie ihn, holen den Mann, der für all das Dunkle verantwortlich ist.«

Ein Blitz zuckte über den Horizont.

Der Sturm hatte gerade erst begonnen.

KAPITEL 21

Barfleur
Kurz danach

Das »Café du Port« lag hinter einem dichten Regenschleier, als Nicolas den Wagen an der Hafenmole parkte, im Schein einer einsamen Straßenlaterne. Auf der Terrasse waren die Stühle und Tische zugedeckt und mit einem Stahlseil gesichert, vergeblich zerrte der starke Wind an ihnen. Durch die Fensterscheiben strömte warmes Licht nach draußen, die Silhouette eines alten Mannes zeichnete sich hinter dem Glas ab.

An der Tür, die ins Café führte, war ein Schild angebracht: »Geschlossen«. Offenbar hatte Élodie eingesehen, dass der Sturm, der in diesem Augenblick über das Hafenbecken von Barfleur zog, jeden Gedanken an einen Besuch bei ihr sinnlos erscheinen ließ.

Es war ein klatschnasser Abend in Barfleur, die Menschen hatten sich in ihre Häuser zurückgezogen, die ihnen wenigstens ein wenig Schutz geben konnten vor dem Sturm, der kommen würde.

»Okay, wie machen wir es?«, grummelte Roussel, der neben ihm auf dem Beifahrersitz saß. »Bis wir da drinnen sind, sind wir bis auf die Knochen durchnässt. Regenschirm ist auch sinnlos bei dem Wind.«

»Was schlägst du vor?« Hinter ihnen blickte Rachmaninoff von der Sitzbank aus skeptisch nach draußen. *Auf keinen Fall*, schien er zu denken. Als er Titos Gestalt am Fenster entdeckte, bellte er kurz.

»Warten, bis der schlimmste Regen vorüber ist«, erwiderte Roussel missmutig.

»Laut Regenradar ist das morgen Abend. Ich fürchte, das ist keine Option. Und näher komme ich nicht ran.«

Für einen Moment sahen sie durch die Scheiben hinaus auf den Hafen, an dem vor kurzem noch bunte Wimpel im Wind flatterten und die Köche der umliegenden Restaurants die fangfrischen Fische aus den Körben gezogen hatten.

Nicolas konnte sich nicht vorstellen, dass diese unbeschwerten Augenblicke nur zwei Tage zurücklagen. Zwei Tage, die alles verändert hatten.

»Dass es keine Muscheln gibt, war unser größtes Problem«, sagte er leise und lehnte seinen müden Kopf an die Stütze. Immer noch schmerzte seine Schulter. »Und jetzt suchen wir einen Schmuggler mit dunkler Vergangenheit, der womöglich seinen eigenen Sohn im Keller festgehalten hat. Und wissen immer noch nicht genau, was hinter den Morden an Buissac und Clermand steckt.«

Roussel klopfte auf eines der vier Fotoalben, die sorgsam in eine Plastikfolie verpackt auf seinem Schoß lagen.

»Komm schon, wir haben Valerie versprochen, dass wir etwas finden. Ich weiß nicht was, aber das wird sich schon zeigen. Deshalb müssen wir der Wahrheit ins Auge sehen: Wir müssen da raus. Ich zähle bis drei, dann steigen wir aus und rennen rüber. So schlimm wird es schon nicht sein. Also: Eins, zwei …!«

Nicolas hatte die Schlüssel gezogen, stieß die Tür auf und sprang hinaus in die Dunkelheit. Innerhalb weniger Augenblicke lief eiskaltes Wasser seinen Kragen hinab. Eilig riss er die hintere Tür auf, zerrte Rachmaninoff nach draußen und bugsierte ihn in Richtung des Cafés.

Roussel hatte es ihnen gleichgetan, er schützte die Fotoalben mit seiner Jacke, fluchend sprang er durch zwei Pfützen, auch er war innerhalb von zwei Sekunden ein Opfer der Wassermassen.

Sie blieben unter dem kleinen Vordach des Cafés stehen, bis Élodie ihnen die Tür aufschloss und sie ins Warme zog.

»Rein mit euch«, sagte sie und entfernte sich sofort, als Rachmaninoff anfing sich zu schütteln, so lange, bis sein Fell nicht mehr ganz so nass war. Nicolas überlegte kurz, ob er es dem Hund gleichtun sollte, verzichtete aber darauf. Élodie reichte ihnen Handtücher und wies auf den Tisch, an dem Tito bereits saß.

»Da drüben stehen Tee und Kaffee, ich mache euch einen heißen Grog. Leider ist Luca heute nicht da, um auszuhelfen, aber wir kommen schon zurecht.«

»Du hättest sie draußen stehen lassen sollen«, rief Tito von seinem Platz aus, während er sich einem großen Teller Eintopf widmete. »Du hast keine Ahnung, was sie alles im Gepäck haben: Tod und Verderben. Ja, komm her, mein Guter, komm zu mir.«

Rachmaninoff hatte sich auf ihn gestürzt, der alte Mann kraulte den Hund hinter den Ohren und rutschte dann zur Seite, so dass dieser sich unter dem Tisch auf den Teppich legen konnte.

»Wenigstens den Hund habt ihr mir mitgebracht. Alles andere könnt ihr behalten.«

Nachdem beide ihre nassen Jacken und Pullover aufgehängt hatten, setzten sie sich trotz seines Grummelns an Titos Tisch. Roussel sah neidisch auf Titos Eintopf, dann streckte er sich kurz und holte die vier Fotoalben aus der Plastikfolie.

»Kaum nass. Im Gegensatz zu mir.«

Sie hatten Valerie allein zurück nach Cherbourg fahren lassen, sie würde die Auswertung der Hausdurchsuchung bei Moreau koordinieren. Außerdem hatte sich der Hinweis auf eine Schmuggelfahrt in der kommenden Nacht verfestigt. Sie hatten noch immer keinen genauen Ort, dafür aber eine Uhrzeit.

Mitternacht.

»Ausgerechnet«, hatte Valerie am Telefon gesagt. »Da wird der Höhepunkt des Sturms erwartet. Ich weiß nicht, wie sie da rausfahren wollen, das ist doch totaler Wahnsinn.« Nicht nur der Zoll, auch die Gendarmerie und die Police Nationale waren für den morgigen Abend in Alarmbereitschaft versetzt worden.

»Kümmert ihr euch um die Alben«, hatte sie gesagt. »Nicolas hat recht, irgendwo muss es einen Hinweis geben. Auf Noah, auf jemanden, den wir bislang noch nicht im Blick haben, wie auch immer.«

Nicolas hatte bereits in Moreaus Wohnzimmer einen schnellen Blick in die Alben geworfen, die sie in einem Regal gefunden hatten. Nun aber, in der wohligen Wärme des »Café du Port«, wollte er gemeinsam mit Roussel tiefer in der Vergangenheit dieses Mannes graben.

»Ich gehe davon aus, ihr nehmt auch was vom Eintopf«, sagte Élodie und erntete dafür dankbare Blicke. Nicolas spürte jetzt erst, wie ausgehungert er war, er hatte seit dem Ausflug ans Kap nichts mehr gegessen. Und seitdem war so vieles geschehen.

Er setzte sich zu Tito und legte die Strickjacke neben sich auf den Tisch, um sie später nicht zu vergessen. Sein alter Nachbar saß stumm auf seinem Stuhl und genoss Élodies Eintopf.

»Der ist gut, nicht so lecker wie bei Jimmy, aber das darfst du ihr nicht sagen.«

Nicolas lächelte.

»Wie geht's dir, Tito? War ein harter Tag.«

Der alte Mann wischte sich mit der Serviette über das unrasierte Kinn und blickte aus dem Fenster. Draußen bogen sich die Masten der Fischkutter, ab und an schlitterte eine

Kiste, die sich von einem der Schiffe gelöst hatte, über die Hafenmole.

Der Wind wurde immer stärker, er würde morgen im Laufe des Tages nachlassen, um dann zum Höhepunkt des Sturms richtig an Fahrt zu gewinnen.

»Ich glaube, es ist jetzt gut«, sagte Tito leise. »Ich sollte zurückfahren, Nicolas. Es war eine Schnapsidee, nach Barfleur zu kommen. Zum Malen, was für ein Quatsch.«

Nicolas spürte, wie bewegt Tito noch immer vom Anblick der Leiche auf dem Boot war.

»Im Gegenteil, es war eine richtig gute Idee.«

Tito schnaubte.

»Was lässt dich das glauben?«

»Deine Bilder«, antwortete Nicolas. »Die sind verdammt gut, glaub mir.«

»Du hast keine Ahnung von Kunst, Nicolas.«

»Aber von guten Cafés so wie diesem hier. Dein Bild passt hierher.«

Überrascht blickte Tito ihn an und drehte sich dann um, als Nicolas auf die Wand direkt neben der Eingangstür deutete.

»Das ist ja …«

»Eine Studie in Blau«, sagte Élodie, als sie mit einem Lächeln und zwei Tellern Eintopf an ihren Tisch kam. »Ich habe einen passenden Rahmen gefunden, und Luca hat mir geholfen, es an die Wand zu nageln. Natürlich zahle ich dafür, was willst du haben? Ich bin nicht reich, aber vielleicht machst du mir ja einen Freundschaftspreis.«

Tito schaute erneut zu seinem Bild neben der Tür. Es ließ sich kaum übersehen, dass er mächtig stolz war. Sein erstes eigenes Bild an der Wand eines Cafés.

»Also … es passt da ja schon hin … aber ich will natürlich nichts dafür. Wobei: Einmal Eintopf würde ich noch nehmen.«

Élodie lachte.

»Den kriegst du gerne. Und jetzt viel Spaß beim Fotosanschauen.«

Roussel schnappte sich das oberste Album und legte es behutsam vor sich auf den Tisch. Tito sah von der Seite in jenes, das Nicolas sich genommen hatte.

»Was suchen wir?«, fragte er.

»Das wissen wir nicht genau«, antwortete Nicolas. »Einen Hinweis auf Noah. Oder vielleicht auf ein anderes Kind, das möglicherweise auf dem Hof gequält wurde. Und das jetzt Rache übt. Aber das ist nur eine Idee, wir müssen einfach die Augen offen halten.«

Langsam, Seite für Seite, arbeiteten sie sich durch die Fotos, während draußen, unmittelbar hinter den Scheiben, die Welt unterging. Ab und an knarzte das in die Jahre gekommene Gebäude, in dem das »Café du Port« untergebracht war, wenn der Wind an der Fassade zerrte.

Vor Nicolas' Augen vergingen die Jahre im Leben des Guy Moreau: Aufnahmen vom Hof, Moreau und sein Sohn, Noah, im Hintergrund die Mutter, unscheinbar und zurückhaltend. Nicolas betrachtete die Haut des Jungen, er war auf dem Foto schätzungsweise sieben Jahre alt.

Keine Verbrennungen.

Moreau in einem Oldtimer in den Straßen von Cherbourg, mit einigen Fischern im Hafen von Barfleur. Es befanden sich auch einige Landschaftsaufnahmen darunter, das Val de Saire, der Leuchtturm von Gatteville. Auf der anderen Seite des Tisches blätterte Roussel ein weiteres Album durch, während er zufrieden seinen Teller Eintopf löffelte.

»Hier sind nirgendwo Kinder, außer Noah«, sagte er. »Es sind ganz normale Familienfotos, auf denen alles in bester Ordnung scheint, zumindest an der Oberfläche.«

»An der verbrannten Oberfläche«, murmelte Nicolas. »Aber da muss etwas sein. Wir übersehen etwas.«

Während Nicolas sich ein weiteres Album schnappte und es vor sich auf den Tisch legte, verlor Tito langsam die Geduld. Stumm aus dem Fenster blickend, saß er auf seinem Stuhl, bis Élodie ihm einen weiteren Teller Eintopf hinstellte.

Brummelnd und schmatzend machte er sich daran, den Teller zu leeren.

Nicolas und Roussel blätterten sich weiter konzentriert durch die Familienalben. Immer wieder tauchten Bilder von Moreau auf, im langen Hemd auf einem Acker, im Winterpullover im Garten. Moreau am Tisch mit Freunden, er trug ein dunkles Hemd, er lachte und hielt ein Glas hoch. Ein weiteres Bild zeigte Noah am Strand mit der Mutter, Moreau saß weiter hinten.

Der alte Mann und die Angst vor dem Meer.

Irgendetwas ließ Nicolas stutzig werden. Irgendetwas setzte sich in seinem Kopf fest.

»Bei welchem Bild bin ich hängengeblieben«, murmelte er vor sich hin und blätterte wieder nach vorne. Das Bild am Strand. Mit Freunden am Tisch. Im Garten.

Im Garten. Bei Sonnenschein.

Es konnte Zufall sein. Aber irgendetwas ließ ihm keine Ruhe.

»Élodie, hast du eine Lupe im Café. Vermutlich nicht, oder?«

Die junge Cafébesitzerin hob die Hände.

»Was bitte soll ich mit einer Lupe in einem Café? Meine Speisekarte ist nicht sehr groß geschrieben, aber eine Lupe?«

»War nur so eine Idee, ich weiß auch gar nicht ...«

Élodie trat hinter den Tresen und durchwühlte einen Korb, bis sie schließlich eine schwarze Lesehilfe in die Luft hielt.

»Hilft dir das? Die hat eine Kundin hier vergessen.«
»Ja, das geht. Ich muss nur …«
»Hast du was gefunden?« Roussel hatte erfolglos sein erstes Album durchgeblättert und wollte sich gerade das nächste nehmen, als er sah, wie Nicolas hin und her blätterte, die schwarze Leselupe immer wieder über die Fotos legend.
»Ich weiß nicht, es war nur so ein Gefühl. Aber das wäre verrückt.«
»Was wäre verrückt?«
Jetzt hatte sich Tito wieder zu ihm gebeugt, weil er Nicolas' Unruhe wahrnahm, sein Jagdfieber.
Dieser deutete auf das Foto, das Moreau im Garten zeigte.
»Okay, es klingt wirklich völlig bescheuert, aber … Moreau ist zu warm angezogen.«
Roussel starrte ihn entgeistert an.
»Er ist bitte was?«
Nicolas tippte auf das Bild.
»Er trägt einen Wollpullover. Dabei scheint die Sonne.«
»Im Herbst scheint auch die Sonne.«
Nicolas schüttelte den Kopf.
»Er steht in einem Feld mit Sonnenblumen. Und schau hier: Auf dem Bild am Tisch, mit Freunden. Alle tragen kurze Hosen, Kleider, T-Shirts. Moreau trägt ein Hemd und lange Hosen.«
»Nicolas, was soll das werden, ein Gespräch über angemessene Kleidung?«
Wieder schob Nicolas die Leselupe über eines der Fotos, beugte sich darüber, schüttelte enttäuscht den Kopf.
»Nein, da ist auch nichts. Aber hier, am Strand, seine Frau trägt ein Kleid, der kleine Noah nur eine Badehose. Moreau einen Pullover und Jeans.«
Roussel hob verzweifelt die Hände, während Tito noch etwas näher an Nicolas heranrückte.

»Du hast recht. Da und da: Hemd und Pullover. Da auch. Aber was will uns das sagen?«

»Vielleicht nichts, Tito. Vielleicht aber auch eine ganze Menge.«

Nicolas blätterte jetzt schneller, vor und zurück, immer wieder glitt er mit der Lupe über einzelne Aufnahmen. Als er plötzlich aufschrie, erschreckte er Rachmaninoff so sehr, dass der Hund anfing zu bellen.

»Ist gut, alter Freund«, beruhigte ihn Tito. »Was hast du gefunden?«

»Hier!« Nicolas drehte das Album so, dass Roussel und Tito besser sehen konnten. Er deutete auf eine Aufnahme, auf der Moreau an einem Gartentisch saß und ein Bier aus der Flasche trank.

»Ihr müsst die Lupe nehmen«, sagte er und hielt sie Roussel hin. »Schaut auf den rechten Arm. Der Ärmel ist verrutscht, weil er die Flasche so hoch hält.«

Roussel wusste immer noch nicht, worauf Nicolas hinauswollte, aber er folgte seinen Anweisungen.

»Ich sehe einen Arm«, murmelte er. »Ein normaler … warte kurz …«

»Siehst du es?«, fragte Nicolas, er war jetzt aufgestanden, weil es ihn nicht mehr auf dem Stuhl hielt.

»Ist das …« Roussel beugte sich noch tiefer über das Foto. »Ist das eine Brandnarbe?«

»Bingo!«

Der Ermittler hob den Kopf und starrte Nicolas an.

»Du meinst doch nicht …«

Nicolas deutete auf die anderen drei Alben.

»Ich wette, du wirst kein Bild finden, auf dem er etwas Kurzes anhat. Wir müssen die Bilder finden, auf denen seine Beine zu sehen sind, sein Brustkorb, weil ein Hemd verrutscht ist oder warum auch immer … los, du auch, Tito!«

»Ich verstehe kein Wort«, murmelte Tito. »Aber ich mache ja alles mit, nicht wahr, Rachmaninoff?«

Zu dritt arbeiteten sie sich erneut durch die Alben, keiner von ihnen sprach ein Wort, während sie angestrengt nach den richtigen Aufnahmen suchten.
»Hier, ich brauche die Lupe!«
Roussel hatte ein Bild entdeckt, das Moreau auf einem Traktor zeigte, inmitten eines abgeernteten Feldes. Er legte die Lupe über das Bild und pfiff durch die Zähne.
»Zwei Brandmale an der Wade.«
»Ich brauche die Lupe auch!«, rief Tito und vertiefte sich kurz darauf in ein Foto, auf dem Guy Moreau der Person hinter sich zuprostete.
»An der Hüfte hat er auch eins.«
Nach und nach fanden sie weitere Aufnahmen, weitere Anzeichen, weitere Brandmale. Bis Roussel sich schließlich erschöpft in seinen Stuhl zurückfallen ließ und Nicolas ansah.
»Kann das sein?«, fragte er Nicolas. »War es Moreau selbst...«
»Der in dem Verschlag saß? Womöglich. Zumindest hat er ganz offensichtlich mehrere Brandnarben am Körper. Was für ein gewaltiger Mist ist das hier, bitte schön?«
Für einen kurzen Augenblick schauten sie auf die Fotos, auf denen bei genauerem Hinsehen die dunklen Male an Moreaus Körper zu sehen waren. Auch Tito beugte sich nochmal über die Fotos.
»So etwas fügt man sich nicht selbst zu«, sagte er schließlich. »Es mag ja sein, dass so eine arme Seele sich selbst zerstören will. Aber das hier...«
Roussel nickte.
»Moreau wurde gequält, vielleicht als Kind. Im Verschlag im Keller oder ganz woanders.«

Er stand auf, holte sein Handy heraus und wählte Valeries Nummer. Er stellte den Lautsprecher an, so dass Nicolas und Tito mithören konnten.

Die Leiterin des Commissariat von Cherbourg ging sofort dran, gab aber jemandem noch einige Anweisungen, bevor sie sich meldete.

»Sofort zur Fahndung ausschreiben, habt ihr gehört? Ist mir völlig egal, wie viel Uhr es ist, holt alle aus dem Bett verdammt nochmal! Roussel, du rufst genau zum richtigen Zeitpunkt an. Hör zu, ihr müsst vielleicht ...«

»Valerie, hör du mir erstmal zu!«, unterbrach Roussel sie. »Es geht um Moreau, wir haben ...«

»Natürlich geht es um Moreau«, blaffte sie zurück. »Es gibt eine neue Entwicklung. Wir fahnden nach ...«

»Nein, Valerie, jetzt warte doch mal! Es ist wichtig, verdammt! Es ist Moreau selbst!«

Für einen kurzen Moment war es still, sie hörten, wie Valerie sich einen Stuhl heranzog und sich setzte. Sie seufzte erschöpft.

»Was redest du da, Roussel?«

»Es ist Moreau selbst. Wir haben die Fotoalben durchgesehen, verstehst du? Auf keinem ist ein anderes Kind zu sehen, außer Noah. Und der hatte keine Brandnarben. Aber dafür haben wir bei Moreau ...«

»Was, Roussel? Was habt ihr entdeckt? Bitte, ich habe keine Zeit für Detektivgeschichten, wir haben hier wirklich Stress.«

»Brandmale. Moreaus Körper ist mit Brandmalen übersät.«

Die Kommissarin wurde schlagartig still.

»Willst du mich verarschen, Roussel?«

Nicolas beugte sich über das Handy auf dem Tisch.

»Wir haben Fotos über eine Zeitspanne von mehreren Jahren. Auf allen trägt er lange Sachen, er verbirgt seinen

Körper vor den anderen. Und es ist eindeutig: Er ist derjenige, der gequält wurde. Er ist derjenige, der in diesem Verschlag saß als Kind.«

Valerie war jetzt aufgestanden, sie hörten ihre Schritte auf dem Linoleum.

»Okay, hört mir zu. Wir wissen noch nicht, was das bedeuten könnte, aber es ändert natürlich einiges. Nur in einem Punkt habt ihr euch geirrt.«

Nicolas und Roussel sahen sich an, während Tito unter dem Tisch Rachmaninoff streichelte.

»Es gibt doch ein zweites Kind. Neben Noah.«

Jetzt war es das »Café du Port«, in dem es für einige Augenblicke still wurde. Draußen rauschte der Regen, und es schien, als würden sie in einer geschützten Höhle sitzen, fernab der Sorgen und Grausamkeiten der Welt.

»Was für ein zweites Kind?«, fragte Roussel. Valerie blätterte hörbar in einem Ordner.

»Moreau hat sein Verschwinden gut vorbereitet, es gibt keine persönlichen Papiere, sie müssen alles verbrannt oder mitgenommen haben. Aber wir haben ein Dokument gefunden, offenbar war es falsch einsortiert.«

»Oder Agnès Moreau hat es heimlich dort deponiert«, murmelte Nicolas, und Roussel nickte ihm zu.

»Es gab eine ältere Schwester. Ihr voller Name ist Clarisse Moreau. Er hat sie zur Adoption freigegeben.«

»Wie bitte?«, fragte jetzt Tito von der Seite. »Welcher Vater gibt denn seine Tochter zur Adoption frei? Und was hat die Mutter dazu gesagt.«

»Agnès Moreau ist nicht die Mutter des Kindes«, antwortete Valerie. »Sie ist das Kind von Moreaus erster Frau, sie ist damals gestorben, an Krebs. Aber wir ermitteln noch, was damals geschehen ist. Aber klar ist, dass dieses Mädchen weggegeben wurde.«

»Und an wen?«

»An einen gewissen Theo Jermain. Wir haben seine damalige Adresse, er ist mittlerweile umgezogen. Er wohnt in Barfleur, war viele Jahre Fischer. Zuletzt auf der …«

»Auf der ›Angèle‹«, unterbrach sie Nicolas. Er erinnerte sich an das Treffen mit Gabin in der Hafenkneipe bei Jimmy. Er hatte ihm den Fischer gezeigt, der an der Bar gesessen hatte, ohne Schiff und ohne Kapitän, weil beides vor einigen Monaten am Cap de la Hague gesunken war.

»Sie nennen ihn Bocuse«, sagte er jetzt leise. »Weil er mal Koch war, einer der besten.«

Roussel lehnte sich zurück und atmete langsam aus.

»Wo ist er jetzt, dieser Theo?«, fragte er Valerie durchs Telefon.

»Genau das ist das Problem. Er ist verschwunden. Wir fahnden nach ihm. Und nach der Frau: Clarisse Moreau. Sie müsste heute Anfang zwanzig sein. Sie ist vermutlich unsere Täterin. Unsere Flammenfrau.«

Nicolas blickte hinaus in die tiefschwarze Dunkelheit. Der Abgrund, der sich hier auftat, war unbeschreiblich.

»Ich muss jetzt weitermachen. Kommst du nach Cherbourg, Roussel? Wir können hier jeden gebrauchen … müssen … alle Kräfte … morgen am Kap.«

»Valerie?« Roussel griff nach dem Handy, aber die Verbindung war schon unterbrochen. Über dem Hafen von Barfleur zuckte es, wilde Blitze erhellten kurz das Café.

»Kein Netz mehr«, murmelte er resigniert.

Für einige Augenblicke saßen alle stumm am Tisch, Élodie räumte im Hintergrund einige Gläser weg. Mehr zur Zerstreuung als bewusst blätterte Roussel im vierten Fotoalbum herum, Nicolas konnte wieder den Hof erkennen, Moreaus Sohn, die flachen Äcker des Val de Saire. Es war der gesamte Cotentin, der sich in den vier Alben befand, das Val de Saire, das Marschland rund um Valognes, die Buchten rund um den Nez de Jobourg, der Hafen von Cherbourg.

»Warte kurz«, rief Nicolas plötzlich und richtete sich auf. »Ist das nicht Fabrice Clermand? Dort auf dem Pfad?«

Das Foto zeigte Moreau mit zwei Männern, Arm in Arm, sie standen oberhalb einer großen Bucht, alle hatten Wandersachen an und lange Stöcke in der Hand.

Roussel nahm einen kräftigen Schluck des Grogs und blickte Nicolas über die Schulter.

»Das ist er, ja. Fabrice Clermand, der erste Tote. Neben Moreau. Und der andere ...«

Nicolas beugte sich direkt über das Bild. Er erkannte ihn nicht sofort, die Aufnahme war einige Jahre alt, der Mann war deutlich schlanker als heute.

»Das ist Theo Jermain, der Fischer von der ›Angèle‹. Ich bin mir ganz sicher.«

Roussel pfiff leise durch die Zähne.

»So langsam ergibt das Ganze Sinn: Moreau und seine beiden Wanderfreunde Clermand und Jermain.«

»Und Buissac war auch dabei!«

Nicolas hatte die Seite umgeblättert, auf einem weiteren Bild war Buissac zu sehen, ebenfalls mit Wanderschuhen und einem Stock ausgestattet. Er hatte Moreau im Arm und grinste in die Kamera.

Roussel überlegte, während er zwischen den Seiten hin und her blätterte.

»Moreau hat eine Tochter aus erster Ehe. Er gibt sie zur Adoption frei, warum tut er das? Und wie schafft er es, dass ausgerechnet einer seiner Kumpels seine Tochter adoptiert?«

»Jedenfalls sind diese vier Männer der Schlüssel. Zwei von ihnen sind tot. Die beiden anderen ...«

Nicolas führte seinen Satz nicht zu Ende, weil Roussel wusste, was er sagen wollte. Stattdessen deutete er auf die Bucht im Hintergrund der vier Männer.

»Wo ist das?«

»Mein Gott, Nicolas, keine Ahnung, ich kenn mich hier nicht so gut aus, wie du weißt ...«

Er beugte sich näher über das Bild.

»Verdammt, das war genau da, wo wir die Leiche gefunden haben. Das ist die Baie de l'Établette.«

»Hast du das andere Bild mit Buissac noch«, fragte Nicolas. »Das vor dem Bootsschuppen, mit den beiden Männern davor? Das ihr bei ihm gefunden habt?«

»Klar, warte.«

Roussel ging zu seiner immer noch nassen Jacke, die über einem Heizkörper hing, kramte in der Innentasche und kam schließlich mit der zusammengefalteten Aufnahme zurück.

»Hier, Fabrice Clermand und Thomas Buissac. Vor dem Schuppen.«

Nicolas hatte unterdessen das Foto der Wanderer vor der Bucht aus dem Album gelöst und legte es neben jenes vom Bootsschuppen.

»Okay, schauen wir mal: Moreau und seine drei Kumpel vor der Baie de l'Établette. Viele Jahre später findet ihr einen davon in genau dieser Bucht: Fabrice Clermand.«

»Richtig.«

»Dann hier: Clermand und Buissac vor dem roten Sportboot. Buissac stirbt viele Jahre später, gefunden wird er in genau diesem Boot.«

»Auch richtig.«

Nicolas sah ihn an.

»Wir müssen die Alben nochmal anschauen. Vielleicht gibt es irgendwo ein Bild mit Theo Jermain, dem Fischer der gesunkenen ›Angèle‹.«

Roussel seufzte und blickte auf die dicken Alben.

»Also nochmal, so langsam kann ich diese Fotos nicht mehr sehen, wir haben doch schon ...«

»Hier ist er.«

Überrascht drehten sich Nicolas und Roussel zu Tito um. Der alte Mann hatte sich ein Album genommen und tippte auf ein Bild, dem Nicolas vor einigen Minuten noch keine Beachtung geschenkt hatte. Jetzt beugte er sich über das Foto.

»Das ist er. Tatsächlich, unglaublich, Tito.«

Sein alter Nachbar strahlte ihn an.

»Als ob ich hier nur rumsitze und Grog trinke. Nein, auf meinen Kopf ist noch immer Verlass. Auch wenn dieser Hafen ihn mir ganz schön verdreht hat.«

Roussel trat hinter Nicolas.

»Das ist er wirklich. Theo Jermain und Guy Moreau. Aber wo stehen sie da?«

Im Hintergrund war eine Felswand zu sehen, in einer kleinen Einbuchtung stand eine Madonnenstatue, leicht oberhalb der Köpfe der beiden Männer. Hinter ihnen war eine Art Altar aus grauem Stein zu sehen, es war der Eingang einer Höhle, die jedoch nur wenige Meter tief zu sein schien. Auf dem Altar standen mehrere Kerzen, außerdem mindestens ein Dutzend Blumensträuße.

»Wo ist das?«, fragte Nicolas. Und es war Élodie, die gerade dabei war, leere Teller abzuräumen, die ihnen den entscheidenden Hinweis gab.

»Das ist die Grotte de La Pernelle«, erklärte sie. »Ich war vor einigen Wochen da, direkt nach meiner Ankunft. Man hat von dort einen herrlichen Ausblick auf die ganze Küste, das Meer, es ist wirklich wunderschön.«

»Wo liegt diese Grotte?«, fragte Roussel.

Élodie überlegte kurz.

»Das ist nicht weit. Ich würde sagen eine gute Viertelstunde mit dem Auto in Richtung Saint-Vaast. Nicht am Wasser entlang, sondern über die Straße durchs Hinterland.«

Nicolas sah nachdenklich auf das Bild und auf die beiden Männer, die vor der Grotte standen. Er mochte sich täuschen, er hoffte es sogar. Und doch ließ ihm ein Gedanke keine Ruhe.

Er schaute Roussel an.

»Sind deine Sachen schon trocken?«

KAPITEL 22

Der Sturm hatte mittlerweile Barfleur und das dahinter liegende Val de Saire mit voller Wucht getroffen, der Regen peitschte aus allen nur erdenklichen Richtungen auf ihren Wagen, der Wind zerrte so stark, dass Roussel das Lenkrad mehrfach beinahe aus der Hand gerissen wurde. Das Scheinwerferlicht verlor sich bereits nach wenigen Metern in der Dunkelheit, die Landstraße, die in Richtung der Hügel von Pernelle führte, war kaum zu erkennen.

Außer ihnen war niemand unterwegs, die Menschen in den umliegenden Dörfern hatten sich in ihren Häusern verbarrikadiert, die Fensterläden geschossen, und warteten das Ende des Sturms ab. Sie würden sich gedulden müssen, die ganze Nacht hindurch würde es stürmen und regnen, ebenso den morgigen Tag und die Nacht darauf. Der Cotentin, so schien es, würde durchgeschüttelt werden, so lange, bis die Naturgewalten alles wieder zurechtgerückt hatten.

Nicolas versuchte zum wiederholten Male, Valerie Colin in Cherbourg zu erreichen. Aber der Sturm hatte offenbar auch das Mobilfunknetz fest im Griff, er kam nicht durch.

Neben ihm fluchte Roussel, der immer wieder abbremsen musste, wenn sich eine gigantische Pfütze vor ihnen auftat oder er eine Abzweigung erst in allerletzter Sekunde bemerkte.

»Das ist eine einzige Katastrophe«, sagte er. »Wir werden klatschnass, und vermutlich fahren wir da völlig umsonst hin. Nur weil dieser Theo Jermain einmal mit Moreau vor dieser Grotte posiert hat, das heißt doch gar nichts.«

Nicolas blickte starr geradeaus, in einigen hundert Metern

musste es rechts den Hügel hochgehen, zur Kirche Sainte-Pétronille und zu der Aussichtsplattform. In unmittelbarer Nähe, so hatte Élodie ihnen noch schnell zugerufen, befand sich die Grotte von La Pernelle, ein Wallfahrtsort mit einer Jungfrauenstatue, die in die Felswand eingesetzt war.

»Es ist ein Versuch, Roussel«, sagte Nicolas jetzt. »Buissac vor dem Sportboot, Clermand mit den anderen vor der Baie de l'Établette. Und es gibt nur dieses Bild von Theo Jermain. Womöglich stehen wir gleich allein im Regen, aber ehrlich gesagt wäre mir das lieber, als wenn wir ihn dort finden.«

Weil er dann womöglich nicht mehr lebt, dachte er sich, und er wusste, dass Roussel das Gleiche befürchtete.

»Hier! Hier musst du rechts!«

Die Dunkelheit und der Regen hatten erst im letzten Moment den Blick auf ein Hinweisschild freigegeben. Roussel lenkte den Wagen um eine Häuserecke, dann folgten sie einer kleineren asphaltierten Straße den Hügel hinauf. Nicolas blickte ab und zu nach draußen, aber er sah nichts außer einem dichten Regenschleier, der Sturm fegte in diesem Augenblick durch die ersten Bäume am Fuße des Hügels.

»Angeblich hat man von da oben eine fantastische Sicht über das Meer.«

»Das würde mich wundern«, grummelte Roussel. »So wie es aussieht, steuern wir direkt in den dunklen Arsch des Cotentin. Ich bin froh, wenn ich den Wagen heil da hochbekomme. Ans Runterfahren will ich noch gar nicht denken.«

Als sie durch ein Waldstück fuhren, krachte es in den Bäumen über ihnen, dicke Äste krachten nur wenige Meter neben ihnen auf den Waldboden. Ein Strom aus Regenwasser, Blättern und Erde floss die Straße hinab, Blitze zuckten durch die Baumkronen über ihnen.

»Wir sind da.«

Nicolas deutete auf den Eingang eines Panoramarestaurants. Die Fenster waren dunkel, kein Wagen stand vor dem

Haus. Links daneben führte der Weg zur Terrasse, die hinter dem Haus liegen musste.

Roussel stoppte den Wagen kurz, die Scheibenwischer kratzten unablässig über die Windschutzscheiben, und doch konnten sie kaum etwas sehen. Links von ihnen war in der Dunkelheit der massige Umriss einer Kirche zu erkennen, ein Eisentor führte zu einem kleinen Friedhof, der ähnlich wie in Barfleur die Kirche umschloss.

Über dem spitzen Kirchturm schien der Himmel alle Schleusen geöffnet zu haben, der Regen hämmerte auf das Kirchendach, Blitze zuckten über den pechschwarzen Himmel.

»So langsam sehe ich gar nichts mehr«, sagte Roussel und wischte mit seinem Ärmel über das beschlagene Seitenfenster. Ihr Atem legte sich auf die Scheiben, auch Nicolas konnte fast nichts mehr erkennen. Zudem schlug der Regen so heftig auf das Autodach, dass sie fast brüllen mussten, um sich zu verstehen.

»Fahr da rüber«, sagte Nicolas und deutete zum Kirchturm. »Neben der Mauer ist ein Parkplatz, von da kann man in wenigen Schritten die Grotte erreichen.«

»Oder schwimmend«, fluchte Roussel. »Und ich sag dir, wenn da nichts ist, fahren wir sofort zurück. Ich will langsam ins Bett, ich habe die Schnauze voll von der Küste. Schmuggler und verbrannte Leichen, die sollen mich in Ruhe lassen.«

Er lenkte den Wagen über den Vorplatz der Kirche und fuhr um eine kleine Steinmauer herum, als er abrupt abbremste.

»Scheiße.«

Für einen kurzen Moment war nur das Kratzen der Scheibenwischer zu hören, das Geräusch des Regens auf dem Dach. Ein Blitz riss den Himmel auf, direkt gefolgt von einem Donnergrollen, das über den Hügel von La Pernelle krachte.

Der Sturm war jetzt direkt über ihnen.

Roussel atmete langsam aus und griff instinktiv zu seiner Waffe.

Vor ihnen im strömenden Regen stand ein weißer Lieferwagen. Die Scheinwerfer strahlten die steinerne Umrandung des Kirchengeländes an, die Heckklappe war geöffnet. Nicolas konnte sehen, dass der Laderaum mit einer Plastikplane ausgelegt war.

»Mach den Motor aus«, flüsterte er.

Sofort waren sie in Dunkelheit gehüllt, das krachende Unwetter über sich.

»Du hattest verdammt nochmal Recht«, flüsterte Roussel, als könnte jemand sie beide belauschen. Nicolas hatte ebenfalls die Hand auf die Dienstwaffe gelegt, die Valerie Colin ihm aus dem Commissariat mitgebracht hatte.

»Wir können nicht warten«, sagte er. »Womöglich ist Theo Jermain schon längst tot. Aber vielleicht auch nicht, wir können es nicht riskieren.«

»Wie weit ist es bis zur Grotte, sagtest du?«

Nicolas spürte, wie das Adrenalin durch seine Adern raste.

»Laut Karte höchstens dreihundert Meter, den Weg dort vorne runter.«

Roussel blickte durch die Frontscheibe nach draußen. Dann zog er den Reißverschluss seiner Jacke hoch.

»Scheiße, Bodyguard, warum muss immer ich neben dir im Wagen sitzen? Los schnappen wir uns diese Flammenfrau, falls sie es ist.«

Nicolas öffnete leise die Beifahrertür und glitt nach draußen, den Blick fest auf den Weg gerichtet, der an der Mauer entlang den Hügel nach unten führte, in Richtung des Waldes. Er wollte die Kapuze seiner Jacke hochschieben, merkte dann aber, dass sein Sichtfeld dadurch eingeschränkt war.

Innerhalb weniger Augenblicke war er wieder komplett durchnässt.

Neben ihm bewegte sich Roussel durch die Dunkelheit und gab ihm ein Zeichen, sich rechts zu halten. Sie hatten beide ihre Waffen gezogen, während sie Schritt für Schritt durch den Regen liefen.

Nicolas hörte seinen eigenen Atem, er versuchte, sich zu beruhigen, seine Anspannung zu bekämpfen. Aber der Sturm wütete zu bedrohlich über ihnen, der verlassene Wagen ließ das Schlimmste befürchten, Blitze krachten durch die Dunkelheit und erhellten für eine halbe Sekunde den Weg vor ihnen.

Plötzlich nahmen sie einen Schatten wahr.

Instinktiv blieb Nicolas stehen und gab Roussel ein Zeichen. Auch er hatte die Gestalt gesehen, die unmittelbar vor der Grotte stand und offenbar auf etwas starrte, das sich im Innern befand.

Bisher waren sie unbemerkt geblieben. Nicolas schlich im Schatten der Mauer voran, es lagen jetzt keine fünfzig Meter mehr zwischen ihnen und der Grotte.

Die Gestalt bewegte sich nicht. Sie war vollständig in Schwarz gekleidet, eine Kapuze bedeckte den Kopf.

Vierzig Meter.

Nicolas packte den Griff seiner Waffe fester und atmete langsam aus. Neben sich spürte er Roussels Bewegungen in der Dunkelheit, er war ebenso angespannt wie er selbst.

Wer auch immer dort stand, er hatte zwei Menschen brutal gefoltert. Und womöglich sogar einen dritten.

Es war der Sturm, der verhinderte, dass sie sich weiter unbemerkt der Gestalt nähern konnten. Als sie keine dreißig Meter von ihr entfernt waren, krachte plötzlich ein heftiger Blitz über den Hügel, direkt über ihren Köpfen. Es schien kurz, als wäre die Kirche getroffen, hinter ihnen wälzte sich der Donner durch die Dunkelheit und ließ das Erdreich erbeben.

»Verdammt!«

Roussel hatte instinktiv den Kopf eingezogen und laut aufgeschrien. Und Nicolas konnte es ihm nicht verübeln, er selbst war kurz davor gewesen, sich zu Boden zu werfen. Und vor ihnen hatte sich der Schatten bewegt.

Das Gesicht wurde von der Kapuze beschattet, sie konnten es durch den Regen hindurch nicht erkennen. Sie wussten nur, dass sie handeln mussten.

Weil die Person vor der Grotte ihnen direkt in die Augen sah.

Roussel riss seine Waffe hoch.

»Polizei! Blieben Sie genau da stehen!«

Nicolas machte zwei Schritte nach vorn, er versuchte die Gestalt ins Visier zu nehmen, aber immer wieder tropfte ihm Wasser in die Augen, alles verschwamm, die Nacht, der Wald, das schwache Licht aus der Grotte.

»Stehen bleiben!«

Der Schatten löste sich von der Grotte, löste sich vom letzten Rest Licht und tauchte ein in die Schatten der Sturmnacht.

»Was ...?«

Roussel starrte auf die Stelle, an der eben noch jemand gestanden hatte, während Nicolas instinktiv losrannte, mit gezogener Waffe. Der Boden war rutschig, er schlitterte über den matschigen Grund Richtung Grotte.

Die Gestalt musste nach hinten geflohen sein, fort von dem flackernden Kerzenschein, der aus dem Inneren der Grotte drang. Direkt daneben war der Weg zu Ende, ein kleinerer Abhang führte in ein Waldstück.

Nicolas erreichte die Grotte – und spürte, wie die Kälte nach ihm griff.

Ihre schlimmsten Befürchtungen hatten sich bewahrheitet, das wurde ihm klar, als er an der Grotte vorbeijagte.

»Roussel, da!«

Nicolas steckte seine Waffe im Laufen weg und schwang sich über eine kleine Absperrung, hinter der ein rutschiger Abhang lag. Aus den Augenwinkeln sah er, wie Roussel, der ebenfalls losgelaufen war, an der Grotte stehen blieb.

»Scheiße!«

Nicolas hörte noch diesen Ruf, in dem all die Verzweiflung steckte, die auch er gerade empfand. Dann spürte er schon das nasse Gras unter sich. Er ließ sich einfach fallen, rutschte einige Meter nach unten und krachte schließlich schmerzhaft gegen einen kleinen Baum. Für einen kurzen Moment schoss der Schmerz durch seinen Körper, und er verlor wertvolle Sekunden, als er stöhnend aufstand und sich am Baumstamm festhielt.

Immer noch trommelte der Regen auf das Erdreich, etwas schwächer nun, weil die Blätter der Bäume ein wenig Schutz boten. Dafür war es noch dunkler als oben auf dem Weg.

Nicolas zog seine Waffe, dann arbeitete er sich langsam den Hang hinunter, über einige bemooste Steine hinweg, durch Gestrüpp und Geäst. Immer noch krachte es am Himmel, Blitze zuckten über den Bäumen und gaben ihm für einige Sekundenbruchteile das nötige Licht, um sich weiter vorarbeiten zu können.

Nicolas' Atem ging stoßhaft, immer wieder musste er sich den Regen aus dem Gesicht wischen.

Er blieb stehen, um auf die Schritte des anderen zu lauschen, auf ein Knacken. Aber da war nichts, nur er und der Sturm.

Schließlich blieb er auf einer kleinen Lichtung stehen und drehte sich im Kreis.

»Hey!«, brüllte er, so laut er konnte. »Komm raus!«

Er hatte keinen Plan für diese Situation, er fühlte sich

hilflos, dem Unwetter ausgeliefert, in einem fremden Wald. Sein ganzer Körper schmerzte, er konnte so gut wie nichts sehen.

Und dort oben lag ein Mann auf einem Altar, in einer Grotte auf dem Hügel von La Pernelle.

Sie waren zu spät gekommen, und nun stand er hier, und seine Wut wurde immer größer.

»Hey! Hörst du? Wer auch immer du bist! Komm raus! Es ist vorbei!«

Er drehte sich blitzartig um, als er ein Knacken im Wald hörte, direkt hinter ihm. Er machte ein paar Schritte in die Richtung, aus der das Geräusch gekommen war.

Und als er hinter sich eine Bewegung vernahm, da wusste er, dass er in eine Falle getappt war. Ein einfaches Ablenkungsmanöver.

Und kurz bevor der schwere Ast ihn am Hinterkopf traf und er nach vorne fiel, durchzuckte ihn der Gedanke, dass ihm dies nun schon zum zweiten Mal innerhalb weniger Tage passiert war.

Diese Küste war kein guter Ort für einen Personenschützer.

Dann schlug er auf dem Boden auf.

Blitze schlugen ein, Regen prasselte und dann war es da: das Feuer.

Feuchte Erde im Mund, Blätter im Gesicht.

Blut, das an seinem Hals entlangrann.

Und immer wieder das Feuer, direkt vor ihm.

Seine Finger zuckten, gruben sich ins Erdreich, das durchweicht war vom stundenlangen Regen. Seine Füße scharrten auf dem Boden, seine Hand griff nach einem Stamm, der vor ihm lag. Und wieder Dunkelheit.

Dann Feuer, es brach sich Bahn, entflammte seinen Schmerz aufs Neue. Er wollte schreien, aber er konnte es nicht, seine Zunge lag wie totes Fleisch in seinem Mund, er spürte etwas Schweres auf seinem Brustkorb, das ihn niederdrückte, auf den Boden, der unter ihm zu verschwimmen begann.

Wieder Schmerz.

Wieder Flammen.

Nicolas riss die Augen auf, panisch rang er nach Luft. Er nahm den Schatten über sich wahr, der Druck auf der Brust ließ nach, Regen benetzte sein Gesicht, rann ihm in den Mund.

Sein Kopf schien zu zerplatzen.

Das Schnappen eines Feuerzeugs. Eine Flamme dicht vor seinem Gesicht.

Ein unfassbarer Schmerz an seinem rechten Unterarm.

Ein Flüstern im Wind.

»Nur wer brennt, der weiß, dass er lebt.«

Nicolas schrie auf, als die Flamme wieder seinen Unterarm erreichte, er schlug panisch um sich, um ihn herum nur Wasser und Dunkelheit.

Dann wieder das Schnappen.

Eine dunkle Gestalt direkt vor ihm, die Kapuze tief im Gesicht.

Jemand rief seinen Namen, irgendwo im Dunkel des Waldes.

Dann wieder das Flüstern.

»Du bist jetzt mein.«

Nicolas rauschte das Blut in den Ohren, er spürte die Erde unter sich, den Waldboden, der unter dem Grollen des Sturms erzitterte. Und überall Regen.

»Nicolas!«

Eine Gestalt stürzte auf ihn zu. Roussel, der sich über ihn beugte, fluchte, als er seinen Unterarm sah, seine Jacke auszog und sie über ihn legte, als könnte sie ihn wärmen, ihn, der die Kälte und die Hitze dieser Nacht bereits gespürt hatte.

Nicolas starrte nach oben, mitten hinein in die Schleusen, die der Himmel noch immer weit geöffnet hielt, das Zucken der Blitze durch die Baumkronen und Roussels Körper, der kraftlos an einem Baumstamm hinunterglitt und der schließlich regungslos sitzen blieb, inmitten der Grausamkeit, die der Hügel von La Pernelle ihnen offenbart hatte.

Der Regen würde die Tränen verwischen, die Roussel jetzt weinte, vor Erschöpfung und auch vor Wut. Er würde auch das Blut an Nicolas' Kopf fortwaschen, würde es in den Boden sickern lassen.

Nur das Feuer auf seiner Haut würde der Regen nicht löschen.

Das Feuer, das sich auf Nicolas' Unterarm gesetzt hatte. So wie auf den Körper eines Mannes, der in der Grotte von La Pernelle lag, mitten auf dem Altar.

Nackt und übersät mit Brandmalen.

Argwöhnisch beäugt von einem Plüschhund, durch dessen Herz eine lange Kerze gerammt war. Sie brannte, ihr Wachs tropfte unablässig auf das verbrannte Fell.

KAPITEL 23

Trouville-sur-Mer
Am nächsten Morgen

Julie saß in ihrer Küche in der Rue d'Orleans, als das Handy klingelte. Trotz des grauen Wetters und der zahlreichen Wolken über der Küste, hatte sie die Fenster geöffnet. Die Kaffeemaschine blubberte vor sich hin, aus einem alten Transistorradio, dass Tito ihr zum Geburtstag geschenkt hatte, ertönte die Melodie eines alten Liedes. Sie musste lächeln, als sie es erkannte, und drehte das Radio lauter.

»Morgane de toi«, murmelte sie und summte den Refrain mit. »1:0 für mich, alter Mann.« Es schien ihr eine Ewigkeit her, dass Tito damals an der Place Sainte-Marthe mit seinem Wettstreit begonnen hatte, eines schönen Sommerabends, als in der Ferne der Eiffelturm funkelte. Und während sie jetzt am Fenster stand und ihren Blick auf das Meer genoss, da dachte sie kurz an all das, was seitdem passiert war.

So viel Schlechtes.
So viel Gutes.
So viel Leben zwischen Paris und den Stränden der Normandie, so viel Tod bei ihrer Arbeit im Untergrund. Es gab eine Menge geradezurücken in ihrem Leben und sie war dabei, es anzupacken. Nichts machte sie glücklicher als die Vorstellung, demnächst mit Nicolas in dieser Küche zu sitzen, den Blick aufs Meer, einfach beieinander. Nicolas' Mutter hatte über eine ihrer reichen Kundinnen im mondänen »Hotel de la Plage« drüben in Deauville von der Wohnung

gehört, und sie hatten nicht lange gezögert. Auch wenn sie zu teuer war: Es würde funktionieren, und sie würden hier in dieser Küche und vor allem auf ihrer Dachterrasse über den Häusern von Trouville das Leben genießen.

Sie hatte schlecht geschlafen, der Sturm hatte an den Fensterläden gerüttelt, und als sie aufgewacht war, hatte sie entdeckt, dass einer der Farbeimer nicht richtig geschlossen war. Nun musste sie heute erneut ins Malergeschäft radeln und Farbe für das Wohnzimmer holen.

Und so pendelten ihre Gedanken zwischen der Banalität einer Wohnungseinrichtung und den Erlebnissen der vergangenen Jahre, während sie sich einen Kaffee eingoss und den Anruf entgegennahm.

Es war Roussel. Und er war müde.

»Salut, Roussel«, sagte Julie, während sie sich wieder ans Fenster stellte und die kühle Luft nach dem Sturm genoss. Und noch die dunkle Vorahnung ignorierte, die sich von hinten an sie herangeschlichen hatte.

»Salut, Julie«, sagte Roussel. Im Hintergrund war Stimmengemurmel zu hören, das Geräusch von Schritten auf Linoleum.

»Hör zu, es ist ein bisschen kompliziert, aber …«

»Was ist passiert, Roussel?« Mit einem Schlag war ihr Kopf frei von Farbtöpfen und Einkaufslisten. Sie stellte ihre Tasse ab.

»Okay, pass auf, bevor ich es dir erkläre: Es geht ihm gut.«

»Das klingt nach: Es geht ihm WIEDER gut, Roussel. Was ist passiert. Wo ist Nicolas?«

»Er ist hier bei mir. Er … er schläft nur gerade. Er muss sich ausruhen. Es war eine … schlimme Nacht.«

Julie musste sich kurz an der Fensterbank festhalten, dann setzte sie sich an den Küchentisch und stützte den Kopf in die Hand.

»Was ist passiert?«

Roussel seufzte, sie sah den Leiter des Commissariat von Deauville geradezu vor sich, in seiner Lederjacke, unrasiert und müde. Vermutlich hatte der die Augen geschlossen, den Kopf an die Wand hinter sich gelehnt.

»Nicolas hat herausbekommen, wer das nächste Opfer sein könnte. Du weißt schon, die beiden Leichen mit den Verbrennungen, er hat dir sicher …«

»Er hat mir davon erzählt. Ich habe ihm gesagt, dafür gibt es die Polizei. Er ist Personenschützer, kein Ermittler.«

»Ich weiß, aber es hat sich so ergeben. Wir hatten sie fast, er hat sie verfolgt …«

»Wen hattet ihr fast?« Jetzt war Julie aufgestanden, sie lief durch den Flur, auf der Suche nach ihrem Portemonnaie, ihren Schlüsseln und ihren Schuhen. Sie würde nach Barfleur fahren und Nicolas holen.

»Die Flammenfrau, sie ist … ach, das ist doch egal. Jedenfalls hat sich Nicolas bei der Verfolgung in der Nacht … den Kopf gestoßen.«

»Den Kopf gestoßen? Roussel, verarsch mich nicht.«

»Okay, okay. Sie hat ihn überwältigt. Ihm hinterrücks eins über den Schädel gezogen … und ist dann verschwunden.«

Julie atmete langsam aus. Und wieder ein.

Sie erinnerte sich an ihre aktive Zeit als Polizistin in Paris. Sie kannte die Gefahren der Straße, sie hatte zudem gemeinsam mit Nicolas Schlimmes durchlebt, hier in der Normandie. Julie kannte den Tod.

Und sie wusste, dass Nicolas sie nie allein lassen würde. Und doch musste sie sich beherrschen, nicht loszuschreien.

»Verdammt, Roussel. Sie wollten nur an den Hafen fahren. Tito wollte malen, Nicolas seine Sportzeitung lesen und im Café sitzen, meinetwegen bei der hübschen Besitzerin, mir alles recht. Aber das jetzt ...«

»Ich weiß, Julie. Aber das Schlimmste ist überstanden.«

»Woher willst du das wissen? Ich mache mich gleich auf den Weg, ich nehme den Zug nach Cherbourg und ...«

»Nein, das brauchst du nicht, Julie. Ich werde die beiden heimschicken, Nicolas und Tito. Noch am Nachmittag nehmen sie den Zug. Er muss vormittags noch hierbleiben, für Untersuchungen. Aber die Ärzte haben mir schon gesagt, dass er nichts hat. Er wird noch ein bisschen Kopfschmerzen haben und eine hübsche Platzwunde am Kopf. Aber du hast ihn ja nicht wegen des Aussehens genommen, nicht wahr?«

Julie musste lächeln, ihr Herz klopfte nicht mehr ganz so stark.

»Ich soll also nicht kommen.«

»Nein, glaub mir. Er wird dich anrufen, wenn er aufwacht, versprochen. Tito hat bereits gepackt, das Wetter hier oben ist sowieso schlimm, und es gibt keine Muscheln. Und deshalb ist der alte Mann ja eigentlich gekommen.«

Sie dachte an Tito, der sich diesen Ausflug gänzlich anders vorgestellt hatte, der malen wollte und Muscheln essen, die berühmte Sorte »Blondes de Barfleur«. Und der nicht nur die verbrannte Leiche eines Mannes auf einem Sportboot im Hafen gefunden hatte, sondern der hatte mit ansehen müssen, wie sein Freund Nicolas immer tiefer in die dunklen Abgründe des Cotentin hineingezogen wurde.

»Er soll mich sofort anrufen, hörst du, Roussel?«

»Versprochen. Mach dir keine Sorgen, es geht ihm wirklich gut. Ich meine mich zu erinnern, dass er schon deutlich Schlimmeres überstanden hat.«

Und ich auch, dachte sie, und die Nacht auf Chausey schob sich in ihre Gedanken. Es war einer der dunkelsten Momente ihres Lebens gewesen. Und dabei hatte es viele gegeben, die diesen Titel verdient hätten.

Nachdem Tito aufgelegt hatte, setzte sie sich in einen Sessel und schloss die Augen. Sie zwang sich, an die Farbe zu denken, die sie erneut kaufen musste, an die Wäscherei, bei der sie vorbeifahren wollte.

Es gelang ihr nur kurz.

Um sich abzulenken, zog sie ihre Laufsachen an, schlüpfte in die Sportschuhe und verließ die Wohnung, nachdem sie das Handy eingesteckt hatte. Kurze Zeit später überquerte sie die Rue de la Chapelle, bog in die Rue Croix ein und fand sich kurz darauf auf dem breiten Strand von Trouville wieder, der leergefegt war vom nächtlichen Sturm und der genug Platz bot für all ihre düsteren Gedanken.

Sie würde versuchen, einige hier zurückzulassen, bevor sie nach Hause zurückkehrte.

Über ihr erstreckte sich ein aufgewühlter Himmel, es war derselbe, der sich auch jenseits der Küste, weit im Hinterland der Normandie ausbreitete, über der Autobahn westlich von Pont-l'Évêque. Roman liebte diesen Streckenabschnitt, weil nach der Abzweigung in Richtung Le Havre meist deutlich weniger Autos unterwegs waren. Er konnte links und rechts von sich einige entwurzelte Bäume sehen, der Sturm hatte auch hier gewaltig gewütet. Möwen flogen krächzend in Richtung Küste, Wolkenfetzen hingen als Überbleibsel der Nacht über ihm.

Immer noch war er beseelt davon, seinen eigenen Laster zu fahren, unabhängig zu sein, für sich, Melanie und den Kleinen Geld zu verdienen. Es war eine der besten Entscheidungen seines Lebens gewesen, sosehr die Schulden ihn auch belasteten.

Es würde alles funktionieren.

Nur dieser eine Auftrag noch, den er allerdings jetzt schon verdammte. Warum hatte er sich nur darauf eingelassen, warum war er da hineingeraten. Er zwang sich, ruhig zu bleiben, seine Gedanken auf etwas Gutes zu richten, auf zuhause. Dorthin, wo er erwartet wurde, wenn er diese Tour beendet hatte. Er war in Dieppe gewesen, um Elektronik für einen Fachhändler abzuholen, mehrere Kisten mit Bildschirmen, Rechnern, das ganze Zeug, es interessierte ihn nicht.

Die Fahrt brachte Geld, sie brauchten Geld, fertig.

Als im Radio die Melodie eines alten Songs erklang, drehte er schnell den Sendersuchlauf weiter.

»›Morgan de toi‹, ich glaube, ich spinne. Habt ihr nichts Besseres?«

Als er einen Hiphop-Sender fand, drehte er die Lautstärke auf, seine Finger tänzelten über das Lenkrad zum Sound von Gazos »Rappel«, er flog über die A13 in Richtung Caen, so wie die Möwen in Richtung Meer.

Sein Handy klingelte.

»Nein, nicht jetzt«, fluchte er und blickte auf das Display. Unbekannte Nummer.

Er wusste sofort, wer es war. Und diesmal zögerte er nicht, den Anruf entgegenzunehmen.

»Hier ist Roman«, sagte er mit der Stimme eines Mannes, der sich nichts gefallen ließ, von niemandem. Und doch spürte er die Anspannung, als er die Stimme von Sylvain hörte, Guy Moreaus rechter Hand. Immerhin war es nicht der Alte selbst.

Von dem hatte er genug, er hatte immer noch Gänsehaut, wenn er an den nächtlichen Anruf des Alten zurückdachte. Mit Sylvain würde es schon gutgehen.

»Wie geht es dir, Roman?«

»Ganz okay. Ich fahre gerade, ich hoffe, du verstehst mich gut.«

»Ich verstehe dich sehr gut. Hör zu, Roman, es gibt eine Änderung.«

Er runzelte die Stirn. Nicht wegen der Botschaft, die Sylvain für ihn hatte, sondern wegen des Tons, in dem er mit ihm sprach.

Da war keine Kälte, keine herablassende Arroganz. Keine unterschwelligen Drohungen, kein verbales Abtasten. Ganz offensichtlich hatte Sylvain es eilig, er klang gehetzt.

»Welche Änderung?«, fragte Roman behutsam.

»Es gibt einen neuen Termin für die Fuhre. Und einen neuen Ort.«

»Okay. Ich weiß nicht, ob ich …«

Roman biss sich auf die Zunge, er bereute seine Worte sofort.

»Du kannst, Roman.«

»Entschuldige, ich kriege es natürlich hin. Ich … es war … vergiss es, was plant ihr?«

Er hörte im Hintergrund mehrere Stimmen, er meinte auch das Weinen einer Frau ausmachen zu können. Sylvain entfernte sich offenbar ein paar Schritte, denn die Stimmen im Hintergrund wurden leiser.

»Die Ware muss schon heute Abend geliefert werden.«

»Heute?«

»Du hast mich richtig verstanden. Ist das ein Problem für dich?«

Roman fluchte innerlich, weil er Melanie einen Abend mit ihren Freundinnen versprochen hatte. Das würde Ärger geben, aber er konnte es nicht ändern. Danach war Schluss mit diesen Sonderfahrten.

»Nein, es ist kein Problem. Wie komme ich an die Ware?«

»Nicht weit von deiner Wohnung, eine Adresse in Caen. Du holst die Ware dort ab, es sind mehrere Kisten, aber es gibt Männer, die sie einladen werden. Du musst nur fahren, hörst du?«

»Kein Problem. Wohin bringe ich sie, ans Kap, wie besprochen?«

»Ja, wie besprochen. Übergabeort ist Port Racine, weißt du, wo das ist?«

Roman musste kurz überlegen.

»An der Nordküste. Ja, ich weiß, wo das ist.«

»Bring die Ware pünktlich hin. Das Boot ist die ›Regina‹, ein Fischkutter aus Cherbourg. Wir erwarten dich um 20 Uhr dort.«

Nachdem er aufgelegt hatte, fuhr Roman nachdenklich die nächsten Kilometer über die Autobahn in Richtung Caen. Sosehr ihm jetzt schon vor Melanies Gejammer graute, so sehr freute er sich, nicht hinauf auf den Cotentin fahren zu müssen. Deauville lag gerade mal eine gute halbe Stunde von zuhause entfernt. Es würde schnell gehen. Aufladen, hinfahren, abladen.

Das Geld würde er vor Ort bekommen, es war eine stattliche Summe. Er lehnte sich zufrieden in seinen Fahrersitz und betrachtete das Spiel der Wolken über ihm, die ähnlich grau und regnerisch waren wie jene über dem Hinterland des Cotentin, wo in einem abgelegenen Haus, das fernab der Straße lag, Sylvain zu Guy Moreau ging. Der Alte stand am Fenster und sah hinaus, seine Frau Agnès saß auf dem Bett, er konnte sehen, dass sie geweint hatte.

»Es ist alles geregelt«, sagte Moreaus rechte Hand und wartete. Aber der Alte blickte nur auf die Felder vor dem Fenster und auf die Krähen, die über den durchtränkten Boden hüpften.

»Es ist riskant«, sagte er schließlich. »Du hättest ihn nicht anrufen sollen.«

»Es ist ein Prepaidhandy«, wunderte sich Sylvain. »Sie kennen die Nummer nicht, sie können mich nicht …«

»Ich meine nicht dich. Ich meine den Fahrer. Dieser

Roman ist kein verlässlicher Typ, wir haben keine Ahnung, ob sie an ihm dran sind.«

Sylvain runzelte die Stirn, seine Mutter saß nur da, mit starrem Blick.

»Moreau, es ist alles gut. Ich bin vorsichtig. Der Auftrag wird funktionieren. Du wirst sehen, alles wird ...«

»Genug«, sagte Moreau und hob die Hand. Er hielt einen Umschlag in der Hand, aus dem er mehrere Fotos herausgeholt hatte. Einige lagen auf der Fensterbank, der Körper eines Mannes, Brandmale auf dem Rücken.

Sylvain riss entsetzt die Augen auf.

»Schon wieder? Woher sind die Fotos? Da ist ja schrecklich.«

Der Alte schwieg. Dann steckte er die Aufnahmen in den Umschlag zurück und drehte sich zu Sylvain um. Er war aufgewühlt und zornig. Zornig und voller Hass.

»Sie lagen hier draußen vor der Tür.«

»Wie bitte? Das bedeutet, jemand kennt unseren Aufenthaltsort? Wie kann das sein, niemand weiß ...«

»Ich weiß es nicht!«, brüllte Guy Moreau plötzlich und schleuderte den Umschlag durchs Zimmer. »Und es ist mir egal! Ich weiß nur, dass ein alter Freund auf diesen Bildern zu sehen ist, der Rest geht dich nichts an.«

»Aber, Moreau, du musst mir ...«

»Raus mit dir! Sofort! Lass uns in Ruhe!«

Sylvain zögerte kurz, dann drehte er sich um und schloss die Tür. Zurück blieben Agnès, die kein Wort gesagt hatte, und Moreau, der sich wieder zum Fenster drehte und hinaussah, auf den steingrauen Himmel, der die gleiche Farbe hatte wie der über der Autobahn zwischen Pont-l'Évêque und Caen, wo in diesem Augenblick ein LKW-Fahrer für sich beschloss, dass alles gut werden würde an diesem Tag.

Der Himmel war auch derselbe wie jener über dem Strand von Trouville, auf dem in diesem Augenblick Julie umdrehte und ihren Rückweg antrat, mit einigen dunklen Gedanken weniger im Gepäck. Auch sie hatte für sich beschlossen, dass alles gut werden würde an diesem Tag.

Beide täuschten sich, aber in jenem Augenblick, in dem der Himmel kurz aufriss, über dem Strand von Trouville, über dem Hinterland bei Pont-l'Évêque und über dem einsamen Haus in den Hügeln des Cotentin, konnte das noch niemand ahnen.

»Und?«, fragte Moreau seine Frau.

Aber sie schwieg.

»Dann lässt du mir keine Wahl.«

Er griff zum Handy und läutete damit einen Tag ein, der dunkler werden würde, als jeder Sturm über der Küste des Cotentin es jemals sein könnte.

KAPITEL 24

Cherbourg
Kurz darauf

Als Nicolas erwachte, war das erste Geräusch, das er wahrnahm, das Prasseln des Regens an der Fensterscheibe. Für einen kurzen Moment überlegte er, ob er immer noch auf dem Waldboden lag, umgeben von Bäumen, Sturm und Schmerz. Das gleißende Licht der Deckenlampe bohrte sich in seinen Kopf, ähnlich einer Flamme, die aus tiefer Dunkelheit kam. Instinktiv griff er sich an den rechten Unterarm und zuckte zusammen. Selbst durch den Verband hindurch spürte er die Wunde, die die Nacht hinterlassen hatte.

Er drehte den Kopf und sah aus dem Fenster. Über Cherbourg hingen dichte Regenwolken, die Stadt machte ihrem Ruf als eine der niederschlagreichsten Städte Frankreichs alle Ehre. Nicolas überlegte, wann er das letzte Mal einen strahlend blauen Himmel gesehen hatte, ohne Wolken, ohne die Vorahnung eines Regenschauers am Horizont.

Vielleicht in Barfleur unmittelbar nach ihrer Ankunft, als er auf der Terrasse des »Café du Port« gesessen hatte.

Alain Souchon, »Rive Gauche«. Das Lied aus Titos Radio, Rachmaninoff zu seinen Füßen auf der Hafenmole der kleinen Küstenstadt. So lange her.

So viel Leid und Schmerz in dieser kurzen Zeit. Und noch war es nicht vorbei.

Mühsam richtete er sich auf, sein Kopf tat weh, er trug eine Art Turban, ein Verband, der vermutlich die Wunde am Hinterkopf vor Verunreinigungen schützen sollte. Stöhnend schwang er seine Beine aus dem Bett und staunte über seine Kleidung. Er konnte sich nicht erinnern, diese Sachen angezogen zu haben. Er trug eine weiße lange Stoffhose und ein T-Shirt in derselben Farbe. Er tastete erneut nach dem Verband am Arm, unter dem die Haut schmerzte und auch seine Muskeln.

Die Stimme der Frau in seinem Kopf, das Flüstern eines Schattens, der ihn niedergedrückt, ihn gezeichnet hatte. Wie ein gebrandmarktes Tier.

Du bist jetzt mein.

»Niemals«, murmelte er und schaute aus dem Fenster. Irgendwo hinter dieser Scheibe, jenseits der Stadt an der Nordküste des Cotentin, war die einzige Frau, der er gehörte. Und er würde schnellstmöglich zu ihr zurückkehren.

»Genug«, sagte er leise und stand auf. Seine Gliedmaßen krachten, ihm wurde kurz schwindlig. Nicolas hielt sich an der Bettkante fest und ließ sich wieder zurück aufs Bett sinken.

»Langsam«, murmelte er.

Sein Blick fiel auf den Nachttisch, auf dem jemand ihm einen Zettel hinterlassen hatte. Er nahm ihn in die Hand, legte sich zurück auf sein Kissen und verzog das Gesicht, als sein rechter Unterarm gegen eine Metallstrebe stieß.

Die Nachricht war von Roussel, sie war kurz und unmissverständlich: *Du nimmst heute noch den Zug nach Deauville. Mit Tito.*

Keine Widerrede.

Ruf Julie an.

Er musste kurz lächeln, als er sich Roussel vorstellte, der ihm übermüdet und schlecht gelaunt eine Nachricht schrieb.

Denn trotz des mürrischen Tons wusste Nicolas, dass Roussel sich sorgte, sogar sehr.

Nicolas würde den Anblick seines Freundes auf der kleinen Lichtung im Wald nicht vergessen. Wie er sich kraftlos am Baum hatte hinuntergleiten lassen, weil er angenommen hatte, es sei vorbei. Aber das war es nicht.

Er griff nach dem Handy und rief in Deauville an.

»Hey«, sagte Julie, die sofort nach dem ersten Klingeln ans Telefon ging.

»Hey«, sagte er.

»Wie geht's dir? Roussel sagte, ich solle mir keine Sorgen machen, aber ich gebe zu: Es fällt mir schwer.«

»Aber er hat recht«, erwiderte Nicolas. Er bemühte sich, seine Stimme kraftvoll wirken zu lassen, er scheiterte aber bereits am ersten Wort.

»Ich komme nach Hause. Heute noch.«

Er hörte sie atmen, konnte sie fast vor sich sehen, den Blick in die Ferne gerichtet.

»Das ist gut.«

Und während Nicolas ihr von den Geschehnissen der Nacht erzählte und dabei immer wieder seinen rechten Unterarm betrachtete, standen die Bewohner von Barfleur auf der breiten Mole des Hafenbeckens und redeten. Manche hatten Regenschirme aufgespannt, anderen reichte eine Kapuze oder gar eine dicke Fischermütze. Sie standen vor den grauen Granithäusern, vor den Restaurants, die noch geschlossen waren, sie hatten sich vor den Booten versammelt, die heute nicht rausfahren würden, weil die See nach dem Sturm noch zu rau war.

Über den Köpfen der Menschen jagten die Wolken über den Himmel, Möwen nutzten den Auftrieb, um sich einen Überblick zu verschaffen, während unten am Hafenbecken die Lage erörtert wurde. Barfleur hatte viele Stürme gesehen, viele Nächte wie die zurückliegende Nacht überstanden. Und doch waren die Ausmaße des Schadens verheerend.

Fahnenmasten waren abgeknickt, Markisen aus ihren Verankerungen gerissen, ein ungesichertes Schlauchboot war auf dem Dach eines der Restaurants gelandet. Überall im Becken schwammen Stöcke und Äste, Kisten und Fischfangutensilien lagen verstreut in den Gassen, zwei Motorräder waren vom Sturm ins Becken geschoben worden, wo sie erst bei Ebbe geborgen werden konnten.

Aber es war nicht nur der Sturm, über den die Menschen redeten, es waren auch die Geschehnisse der vergangenen Tage. Zu lange hatten sie angesichts des Wetters in ihren Häusern gesessen, es hatte kaum Gelegenheiten gegeben, sich auszutauschen. Informationen mussten eingeholt, Gerüchten musste nachgegangen werden, es galt, Fragen zu stellen und Antworten zu finden, auch dort, wo keine zu finden waren.

Etwa bei Élodie, die hinter ihrem Tresen stand und einen Kaffee nach dem anderen machte.

»Ich bin so froh, dass du da bist, Luca«, rief sie nach hinten, und als der junge Mann mit einem Tablett in der Hand durch die Tür kam, strahlte sie ihn an.

»Nachher, wenn alle weg sind, machen wir die Musik an und tanzen. Es ist gerade so schlechte Stimmung in Barfleur, das wird uns guttun.«

»Ich bin kein guter Tänzer«, sagte Luca schüchtern und rückte seine Baseballkappe zurecht.

»Keine Widerrede«, lachte sie und machte sich daran, den nächsten Kaffee zu machen, während weitere Gäste kamen und sie mit Fragen bombardierten.

»Élodie, weißt du mehr? Was hat die Polizei gesagt?«

»Mädchen, die haben doch bei dir gesessen! Du musst doch was wissen. Oder du, Luca?«

»Und die Schießerei, Élodie, was hat es damit auf sich?«

»Es heißt, Buissac sei verbrannt worden, stimmt das?«
»An allem sind diese verdammten Muscheln schuld!«
Es gehörte zum Wesen dieses Ortes, dass jedes Ereignis, jeder Streit und jedes Unglück mit dem Verschwinden der Muscheln auf dem Meeresgrund vor der Küste in Verbindung gebracht wurde. Kaputte Boote, schlimme Krankheiten, schlechte Ernten und natürlich auch das schlechte Wetter entlang der Küste: Die Muscheln waren schuld. Würden diese erst wieder auftauchen, würde alles gut werden.

Das Fortbleiben ihrer wichtigsten Lebensgrundlage war für sie alle nichts anderes als ein Fluch, den es eines Tages zu bannen galt – nur wusste niemand, wie das gehen sollte. Die Muschelsaison würde erst in zwei Monaten so richtig beginnen, bislang gab es keine Anzeichen, dass auch nur ansatzweise die gleichen Mengen gefischt werden könnten wie vor einigen Jahren. Eine weitere Saison der Dürre drohte den Barfleurais, und so schwappten die Gespräche entlang des Hafenbeckens immer wieder von den Ereignissen der vergangenen Tage über zu den »Blondes de Barfleur«.

Als Roussel und Valerie das Hafenbecken über die Hauptstraße von Cherbourg aus erreichten, wunderten sie sich über die Menschenansammlung auf der Straße. Viele standen dicht beieinander, einige hielten Kaffeetassen von Élodie in den Händen, manche gestikulierend und in Richtung eines Hauses zeigend, das sich auf der anderen Seite befand, unweit des kleinen Leuchtturms von Cracko.

»Offenbar hat es sich schon rumgesprochen«, murmelte Valerie, während sie den Wagen am Hafen entlanglenkte. Hinter ihnen folgten drei Einsatzfahrzeuge der Polizei, weiter vorne hatte die Gendarmerie das Haus von Theo Jermain bereits weiträumig abgesperrt.

»Die haben hier durchaus einiges zu besprechen«, sagte Roussel mit dunkler Stimme. »Erst die Schießerei mit Gabin und Nicolas rund um die Kirche. Buissac, der tot auf dem Sportboot gefunden wird. Und jetzt Theo Jermain, der zuerst verschwindet und dann in der Grotte von La Pernelle auftaucht. Ehrlich gesagt, ich würde auch hier stehen, allerdings mit etwas wesentlich Stärkerem im Glas.«

Valerie blickte ihn von der Seite an.

»Wie lange bist du schon trocken?«, fragte sie unverblümt. Roussel sah aus dem Fenster, sie fuhren an einer langen Reihe von grauen Granithäusern vorbei.

»Neun Monate.«

»Noch nicht über den Berg, also.«

»Ist man nie.« Er hatte keine Lust, noch tiefer in die dunklen Kapitel seiner Vergangenheit einzusteigen, die Gegenwart war schon trist genug.

Valerie parkte und winkte erfreut dem Gendarmen zu, der mit einem Funkgerät in der Hand auf sie zukam. Roussel erkannte den Capitaine, der mit ihnen zur Baie de l'Établette hinuntergelaufen war, um ihnen den Leichnam von Fabrice Clermand zu zeigen.

Der erste Tote. Jetzt waren sie schon bei Nummer drei.

»Jean, schön dich zu sehen. Haben sie euch nach Barfleur versetzt?«

Der Capitaine gab ihnen die Hand und deutete auf die Absperrungen: »Nur als Verstärkung. Einige Kollegen aus Barfleur sind noch oben an der Grotte, also sind wir hier eingesprungen. Dabei sind wir auch nicht gut besetzt, ich habe einige Krankheitsfälle. Und Jeanne habe ich nach ihrem Einsatz auf dem Schulhof in Cherbourg nach Hause geschickt, sie war ganz schön aufgewühlt. Man erschießt aber auch nicht jeden Tag jemanden.«

Valerie nickte ihm zu.

»Gott sei Dank war sie da. Sie hätte keine Sekunde später auftauchen dürfen. Ich hoffe, sie verkraftet das Ganze gut.«

»Sie ist tough, sie wird es hinkriegen. Aber das Ganze hier ist eine unglaubliche Geschichte, oder? Eine Frau, die plötzlich wie ein Geist auftaucht und sich an drei Männern rächt. Warum tut sie das?«

Roussel zuckte mit den Schultern.

»So weit sind wir noch nicht. Schritt für Schritt, lass uns erstmal schauen, was wir hier finden.«

Hinter ihnen waren Kollegen der Spurensicherung aus den Autos gestiegen, sie zogen sich weiße Overalls an und betraten das Haus, in dem Theo Jermain gewohnt hatte.

»So wie es aussieht, wurde der Mann vorgestern Abend das letzte Mal gesehen«, erklärte der Capitaine. »Wir haben mit Nachbarn gesprochen, er lebte wohl relativ zurückgezogen, ein unauffälliger Mann.«

»Wo hat er gearbeitet?«

»Drüben bei den Entschlackungsbecken.« Der Gendarm deutet über die Dächer der Häuser hinweg. »Sie liegen etwas südlich von Barfleur, dort kommen die Muscheln für einige Stunden rein, bevor sie dann direkt in den Verkauf gehen.«

»Na, dann hat er in den vergangenen Jahren immer weniger zu tun gehabt«, sagte Roussel. Der Capitaine nickte.

»Ja, er war seit vergangenem Sommer arbeitslos gemeldet.«

In der Tür des Hauses gab ein weiterer Polizeibeamter den dreien ein Zeichen, sie zogen sich die Schuhüberzieher und die Latexhandschuhe an, die ihnen jemand gereicht hatte.

»Dann wollen wir mal«, murmelte Valerie.

»Was suchen wir genau?«, fragte der Capitaine, als sie den Hausflur betraten, in dem es muffig roch und feucht. »Es gibt keine Anzeichen eines Kampfes, es sieht aus, als wäre er nur mal kurz zum Einkaufen gegangen.«

Roussel betrachtete eine kleine Garderobe.

»Ich sehe hier nur Pantoffeln, auch keine Regenjacke.«

Der Capitaine runzelte die Stirn.

»Im Wohnzimmer haben wir nichts gefunden.«

»Dann ist er womöglich einfach mit der Täterin mitgegangen«, erklärte Roussel. Der Gendarm blickte ihn überrascht an.

»Das heißt, er kannte sie womöglich?«

Valerie nickte, während sie in der Küche einige Schubladen aufzog.

»Ja, wir haben Dokumente über eine Adoption gefunden, vor etwa fünfzehn Jahren. Das Mädchen hieß Clarisse – Clarisse Moreau.«

Der Capitaine blickte sie erstaunt an.

»Moreau hatte eine Tochter? Ich dachte, er hatte nur – wie hieß er noch – Noah.«

»Clarisse ist aus seiner ersten Ehe, seine damalige Frau ist gestorben. Und offenbar hat er danach Clarisse zur Adoption freigegeben.«

»Und ausgerechnet sein Kumpel Theo wird der neue Adoptivvater damals«, grummelte Roussel. »Das stinkt doch alles zum Himmel.«

Sie sahen sich im Haus um, mehrere Kollegen der Spurensuche hatten sich die Räume im Erd- und im Obergeschoss aufgeteilt.

»Valerie, kommst du mal kurz?« Ein Kollege rief sie ins Wohnzimmer, wo er vor einer Kommode kniete, auf der mehrere gerahmte Bilder standen. Es waren Aufnahmen vom Hafen, von Theo Jermain selbst und auch vom Leuchtturm von Gatteville.

»Hier standen noch weitere Fotos«, sagte der Kollege und deutete auf einige staubfreie Stellen. »Er war nicht sehr reinlich, sonst ist es überall schmutzig. Man sieht sehr gut, dass hier noch drei Rahmen gestanden haben. Das Gleiche findet sich drüben auf der Fensterbank, auch da wurden zwei Rahmen entfernt.«

»Hier fehlen zwei Fotoalben«, rief ein weiterer Kollege,

der einen alten Bauernschrank im Wohnzimmer durchsuchte. »Hier müssten sie gestanden haben, aber sie sind nirgendwo zu finden. Und ... Moment ...« Er blätterte ein drittes Album durch, das noch offen auf einem Tisch lag.

»Hier wurden Fotos rausgenommen, insgesamt ... vier Stück.«

»Was ist auf den anderen Bildern zu sehen?«, fragte Valerie und beugte sich vor.

»Zwei Männer auf einem Boot, ein Angelausflug, so was. Es sind nur die ersten fünf Seiten voll.«

»Das sind die anderen beiden«, sagte Roussel, als er einige Aufnahme sah. »Fabrice Clermand und Thomas Buissac. Beide jetzt auch tot. Und da ist auch Moreau mal zu sehen.«

»Aber was war auf den Aufnahmen, die jetzt verschwunden sind?«, wollte der Capitaine wissen. Valerie sah Roussel an, sie dachten beide dasselbe.

»Die Flammenfrau«, sagte dieser schließlich. »Clarisse Moreau. Sie hat die Bilder, auf denen sie als Mädchen zu sehen war, mitgenommen. Und damit jede Spur von sich aus diesem Haus verschwinden lassen. Wir werden hier keine Hinweise auf sie finden, ich bin mir sicher, dass sie in aller Seelenruhe alles abgesucht hat.«

Nachdenklich blickte Roussel durch den Raum, in dem Theo Jermain womöglich im Sessel gesessen hatte, als es an der Tür geklingelt und ein dunkler Geist aus der Vergangenheit draußen im Regen gestanden hatte.

Seine eigene Adoptivtochter.

Valeries Handy klingelte.

»Das ist Gaspard.«

Sie ging nach draußen, um den Anruf des Rechtsmediziners entgegenzunehmen. Roussel nahm die Treppe ins Obergeschoss, von wo aus er einen guten Blick über den Hafen hatte. Die ersten Anwohner waren in ihre Häuser zurückgekehrt, weil der Regen wieder stärker wurde, andere hielten noch aus und diskutierten hinter der Absperrung miteinander.

Als Roussels Blick über das Hafenbecken wanderte, entdeckte er hinter der Silhouette von Saint-Nicolas dunkle Wolken über dem Meer. Der Sturm, so schien es, war noch lange nicht überstanden.

In Cherbourg hatte Nicolas sein Telefonat mit Julie gerade beendet. Es war ein gutes Gespräch gewesen, trotz der räumlichen Distanz zwischen ihnen. Nicolas hatte Julies Angst gespürt, es waren viele Erinnerungen hochgekommen, von denen sie beide gedacht hatten, dass sie sie, während ihrer vielen Spaziergänge in den letzten Monaten, ordentlich verpackt und weggeräumt hatten.

Aber sie hatten sich getäuscht, und spätestens die vergangene Nacht hatte ihnen beiden gezeigt, wo sie standen.

Auf brüchigem Eis, das jederzeit einstürzen konnte.

Mit den Erinnerungen klarzukommen und die Geister der Vergangenheit zu besiegen, diese Aufgabe war noch lange nicht bewältigt. Sie würden noch viele Spaziergänge machen, noch viele Gespräche führen müssen, damit nicht eine Situation wie diese alte Wunden wieder aufriss.

In dieser Sekunde klopfte ein Polizist an den Türrahmen.

»Ich sollte mal nach Ihnen schauen. Auftrag von Valerie Colin. Wie geht es Ihrer Wunde?«, fragte der Beamte freundlich. »Darf ich mich setzen?«

Nicolas lächelte ihn an und deutete auf den Stuhl.

»Bitte schön! Wie geht es Valerie, wo sind sie gerade?«

Mit einem leichten Stöhnen setzte sich der Polizist auf den Stuhl und streckte seine Beine aus. Er hatte braunes kurzes Haar und war leicht untersetzt, Nicolas schätzte ihn auf Anfang fünfzig.

»Entschuldigung, ich habe die halbe Nacht auf dem Stuhl vor dem Zimmer von Gabin Levantier verbracht. Die paar

Schritte zu Ihnen waren eine Wohltat. Aber der Stuhl hier auch. Oh, Entschuldigung: Ich bin Paul vom Commissariat in Cherbourg. Valerie – ich meine Commissaire Colin – ist in Barfleur, zusammen mit dem Kollegen aus Deauville und jeder Menge Personal.«

Nicolas nickte ihm zu.

»Freut mich, Paul, ich bin Nicolas. Ich bin vorhin erst aufgewacht. Ist die Intensivstation hier auf der gleichen Etage?«

Der Polizist nickte, während er seine Muskeln massierte.

»Den Gang runter, ist nicht weit. Der Kapitän ist mittlerweile aufgewacht. Vor zwei Stunden war ein ganzes Geschwader von Ärzten und Krankenschwestern bei ihm, er ist ansprechbar, wenn auch noch sehr schwach. Jetzt ist gerade wieder Visite, ein Arzt ist bei ihm. Ich war kurz dabei, dann habe ich die Gelegenheit genutzt, um hier vorbeizuschauen. Valerie … ich meine Commissaire Colin will wissen, wie es um dich steht.«

Nicolas sah aus dem Fenster, wo mittlerweile der Regen wieder stärker geworden war. Er spürte, wie seine Kräfte langsam zurückkamen, die Ruhe hatte ihm gutgetan.

Und sie würde ihm weiter guttun, denn er hatte nicht vor, dieses Zimmer zu verlassen, bevor der Zug nach Deauville ging, mit ihm, Tito und Rachmaninoff an Bord. Julie würde sie am Abend abholen, sie würden nach Hause gehen und zu dritt in der Küche sitzen, alte Chansons hören, etwas trinken und irgendwann auch wieder lachen.

»Mir geht's so weit ganz gut«, sagte er. »Ein paar Schrammen, einige Kratzer, das wird schon werden.«

Der Polizist schaute ihn skeptisch an.

»Also ehrlich gesagt sieht mir das nach mehr aus als nach ein paar Kratzern. Wunde an der Schulter, dicker Verband um den Kopf wegen einer ordentlichen Verletzung am Hinterkopf, eine Verbrennung am Unterarm. Und da habe ich die blauen Flecken noch nicht mal mitgezählt. Ich habe schon gehört, was heute Nacht in Pernelle los war – ihr hättet sie fast gehabt, oder?«

Nicolas nickte langsam.

»Aber eben nur fast. Was gibt es Neues aus Barfleur, sind sie im Haus vom Theo Germain?«

Paul zuckte mit den Schultern: »Darüber weiß ich leider nichts Genaues. Ich sollte nur bei dir vorbeischauen und dann kurz melden, wie es dir geht. Ach so, du sollst den Kollegen aus Deauville anrufen, den Commissaire in der Lederjacke.«

»Roussel. Werde ich tun.«

Erneut klopfte es an der Tür zu Nicolas' Krankenzimmer, ein Arzt im weißen Kittel stand in der Tür und lächelte.

»Guten Morgen, ich sehe, Sie sind wach. Wie geht es Ihnen, Monsieur Guerlain?«

»Ganz gut, vielen Dank. Ich habe tief und fest geschlafen. Hätte ich nicht gedacht, nach dieser Nacht.«

Der Arzt lächelte und angelte ein Blutdruckmessgerät aus einer seiner tiefen Taschen. Er setzte sich zu Nicolas ans Bett und begann, die Manschette anzubringen.

»Oh, keine Sorge, wir haben etwas nachgeholfen beim Schlafen. Die Infusion ist schon wieder weg, sie haben gar nichts mitbekommen.«

»Na dann.«

Der Arzt nickte zufrieden.

»Der Blutdruck ist okay, Puls auch. Sie sehen ziemlich ramponiert aus, Monsieur Guerlain, wenn ich das mal so unverblümt sagen darf.«

»Man kann es sich nicht immer aussuchen.«

»So einfach ist das nicht, Monsieur Guerlain. Ich war heute Nacht da, als sie eingeliefert wurden, ihr Körper spricht Bände. Sie scheinen öfter in solche Situationen verstrickt zu sein, nicht wahr?«

Nicolas wusste nicht, was er antworten sollte, also schwieg er, während der Arzt den Verband an seinem Arm abnahm und sich die Verbrennung anschaute.

»Das ist schon ordentlich. Es wird verheilen, aber es wird etwas bleiben.«

Du bist jetzt mein.

Das Flüstern der Frau im Wald, die Flamme aus der Dunkelheit.

Der Stuhl knarzte, als der Polizist sich erhob und Nicolas zunickte.

»Ich lass dich mal. Ich gehe zurück zum Zimmer des Kapitäns.«

»Vielen Dank, dass du da warst. Sag ihm, dass ich gleich vorbeikomme, falls er wach ist.«

Der Arzt legte den Verband wieder an und suchte nach etwas in seinen Taschen.

»Mache ich«, sagte Paul. »Mal schauen, ob die Visite mittlerweile vorbei ist.«

Der Arzt holte ein Thermometer aus seinem Kittel und sah den Polizisten überrascht an.

»Welche Visite?«

»Oh, der Arzt ist gerade bei ihm. Sie haben über seine Werte gesprochen, so viel habe ich verstanden.«

»Das kann nicht sein. Die Visite ist erst in einer halben Stunde. Ich bin da nämlich dabei.«

Für einen kurzen Augenblick war es still im Zimmer.

Der Polizist öffnete den Mund, um etwas zu sagen, aber es kam nichts.

»Weg da!«

Nicolas schob den Arzt mit einem Ruck zur Seite und schwang die Beine aus dem Bett. Er spürte sofort, wie sein Kreislauf revoltierte, dennoch stand er auf, hielt sich kurz an der Bettkante fest und ging mit unsicheren Schritten zur Tür. Seine Knie knickten kurz weg, ihm wurde schlecht.

Aber es ging. Es musste gehen.

»Monsieur Guerlain, bleiben Sie hier!«

Der Polizist war bereits aus dem Zimmer gestürmt. Der Gang zur Intensivstation lag auf der anderen Seite eines größeren Empfangsraums, auf den Nicolas jetzt zusteuerte, so schnell er konnte. Seine nackten Füße stolperten über den Linoleumboden, sein Atem ging stoßhaft.

»Vorsicht!«

Er stieß eine Krankenschwester zur Seite, stolperte, fing sich wieder und rannte quer durch den Empfangsraum zu der elektrischen Schiebtür, die eben mit einem Zischen aufgegangen war. Der Gang dahinter musste zur Intensivstation führen.

Nicolas spürte das Brennen an seinem Arm, sein Hinterkopf pulsierte schmerzhaft. Und doch musste er das jetzt ignorieren, Gabin war in Gefahr, erneut. Und er wollte nicht wieder versagen.

Plötzlich schrillte ein Alarm.

»Zimmer 17«, rief jemand. »Herzstillstand!«

Gabins Zimmer lag ganz am Ende eines langen Ganges. Nicolas sah den Polizisten vor sich, der nun das Krankenzimmer erreicht hatte, aus dem in diesem Moment ein großer Mann im weißen Kittel kam, mit dunklen Haaren. Ein Arzt – mit einer Waffe in der Hand.

»Polizei! Waffe weg!«

Paul hatte einen Moment zu lange gezögert, seine Waffe zu ziehen. Es wurde ihm zum Verhängnis.

»Nein!«

Der Mann drückte zweimal ohne jedes Zögern ab, mit ruhiger Hand und unbewegter Miene. Das Ploppen des Schalldämpfers war zu hören, Nicolas warf sich nach vorne auf den Boden und schlitterte über das Linoleum.

Der Polizist schrie, als eine Kugel seine Schulter durchbohrte, er stürzte gegen einen abgestellten Essenswagen, riss ihn mit, Teller und Karaffen mit Wasser krachten zu Boden.

Der Angreifer zögerte nicht.

Profi, dachte sich Nicolas noch, dann durchschlug eine Kugel eine Vase, die ebenfalls auf einem Servierwagen stand, nur wenige Zentimeter neben Nicolas' Kopf. Er rollte sich hinter dem Wagen zusammen.

Wieder ertönte das Ploppen, zweimal, Kugeln schlugen ins Metall ein, wieder schrie jemand.

Die Waffe des Polizisten lag auf dem Boden, Nicolas überlegte kurz, nach ihr zu greifen, als eine weitere Kugel direkt über ihm in der Wand einschlug. Immer noch schrillte der Alarm, und das Licht über der Tür des Patientenzimmers blinkte hektisch.

Er stirbt, dachte Nicolas, und spürte Wut in sich aufsteigen. Dann hörte er das Zuklappen einer Tür. Es kam aus der Richtung, in der der Schütze stand. Kurzentschlossen warf sich Nicolas auf die Waffe, rollte sich über den Boden, während sein ganzer Körper ein einziger Schrei war.

Er zielte – und hielt inne.

Der Gang war leer, der Mann verschwunden.

Nicolas rappelte sich auf und rannte los.

Er rannte an Gabins Zimmer vorbei, er konnte ihm nicht helfen, andere würden kommen, Ärzte, Krankenschwestern, sie würden ihm helfen, er wurde an anderer Stelle gebraucht.

Das Treppenhaus lag nur wenige Meter hinter Gabins Zimmer, Nicolas stieß die Tür mit der gesunden Schulter auf, die Waffe im Anschlag. Er hörte Schritte unter sich, und als er das Treppenhaus hinunterblickte, entdeckte er den Mann, der die Stufen hinuntereilte.

Nicolas rannte los, er nahm drei Stufen auf einmal, seine

nackten Füße stießen gegen die Kanten der Stufen, gegen das Geländer. Aber er musste weiter, es waren nur fünf Stockwerke.

Nicolas stolperte mehr die Treppen hinunter, als dass er lief. Ein Stockwerk tiefer lag der weiße Kittel auf der Treppe, den der Angreifer offensichtlich während des Laufens abgestreift hatte.

Dann das Geräusch einer Tür, er spürte den kalten Luftzug auf der Haut.

Der Mann war draußen auf dem Parkplatz.

Nicolas erreichte die Tür nur wenige Augenblicke später, drückte die Klinke hinunter und ließ sich instinktiv zu Boden fallen.

Eine Millisekunde später durchschlug eine Kugel die Glasscheibe der Tür, Splitter rieselten über ihn, als er sich aufrappelte, die Tür aufriss und sofort hinter dem erstbesten Wagen Schutz suchte.

Für einen Moment saß er mit dem Rücken an das Auto gelehnt, er hörte die schnellen Schritte des Mannes auf dem Asphalt.

Nicolas holte tief Luft, dann richtete er sich auf, stützte sich auf die Motorhaube und zielte. Zwei Schüsse, aber er war zu schnell gewesen, zu hastig. Direkt neben dem Flüchtenden explodierten zwei Autoscheiben, der Mann duckte sich, dann drehte er sich um und schoss seinerseits in Nicolas' Richtung.

»Scheiße!«

Nicolas spürte Glassplitter in seinen Fußsohlen, sein Atem war jetzt flach, er spürte, dass er nicht mehr lange mithalten konnte.

In diesem Moment schoss ein Wagen mit quietschenden Reifen auf den Parkplatz, es war ein grauer Kombi, der an ihm vorbeiraste. Er kam wenige Meter von Nicolas entfernt zum Stehen, dort, wo der Mann sich hinter einem Auto verschanzt hatte.

Die hintere rechte Tür öffnete sich, und der Angreifer sprang ins Wageninnere. Nur wenige Augenblicke später schoss das Auto davon.

Nicolas war jetzt allein auf dem Parkplatz. Sein Brustkorb hob und senkte sich, der Regen durchnässte seine Stoffhose, die Kälte kroch ihm in alle Knochen. Er versuchte, den Schmerz in seinem Hinterkopf zu ignorieren.

Schließlich rappelte er sich auf und lief langsam in Richtung des Haupteingangs. Er würde es die fünf Stockwerke nicht mehr nach oben schaffen, er brauchte einen Fahrstuhl, um schnellstmöglich zu Gabin zu gelangen. Von dem er nicht mal wusste, ob er noch lebte.

Auch in Barfleur schlug der Regen hart gegen die Scheiben, die Gendarmen hatten vor dem Haus ein Zelt aufgebaut, in dem sich die Ermittler versammelten. Aus dem Haus von Theo Jermain wurden Kisten getragen, Dokumente, alles war wichtig, hatte Valerie ihren Männern zugerufen.

Sie brauchten einen Hinweis auf das Mädchen, auf Clarisse, aus der mittlerweile eine Frau geworden war, die offenbar beschlossen hatte, die Geister der Vergangenheit mit Feuer zu bekämpfen. Drei Männer waren gestorben, Männer, die sich gekannt hatten und die alte Freunde von Guy Moreau gewesen waren.

Und von Letzterem wiederum fehlte jede Spur.

»Womöglich hat sie ihn auch schon längst«, grummelte Roussel, während er an einem Becher heißen Kaffees nippte. Um sie herum war jetzt auch der Wind stärker geworden, er trieb dicke Wolken über das Hafenbecken. Obwohl es gerade erst Mittag war, schien der Tag jetzt schon sein Licht verloren zu haben.

»Glaube ich nicht«, erwiderte Valerie. »An ihn kommt

sie nicht ran, er ist ständig von seinen Männern umgeben.«

»Was hat Gaspard eigentlich vorhin gesagt?«, fragte Roussel, der sich an Valeries kurzes Telefonat mit dem Rechtsmediziner erinnerte. Sie hatten noch keine Gelegenheit gehabt, darüber zu sprechen, weil sie beide in Unterlagen und Dokumenten des Toten gewühlt hatten.

Ohne etwas zu finden, offenbar hatte die Täterin, die sie mittlerweile intern nur noch als »Flammenfrau« bezeichneten, alles mitgenommen, was auf ihre Existenz schließen ließ.

»Gaspard hatte nicht viel. Theo Jermain ist genauso gestorben wie die anderen beiden. Er wurde mit einem kleinen Bunsenbrenner gefoltert, sein ganzer Körper ist mit Brandmalen übersät. Wieder 35, die gleiche Botschaft.«

Ich komme, Vater.

»Wieder Spuren von Muscheln und Fledermäusen?«

Sie nickte.

»Das wird wirklich langsam zum Problem.«

»Inwiefern?« Missmutig betrachtete Roussel den Hafen, der im fahlen Licht dieses regnerischen Tages eine unglaubliche Tristesse ausstrahlte.

»Es gibt hier an der Küste keine Höhle, die direkten Zugang zum Meer hat.«

»Aber es muss eine geben.«

»Ich weiß, Roussel. Aber glaub mir, wir haben mittlerweile alles abgesucht, wir haben mit der Küstenwache gesprochen – da ist nichts.«

Genervt warf Roussel seinen Becher in einen Mülleimer, als Valeries Handy klingelte.

»Das ist das Commissariat, was wollen die denn jetzt?«

Sie nahm den Anruf entgegen und schirmte mit ihrer Hand das Telefon gegen den Wind ab.

Nach wenigen Sekunden straffte sie sich plötzlich und sah Roussel an, während sie einem Kollegen zuhörte.

»Fantastisch. Es war also doch ein guter Gedanke.«
Roussel machte ihr Zeichen, weil er wissen wollte, was denn so fantastisch war, aber sie drehte sich weg. Er sah nur, wie sie triumphierend die Faust ballte.
Schließlich legte sie auf und drehte sich zu ihm um.
»Wir haben einen Durchbruch, Roussel. Endlich!«
Irritiert sah er sie an.
»In der Mordserie? Haben wir die Frau?«
Sie schüttelte den Kopf.
»Nein, es geht um den Schmuggel, den Moreau an der Küste organisiert. Erinnerst du dich, dass ich dir von diesem LKW-Fahrer erzählt haben, diesem Roman?«
Roussel musste kurz überlegen.
»Ja, du sagtest, er sei ein freier Fahrer, der an der Küste Tagesjobs übernehme, für die großen Handelsketten. Wenn ich mich recht entsinne, habt ihr ihn mal beschattet, du hast mir aber nicht viel mehr erzählt.«
Sie lächelte ihn verschmitzt an, und nie fand er sie attraktiver als jetzt, inmitten des Regens, vor dem Haus eines Toten, mit unzähligen Kollegen um sie herum. Weil sie plötzlich etwas umgab, das ihn mehr als alles andere anzog: Jagdfieber.
»Ganz genau, sein Name ist Roman. Er ist den Kollegen vor einigen Tagen aufgefallen, bei einer Fahrzeugkontrolle außerhalb von Cherbourg. Er hatte einen Umweg gemacht, den er nicht gut genug erklären konnte. Die Kollegen waren schlau genug, ihn fahren zu lassen – nur um ihn dann von unseren Leuten beschatten zu lassen. Wir sind ihm gefolgt, als er einen kleinen Auftrag für Moreau erledigt hat. Wir haben danach die Erlaubnis bekommen, sein Handy abzuhören, weil ich hoffte, dass Roman einen größeren Auftrag erhalten könnte. Und genau das ist jetzt passiert: Er wurde angerufen.«
»Von wem?«
»Von Sylvain, der rechten Hand von Moreau.«

»Respekt, Valerie«, sagte Roussel anerkennend. »Das nenne ich mal ein Näschen.«

Valerie sah sich kurz um, dann klatschte sie in die Hände. »Männer, wir machen Schluss! Packt alles ein, wir müssen sofort zurück nach Cherbourg!«

»Was hat Sylvain dem Fahrer gesagt«, fragte Roussel ungeduldig, während um sie herum die Kollegen alles hastig verstauten. »Wo werden die Schmuggler ihre Ware übergeben?«

Valerie lächelte ihn an: »Es wird dir gefallen, Roussel. Es geht zurück ans Ende der Welt.«

Kurz darauf verließ die Wagenkolonne Barfleur in Richtung Cherbourg, durch den scheinbar ewigen Regen und verfolgt von den Blicken von Élodie, die durch die Scheiben ihres Cafés die Abfahrt der Polizei beobachtete. Sie räumte einige Tassen von den Tischen, mittlerweile waren alle Gäste nach Hause gegangen, um die nächste Regenfront auszusitzen.

Als sie die Küchentür öffnete und das Unheil entdeckte, das sich in Form von dreckigen Tellern, Tassen und Töpfen dahinter auftat, stöhnte sie auf.

»Luca, du hast Glück! Zuerst der Abwasch, aber danach will ich tanzen!«

KAPITEL 25

Cherbourg
Hopital Louis Pasteur

Als sich die Türen des Aufzugs öffneten und Nicolas in den Flur hinaustrat, der zur Intensivstation zurückführte, wusste er, dass er aussah wie ein Geist.

Weiße Stoffhose, weißes T-Shirt, das Gesicht aschfahl, Schweiß stand auf seiner Stirn. Das Blut an seinen Füßen hinterließ Spuren auf dem Linoleum, eine Krankenschwester wich verängstigt vor ihm zurück, als sie die Waffe sah, die er immer noch in der rechten Hand hielt. Sein Verband am Unterarm hatte sich gelöst, er atmete hektisch, alles verschwamm vor seinen Augen.

Und doch musste er weiter.

Als er den Gang hinabging, langsam und schwankend, entdeckte er Paul, den verletzten Polizisten, der auf einem Krankenhausbett im Flur lag und über den sich Ärzte und Pfleger beugten. Der Mann wimmerte, als seine Jacke aufgeschnitten wurde, damit die Ärzte besser an seine Schusswunde gelangen konnten. Im Hintergrund hörte Nicolas das Piepsen von Geräten, Menschen riefen durcheinander, Telefone klingelten.

Er legte die Waffe auf einem Servierwagen ab und ging weiter, vorbei an Paul, vorbei an den Krankenzimmern, in denen Schwestern sich um die beunruhigten Patienten kümmerten.

Wieder hatte er versagt.

Wieder war er in unmittelbarer Nähe gewesen, und dennoch hatten sie es geschafft, zu Gabin vorzudringen, weil sie nicht nachließen, weil sie jede Schwäche ausnutzten. Nicolas wischte sich mit dem Ärmel über die Stirn, sein Schädel pochte, er spürte, dass Blut durch seinen Verband am Hinterkopf sickerte.

Er war jetzt fast da.

In seinen Ohren rauschte es, Schritt für Schritt ging er weiter den Gang hinab, noch drei Zimmer, dann war er bei Gabin. Oder bei dem, der einmal Gabin gewesen war.

»Hey, was ist denn mit Ihnen passiert, um Himmels willen? Kommen Sie, ich bringe Sie zurück auf Ihr Zimmer.«

Eine Krankenschwester war neben ihm aufgetaucht, behutsam fasste sie ihn am Arm. Er schüttelte sie ab, energischer, als er vorgehabt hatte.

»Es geht schon. Ich muss kurz zu ihm.«

»Sie können da jetzt nicht rein, Monsieur Guerlain. Die Ärzte tun, was sie können, glauben Sie mir. Kommen Sie, Sie müssen sich ausruhen, Sie sind verletzt.«

Er ging weiter, Schritt für Schritt, bis plötzlich ein Arzt aus Gabins Zimmer kam. Er blieb kurz stehen, schloss die Augen und atmete langsam aus. Im Hintergrund waren Stimmen zu hören.

»Wie geht es ihm?« Nicolas' Stimme war rau und heiser, und als der Arzt sich zu ihm umdrehte, sah er an seinem Blick, dass er ein fürchterliches Bild abgeben musste.

»Oh ... Monsieur Guerlain, Sie sollten wirklich nicht hier rumlaufen. Sie müssen untersucht werden, ich werde gleich ...«

»Wie es ihm geht, will ich wissen!«

Der Arzt starrte ihn einige Augenblicke an. Dann lächelte er.

»Es geht ihm gut, Monsieur Guerlain.«

Nicolas atmete langsam aus, er spürte plötzlich die

Schmerzen in seinen Füßen, die Glassplitter, die er bislang so gut es ging ignoriert hatte.

»Wir konnten ihn zurückholen. Er ist ein zäher Bursche, wissen Sie. Der Mann, der sich für einen Arzt ausgegeben hat, er hat die Infusion entfernt und so den Puls nach oben gejagt. Gott sei Dank konnte er es nicht vollenden, sonst wäre jede Hilfe zu spät gekommen. Und wenn Sie nicht gekommen wären, wären vielleicht noch viel mehr Menschen verletzt. Immerhin hatte der Mann eine Waffe.«

Nicolas spürte, wie die Anspannung von ihm abfiel, wie seine Beine wegknickten, wie die Krankenschwester beherzt nach ihm griff.

»Und jetzt wird es Zeit fürs Bett. Sie müssen zu Kräften kommen. Wir kümmern uns um alles.«

Nicolas nickte langsam.

»Sagen Sie Bescheid, wenn er ansprechbar ist. Ich muss ihn sprechen. Unbedingt.«

Die Wände des Ganges rückten plötzlich näher, der Boden hob sich, und das Licht fing an zu flackern.

Dann wurde es dunkel.

Über den Häusern von Cherbourg genau wie über den Buchten und kleinen Stränden der Küste machte sich ein grauer Himmel breit. Eine zähe Wolkendecke lag bleiern über der Stadt, unablässig fiel Regen auf die Dächer. Längst hatten die Menschen begriffen, dass der Sturm der vergangenen Nacht noch nicht vorbei war, der Wind peitschte in heftigen Böen durch die Straßen, er drückte die Wellen gegen die Hafenmolen der Städte und gegen die Felsen am Cap de la Hague. Es schien, als würde der Cotentin niedergedrückt werden von den Wassermassen.

Nicolas verfolgte durch die Fenster seines Krankenzimmers die Bewegungen am Himmel, er dachte nicht nach, er starrte nur hinaus. Das Licht in seinem Zimmer war gedimmt, er lag auf dem Rücken, vollgepumpt mit Schmerzmitteln und dem Gefühl, in dieser Geschichte völlig nutzlos gewesen zu sein.

Roussel hatte ihn angerufen, das gesamte Commissariat war unterwegs nach Deauville. Ausgerechnet Deauville.

Valerie Colin hatte ihre Truppen versammelt, es war der Augenblick, auf den sie lange gewartet hatten. Die Schmuggler hatten einen Fehler gemacht, indem sie Roman, den Fahrer, angerufen hatten, ohne zu ahnen, dass er unter Beobachtung stand, dass sein Handy abgehört wurde. Nicolas hoffte, dass der Einsatz in der Nacht erfolgreich sein würde. Es wäre eine Sorge weniger, wenn auch nur eine kleine.

Es war die Frau, die ihn umtrieb. Die Flammenfrau.

Wie viele Opfer würde es noch geben? Drei Männer waren gestorben, hingerichtet auf die grausamste Weise. Was steckte dahinter, warum ausgerechnet diese drei, darunter der Mann, der sie adoptiert hatte?

Es klopfte an seiner Tür, eine Krankenschwester steckte den Kopf herein und lächelte ihn an.

»Ich soll Ihnen sagen, dass der Kapitän jetzt ansprechbar ist. Er hat nach Ihnen gefragt.«

»Ich komme«, antwortete Nicolas und richtete sich auf.

»Soll ich Sie hinbringen?«

Er schüttelte den Kopf: »Nicht nötig. Es geht mir besser.«

Nicolas ging ins Bad, spritzte sich Wasser ins Gesicht und sah in den Spiegel. Dunkle Augenringe, Abschürfungen an der Stirn, ein dicker Verband um den Kopf. Es musste gehen.

»An die Arbeit.«

Entschlossen kehrte er in sein Zimmer zurück und zog sich um. Jeans, Pullover, feste Schuhe. Er griff nach seiner warmen Jacke und nach der Waffe, die er darin verborgen hatte. Dann atmete er tief durch und ging los.

Vor dem Zimmer saßen jetzt zwei Polizisten, er nickte ihnen zu und ging ins Krankenzimmer hinein.

Der Anblick des Kapitäns ließ ihm das Blut in den Adern gefrieren. Der einst so kräftige Mann wirkte schmal und fast unsichtbar unter der Bettdecke. Sein Gesicht war eingefallen, um seine Augen lagen tiefe Schatten, die Haut an seinem Arm war blass und rissig.

Der einst so stolze Muschelfischer, Kapitän seiner »Becassine«, der Mann, der die raue See besser kannte als die meisten anderen – er hatte sich nahezu aufgelöst.

Nicolas zog einen Stuhl heran und setzte sich neben Gabin. Der Kapitän blickte ihn an, und für einen Moment schwiegen sie, jeder in seine dunklen Gedanken vertieft. Bis Gabin sich schließlich räusperte, mühsam und kraftlos.

»Du siehst scheiße aus«, sagte er.

Nicolas lächelte und drückte die Hand des Mannes, den er nicht hatte beschützen können, nicht hier und nicht in der Kirche von Saint-Nicolas.

»Nun, dann sind wir ja schon zu zweit.«

»Nicolas, du musst ...«

Seine Stimme war kaum mehr als ein Flüstern, es strengte ihn an.

»Gabin, es ist alles gut. Ruh dich aus. Ich bin jetzt da. Du musst mir nur eines sagen, Moreau und seine Leute ...«

»Warte.«

Draußen prasselte der Regen gegen das Fenster, Schatten wanderten über die Wände. Gabin hatte einen Hustenanfall, es dauerte einige Zeit, bis er sich wieder beruhigt hatte.

»Was ist passiert, Nicolas. Während ich hier ...«

Nicolas blickte den Muschelfischer mit ernstem Blick an.

»Schlimmes ist passiert, Gabin. Clarisse Moreau. Wir gehen davon aus, dass sie einen Rachefeldzug führt. Du musst uns zu ihr führen.«

Gabin schloss die Augen, müde und verzweifelt. Er schluckte mehrfach, bevor er sprach.

»Was hat sie getan?«

»Sie hat drei Menschen getötet.«

Wieder ein Schlucken, dann Gabins knarzende Stimme.

»Clermand. Buissac. Jermain.«

Nicolas blickte ihn überrascht an, dann jedoch begriff er: Gabin kannte die ganze Geschichte.

»Es ist nicht schade um sie.«

»Sie hat sie gefoltert, Gabin. Sie hat ihnen schwere Verbrennungen zugefügt, bevor sie starben.«

Gabin schlug die Augen auf und griff nach Nicolas' Hand.

»Sie ist es, die gefoltert wurde, Nicolas. Agnès hat mir alles erzählt, du erinnerst dich, als ich mit ihr im Café saß. Da hat sie mir erzählt, was sie entdeckt hat. Clarisse ist genauso ein Opfer, wie sie eine Täterin ist.«

Nicolas schüttelte den Kopf.

»Es tut mir leid, ich verstehe es nicht. Du musst mir die ganze Geschichte erzählen. Was hat Moreaus Frau entdeckt? Und was hat sie dir gegeben?«

Gabin schien sich zu sammeln, immer wieder musste ihm Nicolas ein Glas Wasser an den Mund setzen, weil der Kapitän noch zu erschöpft war.

Dann war er bereit.

»Ich kenne Agnès schon, seit sie ein Mädchen war, sie stammt hier aus Barfleur. Und sie mochte Moreau schon immer, trotz seiner dunklen Ausstrahlung. Oder gerade deswegen. Nach dem Tod seiner ersten Frau hat sie ihn dann für sich gewinnen können, sie hat ihn getröstet, war für ihn da. Sie haben geheiratet, Noah hat aus ihnen eine Familie gemacht. Dass Moreau bereits eine Tochter hatte, wusste sie nicht. Niemand wusste das.«

»Aber es musste doch aufgefallen sein, ein Kind, hier in der Gegend.«

Gabin schüttelte schwach den Kopf.

»Sie war immer nur auf dem Hof gewesen, offenbar. Mehr weiß ich nicht. Als Agnès auf den Hof gezogen ist, war sie schon fort. Moreau hat nie von ihr gesprochen.«

»Wusstest du, dass Moreau selbst missbraucht wurde, von seinem Vater?«

Gabin nickte schwach.

»Das konnte er nicht verheimlichen, bei den ganzen Brandnarben. Aber Agnès dachte, dass sie ihm auch über dieses Trauma hinweghelfen könnte, sie hat nicht bemerkt, wie kaputt ihr Mann war. Oder hat es nicht bemerken wollen.«

»Wie hat sie von Clarisse erfahren, also von Moreaus Tochter, die er weggegeben hat.«

Gabin schloss wieder die Augen, er wurde müde.

»Er hat sie nicht weggegeben. Er hat sie verkauft.«

Nicolas konnte nicht glauben, was er da hörte.

»Wie bitte? Was meinst du damit?«

»Du hast richtig gehört. Guy Moreau hat seine eigene Tochter verkauft. Vielleicht hatte er genug von ihr, er hat sie lange Jahre gequält, mit Feuer, so wie sein Vater ihn. Agnès hat Fotos gefunden, die er von ihr gemacht hat. Und einen Vertrag.«

Nicolas war aufgestanden, es hielt ihn nicht mehr auf seinem Stuhl, angesichts des Ausmaßes an Grausamkeit, das Gabin ihm schilderte.

»Was für ein Vertrag?«, sagte er, und seine Stimme war kaum mehr als ein Flüstern.

»Ein richtiger Kaufvertrag. Über hunderttausend Euro. Damit hat er seine Karriere als Schmuggler hier an der Küste gestartet, vor fünfzehn Jahren. Wir haben uns immer gefragt, woher er plötzlich Geld hatte. Es war Clarisse. Er hat seine Tochter zu Geld gemacht.«

»Das ist doch Wahnsinn!« Nicolas fuhr sich durch die Haare.

»Das ganze Leben ist ein einziger Wahnsinn, Nicolas.«

Gabin schluckte erneut schwer, bevor er fortfuhr, jetzt jedoch mit zunehmend schwacher Stimme.

»Es war ein Vertrag zwischen ihm und seinen drei Freunden: Fabrice Clermand, Thomas Buissac und Theo Jermain. Letzterer wurde offiziell ihr Adoptivvater. Aber bekommen haben Clarisse alle drei.«

Nicolas spürte die Wut in sich aufsteigen.

Und die Trauer.

»Was meinst du mit: Sie haben sie alle drei bekommen. Meinst du …«

Gabins Stimme erstarb nahezu.

»Genau das meine ich …«

Es war die tiefste Dunkelheit, in der das Mädchen aufgewachsen war. Gequält vom Vater, dann verkauft an drei Männer, die sich ein Spielzeug geleistet hatten.

Ein Spielzeug mit verbrannter Haut.

Und mit einer Seele, die in frühen Jahren in Flammen aufgegangen war.

»Die Fotos und der Vertrag waren in dem Umschlag, den Agnès mir gegeben hat«, erklärte Gabin weiter. »Deswegen waren sie hinter mir her. Moreau ist neben seiner Tochter zu sehen. Der Kaufvertrag ist von ihm unterschrieben. Ihr findet alles in einem Fach unter dem Steuerrad meines Ausflugsboots. Ich hatte es gerade dort versteckt, als du an Bord gesprungen bist.«

»Wenn das rauskommt, kommt er nie wieder aus dem Gefängnis«, sagte Nicolas. »Deswegen wollten sie dich umbringen, er weiß, was Agnès getan hat.«

»Sie hat ihn verraten. Weil sie erkannt hat, was für ein Mensch er ist. Und weil Noahs Tod nicht umsonst gewesen sein sollte.«

Nicolas, der jetzt am Fenster stand und in den Regen hinausstarrte, drehte sich überrascht um.

»Was hat sein Sohn damit zu tun?«

Gabin war endgültig am Ende seiner Kräfte. Er flüsterte nur noch.

»Noahs Leiche wurde nie gefunden. Die *Raz Blanchard* hat ihn fortgetragen. Ihn und das erste Brandmal auf seinem Körper. Er ist geflohen, vor seinem Vater, in dieser Nacht. Er wollte zu Clarisse, die Kontakt mit ihm aufgenommen hat. Er wollte zu seiner Halbschwester. Aber dann ist er dort draußen gestorben. Es ist alles so furchtbar, Nicolas.«

Eine Träne rann nun über Gabins Wange. Er schloss die Augen und atmete langsam aus.

»Ich muss mich ausruhen, Nicolas.«

»Tu das, Gabin. Es wird alles gut. Wir werden Clarisse finden, sie ist hinter Moreau her, er ist der Einzige, der noch übrig ist.«

Gabin atmete bereits gleichmäßig, und Nicolas wollte gerade das Krankenzimmer verlassen, als der Muschelfischer nochmal die Augen aufmachte und ihn anblickte.

»Ich habe sie gesehen.«

Nicolas hielt inne.

»Wen hast du gesehen, Gabin?«

»Clarisse. Ich weiß, wo sie ist. Und ich weiß, wer sie ist.«

KAPITEL 26

Barfleur
Zur gleichen Zeit

In Barfleur sah Élodie in diesem Augenblick aus dem Fenster des »Café du Port« hinaus auf das Hafenbecken, in dem die Boote auf dem schlickigen Untergrund vertäut waren. Sie mochte den Anblick der Ruderboote und der Sportboote, die bei Ebbe auf dem Trockenen lagen und sich gedulden mussten, bis die Flut ihnen wieder Wasser unter den Kiel treiben würde. Die Gezeiten bestimmten den Rhythmus dieser Stadt, so wie sie den Rhythmus der Menschen bestimmten, die sich in ihrem Leben an der Küste an Ebbe und Flut orientieren mussten.

»Es ist wirklich niemand auf der Straße« sagte sie zu Luca, der im Hintergrund die Tische abwischte.

»Kein Wunder«, sagte er nur knapp und ging dann mit einem vollbeladenen Tablett in die Küche zurück.

Élodie wünschte manchmal, er wäre etwas gesprächiger, aber der junge Mann war ihr eine solch wichtige Stütze, dass sie diesen Umstand gerne in Kauf nahm. Meist waren genug Gäste da, mit denen sie sich unterhalten konnte. Jetzt allerdings herrschte gähnende Leere, da alle nach Hause gegangen waren, um dort das Ende des Dauerregens abzuwarten.

Sie nippte an ihrem Tee und sah den Regentropfen hinterher, die gleichmäßig an der Fensterscheibe herunterliefen. Schließlich ging sie zu ihrer Bar und schaltete das Radio an.

Es war insgesamt ein guter Tag gewesen, viele der Anwohner waren auf einen Kaffee hier vorbeigekommen, hatten geredet, über ihre Ängste gesprochen.

Drei Tote.

Élodie schüttelte den Kopf, während sie leise die Melodie mitsummte, die aus dem Radio kam.

»Belle-Île-en-Mer«, sang sie und drehte sich um die eigene Achse. Sie wusste nicht, warum sie ausgerechnet bei diesem schlechten Wetter dort draußen Lust zu tanzen hatte, aber Laurent Voulzy hob sie für einen kurzen Moment aus diesem grauen Tag heraus, aus der bedrückten Stimmung, die über der Stadt lag.

»Marie-Galaaante«, sang sie weiter, ein Stuhl musste als Tanzpartner herhalten, sie wollte etwas fühlen, nicht nur arbeiten, hinter dem Tresen, auf der Terrasse, so lange, bis der Rücken und die Füße schmerzten.

Sie musste an Nicolas denken und lächelte, weil er ihr Flirten falsch gedeutet hatte.

»So seid ihr Männer«, sagte sie laut und breitete die Arme aus, während sie leise weitersang und sich um sich selbst drehte. »Immer alles auf sich beziehen. Und das Offensichtliche ignorieren.«

Er war ein hübscher Kerl, groß, athletisch, die Ruhe, die er ausstrahlte, war anziehend.

Aber nicht für sie.

Sie war eine Frau, die Frauen liebte, auch wenn das in Barfleur niemand ahnte, zumindest noch nicht. Sie wusste, wie eine eingeschworene Dorfgemeinschaft auf derlei Lebensweisen reagieren konnte. Und auch wenn sie sich dafür schämte: Das Geschäft ging vor. Irgendwann würde eine hübsche Touristin in ihr Café kommen, und dann würden die Dinge schon ihren Lauf nehmen.

Die Küchentür schwang auf, und Luca kam mit sauberen Tassen heraus.

»Komm, Luca, wir tanzen! Genug gearbeitet für heute!«

Sie nahm ihm das Tablett aus der Hand, stellte es auf einen Tisch und griff nach seinen Händen.

»Ich bin ein schlechter Tänzer«, murmelte er verlegen. »Und ich muss wirklich noch ...«

»Gar nichts musst du. Komm, nimm meine Hand, Laurent Voulzy singt für uns zwei.«

Sie griff nach seinen Händen, schwang ihren Arm um seine Schulter und wirbelte ihn durch den Raum.

»So ist es gut! Belle-Île-en-Meeeer ...«

Sie lachte und warf den Kopf nach hinten, während er versuchte, seine Baseballkappe festzuhalten und nicht hinzufallen.

Élodie liebte es, zu tanzen, sie machte eine Pirouette, zwang Luca dazu, sich ebenfalls zu drehen, sodass seine Küchenschürze herumwirbelte.

»Élodie bitte, ich glaube ...«
»Ach komm, noch ein bisschen!«

Und während sie tanzten, fiel das Licht aus dem Café auf die Hafenmole, die vom vielen Regen glänzte. An einem Tag, der ohnehin kaum Licht gesehen hatte, wurde es allmählich dunkler, weil die Wolken über dem Hafen den Himmel bedeckten und die Sonne diesen Ort schon lange aufgegeben hatte.

Ein Wagen rollte langsam durch die Straßen von Barfleur, es spritzte kaum, als er durch eine tiefe Pfütze fuhr. Niemand war zu sehen, niemand nahm von dem Wagen Notiz, der jetzt auf die Hafenmole bog und nach wenigen Metern anhielt.

Der Fahrer blickte zum »Café du Port«, hinter dessen Fensterscheiben er die Silhouetten zweier Menschen sah. Er machte den Motor aus und drehte sich zu dem Mann auf dem Beifahrersitz: »Ist sie das?«

Guy Moreau zögerte kurz, dann nickte er.
»Das ist sie. Agnès hat es mir schließlich doch verraten. Macht euch bereit.«

Im Café klatschte Élodie in die Hände, als sie die Melodie von »Femme liberée« erkannte, sie löste sich von Luca, um die Musik lauter zu drehen und streckte die Hände in die Luft, während sie die Hüften schwang.
»Komm schon, junger Mann, deine Chefin will tanzen!«
Bevor er in die Küche fliehen konnte, hielt sie ihn an der Hüfte fest und lachte, als er sich wehrte.
»Du bist ein Langweiler, Luca, weißt du das? Manchmal muss man tanzen im Leben, vor allem wenn es draußen immer nur regnet.«
Sie hatte sein Handgelenk gepackt und drehte es, sodass er herumwirbelte.
»Na siehst du, geht doch!« Die Musik ließ sie übermütig werden, sie wollte ihn aus der Reserve locken. Und konnte nicht ahnen, wie erfolgreich sie damit sein würde.
Erst als sie spielerisch seine Baseballkappe schnappte und sie fortschleuderte, merkte sie, dass sie zu weit gegangen war.
»Nein!«
Sein Schrei ließ sie zurückzucken, sie hörte augenblicklich auf zu tanzen und hob die Hände.
»He, entschuldige, ich … okay, das war blöd, aber …«
Es war sein Blick, der sie verstummen ließ. Beim Tanzen war der linke Ärmel seines Langarm-Shirts hochgerutscht, sein Arm lag frei. Sie konnte nicht anders, als ihn anzustarren.
»Was hast du da?«, murmelte sie, als Luca einen Schritt auf sie zumachte.
Immer noch konnte sie den Blick nicht von den drei Brandmalen lösen, die zum Vorschein gekommen waren.
»Das hättest du nicht tun sollen«, flüsterte Luca jetzt, und

Élodie fragte sich, ob das noch die Stimme war, die sie kannte. Langsam schritt der junge Mann auf sie zu, seine Augen funkelten, sie wich unweigerlich einen Schritt zurück und stieß gegen den Tisch.

»Luca, was soll das …«

Erst jetzt sah sie ihn richtig an, und plötzlich erkannte sie ihren Fehler. Unter der Baseballkappe waren braune Haare zum Vorschein gekommen. Sie waren schulterlang.

»Du bist …« Sie hob die Hand vor den Mund, als sie Luca im Licht der Deckenlampe betrachtete.

»Eine Frau«, sagte die Person, die vor ihr stand, mit einer Stimme, die Élodie plötzlich fremd war. Und vor allem eines: bedrohlich.

»Aber wie kann das sein …«

Élodies Blick wanderte zwischen Lucas Gesicht und seinem linken Arm hin und her, sie spürte, wie Angst in ihr hochstieg, wie sie erstarrte, unfähig, an etwas anderes zu denken als an den jungen Mann, sie sah seine feinen Gesichtszüge, den Schwung seiner Lippen, die weiche Haut, jetzt sah sie alles. Die Frau, die vor ihr stand, hatte Luca verschwinden lassen, im Hauch eines Augenblicks.

»Manchmal hilft es, findest du nicht, Élodie? Etwas anderes zu sein, als die Menschen erwarten. Du weißt doch, was ich meine, nicht wahr?«

Sie konnte nicht weiter nach hinten, ein Tisch war ihr im Weg. Und vor ihr funkelten die Augen der Frau immer bedrohlicher, die Gesichtszüge veränderten sich, es war eine Verwandlung binnen weniger Augenblicke.

Luca war fort.

»Ich bin Clarisse«, sagte die junge Frau vor ihr. Sie lächelte jetzt, aber es war kein beruhigendes Lächeln. Verzweiflung machte sich in Élodie breit.

»Ich … entschuldige, ich wollte dein Geheimnis nicht … es ist doch auch in Ordnung, so wie es ist …«

»Ist es das?«, flüsterte Clarisse jetzt, und mit Entsetzen sah die junge Cafébesitzerin, dass sie ein Messer aus ihrer Schürze gezogen hatte. Es war eines der Fleischmesser, breit und schwer.

»Bitte, ich ... es ist doch nichts passiert ...«

»Und das wird es auch nicht, Élodie.«

Die Frau, die sich Clarisse nannte, hatte jetzt alles Schüchterne, Zurückhaltende abgeworfen. Ihr Blick war hart, sie schien vollständig verwandelt zu sein. Der junge Mann, mit dem Élodie eben noch getanzt hatte, war fort, für immer.

Vor ihr stand der Körper einer Frau, die aus den Flammen kam.

»Er hat mich verbrannt«, flüsterte Clarisse jetzt. »Und jetzt verbrenne ich euch. Ich habe mit den drei Männern begonnen, die mich und meinen Körper gekauft haben. Aber ihr werdet alle brennen, hörst du? Dieser ganze verfluchte Hafen, er wird brennen!«

Die Frau wollte gerade einen letzten Schritt auf Élodie zumachen, sie hatte das Messer in der rechten Hand, hielt es fest, ihre Knöchel waren schon ganz weiß.

Aber plötzlich hielt sie inne.

Ihr Blick ging nach draußen, wo in diesem Augenblick die Silhouetten mehrerer Männer sichtbar wurden.

Die Flammenfrau schrie ihren Zorn heraus, und auch Élodie schrie vor Schreck, aber Clarisse packte sie und zog sie an sich, das Messer an die Kehle gedrückt. Élodie versuchte, sich von ihrer Angreiferin zu befreien, aber diese hatte ungeahnte Kraft entwickelt. Sie hatte keine Chance.

In diesem Moment fiel ein Schuss, Glas splitterte, schwere Stiefel hämmerten auf das Parkett, Stühle wurden zur Seite geworfen. Vier Männer stürmten in das Café, sie hatten die Tür einfach aufgeschossen und standen jetzt mit gezogenen Waffen vor Élodie und der Frau, die sie fest im Griff behielt.

»Es ist vorbei, Clarisse!«

Die Stimme von Guy Moreau war dunkel und voller Härte. Élodie hatte Angst, dass er einfach schießen würde. Hinter ihr fauchte die Frau nur, sie war offenbar völlig aufgewühlt.

Langsam zog sie sie nach hinten, in Richtung der Küchentür.

»Du bist ein Monster, Clarisse. Du hast drei Männer getötet, du wirst lebenslang ins Gefängnis gehen, hörst du?«

Ein Fauchen, ein Zischen, dann ein kurzer Moment der Klarheit.

Und eine Stimme, aus der die Trauer einer verbrannten Kindheit sprach: »Ich bin bereits im Gefängnis, Vater. Ich war es immer. Aber ich breche aus, hörst du? Sie haben den Tod verdient, so wie du ihn verdient hast.«

Moreau aber lachte nur.

»Sieh dich doch an, eine Küchenhilfe ist aus dir geworden! Du bist damals abgehauen, hast dich befreit, weil du stark warst. Aber jetzt bist du schwach, ein schwaches widerliches Monster ist aus dir geworden. Du wirst brennen, Clarisse, hörst du?«

»Nein, Vater, du wirst brennen.«

Und mit diesem Satz trat die Frau gegen das Tablett, das auf einem Stuhl gestellt war, Tassen flogen durch die Luft, und für einen sehr kurzen Augenblick duckten sich die vier Männer.

Es reichte.

Clarisse zerrte Élodie in die Küche und zog ein Regal vor die Tür, bevor sie sie weiter nach hinten riss. Élodie hörte die wütenden Schreie der Männer, als die Frau sie durch eine schmale Tür nach draußen schubste und in ein direkt dahinter geparktes Auto bugsierte. Élodie riss die Hände zu spät nach oben, und als der Schlag des Messergriffs sie schwer im Gesicht traf, sackte sie auf dem Beifahrersitz zusammen.

Danach waren nur noch quietschende Reifen zu hören, der Regen, der auf das Autodach prasselte. Und Élodies eigener Herzschlag, fest und hämmernd.

Und das Letzte, was sie hörte, war die Stimme der Frau, die einmal Luca, ihre Küchenhilfe gewesen war.

»Komm, Vater, hol mich. Du weißt, wo ich sein werde.«

KAPITEL 27

Der Anruf erreichte Roussel in dem Augenblick, in dem er sich im Commissariat von Cherbourg über eine Landkarte beugte, die Valerie auf einen großen Besprechungstisch gelegt hatte. Es war eine Vergrößerung der Region rund um das Cap de la Hague, die felsigen Buchten, die Strände zwischen dem Phare de Goury und den westlichen Ausläufern von Cherbourg, dazu das Hinterland bis hinunter nach Siouville.

»Das Ende der Welt«, murmelte Roussel und nahm den Anruf entgegen.

»Nicolas, endlich! Geht's dir besser? Hast du Julie ...«

»Roussel, hör mir zu! Hör mir einfach zu!«

Der Ermittler richtete sich auf und gab Valerie ein Zeichen zuzuhören. Er schaltete den Lautsprecher an und legte das Handy auf die Landkarte.

»Wir hören zu. Schieß los.«

»Ich habe mit Gabin gesprochen. Ich weiß jetzt, warum Guy Moreau seine Männer auf ihn gehetzt hat.«

»Und warum?« Valerie rückte näher an Roussel heran, weil im Hintergrund die Kollegen laut telefonierten.

»Weil er Fotos und Unterlagen hat, die beweisen, dass Moreau seine Tochter erst gequält und dann verkauft hat!«

»Verkauft?« Roussel und Valerie blickten sich entsetzt an.

»Hört zu, wir haben jetzt keine Zeit für die Details!«, fuhr Nicolas fort. »Die Flammenfrau – Clarisse Moreau: Sie ist in Barfleur. Sie war die ganze Zeit dort.«

»Wer ist sie?«, fragte Valerie schnell dazwischen.

Nicolas zögerte kurz.

»Es ist … etwas kompliziert. Es geht um Luca, den jungen Mann, der im ›Café du Port‹ aushilft. Vielleicht erinnert ihr euch.«

Valerie und Roussel sahen sich an und zuckten mit den Schultern.

»Nur vage«, erklärte Valerie.

Nicolas' nächste Worte überraschten sie ebenso, wie sie ihn selbst überrascht hatten, als Gabin ihm das Geheimnis der Flammenfrau verraten hatte.

»Er ist die Flammenfrau«, erklärte er den beiden verblüfften Polizisten. »Luca ist eigentlich Clarisse Moreau, sie hat sich als junger unscheinbarer Mann getarnt – und wir sind alle drauf reingefallen, auch ich.«

»Unglaublich.« Roussel setzte sich auf einen Stuhl und starrte das Handy an.

»Wo ist sie jetzt?«, fragte Valerie erneut.

»Ich habe es eben im ›Café du Port‹ versucht, aber es geht keiner ran«, erklärte er. »Ich habe Tito hingeschickt, er sagt, die Glastür ist zerschossen, von Élodie fehlt jede Spur.«

»Mein Gott«, flüsterte Valerie. »Was ist das bloß für eine Geschichte. Woher wusste Moreau, dass der junge Luca in Wahrheit Clarisse ist.«

»Keine Ahnung, womöglich von seiner Frau.«

»Wenn unsere Flammenfrau mit Élodie auf der Flucht ist, hast du irgendeine Ahnung, wohin sie unterwegs sein könnte?«, fragte Valerie jetzt, während sie einigen Kollegen ein Zeichen machte mitzuhören.

»Ja, die habe ich tatsächlich.«

Jetzt erst fiel ihnen auf, dass Nicolas mit dem Auto unterwegs sein musste, denn man hörte den Motor in diesem Moment aufheulen.

»Wohin bist du unterwegs, Nicolas?«, wollte Roussel wissen.

Für einen kurzen Moment war es still, dann hörten sie das Quietschen von Reifen durch die Leitung. Nicolas fluchte kurz.

»Es ist verdammt windig hier draußen, der Sturm nimmt wieder zu.«

»Nicolas!« Roussel hatte sich das Handy geschnappt. »Verdammt, wohin fährst du? Du wartest, bis Verstärkung da ist!«

Eine Sekunde dachte er an das Versprechen, das er Julie gegeben hatte: Nicolas sollte spätestens morgen früh im Zug nach Deauville sitzen. Und er hatte nicht vor, dieses Versprechen zu brechen, nur machte ihm dieser verdammte Bodyguard, der mit dem Auto geradewegs ins Verderben fuhr, gerade einen Strich durch die Rechnung.

»Ich fahre ans Kap«, sagte Nicolas jetzt laut, während die Verbindung schlechter wurde. »Guy Moreau besitzt eine kleine Hütte, direkt am Sentiers des Douaniers. Sie liegt oberhalb der Anse du Moulinets, nicht weit von der Wiederaufbereitungsanlage entfernt.«

Valerie beugte sich rasch über die Landkarte der Kap-Region.

»Hier!«, schrie sie, damit Nicolas sie hören konnte. »Es ist nicht weit vom Restaurant entfernt, das dort auf den Klippen liegt. Aber bei dem Wetter, das ist Wahnsinn, da tobt gerade ein ausgewachsener Sturm, Nicolas!«

»Ich weiß, aber wir müssen es versuchen. Ich bin nur noch zwanzig Minuten entfernt, Moreau und seine Männer müssen irgendwo vor mir sein.«

»Ich werde die Gendarmerie in Beaumont alarmieren«, sagte Valerie und gab einem ihrer Kollegen ein Zeichen. »Die sind am nächsten dran. Aber warum denkst du, dass sie ausgerechnet dort ist?«

Nicolas schien sich wieder auf die Straße konzentrieren zu müssen. Die Verbindung wurde schlechter, die Hintergrundgeräusche wurden abgehackter, und als er sprach, verstanden sie nur noch das Nötigste.

»Es ist der Ort, zu dem Moreau nie wieder zurückkehren wollte.«

Als die Verbindung abbrach, schaute Valerie Roussel nachdenklich an.

»Woher hat er diese Informationen?«, fragte sie ihn. »Ich meine, wir haben alle Unterlagen durchforstet, Spuren verfolgt – kein Wort von einer Hütte.«

Roussel rieb sich erschöpft die Augen, bevor er antwortete.

»Ich habe keine Ahnung, Valerie. Aber ich würde sagen: Es ist das Einzige, das wir derzeit haben.«

KAPITEL 28

Am Cap de la Hague

Das Ende der Welt hielt, was der Name versprach. Das war der erste Gedanke, der Nicolas in den Sinn kam, als er hinter der gewaltigen Wiederaufbereitungsanlage von La Hague den Wagen in eine enge Straße lenkte, die leicht abfallend in Richtung Meer führte. Der Wind peitschte auf die Ginsterhecken und über die noch kahlen Felder, die hier, oberhalb der Felsen, dem Sturm vollkommen ausgesetzt waren. Immer wieder musste er das Lenkrad mit aller Kraft festhalten, wenn eine Böe den Wagen packte, wenn die Reifen ausbrachen und der Lichtkegel seiner Scheinwerfer durch das immer schwächer werdende Dämmerlicht schnitt.

Er fluchte, wischte sich über die schweißnasse Stirn und blickte auf den Beifahrersitz, wo eine Umgebungskarte lag, die er im Handschuhfach des Autos gefunden hatte. Immer wieder musste er plötzlich abbremsen, wenn er eine Abzweigung zu spät erkannte oder umgeknickte Äste den Blick auf die Hinweisschilder versperrten.

Am imposantesten jedoch war das, was sich direkt hinter dem Weltenrand abspielte. Auf ihren letzten Metern vor dem Horizont hatte die Sonne einen schmalen Spalt gefunden, durch den sie einige letzte Lichtstrahle schickte. Die dunkle Sturmwand, die sich über dem Meer auftat, wurde von unten beleuchtet, dichte schwarze Wolken standen hoch über der brausenden See, die weiße Gischt ausspie. Es war ein Naturspektakel, wie er es selten gesehen hatte, ein Kräftemessen von Wasser und Luft, ein Ringen um die Herrschaft über die Küste, die stoisch ertrug, was sie seit Jahrtausenden über sich ergehen lassen musste.

Dies war das Cap de la Hague, wildromantisch und verwegen, aber auch wild und sturmerprobt.

Und Nicolas fuhr geradewegs hinein in den Sturm, der die ganze Nacht dauern würde und von dem er nicht behaupten konnte, dass er ihn kaltließ. Jede Windböe, jedes Zerren an seinem Wagen, jedes Grollen vom Fuße der Klippen, flößte ihm tiefsten Respekt ein, so wie nur Naturgewalten es vermochten.

Er hatte nur kurz gezögert, in der Empfangshalle des Krankenhauses von Cherbourg. Und dann seinen Vater angerufen, und es hatte ihn nicht verwundert, dass Alexandre Guerlain damit gerechnet hatte. Drei Tote, eine Flammenfrau und im Mittelpunkt Guy Moreau, ein ehemaliger Mitarbeiter mit besonderen Fähigkeiten – sein Interesse war geweckt.

»Was brauchst du?«, hatte er Nicolas gefragt, anstelle einer Begrüßung. Und Nicolas hatte sofort geantwortet, weil sie keine Zeit hatten für all das, was zwischen ihnen beiden stand.

»Du hast von diesem Ort erzählt«, sagte er, während er über den Parkplatz des Krankenhauses von Cherbourg gelaufen war. »Der Ort, an den Moreau nie zurückkehren wollte, den Ort seiner Angst. Ich muss wissen, wo das ist.«

Sein Vater schwieg nur kurz.

»Das dachte ich mir.«

»Kannst du mir helfen?«

Kein Geplänkel, nur das Nötigste. Er spürte, dass sein Vater das Gespräch genoss. Aber er hielt sich zurück.

»Ich habe mich erkundigt. Es ist eine Hütte, die Moreaus Vater gehörte. Sie waren wohl oft zu zweit dort. Eine Schutzhütte am Kap, sie wurde früher von den Zöllnern benutzt, etwas abseits vom Pfad. Ich schicke dir die Koordinaten. Du wirst sie finden.«

Nicolas hatte den Motor gestartet und das Gespräch beendet, ohne sich zu verabschieden. Weil sowohl er als auch sein Vater wussten, was das Gespräch bedeutete. Er hatte es unausgesprochen gelassen: »Ich schulde dir etwas.«

»Ich weiß.«

Die Straße führte jetzt in mehreren engen Kurven direkt hinunter zum Strand. Nicolas sah im grauen Licht des Abends, wie sich meterhohe Wellen gegen die Felsen warfen, Möwen kreisten kreischend in der Luft.

Sein Handy klingelte, es war eine unbekannte Nummer. Als er das Gespräch annahm, merkte er sofort, dass er kaum Empfang hatte.

»Monsieur Guerlain? Hier ist Jeanne Lefèvre ... darmerie in Beaumont ... ihre Numm... Colin ... unterwegs ... sind informiert. ... gerade?«

Nicolas erinnerte sich an die junge Gendarmin, die vor Gabins Zimmer gesessen hatte, rote Haare, Sommersprossen.

Die Frau, der er sein Leben verdankte, weil sie auf dem Schulhof in Cherbourg schneller geschossen hatte als sein Angreifer.

»Ich bin kurz vor dem Restaurant!«, brüllte er gegen das Prasseln des Regens auf dem Wagendach an. »Die Verbindung ist schlecht, kommen Sie zum Restaurant!«

»... Ordnung! Warte ... nicht ohne mich!«

Die Verbindung brach komplett ab, und Nicolas trat mit voller Wucht auf die Bremse, als er merkte, dass die Kurve enger war, als er angenommen hatte. Er atmete tief durch, legte den Rückwärtsgang ein und fuhr zwei Meter zurück.

Und plötzlich sah er sie.

Sie waren zu viert, der Schein ihrer Taschenlampen wanderte einen schmalen Pfad entlang, der auf der anderen Seite der Bucht den Hügel hinaufführte. Nicolas schaltete sofort die Scheinwerfer aus und blickte angestrengt in die Dämmerung. Einer der Männer schwankte kurz und wurde von einem heftigen Windstoß zu Boden geworfen. Sie hatte alle vier Waffen in der Hand.

Es war eine Jagd entlang der Klippen, über einen alten Schmugglerpfad, während über ihren Köpfen und zu ihren Füßen der Sturm tobte. Von der Beute, auf die die Männer es abgesehen hatten, war nichts zu sehen. Clarisse Moreau, die Flammenfrau, war offenbar bereits unterwegs in Richtung Schutzhütte.

Und sie hatte hoffentlich eine noch lebende Élodie dabei.

»Was will sie dort?«, murmelte er und ließ den Wagen langsam den Berg hinunterrollen, ohne das Licht wieder einzuschalten. Als er vor dem Restaurant ankam, an dem auch die anderen Männer ihren Wagen geparkt hatten, bemerkte er oben auf dem Hügel, noch ein gutes Stück entfernt, Scheinwerfer, deren Licht unregelmäßig durch die Bäume blitzte und sich näherte.

Es musste Jeanne sein, die junge Gendarmin. Aber Nicolas wusste, dass er nicht auf sie warten konnte, er musste den Männern hinterher, die bereits oben auf dem Kamm waren.

Als er aus dem Wagen stieg, empfing ihn ein eisiger und zugleich feuchter Windstoß, der voller Salz war und ihm fast den Atem raubte. Meterhoch spritzte die Brandung über das Dach des vollkommen im Dunkeln liegenden Restaurants.

Nicolas hastete an einem Wagen neben dem Haus vorbei und rannte den Sentiers des Douaniers entlang, der an dieser Stelle sandig war, so dass er auf den ersten Metern immer wieder ausrutschte. Er hatte seine Waffe gezogen, steckte sie aber wieder ein, damit er sich besser abstützen konnte.

Immer wieder schlug ihm der Wind einen Ast ins Gesicht, der Regen weichte seinen Verband am Hinterkopf auf, bald schon riss er sich die nasse Mullbinde ab und warf sie fort. Er ignorierte seine Schmerzen am ganzen Körper, er rannte den Berg hoch, während das unter ihm tobende Meer vor Wut zu brodeln schien.

Nicolas drehte sich kurz um und sah, dass der Wagen der Gendarmin sich mühsam die Kurven herunterquälte. Sie würde noch einige Minuten brauchen, bis sie zu ihm aufgeschlossen hatte. Minuten, die er nicht hatte.

Nicolas arbeitete sich weiter den Pfad hinauf, dicht an der Felskante, unter der das Fauchen der Brandung zu hören war. Am Horizont hatte die Sonne endgültig aufgegeben, sie übergab den Tag an die Nacht, ausgerechnet jetzt. Schritt für Schritt und begleitet von brennendem Seitenstechen gelangte er weiter nach oben, kurz tauchte der Pfad in ein Waldstück ein, wand sich um einen großen Felsen und führte schließlich zum Kamm.

Die Aussicht war atemberaubend, im wahrsten Sinne.

Brüllend empfing ihn der Sturm auf dem Plateau, wo kein Schutz zu finden war und wo der Wind ungestört über die Ebene fegte. Nicolas musste sich wegdrehen, um sich gegen die Gewalt behaupten zu können, er schob seine Schulter in den Wind, als würde er an Deck eines Schiffes auf See stehen, dessen Planken sich beim Anrollen jeder neuen Welle aufbäumten.

Vor sich sah er die dunkle See, die weißen Wellenkämme, die in Heerschaaren an die Küste getrieben wurden, die dunklen Wolken, schwarze Kreaturen am Himmel, bereit, das Meer und das Land einzunehmen.

Unter ihnen erhob sich majestätisch der Phare de Goury aus der Brandung, meterhohe Flutwellen schlugen gegen seine runden Mauern, als wollten sie endlich einreißen, was über Jahrhunderte Stand gehalten hatte.

In der Ferne entdeckte Nicolas ein Stückchen freien Himmels, die Vorboten einer ruhigeren Zeit, eine Vorhut, die den Sturm besänftigen würde, ihn einfangen und bändigen. Aber noch war es nicht so weit, noch tobten sich die Gezeiten am Cap de la Hague und in den Felsenbuchten rund um den Nez de Jobourg aus, der sich in die Fluten warf wie ein todesmutiger Kämpfer.

Die Männer hatten die Hütte fast erreicht.

Nicolas konnte an ihren Taschenlampen sehen, wie sie über den Pfad eilten, von Wind und Regen gebeutelt. Und doch schienen sie ihr Ziel in den nächsten Augenblicken zu erreichen.

Er dachte an Élodie, die irgendwo dort sein musste und die nicht darauf hoffen konnte, dass die Männer gekommen waren, um sie zu retten. Im Zweifelsfall würden sie keine Rücksicht auf sie nehmen, würden sie gar opfern, nur um jene Frau zu fassen und zu töten, vor der Moreau so viel Angst hatte.

Clarisse.

Seine eigene Tochter.

Die Flammenfrau.

Nicolas holte tief Luft, dann rannte er auf das Plateau, den Pfad entlang, der ihm jetzt keinen Schutz mehr bot, weil hier kaum noch Sträucher und Bäume wuchsen.

Der Boden war aus hartem Felsen, er rutschte aus, weil der Weg jetzt sehr uneben wurde und dicht über dem Abgrund entlangführte, der wie ein Monster mit offenem Schlund auf ihn wartete. Nicolas blickte nur nach vorne, seine Schritte waren jetzt kräftiger, er spürte, wie der Wind ihn anschob, wie seine Lebensgeister zurückkehrten.

Die Hütte lag etwa hundert Meter oberhalb des Pfades, das konnte er jetzt schemenhaft erkennen. Unmittelbar hinter der Schutzhütte, die vollständig im Dunkeln lag, begann der Wald. Die Männer schienen sich um das Gebäude zu verteilen, denn die Lichtpunkte stoben auseinander.

Die Hütte war deutlich größer, als Nicolas erwartet hatte. Sie war in den Hang hineingebaut, war etwa dreißig Meter breit und hatte zwei Stockwerke. Ein schwarzes Schieferdach stemmte sich gegen den Wind, die umstehenden Bäume bogen sich, immer wieder krachte es, wenn ein schwerer Ast durch das dichte Gehölz zu Boden fiel.

Das Haus aber hielt stand.

Es schien, als würde es in Momenten wie diesen, umtost vom Sturm, bedroht von den Naturgewalten, seine wahre Bestimmung finden: Schutzhütte. Dunkel und trotzend blickte sie hinaus auf die See, jedem ein Obdach bietend, der sich ihr näherte.

Auch jenen, die die Dunkelheit mitbrachten.

Die Männer hatten sich nicht mehr umgedreht, sie hatten die Lichter seines Wagens offenbar nicht bemerkt. Nicolas war inzwischen so dicht an der Hütte, dass er sehen konnte, wie einer der Männer die Tür im Erdgeschoss öffnete, langsam und mit gezogener Waffe. Er nickte seinen Begleitern zu und verschwand in der Dunkelheit.

Nicolas erkannte Moreau, der auf der linken Seite den Hang hinauflief, offenbar wollten sie die Hütte, in der Nicolas Élodie vermutete, von beiden Seiten sichern.

Plötzlich drang ein Schrei durch die Nacht.

Nicolas duckte sich instinktiv, als Schüsse durch die Dunkelheit peitschten, mehrere, dicht hintereinander. Er hörte Rufe, dann ein Wimmern. Er rannte jetzt den Hang hinauf, in Richtung der Hütte, die keine zwanzig Meter mehr vor ihm lag. Moreau und die beiden anderen Männer waren hinter dem Haus, der Schrei aber war von drinnen gekommen. Von dort, wo der vierte Mann vor wenigen Sekunden die Hütte betreten hatte. Nicolas erreichte das Gebäude, keuchend drückte er sich an die Wand und blickte durch eines der Fenster. Er sah die Umrisse eines Kamins, Stühle, die um einen Tisch standen. Nicolas schob sich unter dem Fenster entlang zur Tür, die einen Spalt offen stand. Als er sich noch einmal Richtung Meer drehte, sah er eine schmale Gestalt, die sich über den Pfad näherte: Jeanne. Da sie allein kam, hatte sie sich offenbar auf eigene Faust auf den Weg gemacht. Aber Hauptsache, sie war da, er konnte jede Unterstützung gebrauchen, um Élodie zu befreien.

Nicolas holte kurz Luft, dann betrat er leise das Haus, mit gezogener Waffe und pochendem Herzen. Er spürte jetzt, wie das Adrenalin durch seinen Körper raste, wie es alle Schmerzen fortspülte, für den Augenblick zumindest.

Dunkelheit empfing ihn, seine Augen brauchten einen Augenblick, um sich daran zu gewöhnen. Er entfernte sich vom Türrahmen und schob sich möglichst geräuschlos an der Wand entlang. Als er einen Blick um die nächste Ecke warf, sah er ihn. Und er begriff, dass der Name der Hütte, »Refuge des Douaniers«, sehr ernst gemeint war. Zuflucht der Zöllner. Schmuggler hatten hier keine Chance, und Clarisse Moreau hatte das ein für alle Mal klargemacht.

Es war ein grausamer Anblick.

Der Mann war von einem dicken Speer durchbohrt, der ihn förmlich an eine Holzwand nagelte. Blut rann aus seinem Bauch auf dem Boden, ein Rinnsal hatte sich gebildet, es wurde mit jeder Sekunde mehr.

Sein Kopf war auf die Brust gefallen, seine Waffe lang unter ihm auf dem Boden. Offenbar hatte er in Todesangst noch den Abzug gedrückt, Nicolas konnte mehrere Einschusslöcher in der Wand erkennen.

»Scheiße«, murmelte er. »Was ist das bloß für ein Wahnsinn?«

Offensichtlich war das Opfer in eine sorgfältig präparierte Falle getappt. Nicolas holte tief Luft, versuchte, das Grauen aus dem Kopf zu bekommen.

Als er gerade weitergehen wollte, hörte er ein Geräusch an der Tür und schnellte herum, mit gezogener Waffe.

»Nicht!«

Es war Jeanne, die sich neben die Tür gekauert hatte und den Kopf einzog.

»Ich bin es! Jeanne Lefèvre, Gendarmerie von Beaumont! Was ist das hier für ein Mist?«

Nicolas atmete kurz aus.

»Ein Riesenmist. Komm hier rein, einer der Männer ist tot. Offenbar ist das Haus mit Fallen ausgestattet.«

Die junge Frau schlüpfte hinter eines der Sofas, die in dem großen Raum verteilt waren. Sie starrte Nicolas an, ihre roten Haare waren klatschnass, die Hand, mit der sie ihre Dienstwaffe hielt, zitterte.

»Wir kriegen das hin, Jeanne«, sagte er beruhigend. »Wir sind zu zweit, es wird alles gut werden.«

»Oh mein Gott, was ist mit ihm ...«

Sie hatte den Mann mit dem metallenen Speer im Bauch entdeckt, die Blutlache sprach Bände.

»Da ist ja furchtbar! Wir müssen ... ich hole Hilfe! Die anderen müssten jeden Augenblick ...«

»Jeanne, hör mir zu«, sagte Nicolas mit ruhiger Stimme. »Schau mich an und hör mir zu. Es ist alles gut. Achte nicht auf den Mann, du kannst ihm nicht mehr helfen. Aber es gibt eine Frau in diesem Haus, sie ist in großer Gefahr. Wir müssen zu ihr, wir können nicht warten, verstehst du?«

»Es ist nur ... der Mann, da steckt ein Speer in ...«

»Ja, aber das ist jetzt wichtig, hörst du? Ich brauche dich.

Wir stehen jetzt auf und gehen weiter. Wir müssen uns beeilen.«

Schließlich wurde ihr Blick klarer, sie holte tief Luft und sammelte sich.

»In Ordnung. Entschuldige, ich bin okay, lass uns die Frau retten.«

KAPITEL 29

Sie schlichen an dem Gepfählten vorbei, Nicolas machte einen großen Schritt, um nicht in das Blut zu treten, das jetzt bereits eine große Lache auf dem Boden bildete. Sie erreichten einen Flur, von dem einige Türen abgingen. Zu ihrer Linken führte eine Holztreppe nach oben, sie hörten das Knarzen des Bodens direkt über sich.

Nicolas machte Jeanne ein Zeichen, die Treppe zu sichern, während er die Räume im Erdgeschoss übernehmen wollte. Er sah ihren besorgten Blick und dachte genau wie sie an die Falle, in die der Mann getappt war. Er hatte keine Lust, so zu enden.

Nicolas stellte sich neben eine der Türen und öffnete sie mit der linken Hand. Ein kalter Luftzug empfing ihn, irgendwo musste ein Fenster geöffnet sein. Es war die Küche, sie war leer.

Dann fuhr er mit den anderen Räumen fort. Ein Bad und ein Schlafzimmer, aber nirgendwo eine Spur von Élodie.

Über ihnen waren wieder Schritte zu hören, dann plötzlich Moreaus Stimme, die in der Stille bis nach unten drang.

»Der Raum da, schau rein. Und du, geh runter.«

Angespannt sah Jeanne ihn an. Nicolas überlegte fieberhaft, wie sie vorgehen sollten, da hörten sie schon das Knarzen einer Treppenstufe. Im Stockwerk über ihnen öffnete sich eine Tür.

Und dann geschah alles rasend schnell.

Ein Fauchen im oberen Stockwerk, gefolgt von einem panischen und schmerzerfüllten Brüllen. Schwere Schritte waren zu hören und Schreie, Stühle fielen um.

Der Mann auf der Treppe flüchtete vor dem Grauen die Treppe hinab.

Oben splitterte Glas.

Unten hob Jeanne ihre Waffe.

Der Mann rannte die Treppe hinunter, direkt auf Jeanne zu, er hob seine Waffe.

Zu spät.

Zwei Schüsse.

Jeanne traf den Mann mitten in die Brust. Er wurde zurückgeworfen, seine Waffe fiel durch die Holzstufen hinab und direkt vor Nicolas' Füße. Dann rutschte sein lebloser Körper die Stufen hinunter und kam direkt vor ihren Füßen zu liegen.

Nicolas starrte nach draußen, und Jeanne folgte seinem Blick. Einer der Männer lag im Schnee, er blutete und regte sich nicht. Offenbar war er im oberen Stockwerk ebenfalls in eine präparierte Falle gelaufen, seine Kleidung und sein Gesicht waren schwarz verrußt.

Plötzlich hörten sie wieder Schritte aus dem oberen Stockwerk. »Moreau!«, flüsterte Jeanne und stürzte die Treppe hoch.

»Warte!«, rief Nicolas, aber die junge Gendarmin war bereits oben. Er jagte ihr hinterher, übersprang den Körper des Mannes auf der Treppe und erreichte mit gezogener Waffe das Obergeschoss.

Jeanne stand in einem Wohnzimmer, ihre Blicke flogen durch den Raum, hinüber zu einer offenen Tür.

»Moreau ist hinten rausgerannt.«

Diesmal schob Nicolas sie zur Seite und ging als Erster hindurch. Direkt hinter dem Haus begann der Wald, dunkle Stämme bildeten eine düstere Einheit, weiter oben konnte er die Lichter einiger Fahrzeuge erkennen.

Die Gendarmerie. Die Straße war erstaunlich nahe, nur wenige Bäume lagen dazwischen sowie ein steiler Hang.

»Es wird noch dauern, bis sie es bis hierher geschafft haben«, sagte er zu Jeanne und suchte den Hang nach Moreau ab. Er war nicht zu sehen.

»Verdammt! Das kann nicht sein! Er muss irgendwo ...«

»Da wimmert jemand.«

Jetzt hörte Nicolas es auch.

Das Wimmern war ganz nah. Er sah sich um, ging einige Schritte um die Hütte herum ... und stieß direkt auf eine Kellertreppe, die seitlich des Hauses nach unten führte.

»Hier! Schnell, aber sei vorsichtig. Dort unten müssen sie sein.«

Die Flammenfrau hatte nicht im Haus auf Moreau und seine Männer gewartet. Sondern unten, tief im Herzen dieser Hütte. Dort hatte sie mit ihrer Geisel gewartet. Eine Geisel, die sie, ohne zu zögern, opfern würde.

Sie wollte Moreau. Niemand anderen.

Langsam stiegen sie die Treppe hinab, bis sie an eine offene Metalltür kamen. Von drinnen drang muffige Luft zu ihnen. Und Élodies Wimmern, da war Nicolas sich jetzt sicher.

Mit gezogener Waffe drangen sie in die Kellerräume ein, Schritt für Schritt, die Augen auf die Wände gerichtet, die einst mit Gewalt in diesen harten Stein gehauen worden waren. Hier unten war es stockdunkel, aber weiter vorn drang schwacher Kerzenschein aus einem der Räume und Élodies Weinen.

»Moreau!«, rief Nicolas in die Dunkelheit. »Es ist vorbei! Lassen Sie sie gehen!«

Es kam keine Antwort, nur ein Schrei von Élodie.

»Moreau! Geben Sie auf!«

Sie kamen der Lichtquelle immer näher, und als sie die Tür erreicht hatten, sahen sie sie.

Nicolas riss seine Waffe hoch.

»Lassen Sie sie los!«

Moreau und Élodie standen am Ende eines kleineren Gewölbes, direkt an der Wand.

»Der Bodyguard! Verschwinden Sie, oder ich knalle Sie ab!«

Jetzt war auch Jeanne in dem Gewölbe erschienen, sie stand seitlich hinter Nicolas.

»Moreau, das hat doch keinen Sinn, es ist vorbei.«

Guy Moreau zitterte. Schweiß stand ihm auf der Stirn, immer wieder flog sein Blick durch den Raum. Er hielt Élodie fest, ihre Hände waren mit einem Strick gefesselt, über ihrem Mund war ein Klebestreifen angebracht. Sie weinte, wimmerte, wand sich in Moreaus Griff.

»Bleib ruhig, Élodie. Es wird alles gut.«

Moreau lachte, es war das Lachen eines Wahnsinnigen, eines Mannes, der panische Angst hatte. Hinter ihm atmete Jeanne langsam aus, sie schien sich zu konzentrieren.

»Du glaubst wirklich, du hast alles im Griff, Bodyguard?« Moreaus Stimme überschlug sich, er schwitzte immer mehr, obwohl es im Gewölbe kalt war.

»Nichts hast du im Griff. Sie hat meine Freunde gefoltert, gute Männer aus Barfleur. Sie ist eine Hexe, hörst du? Und sie ist weg, nur die hier hat sie zurückgelassen!«

Er presste Élodie noch enger an sich.

»Wo ist sie, Bodyguard! Wo ist meine Clarisse?«

Élodie wimmerte in seinem Arm.

Nicolas sah sich um, die Flammenfrau musste auf einem anderen Weg geflohen sein – oder noch hier sein. Irgendwo.

Und plötzlich sah er es.

Moreaus Blick wanderte immer wieder in eine Ecke des Raumes, in der eine Eisenplatte in den Boden eingelassen war, darüber stand ein großer Korb. Eine Eisenkette führte zu einer Kurbel in der Wand.

»Sie hat sie verbrannt, Bodyguard! Sie hat sie gequält und verbrannt, sie …«

Moreaus Waffe an Élodies Stirn zitterte.

»So wie du Clarisse gequält und gefoltert hast, Moreau? Ist es das, was du mir sagen willst!«

Der Mann spuckte jetzt verächtlich aus, er wischte sich den Schweiß von der Stirn, und Nicolas befürchtete, dass Jeanne die Gelegenheit für einen Schuss nutzen würde.

Nicht schießen, flehte er innerlich.

»Du hast keine Ahnung, wer ich bin«, flüsterte Moreau jetzt. »Du hast keine Ahnung, was ich ertragen musste.«

Wieder wanderte sein Blick in die Ecke des Raumes, zu der Metallplatte.

Moreau zitterte immer stärker.

Jeanne atmete immer schneller.

Und Nicolas begriff.

»Oh doch«, sagte er. »Ich weiß es sehr wohl.«

Er senkte seine Waffe und trat mit einigen schnellen Schritten zu der Platte.

»Nein!«, schrie Moreau. »Tu es nicht.«

Nicolas packte den Griff …

»Wag es nicht …«

… und zog mit aller Kraft.

KAPITEL 30

Eisige Luft. Und dann ein Brüllen.
Es kam von tief unten, aus der Dunkelheit, es stieg nach oben, durch einen Schacht, der nicht von Menschenhand gemacht war, sondern von der Natur selbst.
Moreau schrie.
Ein Loch im Felsen, ein Schlund, der tief hineinführte in das Ende der Welt.
Nicolas konnte das Salz riechen, er hörte das Wasser, es gurgelte, peitschte gegen Wände, warf sich gegen das Gestein.
»Bitte ...«
Moreaus Blick flatterte, seine Waffe zitterte unkontrolliert. Élodie versuchte, sich aus seinem Griff zu befreien, aber er hielt sie fest, er klammerte sich an sie, im Angesicht des Unausweichlichen.
Nicolas betrachtete den Korb.
»Er hat Sie runtergelassen«, sagte er schließlich. »Ihr Vater. Er hat Sie hier runtergelassen, als Kind. So war es doch, oder?«
Aber Moreau konnte nicht mehr antworten. Er starrte nur auf die Öffnung im Boden, auf den Korb, den Nicolas jetzt in der Hand hielt.
»Daher kommt Ihre Angst vor dem Meer. Sie waren ihm ausgeliefert, dort unten. Ich wette, er hat die Platte wieder draufgelegt. War es so? Er hat Sie runtergelassen und Sie damit bestraft, wie eine Muschel in einem Entschlammungstank, er hat Sie so lange dort gelassen, bis Sie gereinigt waren. War es so, Moreau!«

Er bekam keine Antwort.

Nicolas drehte sich zu dem Mann um und deutete auf dessen Unterarm.

»Und was war schlimmer? Das Wasser hier unten? Oder das Feuer auf der Haut? Im Verschlag, zuhause im Keller. Du mieses Schwein hast genau da weitergemacht, wo dein Vater bei dir aufgehört hat. Du hast deine Tochter gequält und sie dann verkauft, an deine Freunde, die sie gleich weiter missbraucht haben. Sag endlich was, du mieses Stück Scheiße!«

Nicolas hatte sie begriffen, die ganze Grausamkeit zweier Leben, geboren aus den Flammen und aus der See.

Moreau atmete jetzt ganz langsam.

»Ich habe sie weggegeben«, sagte er leise. »Um sie zu retten, vor mir. Aber es war zu spät. Sie ist so geworden wie ich. Wie mein Vater. Aber jetzt ist es vorbei.«

Er überraschte Nicolas mit der Kraft, mit der er Élodie von sich stieß. Sie fiel ihm mit einem Schrei in die Arme, er fing sie auf und erkannte im gleichen Augenblick, was Moreau vorhatte.

Ohne zu zögern, machte dieser zwei schnelle Schritte auf das Loch im Boden zu, er schloss die Augen, bereit, dorthin zurückzukehren, wo alles begonnen hatte. In die Dunkelheit über dem Wasser. Dort, wohin er eines Tages selbst ein Feuerzeug mitgenommen und es immer wieder angezündet hatte.

An. Und aus.

Während unter ihm das Biest tobte.

Moreau hatte den Schlund fast erreicht.

Das Feuer würde verlöschen. Für immer.

»Nein!«

Mit einem gewaltigen Satz sprang Jeanne ihm hinterher und hielt ihn mit aller Kraft fest. Sie stürzten beide zu Boden, er trat um sich, wehrte sich, wollte beenden, was er längst hätte beenden sollen. Er wollte heimkehren.

Einer seiner Füße traf Jeanne am Kopf. Sie kippte zur Seite, und Moreau, der schwer atmend am Boden lag, versuchte, wieder auf die Beine zu kommen. Nicolas nutzte die Chance und zog an der Metallplatte, die das Loch sofort krachend verschloss.

Sofort wurde es still in dem Gewölbe. Nur ihr eigener Atem war zu hören.

Und die Rufe der Gendarmen, die mit ihren Taschenlampen in den Keller hineinleuchteten. Kurze Zeit darauf stürmten sie in den Keller, brachten Élodie nach draußen und auch Jeanne, die sich den Kopf hielt.

Moreau wurde von festen Händen nach oben gezerrt und abgeführt.

Es war Capitaine Jean Clairmont, der Nicolas die Hand reichte, während seine Männer Moreau abführten.

»Freut mich, Monsieur Guerlain. Wenn ich das richtig sehe, wird das hier ein ganz schön komplexer Bericht, den ich schreiben muss.«

Nicolas lächelte, während er seine Waffe einsteckte.

»Dann sollten Sie ihre junge Kollegin darin lobend erwähnen. Was sie hier geleistet hat, ist unglaublich, wirklich. Aber sie wird einige Zeit brauchen, um das zu verarbeiten. Es war … nicht schön.«

Sie verließen das Kellergewölbe und standen kurz darauf vor der Schutzhütte. Der Wind hatte sich etwas gelegt, als wäre der Sturm zufrieden, mit den Opfern, die ihm bereits gebracht worden waren.

»Ich bin froh, dass Sie es heil da rausgeschafft haben«, sagte der Capitaine.

Nicolas schaute nachdenklich auf die aufgewühlte See und

zum Phare de Goury, dem letzten Außenposten der Normandie vor dem offenen Meer.

»Ich auch. Aber es ist noch nicht zu Ende.«

Capitaine Clairmont nickte nachdenklich.

»Wo ist Clarisse Moreau hin? Weit kann sie nicht sein.«

Nicolas nickte, während eine Möwe sich über ihnen aufschwang, die Felsküste entlang, vorbei an der Baie de l'Établette, am Nez de Jobourg bis zum eigentlichen Cap de la Hague.

Bis ans Ende der Welt.

»Sie ist noch irgendwo hier draußen.«

KAPITEL 31

Port Racine
Östlich des Cap de la Hague

Der offiziell kleinste Hafen Frankreichs lag windgeschützt in der Anse Saint-Martin an der Nordküste des Cotentin, nur etwa zehn Kilometer von jenem Ort entfernt, an dem Nicolas eine völlig erschöpfte und verängstigte Élodie in die Arme schloss. Die Straße, die hinunter zum Meer führte, war besser ausgebaut als in anderen Buchten, was vor allem am Hotel lag, das oberhalb des Hafens auf einem sanft ansteigenden Hügel lag. Das »Hotel des Crabes« war ein Rückzugsort für wohlhabende Gäste aus Cherbourg, aber auch Besucher aus Caen und selbst Paris schätzten die Oase der Ruhe an einer der schönsten Buchten des Cotentin.

Gäste, die es gewohnt waren, über breite und gut geteerte Straßen zu fahren. Und genau deshalb war Roman, der in seinem Lastwagen saß und durch die Dunkelheit rollte, guter Dinge.

»Genau meine Straßen, Baby«, sagte er siegessicher und nahm einen Schluck aus einer Energy-Drink-Dose. Es wäre anders gewesen, wenn der Auftrag ihn in eine der kleineren Buchten geführt hätte, von denen es hier oben zahlreiche gab.

Die Anse Saint-Martin aber, mit ihrem kleinen Hafen und dem Wellnesshotel auf dem Hügel war gut zu erreichen.

Roman gähnte laut, während er vor sich bereits das Meer sah. Er hatte erst vor einigen Minuten sein Telefonat mit

Melanie beendet, es war das fünfte gewesen auf der Fahrt hierher. Sie ging ihm langsam auf die Nerven mit ihrem Gejammer, ständig lamentierte sie, dass er nie da sei, dass der Kleine so anstrengend sei, die Nächte kurz, sie nie Zeit für sich selbst habe – als ob er das ändern könnte.

Er brachte das Geld für sie nach Hause, und wenn er da war, spielte er mit dem Kleinen, der sein ganzer Stolz war.

Die Übergabe war reibungslos verlaufen, im Hangar einer Spedition im Hinterland. Niemand hätte vermutet, dass dort gleich vierzig Kisten mit zollpflichtiger Ware verborgen waren, Kisten, die er jetzt zum Bestimmungsort bringen würde.

Abholen, hinbringen, zurückfahren. Geld zählen.

So einfach konnte das Leben sein.

In fünf Minuten war er da.

Roussel lag oberhalb der Bucht hinter einem Gebüsch und beobachtete die Straße mit einem Nachtsichtgerät. Vor wenigen Sekunden hatte es im Funkgerät geknistert. Die Ware kam.

Neben ihm lag Valerie im Gras, sie fror, er konnte spüren, wie sie zitterte. Auch sie blickte angestrengt durch ihr Nachtsichtgerät, sie beobachtete das Boot, das vor einer halben Stunde eingetroffen war, ohne Signallampen, ein Schatten in der Dunkelheit.

Fünf Männer waren an Bord, sie hatten den Kutter direkt an der Hafenmauer festgemacht, den Bug in Richtung Meer.

»Er ist dabei«, sagte Valerie in diesem Augenblick und ballte die Faust. »Sylvain, Moreaus rechte Hand. Wir kriegen sie, Roussel. Wir haben die aufgezeichneten Gespräche mit dem Fahrer, diesem Roman. Sogar Moreaus Stimme ist darauf zu hören. Wir kriegen sie endlich!«

Roussel konnte ihre Freude verstehen, so lange arbeitete

Valerie schon an der Schmugglergeschichte. Es wurde Zeit, dass sie erfolgreich beendet wurde.

Er selbst war in Gedanken bei Nicolas, der irgendwo dort draußen der Flammenfrau hinterherjagte.

»Wenn er morgen nicht in den Zug steigt, bringt Julie mich um«, murmelte er leise vor sich hin, während er die Straße im Blick behielt.

»Was flüsterst du?«, fragte Valerie.

»Ob du morgen mit mir essen gehst, habe ich gefragt«, sagte er, ohne nachzudenken. Sie legte kurz ihr Nachtsichtgerät zur Seite.

»Im Ernst jetzt? Findest du, das hier ist der richtige Augenblick, um mich so was zu fragen?«

Er lächelte.

»Nenn mir einen besseren, dann frag ich nochmal.«

»Nachher. Wenn wir alle dingfest gemacht haben. Dann fragst du mich nochmal, Roussel.«

»Deal.«

Wieder knackte das Funkgerät, das vor ihnen im Gras abgestellt war.

»Die Ware ist in dreißig Sekunden da.«

»Verstanden. Alle in Position. Zugriff erst, wenn die Ware auf dem Boot ist.«

Roman fuhr die letzten Kurven hinunter in die Bucht behutsam, er wollte jetzt nichts mehr riskieren.

»Ich bin fast wieder zuhause, Melanie.«

Leichter Regen legte sich auf seine Windschutzscheibe, er schaltete die Scheibenwischer ein und hielt auf der letzten Anhöhe kurz an. Unter sich sah er den kleinen Hafen von Port Racine, in dem nur einige Ruderboote angeleint waren, sie tänzelten auf den Wellen, die hier in der Bucht aber deutlich schwächer waren als draußen.

»Was für eine bescheuerte Idee, bei dem Wetter rauszufahren«, murmelte er. »Aber ihr müsst ja wissen, was ihr macht.«

Als er den Kutter an der Hafenmauer entdeckte, betätigte er die Lichthupe. Zweimal kurz, zweimal lang. Nach wenigen Sekunden antwortete ihm das Leuchten einer Signallampe.

Zweimal lang, zweimal kurz.

Es war alles in bester Ordnung.

Langsam rollte er den Hügel hinab und hielt einige Sekunden später auf einem Parkplatz, unter seinen Rädern knirschte der Kies. Zwei Männer waren an Land gesprungen und kamen auf ihn zu.

»Hey«, sagte er, »ich mache euch die Ladeklappe auf.«

Die beiden Männer nickten, Roman hatte sie noch nie gesehen, und er würde sie auch nie wieder sehen. Es war sein letzter Auftrag, er hatte es Melanie versprochen. Sie würde nicht auf ihn warten, wenn er im Knast saß, das hatte sie ihm mehrfach angedroht.

Er setzte sich wieder in die Fahrerkabine und wartete, während die Männer die Kisten in das Boot umluden. Je weniger er mitbekam, desto besser.

»Wir warten«, sagte Valerie leise in ihr Funkgerät.

Roussel rutschte neben ihr unruhig auf dem Boden hin und her, seine Hüfte tat ihm weh, er wollte aufspringen, jemanden festnehmen, seine Arbeit tun.

Sie lagen seit drei Stunden hier im Gras.

»Sie sind gleich fertig«, murmelte sie. »Nur noch drei Kisten, kommt schon. Und dann nichts wie weg.«

Sie sahen, wie einer der Männer, der bislang an Bord geblieben war, jetzt an Land kam und an die Fensterscheibe des LKW-Fahrers klopfte. Sie öffnete sich, er reichte einen Umschlag hindurch und ging zurück an Bord.

»Alles perfekt organisiert«, flüsterte Valerie.

Der Motor des Lastwagens wurde gestartet. Der letzte Mann sprang an Bord des Fischkutters und löste die Leinen.

»Zugriff!«, brüllte Valerie in das Funkgerät, Roussel konnte spüren, wie sich ihre Energie in einem Schlag entlud, sie schnellte hoch und stürmte hinter den Büschen hervor.

Im gleichen Augenblick flammten mehrere Scheinwerfer auf, die die Bucht taghell erleuchteten. Befehle wurden gebrüllt, direkt am anderen Ende der Bucht durchschnitten zwei Schnellboote des Zoll die Wellen.

Mitglieder einer bewaffneten Spezialeinheit rannten mit Maschinengewehren zum LKW, andere stellten sich an der Hafenmauer auf, sie visierten die vier Männer an, die völlig überrascht jeden Widerstand aufgaben.

»Yes, ihr Arschlöcher!«, rief Valerie, sie hatte ihre Waffe gezogen und blickte einen der Männer auf dem Kutter an.

»Hinlegen, alle Mann! Hände auf den Rücken, wir wollen eure Hände sehen!«

Bis Roussel ebenfalls am Schiff ankam, war die ganze Aktion schon gelaufen – und ein voller Erfolg. Er konnte die Kisten an Bord des Fischkutters sehen, die wütenden Blicke der Männer, die wussten, dass sie kein gutes Argument für ihren nächtlichen Ausflug finden würden. Einer von ihnen spuckte verächtlich auf die Planken und legte sich schließlich hin.

Valerie und Roussel sprangen an Bord, jemand gab ihnen ein Stemmeisen, mit dem Roussel die erste Kiste öffnete.

»Volltreffer«, sagte er leise.

Versteckt unter Stroh und Verpackungsmaterial, offenbarte sich ihnen ein gut gemischtes Warensortiment: Zigaretten, Waffen, Ausweise, in einer der Kisten fanden sie in Plastiktüten eingeschweißtes Falschgeld.

All das wanderte fast täglich über den Ärmelkanal, geplant und durchgeführt von Schmugglern auf dem Cotentin. Aber jetzt nicht mehr.

»Weißt du, was ich mich frage, Valerie«, sagte Roussel, während er den Männern hinterherblickte, die in bereitgestellte Mannschaftsfahrzeuge gebracht wurden.

»Was«, fragte sie, während sie mit dem Stemmeisen eine weitere Kiste öffnete.

Er lächelte.

»Ob du morgen mit mir essen gehst.«

Roman brachte kein Wort heraus.

Er saß in der Kabine seines LKW, mit erhobenen Händen und blickte die vermummten Männer an, die mit ihren Maschinengewehren auf ihn zielten. Wie aus heiterem Himmel hatte jemand das Licht in der Bucht angeknipst, er hatte die Befehle der Männer gehört und keine Sekunde überlegt, sich ihnen zu widersetzen.

Und deshalb war er jetzt am Arsch.

Er würde einsitzen, ziemlich lange, und er würde seinen Kleinen nie wieder sehen. Er würde seinen LKW verlieren, Melanie verlieren, sein ganzes Leben verlieren.

Schniefend zog er die Nase hoch, er hatte den Motor ausgemacht und wartete. Einige Meter entfernt wurden die vier Männer in einen Wagen gebracht, kurz darauf fuhren sie durch die Dunkelheit davon.

Gleich würden sie ihn holen und mit ihm das Gleiche machen, gleich war alles vorbei. Er fluchte, weinte, zeterte, mit erhobenen Händen, weil er Angst hatte, dass sie ihn erschossen, wenn er sie runternahm.

Es klopfte an seiner Tür.

Eine Polizistin deutete ihm an, die Fensterscheibe herunterzulassen, sie trug eine kugelsichere Weste, ihre braunen Haare waren klatschnass, als hätte sie stundenlang im Regen gelegen.

»Guten Abend.«

Sie sah ihn an, während sie ihre Waffe wegsteckte.

»Äh … guten Abend«, antwortete Roman leicht verunsichert.

»Den Umschlag bitte.«

Sein Herz schlug, gleich würde er aussteigen müssen, mit erhobenen Händen.

»Machen Sie schon, den Umschlag.«

Roman beugte sich langsam zum Beifahrersitz, die Läufe der Maschinengewehre folgten seiner Bewegung.

Ich mache nichts, dachte er, und schickte ein Stoßgebet in Richtung Himmel. Er schnappte sich den Umschlag mit dem Geld und reichte ihn der Frau. Ohne nachzuschauen, steckte sie ihn in die Gesäßtasche ihrer Jeans.

»Danke. Sie können fahren.«

Er verstand nicht.

»Wie bitte?«

Verständnislos blickte Roman die Polizistin an, die in Richtung der Straße zeigte, die hinauf ins Hinterland führte.

»Fahren Sie. Sie waren nie hier. Und wenn ich Sie irgendwann bei einer krummen Tour erwische, landen Sie lebenslang im Knast. Und das ist ein Versprechen. Schönen Abend noch.«

Roman sah, wie sie den Spezialkräften ein Zeichen gab, die daraufhin ihre Waffen senkten und eine Gasse bildeten.

Roman schluckte kurz, dann startete er den Motor. Langsam rollte er durch den Hafen, vorbei an den Polizisten, vorbei an dem Kutter, der auf den Wellen im kleinsten Hafen Frankreichs dümpelte. Er fuhr den Hang hinauf, nahm die erste Kurve, ganz vorsichtig, dann die zweite.

Er saß in seinem eigenen Lastwagen. Und er war frei. Warum auch immer.

Roussel blickte dem Lastwagen hinterher, der jetzt schneller wurde.

»Warum lässt du ihn gehen?«, fragte er Valerie.

Sie lächelte.

»Weil er jetzt in meiner Schuld steht. Vielleicht brauche ich ihn eines Tages noch. Ich glaube einfach, dass alles im Leben für etwas gut ist.«

»Dann hoffen wir mal, dass du mit diesem Gedanken recht hast.«

KAPITEL 32

Cap de la Hague

Es war die Erschöpfung, die sich in ihm breitmachte, mit voller Wucht. Ähnlich wie in den Buchten des Cap de la Hague, tobten auch in ihm die Wellen. Nicolas spürte, wie die Kraft weniger wurde, wie viel er verarbeiten musste, hier oben, auf den Felsen über der tosenden See. Und doch war es nicht vorbei.

»Es kann einfach nicht sein«, murmelte er, während neben ihm auf der Bank, eingepackt in eine wärmende Decke, Élodie saß. Sie hatte den Kopf an seine Schulter gelehnt und die Augen geschlossen. Sie atmete jetzt ruhig, er hatte ihr versprochen, sitzen zu bleiben, bis sie sich kräftig genug fühlte, den Pfad hinunterzulaufen.

»Irgendetwas haben wir übersehen«, sagte er in die kalte Luft hinein. »Sie musste in der Hütte sein. Sie hatte ein wenig Vorsprung, sicherlich, aber warum sollte sie verschwinden. Sie hat auf Moreau gewartet.«

Élodie hatte die Augen wieder geöffnet, sie zog die Decke enger um sich.

»Sie war plötzlich weg«, sagte sie, so wie sie es schon die ganze Zeit gesagt hatte.

»Sie, oder er, oder was weiß ich. Wir sind mit dem Wagen hier angekommen, sind den Pfad hoch, sie hatte eine Waffe. Wir sind in den Keller, dann war sie weg.«

Nicolas rieb sich die Müdigkeit aus dem Gesicht.

»Entschuldige bitte, ich frage dich immer das Gleiche. Du

musst dich ausruhen, sag einfach Bescheid, wenn wir loslaufen sollen. Wir haben Zeit.«

Sie sackte wieder in sich zusammen, still und blass, weil sie all das immer noch nicht fassen konnte. Also bot er ihr das, was er hatte: eine Schulter, einen Arm.

»Deine Freundin ...«, murmelte sie plötzlich.

Um sie herum waren jetzt zahlreiche Mitarbeiter der Rechtsmedizin, Männer und Frauen in weißen Schutzanzügen, die weiter oben in die Hütte gingen. Es gab viel zu tun.

Über den verbrannten Leichnam, der einige Meter neben dem Haus auf dem Boden lag, hatte jemand eine goldene Folie gelegt und sie mit Steinen fixiert. Der Wind zerrte daran, aber immerhin hatte der Regen aufgehört.

Nicolas entdeckte Capitaine Clairmont, der ihm zuwinkte und sich auf den Weg zum Restaurant machte, das mittlerweile geöffnet war und den Gendarmen und Kollegen von der Spurensicherung als provisorische Einsatzzentrale diente. Moreau war bereits abgeführt worden, er saß vermutlich in einem der Einsatzfahrzeuge und wartete auf seinen Abtransport.

»Wenigstens haben wir ihn«, murmelte Nicolas. »Entschuldigung, was hast du gefragt, Élodie?«

Sie atmete langsam und mit geschlossenen Augen aus.

»Deine Freundin, ist sie nett?«

Überrascht sah er sie an.

»Julie? Ja, sie ist nett, schließlich ist sie meine Freundin. Ehrlich gesagt ist sie die netteste Person, die ich kenne.«

»Liebst du sie?« Ihre Stimme war matt und voller Müdigkeit.

Nicolas schaute auf das Meer, die Klippen, die jetzt langsam aufscheinenden Sterne, die durch erste Wolkenlöcher zu sehen waren.

»Ja, sehr sogar.«

»Dann pass auf sie auf. Hörst du? Pass gut auf sie auf.«

Unten am Restaurant erreichte Capitaine Clermont seine Leute. Überall waren Einsatzfahrzeuge abgestellt, auch zwei Krankenwagen. In einem von ihnen leuchteten die roten Haare von Jeanne. Er ging zu ihr hinüber und sah sie besorgt an.

»Alles in Ordnung mit Ihnen? Sie sehen ziemlich ... mitgenommen aus.«

Der Sanitäter überprüfte ihren Blutdruck und reckte dann den Daumen nach oben.

»Geht schon, Capitaine«, sagte sie und lehnte den Kopf an die Lehne.

»Ruhen Sie sich aus. Jemand wird sie nach Hause fahren.«

Sie nickte und schloss die Augen.

»Das war verdammt gute Arbeit.«

Sie lächelte, als er ging.

Oben auf dem Plateau über den Klippen begann Élodie, sich zu strecken.

»Wir sollten aufstehen«, sagte sie. »Es wird ziemlich kalt.«

Nicolas half ihr hoch und stützte sie, wobei er sich eingestehen musste, dass er ebenfalls ein wenig Hilfe gebrauchen könnte. Seine Knie waren wacklig, ein Sanitäter hatte ihm einen notdürftigen Kopfverband angelegt. Das Adrenalin ging, die Schmerzen kamen zurück.

»Gut, dass die junge Gendarmin Moreau daran gehindert hat, im Loch zu verschwinden«, sagte Élodie. »Er wollte sich feige aus dem Staub machen. Jetzt kommt er ins Gefängnis, das passt mir besser.«

»Mir auch«, antwortete Nicolas, während sie die ersten langsamen Schritte den Pfad hinunter machten.

»Ich habe ihr viel zu verdanken«, fuhr er fort, während der Wind um sie herum langsam schwächer wurde. »In Cherbourg hat sie mir das Leben gerettet, sie hat einen der Männer von Moreau erschossen, in letzter Sekunde.«

Die Bilder vom Schulhof blitzten auf, der Mann, der über ihm gestanden hatte, die Waffe auf ihn gerichtet, bereit zu schießen.

»Ich dachte, das ist so eine klassische Anfängerin. Mit ihren roten Haaren, den Sommersprossen, sie ist so jung. Aber was sie heute gemacht hat … ich bin froh, dass sie dabei war, ich hoffe, ihr Capitaine kümmert sich um eine Beförderung.«

»Ja, die hätte sie verdient.« Élodie hielt sich an seinem Arm fest, als der Pfad steil bergab ging. Dann sah sie ihn von der Seite an.

»Wieso Sommersprossen?«, fragte sie plötzlich.

Unter ihnen waren die Lichter der Einsatzfahrzeuge zu sehen, ein blaues Flackern lag über der Bucht und erleuchtete das kalte Wasser der Anse des Moulinets.

Er lächelte sie an.

»Na, weil sie Sommersprossen hat, ganz einfach. Ganz hübsch eigentlich, aber wehe, du erzählst Julie, dass ich das gesagt habe!«

Sie lachte kurz auf, schüttelte dann aber nachdenklich den Kopf.

»Nein, tut mir leid. Sie hat definitiv keine Sommersprossen.«

Nicolas rollte die Augen.

»Doch, hat sie.«

Élodie war jetzt stehen geblieben und schaute ihn an.

»Okay, Monsieur Personenschützer. Ich verrate dir ein Geheimnis: Ich stehe auf Frauen. Also so richtig, wenn du weißt, was ich meine. Und ich stehe auf Sommersprossen. Und es gibt nicht sehr viele Frauen mit Sommersprossen, es wäre mir aufgefallen. Nein, die junge Gendarmin hat keine Sommersprossen, so leid es mir für dich tut.«

Sie ging weiter, blieb dann aber stehen, weil Nicolas nicht hinterherkam.

»Kommst du? Mir ist kalt.«
Aber er kam nicht.
Er hörte zu.
Und dachte nach.
Jeanne. Die junge Frau, neu bei der Gendarmerie in Beaumont. Mit Sommersprossen vor dem Zimmer von Gabin, im Krankenhaus von Cherbourg. Ohne jeden Zweifel.
Jeanne. Die junge Frau, neben den Gewölben unter der Hütte. Ohne Sommersprossen. Élodie hatte recht, er sah sie jetzt deutlich vor sich.
Rote Haare, blasse Haut.
»Komm, Nicolas, wir müssen los.«
Clarisse, die Flammenfrau, die hätte da sein sollen. Es aber nicht war.
Nicolas drehte sich in Richtung der Hütte und des Waldes.
Es konnte nicht sein.
Es durfte nicht sein.
Luca war Clarisse.
Und Clarisse war fort.
Aber was, wenn nicht?
»Was ist los, Nicolas? Du siehst aus, als hättest du gerade ein Gespenst gesehen?«
Kein Gespenst. Einen Geist. Geboren aus den Flammen. Der einfach verschwand.

Nicolas rannte los, stolpernd, stürzend, über Wurzeln und Steine fallend, begleitet von den ungläubigen Blicken Élodies. Während weiter unten auf dem Parkplatz Guy Moreau mit geschlossenen Augen in einem Polizeiwagen saß. Er atmete gleichmäßig, versuchte sich zu beruhigen, den Anblick im Gewölbe zu vergessen, die Erinnerungen zu verdrängen an seinen Vater, an die Stunden in dem Loch, an die Schmerzen auf seiner Haut, wenn die Flamme wieder angegangen war.
Und er sich selbst verbrannte, nur um etwas zu spüren.

Eine Träne rann ihm übers Gesicht.
Es war vorbei.
Die Fahrertür wurde geöffnet, kalte Luft strömte herein.
»Geht es endlich los«, fragte er unwirsch. Er hatte keine Lust mehr, hier zu warten, begafft zu werden von den Einsatzkräften um ihn herum.
»Ja. Es geht jetzt los. Endlich.«

Nicolas stürzte aus dem Wald, es war immer noch weit bis nach unten, der Pfad wand sich den Hügel hinab. Er sah Clairmont, der zwischen seinen Männern stand, er schrie in ihre Richtung, brüllte ihnen zu, legte sich mit dem Wind an.
Und rannte weiter.

Moreau setzte sich aufrecht hin, als er die Frau sah.
»Was machen Sie denn hier?«, fragte er, während sich die Frau hinter dem Steuer langsam umdrehte und ihn anlächelte.
Und da erkannte er sie.
Langsam griff sie in ihre Haare und zog die Perücke vom Kopf. Ihre braunen, schulterlangen Haare kamen zum Vorschein, ihr Blick veränderte sich, wurde hart und unnachgiebig.
Und da begriff er, dass er verloren war.
Auf ewig und immer verloren, in einem grell lodernden Fegefeuer.
»Hallo Vater.«

KAPITEL 33

Im Hinterland des Cotentin

Die Kolonne der Einsatzfahrzeuge von Zoll und Police Nationale war wenige Minuten zuvor am Port Racine aufgebrochen und fuhr jetzt durch das in tiefer Dunkelheit liegende Hinterland der Kap-Region. Es waren mindestens ein Dutzend Fahrzeuge, vorneweg ein Mannschaftsbus der Spezialkräfte. Weitere Polizisten waren noch rund um die »Tortuga« in der Anse Saint-Martin im Einsatz, wo in den kommenden Stunden die Kisten umgeladen werden würden.

Valerie Colin steuerte den dunklen Dienstwagen des Commissariat inmitten des Konvois durch die engen Straßen. Einzelne Weiler tauchten aus der Dunkelheit auf, Höfe, die seit Jahren verlassen waren, weil der Sturm die Landschaft zu sehr im Griff hatte.

Roussel saß mit geschlossenen Augen, den Kopf an die Scheibe gelehnt, neben ihr und atmete ruhig und gleichmäßig. Sie betrachtete ihn für einen Augenblick und fragte sich, was daraus werden würde.

Ein Abendessen, sicherlich. Vielleicht aber auch mehr.

Capitaine Clairmont hatte sie vor einer halben Stunde über die Geschehnisse in der Hütte informiert. Sie hatten Moreau, Nicolas hatte Élodie gerettet.

Es war ein guter Tag, sie würden auch die Flammenfrau kriegen, früher oder später.

Roussels Handy klingelte.

Er zuckte kurz, fuhr sich müde übers Gesicht und nahm dann den Anruf entgegen.

»Nicolas, was gibt's?«

Er hatte auf laut gestellt, hätte es aber nicht tun müssen. Denn Nicolas war laut genug, er schrie ins Telefon: »Roussel, wir haben uns getäuscht. Die Flammenfrau, ich hatte sie fast. Sie hat Moreau!«

Sofort war Roussel hellwach, und auch Valerie umfasste ihr Lenkrad, als könnte sie damit den Verlauf der kommenden Ereignisse beeinflussen.

»Hört mir zu: Es ist Jeanne. Jeanne Lefèvre, die junge Gendarmin aus Beaumont. Sie ist die Flammenfrau.«

Roussel schüttelte den Kopf.

»Moment, ich dachte, es ist dieser Luca, der dann zu Clarisse wurde?«

»Es ist ein und dieselbe Person«, erklärte Nicolas. »Sie hat uns alle getäuscht. Sie hat ihren Vorsprung genutzt und sich hinten aus der Hütte durch den Wald geschlichen, zurück zur Straße, wo sie sich im Wagen wieder in Jeanne verwandelt hat. Sie ist unfassbar gerissen. Sie hat es geschafft, Moreau zu entführen, und jetzt ist sie mit ihm unterwegs.«

»Scheiße!«, rief Valerie und hieb auf das Lenkrad ein. »Wohin bringt sie ihn?«

»Vermutlich in die Höhle, wo sie auch die anderen gequält hat«, sagte Roussel.

»Wo bist du jetzt, Nicolas?«

»Ich bin im Wagen, aber ich brauche eure Hilfe. Es gibt nur eine Person, die uns vielleicht sagen kann, wohin sie ihn bringt.«

»Ihre Stiefmutter«, folgerte Valerie sofort. »Aber die ist unauffindbar, wir wissen nicht, wo Moreau und seine Männer sie versteckt haben.«

Roussel begriff als Erster, was Nicolas von ihnen wollte.

»Halt sofort den Konvoi an, Valerie.«

»Wie bitte?« Völlig perplex blickte sie ihn an.

»Nicolas, ich rufe in zwei Minuten zurück.«

»Beeilt euch«, sagte Nicolas. »Sie wird ihn foltern und töten.«

»Deswegen hält Valerie jetzt den Konvoi an.«

Roussel beendete das Gespräch und drehte sich zu seiner Kollegin um.

»Jetzt. Sofort.«

Mit quietschenden Reifen kam die Wagenkolonne zum Stehen, nachdem Valerie über Funk den Befehl erteilt hatte. Der Konvoi stand für einen kurzen Augenblick in vollkommener Dunkelheit, die Fahrzeuge mit laufendem Motor.

Roussel stieg aus dem Wagen, mit einigen schnellen Schritten war er bei dem Mannschaftsbus, in dem die vier Schmuggler saßen. Er hieb gegen die Tür, bis endlich einer der Beamten die Tür öffnete.

»Gebt mir einen raus, völlig egal wen.«

»Kollege, was soll das? Wir haben genaue Anweisungen.«

»Gib mir einen von den Kerlen raus, verdammt nochmal! Wir haben keine Zeit für euren Bullshit.«

»Kollege, das ist ein Befehl.« Valerie war aus der Dunkelheit aufgetaucht und sah den Mann an. Der zögerte kurz, drehte sich dann zu einem seiner Kollegen. Sie hörten das Klirren von Ketten und schließlich Schritte, als einer der Männer zu ihnen gebracht wurde.

»Mitkommen«, befahl Roussel, packte ihn und zerrte ihn von der Laderampe.

»Hey! Verdammt, was soll das!«

»Halt die Klappe.«

Roussel entfernte sich einige Meter von dem Konvoi und drehte den Mann so zu sich um, dass er ihm direkt ins Gesicht sehen konnte. Er war noch jung, hatte schwarze Haare und trug einen Dreitagebart.

»Hör zu, ich stelle dir jetzt eine Frage. Eine einzige, ist das klar?«

Der Mann runzelte die Stirn.

»Ich verstehe nicht ...«

Roussel schlug ihm mit der flachen Hand ins Gesicht.

»Ob du mich verstanden hast, Vollidiot!«

»Roussel ...«

Valerie stand jetzt direkt hinter ihm.

Der Mann schluckte schwer und nickte schließlich.

»Okay. Du antwortest richtig und gehst wieder in den Bus, wir legen ein gutes Wort für dich ein, die anderen kriegen nichts mit.«

»Und wenn nicht?« Der Mann straffte sich, wollte seinen Stolz wahren.

»Dann schieß ich dir eine Kugel ins Knie. Auf der Flucht. Keiner hier wird dir glauben, dass es anders war.«

»Ihr spinnt doch, dass könnt ihr nicht ...«

»Wo hatte Moreau sich versteckt? Keine Sorge, wir haben ihn schon längst. Wir wollen nur wissen, wo dieser Ort ist.«

»Ich ...«

Roussel zog seine Waffe, er spürte, wie Valerie neben ihm unruhig wurde.

»Dreh dich um, ich muss dir von hinten ins Knie schießen.«

»Warte! Es ist hier in der Nähe. Eine alte Mühle, ist nicht zu verfehlen! Ich sag euch die Adresse!«

Roussel ließ ihn noch einige Sekunden in der Dunkelheit stehen, dann zerrte er den Mann zurück zum Bus und stieß ihn hinein.

»Er redet nicht, es hat keinen Sinn«, sagte er, so, dass die drei anderen Schmuggler es hörten.

Kurz darauf gab Valerie das Signal zum Weiterfahren, während Roussel Nicolas anrief und ihm eine Adresse durchgab.

Sie beschleunigte ihren BMW und schoss an der Kolonne vorbei, als die Straße etwas breiter wurde. Hinter ihnen folgten zwei Fahrzeuge, in denen Beamte aus ihrem Commissariat saßen.

Roussel schnallte sich an und stierte in die Dunkelheit.

»Ich hasse so was«, murmelte er.

»Ich auch«, antwortete Valerie. »Aber du hast es gut gemacht.«

Sie erreichten den Ort, den der Mann ihnen genannt hatte, nur wenige Augenblicke vor Nicolas. Valerie parkte den Wagen vor der Einfahrt, die auf ein großes Gelände führte. Roussel überprüfte seine Munition, während Valerie aus dem Kofferraum die Schutzwesten holte. Sie beriet sich mit ihren Kollegen, worauf einige das Gelände umrundeten.

»Die anderen sichern uns ab. Roussel, Nicolas und ich gehen zuerst rein, die anderen danach. Ah, da ist er ja schon. Dann kann es ja losgehen.«

Nicolas parkte seinen Wagen mit ausgeschalteten Scheinwerfern, dann kam er zu ihnen. Während er sich ebenfalls eine kugelsichere Weste anzog, schaute Roussel ihn skeptisch an.

»Du siehst scheiße aus, Bodyguard.«

»Erzähl mir was Neues.«

»Du solltest nochmal duschen, bevor du morgen in den Zug steigst.«

Nicolas lächelte knapp und deutete in Richtung der dunklen Windräder einer Mühle.

»Wir müssen uns beeilen. Clarisse hat ihren Vater jetzt seit einer guten halben Stunde. Wenn wir Pech haben, hat sie schon mit ihrer Bestrafung begonnen. Wir müssen Agnès schnell finden, nur sie kann uns helfen, ihn zu retten.«

»Dann sollten wir keine Zeit verlieren.« Valerie überprüfte den Sitz ihrer Weste und zog ihre Waffe. »Hoffen wir, dass Moreau nicht viele Männer hiergelassen hat.«

Geduckt liefen sie auf das Haus zu, über eine kleine Schotterstraße, vorbei an rostigen Traktoren und einer verlassenen Scheune. Vor ihnen lag ein Wohnhaus, aus zwei Zimmern im Erdgeschoss und im ersten Stock drang schwaches Licht nach draußen.

Vorsichtig umrundeten sie das Haus, Roussel schlich sich an ein Fenster heran und blickte ins Innere. Er hielt zwei Finger in die Luft, Valerie nickte ihm zu.

Sie zogen sich hinter einen der Traktoren zurück.

»Wie machen wir es?«, fragte Valerie leise. Sie wusste, dass dies hier eher Roussels Terrain war, ein Einsatz ohne große Umwege, geradeheraus, dem Ziel schnell entgegen.

»Sie haben ihre Waffen auf dem Tisch abgelegt, die Trottel«, sagte Roussel. »Wir gehen direkt rein, du und ich, Valerie. Nicolas, du siehst oben nach. Die anderen folgen uns.«

Sie blickten sich kurz an, schließlich zuckte Valerie mit den Schultern.

»Dann lass es uns so machen, mir fällt nichts Besseres ein.«

Im Nachhinein würde Nicolas immer wieder sagen, dass es kein guter Plan gewesen war. Zu risikoreich. Und doch hatte es funktioniert.

Roussel stürmte ohne Vorwarnung durch die Tür, gefolgt von Valerie und ihren Männern, die ihn sicherten und die Waffen vom Tisch fegten. Bevor die beiden Männer, die ferngesehen hatten, reagieren konnten, lagen sie bereits am Boden.

Nicolas war über die Treppe im Flur nach oben gegangen, seine Waffe in der Hand. Er erreichte das obere Stockwerk und sah hinter einer der Türen Licht.

Leise Musik war zu hören – klassische Musik.

Vorsichtig schlich er sich zur Tür, lauschte kurz und drückte leise die Klinke herunter.

Agnès Moreau lag mit geschlossenen Augen auf dem Bett. Sie hatte die Hände auf den Bauch gelegt, ein alter Schallplattenspieler stand in der Ecke.

»Oh nein ...«

Auf ihrem Nachttisch lag eine leere Packung Schlaftabletten, daneben ein großes Glas Wasser, das fast leer war. Nicolas sprang zu ihr, aus ihrem Mundwinkel lief weißer Schaum.

»Auf keinen Fall!«, rief er lauf, »Sie sterben jetzt hier auf keinen Fall!«

Er packte sie und drehte sie zur Seite, während er ihr die Finger in den Mund steckte und Tabletten herausbeförderte. Sie hatte die meisten davon bereits geschluckt, sie war kreidebleich, und ihre Augen flackerten.

Es war noch nicht zu spät.

»Wir brauchen sofort einen Krankenwagen!«, rief er nach unten und schlug sie leicht ins Gesicht.

»Aufwachen, kommen Sie! Ich brauche Sie, jetzt, wir brauchen Sie, los jetzt!«

Wieder versetzte er ihr einen kleinen Schlag, er massierte ihre Hände, holte weitere Tabletten aus ihrem Mund und kippte sie erneut zur Seite.

»Kommen Sie schon!«

Agnès Moreau erbrach sich, hustend, sie japste nach Luft, er spürte, wie ihr zerbrechlicher Körper zitterte. Nicolas hielt sie, hielt ihre Hände, die sich ihm zu entziehen versuchten, er sah ihren panischen Blick.

»Lassen Sie ... mich!«

Sie wollte sich aus seiner Umklammerung befreien, wieder kam ein Schwall Tabletten aus ihrem Mund.

»Ich kann Sie nicht sterben lassen, hören Sie? Es geht um Clarisse. Sie hat ihn, sie hat Ihren Mann!«

Es schien, als würde die Antwort wie durch einen dichten Schleier zu ihr durchdringen, als wäre jedes einzelne seiner Wörter so schwer wie Blei.

»Wo bringt sie ihn hin! Clarisse, wo bringt sie Moreau hin!«

»Ich will sterben!«

Sie schrie ihn an, schlug um sich, hustete dabei weißen Schleim, stieß das Wasserglas vom Nachttisch.

Valerie war nach oben gekommen.

»Der Krankenwagen kommt«, sagte sie, während sie hilflos vor dem Bett stand, auf dem jetzt Nicolas über der zusammengesunkenen Frau kniete.

»Sie können jetzt nicht sterben! Wo bringt sie ihn hin?«

»Nicolas, lass sie, das hat doch keinen Sinn.«

»Nein, wir müssen …«

Sie griff nach seiner Schulter, zog ihn sanft von der Frau weg, die sie beide anstarrte.

»Es ist gut, Madame Moreau. Es wird alles gut. Sie müssen nicht sterben.«

Die Augen der Frau waren mit Tränen gefüllt, sie war völlig verzweifelt. Valerie setzte sich neben sie auf das Bett und nahm ihre Hand.

»Trinken Sie.«

Sie hob das Glas auf, füllte es mit Wasser aus einer Flasche und reichte es Agnès Moreau. Mit gierigen Schlucken trank sie es aus, nur um kurz darauf in einen Weinkrampf zu verfallen.

»So ist es gut. Holen Sie tief Luft.«

Nicolas atmete schwer, er spürte, dass er den falschen Weg gewählt hatte. Aber er hatte keine Wahl gehabt, sie durfte nicht sterben. Auch wenn sie es offenbar so sehr wollte. Weil alles um sie herum nur noch Finsternis war.

Noah, der Sohn, den sie verloren hatte, im Sturm. Der hatte fliehen wollen vor dieser Familie.

Alles war fort. Und sie wollte folgen. Aber nicht jetzt.

»Madame Moreau. Wir wollen nur wissen, wohin sie ihn bringt. Kennen Sie einen Ort, der für sie eine besondere Bedeutung hat. Eine Art Höhle vielleicht?«

Die Frau atmete laut. Schloss die Augen. Öffnete sie wieder.

»Dort, wo er sie hingebracht hat. Damals.«

Nicolas hielt die Luft an.

»Und wo ist das, Madame Moreau? Wohin hat Ihr Mann Clarisse damals gebracht?«

»Zu den Schnecken«, brachte sie schließlich hervor. »In die Schneckenhöhle.«

Valerie schaute Nicolas an.

»Und wo ist diese Höhle?«

Wieder schloss Agnès Moreau die Augen.

»Es ist keine Höhle«, sagte sie schließlich. Es war jetzt kaum mehr als ein Flüstern.

»Es ist ein Bunker. Direkt vor dem Hafen. Es gibt Schnecken dort und Fledermäuse. Dorthin hat er sie gebracht, in seinen schlimmen Jahren. Ich habe es nie verstehen wollen, ich habe ihn geliebt. Lassen Sie mich einfach nur sterben, ich will zu Noah.«

Valerie stand langsam auf.

»Es kommt sofort jemand, Madame Moreau. Bleiben Sie einfach liegen. Es kommt ein Krankenwagen, jemand wird Sie versorgen.«

Sie gab Nicolas ein Zeichen, das Zimmer zu verlassen, Agnès Moreau blieb zurück.

»Ich weiß, wo das ist«, sagte Valerie, während sie die Treppe hinunterstiegen. »Ich hätte schon früher darauf kommen können: kein felsiger Untergrund, sondern Beton.«

»Von welchem Ort redest du?«, fragte Nicolas, während er versuchte, mit ihr Schritt zu halten.

»Von der Pelée Insel, direkt vor Cherbourg. Es ist Teil des

gigantischen Wellenbrechers vor dem Hafen, weit draußen auf dem Meer. Aber sie irrt sich, es ist kein Bunker.«

»Was ist es dann?«

Valerie trat aus der Tür der alten Mühle in die Dunkelheit und drehte sich zu ihm um.

»Es ist eine Festung, Nicolas. Eine verdammte Festung aus Beton und Fels.«

KAPITEL 34

Auf den ersten Kilometern, die sie in Richtung der Festung auf der Insel von Pelée unterwegs waren, sprachen sie kein Wort. Valerie steuerte den BMW mit hohem Tempo durch die schmalen Straßen des Hinterlandes, vorbei an meterhohen Hecken und durch kleine Ortschaften, in denen die Menschen in ihren Häusern schliefen, als wäre dies eine Nacht wie jede andere. Kilometer um Kilometer ließen sie das Ende der Welt hinter sich, bis sie endlich auf die ausgebaute Nationalstraße in Richtung der Lichter von Cherbourg einbogen.

Nicolas, der auf der Rückbank saß, sah die Schatten an seinem Fenster vorbeirauschen, einzelne Lichter, die wie versprengte Glühwürmchen in der ansonsten dunklen Nacht aufblitzten.

Der Krankenwagen, der Agnès Moreau versorgen würde, war ihnen entgegengekommen, zwei Einsatzfahrzeuge der Gendarmerie ebenfalls. Die beiden Männer im Haus hatte Roussel an die Heizung gekettet und dort zurückgelassen.

Während die ersten Häuser von Cherbourg näher kamen und Valerie ihr Blaulicht auf das Dach setzte, wussten sie nicht genau, was sie erwartete, sie wussten nur, dass sie mit dem Schlimmsten rechnen mussten.

Clarisse Moreau, die sie alle so sehr in die Irre geführt hatte, die immer unter ihnen gewesen war, entweder als Küchenhilfe in Barfleur oder als Gendarmin: Sie hatte ihren Vater jetzt seit mehr als einer Stunde in ihrer Gewalt. Eine Stunde, die ausreichte, um einem Mann höllische Schmerzen zuzufügen.

»Erzähl uns etwas über diese Festung«, sagte Nicolas schließlich, um die deprimierende Stille zu vertreiben.

Valerie blickte ihn im Rückspiegel an, während der Wagen jetzt durch die Vororte raste.

»Pelée ist ursprünglich ein Fort aus dem 18. Jahrhundert. Es gehört zur Befestigungsanlage von Cherbourg, weit draußen vor dem Hafen. Aber lasst euch nicht vom Begriff ›Insel‹ beirren. Über den riesigen Wellenbrecher, der weit hinaus ins Meer ragt, kann man sogar mit dem Auto zu der Festung gelangen.«

»Das heißt, Clarisse Moreau kann da jetzt einfach so mit dem Auto hinfahren und reinspazieren?«, fragte Roussel.

Valerie schüttelte den Kopf.

»Nein, Pelée ist militärisches Sperrgebiet, da kommt man nicht einfach so rein, auch nicht nachts. Der Eingang wird streng bewacht, weil sich immer wieder Unbefugte dort herumgetrieben haben, um zu feiern oder Ähnliches. Nein, sie muss auf einem anderen Wege rein- und rausgekommen sein.«

»Und wie?«, fragte Roussel, während er sich an den Haltegriff klammerte, weil Valerie in diesem Augenblick scharf in die Zufahrtstraße zum Hafen abgebogen war.

»Mit einem Boot«, sagte Nicolas, und Valerie nickte ihm zu.

»Das Fort liegt ideal für sie, genau in der Mitte zwischen Barfleur und dem Cap de la Hague. Von der Stadt aus ist es nicht zu sehen, wenn jemand von hinten mit einem kleinen Boot an der Festung anlegt. Schon gar nicht nachts. Es ist der ideale Ort, um jemanden gefangen zu halten, ihn zu quälen und dann seine Leiche über das Meer fortzubringen.«

Mit quietschenden Reifen bremste sie den Wagen am Ende des Kais ab.

»Endstation, alle Mann umsteigen.«

Als Nicolas aus dem Wagen stieg, sah er die flatternden

Segel direkt neben sich. Der private Teil des Hafens von Cherbourg war voll mit Segelbooten, kleinen Jollen und größeren Zweimastern. Auch einige Schnellboote waren hier festgemacht, darunter eines der Hafenbehörde, das auf sie wartete.

Immer noch schlug der Regen hart gegen die Planken zwischen den Schiffen, im Hintergrund schienen die großen Lastenkräne am Verladeterminal im Wind zu schwanken.

»Ich bin mir sicher, dass sie auch mit einem Boot rüber ist«, schrie Valerie durch den Sturm. »Hier passt niemand so richtig auf, da hat sie immer eins gefunden. Los geht's! Und wehe, einer wird seekrank!«

Nicolas sprang hinab an Deck des Motorboots, dessen schmaler Rumpf bereits in Richtung Hafenausfahrt gedreht war. Roussel beäugte den Wellengang bereits misstrauisch.

»Seetauglich?«, rief er ihm zu und hielt sich selbst an der Reling fest.

Der bärbeißige Kommissar warf ihm einen finsteren Blick zu.

»In dieser verdammten Geschichte bleibt einem aber auch nichts erspart. Und jetzt hör auf zu grinsen, Bodyguard, wir werden sehen, wer zuerst im Wasser landet!«

Valerie nickte dem Schiffsführer zu, und das Boot rauschte wenige Sekunden später durchs Hafenbecken, hinaus zu den Wellenbrechern, die wie ein Schutzwall um die Stadt gelegt waren.

Valerie rückte näher an Nicolas heran, während er sich krampfhaft am Dach des Schnellbootes festhielt, damit er sie besser verstand: »Dahinten siehst du das Fort de Chavagnac, auf der linken Seite. Dann in der Mitte das Fort de l'Ouest und das Fort de l'Est, links und rechts vom Befestigungswall.«

In der Ferne waren die massigen Umrisse der Wachinseln

zu sehen, große Betonklötze, die aus dem Meer ragten wie der gepanzerte Kopf einer Riesenechse.

Das Boot beschleunigte weiter, Roussel hatte sich zum Schiffsführer in die Kabine gestellt, Wasser spritzte über die Reling, das Boot schnellte über Wellenberge und tiefe Täler, während sie immer weiter in die Dunkelheit vordrangen.

»Und da ist Pelée!«

Valerie zeigte nach vorne, wo sich aus der Dunkelheit ein wahres Monster schälte, eine Felsenburg, die breit und satt in der See lag, bereit, es mit allem aufzunehmen, was vom Meer losgelassen wurde.

Nicolas starrte auf die abgerundeten Betonmauern, auf die Schießscharten und die Metalltore, die bis zum Wasser hinabreichten.

Valerie hatte recht gehabt, dies war kein Bunker. Pelée war eine dunkle, uneinnehmbare Festung, ein Koloss aus Beton und Stein, gebaut, um die Stadt zu beschützen. Grau ragten die Wände in den Himmel. Nicolas konnte einzelne Gebäude erkennen, die ineinander übergingen, endlose Mauern.

Es war eine der beeindruckendsten Konstruktionen, die er je gesehen hatte, so massig, so kraftvoll.

Und zugleich schien sie nichts Gutes zu verheißen.

»Sie haben es damals auch als Gefängnis benutzt«, schrie Valerie ihm gegen den Wind zu. »Stell dir vor, du bist dort drinnen und schaust heraus. Nichts als Mauern und Meer.«

Nicolas drehte sich um, am Hafen zuckten die Blaulichter.

»Wir können nicht auf die Spezialkräfte warten!«, rief er Valerie zu, und sie nickte entschlossen. Roussel trat ins Freie, er war blass, aber immerhin auf den Beinen.

Plötzlich schrie er gegen den Wind an: »Seht ihr das Tor dahinten? Die beiden riesigen Stahltore, die rechte Seite hängt schief! Gerade genug Platz für ein kleines Boot!«

Jetzt sah auch Nicolas das Schlupfloch: In den grauen Mauern war ein Durchgang, dort, wo zwei rostige Eisentore nicht vollständig geschlossen waren. Als sie etwas näher kamen, sahen sie einen Lichtschein, ein leichtes Flackern.

»Sie ist dort drinnen«, sagte Roussel und straffte sich.

Valerie machte dem Schiffsführer ein Zeichen, und er steuerte das Schnellboot behutsam durch die Öffnung, mitten hinein ins dunkle Herz der Festung.

Auf einem steinernen Absatz, direkt hinter dem Tor, waren zwei Kerzen entzündet worden. Ihr Schein zitterte durch die Dunkelheit, sie drohten jeden Moment zu verlöschen.

Gestank kam ihnen entgegen, das Wasser schwappte gegen den Schiffskörper.

Weiter hinten wurde das Licht verschluckt, alles lag in Dunkelheit.

»Dieser Gestank, was ist das?«, murmelte Roussel.

»Ich mache den Scheinwerfer an«, sagte der Schiffsführer und griff nach einem Schalter neben dem Steuerrad.

»Nicht!«, schrie Nicolas.

Aber es war zu spät.

Das Licht des Suchscheinwerfers flutete das Innere der Festung. Es wanderte über die Wände, die über zwanzig Meter hoch waren, über dunkle Treppenaufgänge und in Gänge, die von dem gigantischen Wasserbecken abgingen.

Es wanderte weiter hoch, bis zur Decke. Und plötzlich hörten sie einen Flügelschlag, dann einen zweiten … Nicolas hatte sie nicht gesehen, aber der Gestank hatte ihn an etwas erinnert, und nun wusste er, was zu tun war.

»Alle auf den Boden legen!«, schrie er und zerrte Valerie mit sich. Die Dunkelheit schien sich zu bewegen, leichte Wellen schoben sich über ihnen zusammen.

Weil jetzt weitere Flügel schlugen und ein Tosen und Brausen entstand, wie sie es noch nicht gehört hatten.

Und dann waren sie schon über ihnen.

Panisch und aufgebracht, gestört in ihrer Ruhe, flatterten hunderte Fledermäuse herum, es war ein Strudel aus schwarzen Körpern, aus spitzen Zähnen und aus Flügeln, die die Luft durchschnitten. Nicolas zerrte sich die Jacke über den Kopf, er drückte Valerie mit der rechten Hand weiter hinunter, so lange, bis der Sturm vorüber und die Tiere in einen anderen Winkel der Festung geflohen waren.

Nach und nach trauten sie sich aus ihrer Deckung. Sofort schalteten sie den Scheinwerfer aus, um nicht noch weitere Bewohner aufzuscheuchen. Die Taschenlampen, die der Schiffsführer verteilte, konnten die Dunkelheit jedoch kaum durchdringen. Neben ihnen gluckste das dunkle Wasser.
»Jetzt weiß sie, dass wir kommen«, sagte Roussel mit grimmigem Unterton.
»Da!«
Valerie zeigte auf einen der Gänge, der in der hinteren Ecke von der großen Halle abging. Ein leichtes Glimmen war von dort zu sehen.
Nicolas rappelte sich auf und zog seine Waffe.
»Sie wird auf uns warten. Hoffen wir, dass sie noch nicht angefangen hat.«

Doch seine Hoffnung war vergebens. Als sie gerade festen Boden unter den Füßen hatten und an einem kleinen Schnellboot vorbeikamen, das Clarisse offenbar für die Überfahrt benutzt hatte, hörten sie den durchdringenden Schrei eines Mannes. Es lag so viel Schmerz darin, dass es Nicolas eiskalt in die Glieder fuhr.
»Das ist Moreau«, sagte Valerie mit dunkler Stimme. Sie hatte ebenfalls ihre Waffe gezogen. »Wir haben keine Zeit mehr, sie bringt ihn um.«
Erneut war ein Schrei zu hören, voller Qual und Panik.
Die Flammenfrau hatte sich an die Arbeit gemacht. Sie

wollte beenden, was Moreau selbst begonnen hatte, vor so vielen Jahren.

Als sie den Gang erreichten, knirschte es unter ihren Füßen. Nicolas beleuchtete den Boden, der bunte Lichtreflexe zurückwarf.

»Purpurschnecken«, flüsterte Roussel, während er weiterging.

Sie folgten dem Gang, der von Kerzen beschienen war, dicke weiße Friedhofskerzen, die auf dem Boden verteilt waren.

»Er schreit nicht mehr«, flüsterte Valerie jetzt, als sie weitergingen. »Vielleicht kommen wir zu spät.«

Aber sie irrten sich. Sie kamen nicht zu spät.

»Ihr kommt genau richtig.«

Die Stimme, die sie empfing, bevor sie den Raum überhaupt betreten hatten, war ruhig und ohne jede Boshaftigkeit. Für einen Augenblick hatte Nicolas das Gefühl, dass hinter dem Knick, den der Gang jetzt nach links machte, Luca stehen würde, mit einem Tablett voll schmutzigem Geschirr.

Er hätte viel darum gegeben, jetzt einfach ins »Café du Port« gehen zu können, mit Tito an einem Tisch zu sitzen und auf das Hafenbecken zu schauen.

Aber er war hier, inmitten einer Festung auf dem Meer, und hinter dem Knick wartete nicht Luca.

Sondern Clarisse.

»Ich habe gewusst, dass ihr kommt, wenn auch nicht so schnell. Aber es ist gut so, ihr sollt das Ende ja miterleben.«

Ihre Stimme war jetzt höher, kräftiger, selbstbewusster. Nicolas sah Jeanne Lefèvre vor sich, die junge Gendarmin mit den roten Haaren, die noch vor wenigen Stunden in der Schutzhütte oberhalb der Klippen direkt neben ihm gestanden hatte.

Sie hatte die ganze Zeit gewusst, was sie erwartete, sie

hatte selbst die Spuren gelegt, hatte sich seit langem vorbereitet auf diesen Augenblick.

Zwei Menschen.

Ein Ursprung.

Ein alles vernichtendes Feuer.

Nicolas spürte einen leichten Windzug, als sie aus dem Gang heraustraten und einen kreisrunden Raum betraten. Die Wände waren aus dunklem Stein, glatt und ohne sichtbare Ausgänge. Einige Fackeln steckten in Halterungen, ihr flackender Schein warf gezackte Schatten auf den Boden, der von kleinen, farbigen Purpurschnecken übersät war.

Es knirschte unter ihren Füßen, als sie langsam in den Raum traten, mit gezogenen Waffen und klammen Herzen, angesichts dessen, was ihnen bevorstand.

Der letzte Akt.

Und sie würden dabei sein, nicht in der ersten Reihe, sondern mitten auf der Bühne. Dieser lodernden und nach verbranntem Fleisch stinkenden Bühne.

»Herzlich willkommen auf Pelée«, sagte Clarisse jetzt mit rauer Stimme.

Die Flammenfrau stand mit ausgebreiteten Armen in der Mitte des Raumes und schenkte ihnen ein warmes Lächeln, als wären sie lang ersehnte Gäste. Sie hatte ihre rote Perücke abgelegt, die Haare darunter waren gerade mal schulterlang und kastanienbraun. Ihr Gesicht wurde vom Licht der Fackeln beschienen, ihre Augen funkelten, zufrieden, glücklich.

Es war der Blick einer Wahnsinnigen, geprägt durch ein Leben im Schatten der Flammen.

Nicolas merkte, wie Roussel sich langsam nach links bewegte, Valerie nach rechts. Genau wie Nicolas hatten sie ihre Waffe in beiden Händen und zielten auf Clarisse. Doch die junge Frau schien siegessicher. Sie trug eine weiße Leinenhose, ein weißes Top, ihre Arme waren zu sehen, die Haut an ihrem Bauch, der Hals, der Brustkorb. Es war der Körper einer geschändeten Frau, aufgefressen von den Flammen, angenagt vom Feuer. Und sie war nicht die einzige Gebrandmarkte im Raum.

Guy Moreau hing an zwei Ketten direkt neben ihr, sein Kopf war auf den Brustkorb gesackt, sein Atem ging schwer. Seine Augen waren zwar offen, die Pupillen aber verdreht, er war kaum bei Bewusstsein.

Clarisse hielt die Dienstwaffe der Gendarmerie in der rechten Hand, den Lauf ihrer Waffe presste sie an Moreaus Ohr.

»Bleibt dort, ich erschieße ihn sofort. Was schade wäre, denn ich bin leider nicht fertig geworden, bevor ihr kamt, ich fange gerade erst an.«

Nicolas lief ein Schauer über den Rücken, weil die Frau, die so Grausames anrichtete, mit einer fast kindlich unschuldigen Stimme sprach. Als würde sie über eine Zeichnung für die Schule sprechen und nicht über den Körper ihres Vaters.

Moreau war nackt.

Seine Haut war ebenfalls von Brandmalen gezeichnet, am Oberkörper, an den Armen und Beinen. Nicolas stellte sich vor, wie er als Kind in dem Verschlag im Keller gesessen hatte, wo das Feuerzeug sein einziger Begleiter gewesen war.

Es war aber auch noch etwas anderes zu sehen: Zwei schwarze, verschmorte Stellen am Brustkorb – frische Wunden. Sie konnten das Fleisch sehen, die Verbrennung riechen.

Sie waren in der Hölle angekommen.

»Es ist vorbei«, sagte Valerie jetzt, ihre Stimme hallte von den Wänden wider. »Treten Sie zurück, Clarisse. Machen Sie ihn los.«

Die Frau, die vor ihnen stand, runzelte die Stirn, während Roussel und Valerie einen weiteren Schritt auf die junge Frau zumachten.

»Vorbei?«, sagte sie verwundert.» Nein, es kann nicht vorbei sein, ich bin doch noch gar nicht fertig. Mit ihm! Hört ihr! Ich muss fertig werden! Er ist der Wichtigste!«

Plötzlich schrie sie, Schweiß stand ihr auf der Stirn. Ihre Augen funkelten jetzt, in der anderen Hand hielt sie einen kleinen Bunsenbrenner, mit dem sie Moreau offenbar die ersten Wunden zugefügt hatte. Nicolas zielte auf ihren Oberkörper, den Finger am Abzug. Aber immer noch hielt sie ihre Waffe fest an Moreaus Kopf.

Über die knackenden Purpurschnecken hinweg machte er einen Schritt nach vorne.

Clarisse lachte jetzt, laut und bösartig.

»Ihr Narren«, sagte sie und hielt ihren Bunsenbrenner über Moreaus Körper. »Ihr sucht immer einen Täter. Und ein Opfer. Das sind die Eckpfeiler eurer Welt. Böse und gut, fein säuberlich getrennt. Das ist euer Mantra, nicht wahr? Bleibt stehen!«

Sie spielte mit dem Bunsenbrenner, hielt ihn nah an Moreaus Haut. Ihr Vater stöhnte leise, sein Blick flackerte, seine Füße zuckten.

»Aber hier, in diesem Raum, stehen zwei Täter. Und zwei Opfer! Versteht ihr? Hier endet eure Logik, hier kommt ihr nicht weiter mit euren Ermittlungen, euren Fragen!«

Valerie war stehen geblieben, auch Roussel bewegte sich nicht. Zu dritt standen sie ihr gegenüber, auf der Suche nach einem Ausweg aus dieser Hölle. Nicolas' Blick wanderte durch den Raum, zu Moreau, zu der Kette, mit der er gefesselt war, zu den Fackeln an der Wand.

Da war wieder ein Luftzug, das Glucksen von Wasser, irgendwo hinter Clarisse.

Sie sprach weiter, mit kalter Stimme, während die Flamme nur wenige Millimeter über Moreaus Haut zischte.

»Mein Vater ist ein böser Mensch. Ich weiß, warum, aber es entschuldigt nichts.«

»Erzähl uns davon, Clarisse. Wir möchten wissen, was passiert ist.«

Sie versuchten Zeit zu gewinnen, Zeit, um einen Plan zu entwickeln.

»Ihr wisst es längst! Ihr habt es nur nicht zu Ende gedacht! Großvater hat damit angefangen, wenn er von der See zurückkam. Er hat ihn in den Korb gesteckt, ihn runtergelassen in das Loch, weil er ihn härter machen wollte. Und er hat ihn verbrannt, zuhause im Keller, bei seinen Kuscheltieren versteht ihr? Es sollte ein Mahnmal sein, ein Zeichen seiner Schwäche, wenn er nicht parierte!«

»Und dann, Clarisse? Was ist mit dir passiert?«

Immer wieder fuhr der Bunsenbrenner dicht über Guy Moreaus Haut, er stöhnte, war kaum bei Bewusstsein.

Nicolas krümmte immer wieder seinen Finger am Abzug, aber er konnte nicht garantieren, dass sie nicht ebenfalls abdrücken würde.

»Er hat mich auch verbrannt«, sagte sie, als wäre das etwas Schönes gewesen. »Es hat so weh getan, aber es musste ja sein. Er hat mir seine Stofftiere gezeigt, die Großvater ihm geschenkt hat, wir haben einen Ausflug hierher gemacht. Es war fürchterlich, aber immerhin waren wir zu zweit. Er war verbrannt, und ich auch. Das war schön, oder, Vater?«

Moreau konnte ihr nicht antworten, er war völlig weggetreten.

»Was ist dann passiert?«, fragte Valerie.

Für einen Moment schwieg Clarisse, dann sah sie sie an, ihr Blick war voller Traurigkeit.

»Er hat mich weggegeben, mich verkauft. Dabei wollte ich das nicht. So sehr habe ich geweint. Bei Theo, seinem Freund, sollte ich es gut haben. Aber Theo hat mich angefasst, so wie die anderen beiden auch. Also bin ich abgehauen.«

Roussel machte vorsichtig einen Schritt nach vorn, aber das Knacken der Purpurschnecken unter seinen Füßen verriet ihn.

»Ich habe bei der Gendarmerie angefangen, sie haben mich genommen, es war so schön. Aber dann hat es bei Noah angefangen, meinem kleinen Stiefbruder. Ich habe ihn heimlich kontaktiert, ich wollte ihn retten, vor Vater, vor diesem Ort.«

Auch Valerie schob jetzt leise einen Fuß nach vorn, während Clarisse sprach.

»Und dann ist Noah ertrunken.«

Nicolas fiel plötzlich ein starker Benzingeruch auf, als er auf Clarisse zuging. Dicht hinter ihr bemerkte er einen Kanister auf dem Betonboden, der Deckel war aufgeschraubt.

Hatte sie die ganze Höhle mit Benzin überschüttet? Dann waren sie jetzt selbst in eine Falle getappt.

»Noah wollte zu mir in dieser Nacht. Und jetzt ist er tot. Und ihr solltet jetzt besser keinen Schritt mehr machen, ich drücke sofort ab!«

Für einen Moment schien Clarisse in sich hineinzuhorchen, in ihren geschundenen Körper, in ihren Schmerz. Dann straffte sie sich und lächelte. Sie hatte eine Aufgabe zu erfüllen.

»Ihr müsst jetzt gehen«, sagte sie bestimmt. »Ich muss hier fertig werden.«

Sie drehte sich zu ihrem Vater um und näherte sich ihm erneut mit der Flamme. Sie schien ganz vergessen zu haben, dass sie nicht allein war.

Moreau stöhnte.

»Clarisse!«, rief Nicolas ihr zu. »Du willst gar nicht weitermachen! Ich habe es jetzt verstanden!«

Roussel runzelte die Stirn, und Moreaus Tochter sah ihn verwirrt an.

»Du bist mein«, flüsterte sie, als sie Nicolas' Verband am Unterarm sah.

»Du willst ihn gar nicht weiterquälen. Du willst es beenden, nicht wahr?«

Valerie hatte sich jetzt zu Nicolas umgedreht, sie schaute ihn erst verwundert an, bis sie verstand, was er meinte. Nicolas deutete auf den Kanister, der hinter ihr stand.

Und plötzlich lächelte sie.

»Ja, alles wird brennen heute Nacht. Vater, ich, ihr auch, wenn ihr bleiben wollt.«

»Was für eine verdammte …«, Roussel blickte sich panisch um.

»Keine Sorge, es ist noch nicht verteilt, ihr kamt zu früh. Aber ihr könntet mir helfen, was meint ihr?«

Valerie, Roussel und Nicolas starrten mit noch immer gezogenen Waffen auf Clarisse, die jetzt den Bunsenbrenner senkte, ihn wegbewegte von Moreaus Körper – und hin zu dem Kanister. Sie waren in der Hand einer Wahnsinnigen, die jetzt den letzten Akt eingeläutet hatte.

Langsam trat sie einen Schritt zurück, erst jetzt sahen sie, dass hinter ihr in einem kleinen Wasserbecken ein einfaches Ruderboot trieb. Nicolas hatte sich mit dem Luftzug nicht getäuscht, er kam durch eine breite Öffnung in der Wand. Dahinter war das Meer zu sehen, die Wellen hatten sich beruhigt, offenbar war der Wind schwächer geworden.

»Ich knall sie ab«, sagte Roussel und zielte auf ihren Kopf.

»Nein!«, riefen Valerie und Nicolas gleichzeitig. Das Risiko war zu groß, dass der Bunsenbrenner in den geöffneten Benzinkanister fallen könnte. Es würde eine gewaltige Explosion geben.

Sie saßen in der Falle, in die sie blind hineingetappt waren.

Clarisse warf den Kopf nach hinten, lachte. Und die Flamme tänzelte in ihrer Hand, zuckte in Richtung des Kanisters, dann wieder über Moreaus Haut, er stöhnte wie in Trance, sein Körper bäumte sich auf.

»Wir müssen sofort raus hier«, zischte Roussel und machte einen Schritt nach hinten.

»Sie wird ihn abfackeln«, sagte Valerie, die ihre Waffe fester packte.

Sie mussten schießen, so riskant es auch war.

»Du lässt uns keine Wahl, Clarisse«, sagte Valerie mit ruhiger Stimme. »Leg den Bunsenbrenner und die Waffe weg, sonst werden wir schießen müssen.«

Nicolas griff seine Waffe fester. Und er sah, dass Roussel es ebenfalls tat.

Clarisse verdrehte die Augen, die Flamme des Bunsenbrenners schnitt durch die Luft.

»Alle werdet ihr brennen, hört ihr!«

»Clarisse, wir schießen!« Valerie trat einen Schritt näher, sie visierte den Brustkorb der Frau an.

»Du willst nicht brennen, Clarisse. Du willst leben. Du bist nicht wie er. Du bist besser. Lass ihn gehen. Komm mit uns mit.«

Aber sie hatte einen anderen Plan.

Sie wollte allein gehen, flüsterte: »Ich komme, Vater.«

Ihre Hand senkte sich, der Bunsenbrenner schwebte über dem Kanister.

Moreau stöhnte auf, er öffnete seine Augen, als wollte er inmitten seiner Qualen ein letztes Mal zu seiner Tochter sprechen.

»Es ... tut mir leid.«

Sie sah ihren Vater an, voller Liebe. Und voller Schmerz.

»Mir auch, Vater.«

Die Flamme tänzelte in ihrer Hand.

Dann ließ sie den Bunsenbrenner fallen, ohne Vorwarnung. Direkt neben den Benzinkanister, auf den kalten Betonboden. Sie schrie, ihre Stimme überschlug sich, während sie einen Schritt nach hinten machte, zu dem Ruderboot, das schwankte, als sie hastig hineinstieg.

»Clarisse!«

»Bleiben Sie hier!«
»Nicht schießen!«

Die Flammenfrau stieß das Boot von der Betonwand ab und griff im letzten Augenblick nach dem Benzinkanister. Sie zog ihn an sich und schüttete die Flüssigkeit mit einer raschen Bewegung über ihrem Kopf aus.

Nicolas zog in letzter Sekunde seinen Finger vom Abzug, es war zu riskant, und Moreau war in Sicherheit.

Im nächsten Augenblick verschwand das Ruderboot durch eine Öffnung in der Wand nach draußen, lautlos glitt es in die Dunkelheit auf dem Meer, während Clarisse sie anblickte, voller Schmerz.

KAPITEL 35

Draußen war es still geworden. Als hätte der Sturm Respekt zeigen wollen, vor dem, was in der Festung geschah. Er hatte eine Pause eingelegt, der Regen fiel nicht mehr, und die Wellen ließen das Ruderboot nur leicht auf dem Wasser schaukeln.

Nicolas spähte durch die Öffnung, durch die Clarisse entkommen war. Er konnte sie noch sehen, erkennen, dass sie nicht mehr ruderte.

Sie war jetzt ganz still.

Und während die ersten Lichter in der Ferne aufblitzten und näher kommende Schnellboote zu hören waren, stand sie auf, aufrecht und siegessicher. Sie schwankte nicht, sie kippte nicht zur Seite.

Die ersten Suchscheinwerfer zuckten über den Himmel, die Rufe von Männern waren zu hören, Befehle in der Dunkelheit.

»Hier spricht die Polizei!«

Nicolas konnte sehen, wie sie die Arme hob. Ihre blasse Haut schimmerte im Licht der Scheinwerfer, er war sich sicher, dass sie lächelte.

Roussel war neben ihn getreten, schwer atmend. Keiner von ihnen sprach ein Wort.

»Heben Sie die Hände über den Kopf! Wir kommen jetzt zu Ihnen!«

Luca.
Jeanne.
Clarisse.

Drei Menschen auf einem Boot, inmitten einer dunklen See. Am Ende eines Lebens, das nur aus Schmerz bestanden hatte und aus Qual. Und jetzt war es gut.

Denn am Ende erlöste das Feuer alles.

Roussel straffte sich neben ihm, angesichts des Unausweichlichen.

Auf dem Ruderboot war eine Flamme aufgetaucht, sie flackerte im Wind, verlosch aber nicht.

Nicolas drehte sich um und ging zurück in die Höhle, an Moreau vorbei und durch den Gang. Roussel tat es ihm gleich, die Kerzen warfen ihre Schatten an die Wand.

Sie hatten genug gesehen.

Es reichte.

Ein letzter Ruderschlag, der das Wasser durchtrennt, wie das Messer die Haut. Ein letztes Anspannen der Muskeln, die sich aufbäumen unter dieser Hülle, die so zerbrechlich ist und doch so stark.

Das Meer ist dunkel in dieser Nacht, tief und voller Abgründe, so wie das Leben selbst. Kein Feuer kann dort unten wüten, keine Flamme jemals diesen Grund verwüsten. Es ist das Leben, das dort unten wartet, rein und unschuldig.

Licht tanzt auf dem Meer, sie sieht ihren eigenen Schatten, die helle Haut im Schein der Lampen. Die Brandmale, die sie alle kennt, die großen und die kleinen, jedes einzelne Mal eine Erinnerung.

An Vater.

An das Leben.

Sie hatten es nie verstanden, nicht ihre Mutter, nicht die Männer, die sie angefasst hatten. Auch nicht die Ärzte, die sich gesorgt hatten, bevor sie ihnen einfach davongelaufen war.

Er hatte sie nicht verbrannt.

Er hatte sie angezündet.
Erleuchtet von innen, sie mit Licht erfüllt, mit einem hellen, warmen Licht, das in ihr brannte, warm und beschützend.
Und das doch so weh tat, jedes Mal.

Jemand ruft nach ihr.
Sie spürt das Holz unter ihren Füßen, die kalte Luft auf der Haut. Vor ihr liegt die Festung, dieser dunkle Gigant aus dem Meer, der ihr Hölle geworden ist und Himmel.

Sie schaut sie an, die Flamme, mustert sie, liebkost sie. Das Feuer ist ihre Heimat, niemals kann sie sie zurücklassen.

Sie will nach Hause.
Sie lässt los und schließt die Augen.
Im Feuer wird sterben, was im Feuer geboren wurde.

»Ich komme, Vater.«

Am Ende ...

KAPITEL 36

Barfleur
Zwei Tage später

Am Ende legte sich das Licht eines neuen Tages auf das Wasser. Einige Möwen flogen von der See aus über den Kirchturm von Saint-Nicolas, sie umkreisten die Boote, die im Hafenbecken festgemacht waren, und landeten schließlich unweit des Fischkutters, der vor wenigen Minuten an der Mole von Barfleur festgemacht hatte. Körbe mit Kabeljau und Dorsch wurden von Bord gewuchtet, Wasser spritzte über das Deck, das zwei Besatzungsmitglieder mit dem Schlauch säuberten. Netze wurden zum Trocknen ausgelegt, die Heckspule gesäubert, ein früher Morgen in Barfleur nahm seinen Lauf, in dieser Stadt, die so viel durchlitten hatte in den vergangenen Tagen.

Keiner der Muschelfischer war rausgefahren, auch wenn gemunkelt wurde, dass es in diesem Jahr womöglich eine leichte Verbesserung geben könnte. Die Muschelbestände schienen sich etwas erholt zu haben, es war jedoch zu früh, um von einer Kehrtwende zu sprechen.

Der Mann, der am Hafen saß und auf das Wasser blickte, hatte mit den Muscheln ohnehin abgeschlossen. Auch wenn dies sein Hafen war, seine Stadt, er würde sie anders kennenlernen müssen, die jahrelange Erfahrung auf dem Meer würde ihm nicht helfen in den kommenden Jahren.

»Wie findest du das Bild?«

Gabin löste seinen Blick vom Wasser und von den Kuttern und sah zu Tito, der neben ihm saß und stolz auf seine kleine Leinwand wies.

»Nicht schlecht, Tito. Wirklich … beeindruckend.«

Tito klatschte in die Hände und räumte seine Pinsel weg, seinen Farbkasten und kurz darauf auch die Staffelei. Auf dem Bild war der Hafen von Barfleur zu sehen, funkelnd und glänzend, mit bunten Wimpeln unter den Markisen und Booten, die friedlich auf dem Wasser dümpelten.

»Ich schenke es dir«, sagte er zu Gabin und strahlte den Kapitän und ehemaligen Muschelfischer an, der neben ihm im Rollstuhl saß und die Sonne genoss.

»Wer weiß, womöglich ist es nach meinem Tod jede Menge Geld wert, und du wirst ein reicher Mann!«

Gabin lächelte.

»Dann werde ich aber wohl noch lange warten müssen«, sagte er. »Aber vielen Dank. Ich nehme es gerne an. Und ich hoffe, du machst dein Versprechen wahr, uns in Barfleur bald wieder zu besuchen.«

Tito betrachtete die Schiffe, danach die Kirche von Saint-Nicolas. »Ehrlich gesagt, ich habe erstmal genug von eurem schönen Ort. Aber das liegt natürlich nicht an dir! Und wer weiß, vielleicht wird das mit den Muscheln doch noch was, und dann bin ich der Erste am Tisch!«

Sie lachten beide und gaben sich schließlich die Hand, als sie Nicolas, Élodie und Roussel kommen sahen.

»Es hat mich gefreut, Tito«, sagte Gabin. »Wir hatten kaum die Gelegenheit, uns wirklich kennenzulernen, aber ich glaube, du bist ein guter Mensch.«

»Ist er nicht!«

Nicolas legte Tito die Hände auf die Schultern.

»Komm schon, alter Mann. Der Bus wartet nicht. Es wird Zeit, nach Hause zu gehen.«

»Immer in Eile, dieser Bodyguard. Aber er hat Recht, wir müssen los. Komm schon, Rachmaninoff.«

Sie liefen am Hafenbecken entlang bis zur Stelle, an der bereits der Bus nach Caen mit laufendem Motor wartete. Von dort würden sie den Zug nach Deauville nehmen, wo Julie sie erwartete.

Nicolas freute sich darauf, dass Tito noch für einige Tage bei ihnen sein würde, er hatte das Gefühl, dass er seinen alten Nachbarn jetzt noch nicht allein ins Leben zurücklassen konnte. Nicht nach dem, was er gesehen und mitbekommen hatte.

Als sie am Bus ankamen, verstauten sie ihre Sachen, Nicolas drehte sich um und schaute Élodie an. Für einen kurzen Moment kam es ihm vor, als wären sie wieder in der Schutzhütte über den Felsen, er hatte Angst, dass der lange Schatten dieser Nacht nicht so schnell vergessen sein würde.

Aber er wusste inzwischen auch, dass die junge Frau stark war, dass sie es schaffen würde.

»Mach es gut, Nicolas. Es war mir eine große Freude. Na ja, die Umstände vielleicht nicht, aber … ach, pass einfach auf dich auf!«

Er nahm sie fest in den Arm und versprach ihr, Julie unbekannterweise von ihr zu grüßen. Als er Roussel kurz umarmte, der noch einige Tage in Cherbourg bleiben würde, um den Fall der Flammenfrau, aber auch den Einsatz gegen die Schmuggler auch bürokratisch zu einem Abschluss zu bringen, fehlten ihm die Worte.

Guy Moreau war nach zwei Tagen aus dem Krankenhaus in die Untersuchungshaft entlassen worden.

Als Nicolas Gabin ansah, der nun im Rollstuhl saß, mit aschfahlem Gesicht, und den Roussel zurück ins Krankenhaus nach Cherbourg fahren würde, da musste er schlucken. Zu viel verband ihn mit dem Mann, auf dessen Ausflugsboot er noch vor einigen Tagen um die Küste gefahren war.

Er beugte sich zu ihm hinab und umarmte ihn für einige Sekunden.

»Werde gesund, Gabin«, murmelte er, und der ehemalige Muschelfischer hieb ihm kräftig auf die Schulter und sagte gut gelaunt: »Mach dir keine Sorgen, Nicolas. Ich komme schon zurecht, auch an Land. Komm du gut nach Hause und besuch uns bald wieder.«

Nicolas half Tito in den Bus, sie setzten sich und warfen einen letzten Blick auf das Hafenbecken von Barfleur, die Kirche von Saint-Nicolas, die grauen Granithäuser und den Phare du Cracko. Keiner von ihnen sprach ein Wort, auch nicht, als der Bus losfuhr und das Meer hinter ihnen verschwand.

Es war eine stille Fahrt, erst durch das Val de Saire, dann durch das Marschland südlich von Valognes. Ab und an beobachtete Nicolas den Flug einer Möwe über den Bäumen, er dachte an die Cote Fleurie, an die Wohnung in Trouville und an Julie, die nachher mit dem Fahrrad nach Deauville kommen würde.

Und dann dachte er doch wieder an Clarisse.

An Jeanne.

Und an Luca.

Drei Namen, aber ein und dieselbe Person, die sie alle getäuscht hatte. Sie hatte ihre Haare unter einer Baseballkappe versteckt und als junge schüchterne Küchenhilfe all ihre Gespräche belauscht. Sie hatte als talentierte Gendarmin eine freie Stelle am Cap de la Hague angenommen und so alle Ermittlungen hautnah mitbekommen. Und zugleich hatte sie es geschafft, ihn zu täuschen in der Sturmnacht über den Klippen, ihn denken zu lassen, sie sei ihm zu Hilfe gekommen. Dabei war sie einfach nur zurückgekehrt in Moreaus Hütte, nicht mehr als Clarisse, sondern als Jeanne, als Gendarmin mit den Sommersprossen. Doch das Verwirrspiel war ihr letztlich zum Verhängnis geworden.

Drei Namen, drei Gesichter. Und ein Ziel: Rache nehmen

an den Männern, die sie zu dem hatten werden lassen, was sie war.

Die Flammenfrau.

Während sich Nicolas seinen dunklen Gedanken hingab und sich Kilometer um Kilometer von den Ereignissen des Cotentin entfernte, fuhr ein Lastwagen über die Autobahn südlich von Dieppe in Richtung Le Havre. Roman, der müde und genervt hinter dem Steuer saß, hielt das Handy weit vom Ohr weg, weil er das Gejammer in der Leitung nicht mehr ertrug.

»Melanie, verdammt, wie oft muss ich das denn jetzt noch hören? Ich weiß, dass wir gesagt hatten ...«

Eine Schimpftirade drang aus dem Handy, er rollte die Augen und hielt das Lenkrad kurz mit den Knien fest, um einen Schluck aus einer Getränkedose zu nehmen. Draußen raste die Landschaft an ihm vorbei, er hätte längst eine Pause machen sollen, aber er musste pünktlich am Ziel sein.

»Hör zu, die haben mich gestern schon ermahnt, weil ich zu spät war. Ich muss diese Touren pünktlich schaffen, sonst kriege ich nicht den vollen Lohn, und dann kannst du nicht shoppen gehen mit Angelique oder Deborah oder wie auch immer sie ...«

Er wusste, dass das ein Fehler gewesen war, der Kleine plärrte im Hintergrund. Hinter seiner Stirn pochte es.

»Ja, versprochen, danach komme ich direkt nach Hause. Ich ... ja, ich verspreche es ... nein, du hast ja recht, es tut mir leid.«

Kurz darauf legte er auf und feuerte das Handy auf den Beifahrersitz. Seine Freisprecheinrichtung war defekt, ebenso wie die Heizung, dieser Scheißlaster entpuppte sich immer mehr als Fehlkauf.

Aber es war seiner, immerhin.

Er streckte sich, sah auf die Tachonadel und beschleunigte

noch ein wenig. »Nur nicht geblitzt werden«, murmelte er und schaltete das Radio ein, bis der vertraute Sound eines Hiphop-Senders ihn beruhigte. Er drehte die Musik lauter und fühlte sich gleich freier, unbeschwerter und vielleicht sogar unbesiegbar.

Er müsste längst im Knast sitzen.

Aber die Polizistin hatte ihn gehen lassen, sie hatte ihn durch das Netz schlüpfen lassen. Und nach allem, was er mitbekommen hatte, war das Schmugglernetzwerk Geschichte, sie hatten den Kopf eingesackt, den alten Moreau, genau wie seine wichtigsten Männer.

Er war frei.

Und er würde es immer bleiben.

In Trouville sah Julie auf die Uhr und fluchte.

Sie hatte sich so sehr vorgenommen, pünktlich fertig zu sein, um Nicolas und Tito am Bahnhof abzuholen, jetzt würde es verdammt knapp werden, weil sie erst noch nach Hause wollte, um sich umzuziehen, dann mit dem Fahrrad über den Pont des Belges auf die andere Seite. Sie musste sich beeilen.

Nicolas' Mutter hatte darauf bestanden, sie zum Mittagessen einzuladen, ins »Hotel de la Plage«, einen Ort, an dem Julie sich unwohl fühlte, inmitten all der Pelzmäntel, der Smokings und der verstaubten Einstellungen zum Leben an sich. Auch wenn sie Nicolas' Mutter mochte – sie kannte sie immerhin schon seit einer Ewigkeit –, sie hätte gern auf den Hummer verzichtet.

Die Straßen waren leer, als sie über die Place Morny radelte, vorbei an der Bäckerei und kurz darauf auch am Commissariat von Deauville in der Rue Désiré le Hoc. Sie winkte Alphonse zu, der vor dem Eingang stand, ein Croissant in der Hand und das Lächeln eines frisch Ertappten auf den Lippen.

»Bon Appétit!«, rief sie ihm zu und bog auf den Kreisel ein und schließlich auf die Straße, die über die Brücke nach Trouville führte. Der Bahnhof lag rechts, aber noch war es nicht so weit, erst in einer Stunde würde Nicolas mit Tito aus dem Zug steigen, und sie würde ihn in den Arm nehmen und nicht mehr loslassen.

Nie wieder.

Schon gar nicht nach dem, was er in Barfleur und am Cap de la Hague erlebt hatte. Sie war immer noch sauer auf ihn, weil er sein Versprechen gebrochen hatte und nicht mit dem erstbesten Zug aus Cherbourg zurückgereist war. Und zugleich wusste sie, dass dort alles noch viel schlimmer geworden wäre, wenn er es getan hätte.

Tito war eingeschlafen, er lehnte mit offenem Mund an der Fensterscheibe und schnarchte. Sie waren in Caen in den Zug nach Deanville umgestiegen, Rachmaninoff lag unter dem Tisch und tat es seinem Herrchen gleich, während Nicolas immer wieder an die entscheidenden Momente der vergangenen Tage zurückdachte.

Sommersprossen.

Eine winzige Bemerkung von Élodie, die plötzlich alles ins Rollen gebracht hatte.

Während jetzt zwischen den Hügeln das Meer zu sehen war und die vertraute Landschaft des Pays d'Auge, merkte Nicolas, wie sehr er sich auf seine neue Aufgabe freute. Er würde junge Personenschützer ausbilden und gleichzeitig die Teams beraten, die für die französische Regierung arbeiteten. Er würde ab und zu nach Paris fahren müssen, ansonsten aber am Meer leben.

In Trouville.

Mit Julie.

»Hey, Tito, wir sind da. Aufwachen.«

Der alte Mann rieb sich die Augen, tastete nach Rachmaninoff und lächelte dann.

»Ich habe geträumt, er wäre weg«, sagte er. »Was meinst du, was Julie uns zu essen macht, wenn wir bei euch sind?«

Nicolas lächelte.

»Sie war mit meiner Mutter essen, vermutlich kriegen wir nur noch Reste.«

»Eine Schande.« Tito nahm seine Jacke, als der Zug abbremste. Sie hatten Deauville erreicht.

»Verdammte Scheiße!«

Roman schlug mehrfach auf das Lenkrad, während er auf die Uhr sah.

»Ich bin so ein Idiot!«

Er hatte die falsche Ausfahrt genommen, war aus Versehen in Richtung Trouville gefahren und musste jetzt die ganze Strecke runter bis zum Hafen, rüber nach Deauville und dann an der Küste entlang. Es würde ihn locker zwanzig Minuten kosten.

Und schuld daran war nicht mal er, sondern Melanie, die wissen wollte, ob noch Geld in der Wohnung sei, sie müsse den Pizzajungen bezahlen.

Den Pizzajungen!

»Einmal selbst kochen«, fluchte er und hupte den Wagen vor ihm an, der nicht schnell genug über eine grüne Ampel fuhr. Mittlerweile war er komplett übermüdet, immer wieder fuhr er sich mit der Hand über die Augen, nahm einen Schluck Cola und machte die Musik noch lauter.

Mc Solaar, alter Freund und Wegbegleiter, »Paradisiaque«, er sang laut mit, er konnte es noch schaffen, wenn diese dumme Kuh da vorne ...

Sie konnte es noch schaffen, wenn nur die Straßen frei waren und sie verbotenerweise die Abkürzung durch die Fußgängerzone nahm. Julie band sich ihre Haare zum Zopf und schwang sich auf ihr Rad. Sie raste die Rue Orleans entlang, zum Missfallen der Autofahrer, die in der engen Straße kaum an ihr vorbeikamen.

Fast wäre sie an einem Außenspiegel hängen geblieben. Sie musste sich jetzt wirklich beeilen, aber vielleicht hatte der Zug ja Verspätung?

Sie war aufgeregt, freute sich auf Nicolas, damit ihr neues Leben endlich beginnen konnte, aber auch auf Tito und den Hund. Sie würden sich wunderbare Tage in Trouville machen, am Strand und in den Restaurants der Stadt.

Mit Schwung bog sie aus der Rue des Bains auf den Boulevard ein, sie spürte den frischen Wind vom Hafen, roch den frischen Fisch, der in der Markthalle von Trouville verkauft wurde, betrachtete die Fischkutter und weiter hinten die hohen Masten der Segelboote, drüben in Deauville.

»Schon schön«, sagte sie mit einem Lächeln und trat noch stärker in die Pedale, bis sie schließlich den Pont des Belges vor sich sah.

»Sie ist bestimmt draußen«, sagte Tito, während er auf Nicolas wartete, der in seiner Jackentasche nach dem Handy suchte.

»Geh vor, Tito, ich komme sofort nach!«

Der Zug war pünktlich angekommen, Nicolas freute sich über die vertrauten weißen Häuser, die Blumen auf den Straßen, er konnte das Meer schon riechen, das hier nicht so wild war wie am Ende der Welt, dafür gesäumt von breiten Stränden.

Es war Roussel.

»Nicolas? Seid ihr angekommen?«

»In diesem Augenblick. Was gibt's? Julie steht sicher schon draußen, und wir ...«

»Es geht um Moreau. Er ... er hat sich umgebracht.«

»Verdammt, fahr doch endlich!«

Roman raufte sich die Haare, die Musik hämmerte in seinem Kopf, er trat auf die Bremse, hupte wie wild. Er würde zu spät kommen. Und er brauchte Streichhölzer, um sie sich zwischen die Augenlider zu klemmen.

Sein Handy klingelte.

»Nein! Nicht jetzt!«

Als er den Kreisel am Pont des Belges erreichte, verlor er die Nerven.

»Melanie, ich weiß nicht, wo das Geld ist!!!«

Er schrie in sein Handy, während er wild gestikulierend verbotenerweise links in den Kreisel einbog.

Nicolas blieb mitten in der Bahnhofshalle stehen und sah hoch zur stuckverzierten Decke.

»Scheiße«, murmelte er.

»Das kannst du laut sagen.«

»Wie ist es passiert?«

»In der Untersuchungshaft. Er hat sich aufgehängt, mit einem Bettlaken.«

Julie schaute zur Brücke, dann auf die Uhr, sie hörte die Möwen über der Touques krächzen, es war ein wunderschöner Tag, sie würden Muscheln essen, nur um Tito zu ärgern.

Mit Schwung bog sie in den Kreisverkehr ein.

Tito stellte sich an die Straße und sah in Richtung des Pont des Belges, bewunderte die Blumen an den Laternen, strich Rachmaninoff übers Fell.

»Siehst du, da vorne ist sie schon, auf dem Fahrrad. Gleich ist sie da.«

»Ich wollte nur, dass du es weißt, Nicolas«, sagte Roussel.

»Macht euch eine schöne Zeit, ich komme in zwei Tagen nach Deauville zurück.«
»Danke, Roussel. Bleib tapfer da oben, wir sehen uns.«
»Salut.«

Der Weg war frei, Roman wusste zwar, dass er auf der falschen Seite unterwegs war, aber so ging es einfach schneller. Weit und breit nichts zu sehen. Er trat aufs Gaspedal und tastete auf dem Beifahrersitz nach der Coladose, die noch irgendwo liegen musste.

Julie winkte.
Sie konnte Tito vor dem Bahnhof sehen.
Und dann einen Schatten. Neben sich.

Nicolas ging durch die Halle, nachdenklich und mit den Gedanken in Cherbourg. Dann atmete er tief durch, schob alles beiseite und trat hinaus in das helle Licht von Deauville.
Wo Tito stand. Regungslos, mit starrem Blick.

Roman schrie und trat auf die Bremse.
Und er wusste sofort: Es war zu spät.

Julie schrie und riss die Hände hoch.
Und sie wusste sofort: Es war zu spät.

Nicolas ließ seine Tasche fallen und rannte los.
Und er wusste sofort:
Es war zu Ende.